ÉMILE DAU

LA CHINE

OUVERTE

AVENTURE D'UN FAN-KOUEI DANS LE PAYS DE TSIN

Elibron Classics
www.elibron.com

Elibron Classics series.

ISBN 0-543-99272-1 (paperback)
ISBN 0-543-99271-3 (hardcover)

This Elibron Classics Replica Edition is an unabridged facsimile
of the edition published in 1845 by H. Fournier, Paris.

LA CHINE
OUVERTE

AVENTURES D'UN FAN-KOUEI DANS LE PAYS DE TSIN

PAR OLD NICK

OUVRAGE ILLUSTRÉ

PAR AUGUSTE BORGET

Auteur de *La Chine et les Chinois*

H. F.

PARIS

H. FOURNIER, ÉDITEUR

RUE SAINT-BENOIT 7,

M DCCC XLV

TABLE DES SOMMAIRES.

VOYAGE DE L'ÉTUDIANT PING-SI.

LES ÉTUDES DU SIEOU-TSAI.

LE FAN-KOUEI A PE-KING.

華中的開
LA
CHINE
OUVERTE
Aventures d'un Fan-Kouei
DANS LE PAYS DE TSIN

I.

CORRESPONDANCE DE MURPHY DERMOT.

A PATRICK O'DONOVAN

de Dunmanna-House.

Hôpital ophtalmique, Quan-Tong.

Mai 183....

Depuis six mois entiers, pas une lettre! — J'entends d'ici vos reproches, mon cher Patrick; ils trouvent dans mon cœur, sinon dans ma conscience, un implacable écho. Mais que voulez-vous? Ma vie m'appartient à peine; je la dois avant tout à l'homme admirable qui l'a sauvée, vous savez dans quelles circonstances et par quel miracle. Maintenant qu'il me demande d'en consacrer quelques jours à son œuvre de dévouement et de philanthropie, comment hésiter? comment distraire de ces journées, de ces nuits qu'il accepte, une seule heure, une seule minute? Vous êtes fait pour comprendre mes scrupules, et l'espèce d'avarice que m'impose la reconnaissance.

Moins exclusivement occupé, croyez-le, je n'aurais pas résisté à la tentation de vous raconter en détail toutes les merveilles dont nous vivons entourés, sur cette terre qui ne ressemble à aucune autre.

Je me souviendrai toute ma vie, je pense, du jour où le révérend Peter Parker, mon sauveur et mon guide, me permit pour la première fois depuis mon débarquement de monter sur la terrasse de l'hôpital. J'étais faible encore, et dans cet état de prostration physique à laquelle les impressions qui nous viennent du dehors doivent une force mystérieuse. Ce que je vis continuait pour moi les mirages étincelants de ma longue fièvre.

L'hôpital — excusez-moi d'entrer dans ces détails — occupe un ancien entrepôt de commerce, le n° 7 dans Fungtae-Hong; et mon premier coup d'œil tomba sur ce coin de terre où la politique jalouse du Céleste-Empire tient enfermé le commerce européen. C'était le matin; une fraîche brise agitait les quatre pavillons d'Angleterre, de France, de Hollande et d'Amérique, hissés à quatre grands mâts devant la principale façade des factoreries. La rivière, aussi large en cet endroit que la Tamise devant Westminster, était couverte d'embarcations dont le nombre semblait devoir rendre toute circulation impossible; mais l'œil s'habituait peu à peu à ce désordre apparent, et distinguait une parfaite symétrie dans ces masses agglomérées. Près de chaque rive, un espace est ménagé pour la circulation; et les bâtiments eux-mêmes, rangés en longues files, laissent entre eux des canaux ouverts. Dans ces ruelles de la ville marine passaient en criant les marchands de comestibles, dont la sampane à deux rames glisse comme la gondole vénitienne sur des eaux bien autrement limpides que celles de l'Adriatique. Au milieu de l'avenue principale, une grande jonque, arrivant de Batavia, laissait voir, sous ses voiles de nattes fixées à des vergues en bambou, le pêle-mêle le plus curieux; des hommes et des femmes entassés sur le pont avec des singes, des perroquets, des faisans dorés, des civettes et des oiseaux de paradis; le tout sans préjudice des marchandises dont il était encombré. Une femme debout à la proue gourmandait à grands cris les matelots : c'était le capitaine de ce singulier navire. Elle commandait la manœuvre.

Jonque de Commerce.

Cette circonstance me fit remarquer qu'un grand nombre des bateaux voguant sur le Tigre n'étaient dirigés que par de jeunes filles, assez légèrement vêtues pour que leur sexe n'eût rien de douteux. Le rude métier qu'elles exercent développe de bonne heure leurs muscles; et de leurs caleçons bleus sortent des jambes nues que le pinceau de Rubens lui-même ne pourrait exagérer. Leur esquif n'est quelquefois qu'une espèce de voiture de place; quelquefois aussi la batelière en fait une boutique ambulante d'oranges et de bananes. Telle était la première que je suivis de l'œil, et qui, victime d'une mauvaise plaisanterie, essayait d'atteindre à force de rames un canot monté par six à

huit marins anglais. Ceux-ci l'avaient d'abord appelée; puis, comme elle accourait avec l'empressement de l'avidité en éveil, ils avaient repris leur course un moment suspendue. Les efforts de la pauvre enfant, qui se croyait obligée d'honneur à ne pas laisser échapper d'aussi bonnes pratiques, les divertissaient infiniment. La même manœuvre leur réussit deux ou trois fois encore, et c'était pitié que de voir la jeune Chinoise, dont la coiffure de fleurs tombait autour d'elle, et dont les épaules n'étaient plus défendues par les larges bords de son chapeau de paille, poursuivre avec un redoublement d'énergie sa course inutile. Elle comprit enfin; et tout à coup, laissant tomber ses rames, je la vis accompagner d'un geste furieux les imprécations qu'elle jetait aux perfides étrangers. Le mot : *fan-koueï* dominait toutes les autres injures, et j'appris alors le sens de cette expression outrageante, qui mille fois depuis a frappé mes oreilles. Le fan-koueï — littéralement l'*étranger-démon* — c'est l'Européen, le barbare, l'ennemi commun. Lorsque passe la barque du fan-koueï au-delà des limites où l'habitude empêche qu'on ne prenne garde à elle, une foule curieuse et souvent hostile accourt sur la rive et sur les ponts; les mères la montrent à leurs enfants, et leur apprennent à mépriser, à détester les barbares. Ces leçons précoces ne sont pas perdues, je vous l'assure.

Combien de fois quelques-uns de ces marmots cuivrés, qui rampent à demi nus sur les plus infimes sampanes — tandis que je m'inquiétais naïvement de leur sort, exposés qu'ils sont à se noyer vingt fois par jour — ne m'ont-ils pas annoncé, par une pantomime expressive, tout le bien qu'ils me souhaitaient! D'une main prenant leur petite queue naissante, passant autour de leur cou le tranchant de l'autre, ils semblaient me promettre que ma tête ne resterait pas longtemps sur mes épaules, si je la confiais imprudemment à la loyauté chinoise. Aimables magots! — Et cependant, comment se défendre d'un sentiment de compassion, lorsque l'on voit — trop souvent, hélas! — un de ces pauvres petits êtres, soutenu sur l'eau par la calebasse qu'on leur attache autour du cou, mais déjà suffoqué depuis longtemps, — les bras étendus, les yeux fermés, on dirait qu'ils dorment — descendre lentement le courant qui l'emporte?

N'admirez-vous pas, cher Patrick, avec quelle facilité je me laisse aller à mes digressions favorites ? Je vous ai quitté sur la terrasse de notre hôpital, en compagnie d'un convalescent émerveillé ; vous voici naviguant sur les canaux de l'intérieur, avec un aventureux promeneur qui brave, à ses risques et périls, les prohibitions solennelles de Tao-Kouang. Tenez-vous cependant à ce que ma description se complète ? Alors écoutez.

De la ville des bateaux, mille bruits s'élèvent. Tantôt un pétard éclate — les enfants chinois sont des artificiers consommés ; — tantôt le gong, les trompettes et les cymbales retentissent — les Chinois sont d'enragés musiciens. Chaque marchand pousse son cri, chaque métier fait son tapage. Entre autres, les soldats de Sa Majesté Céleste — qui sont bien les plus plaisants soldats de la terre — gaspillent une énorme quantité de mauvaise poudre en s'exerçant au tir dans les forts voisins.

Assourdi par ce tumulte, vous êtes ébloui par les couleurs brillantes dont tout est bariolé autour de vous. Ici c'est la petite barque dorée, sous le dais de laquelle un Chinois de qualité, un gentleman indigène, allant à ses visites du matin, est assis dans tout son orgueil et toute sa mollesse. Remarquez, — si elles sortent de ses longues manches, — ses mains potelées et ses ongles sans fin, son teint fatigué, l'éventail qu'il agite gravement, et la manière toute sensuelle dont il hume le thé servi sur une petite table à côté de son fauteuil ; tout ceci — la blancheur des mains pardessus tout — caractérise l'homme comme il faut. Mais votre œil est appelé par ces carènes rouges et blanches rangées là-bas en ligne, comme des coursiers prêts à s'élancer : ce sont en effet des jonques récemment sorties des *docks-yards*, et qui vont affronter pour la première fois les périls de la mer. Avec leurs formes massives, auxquelles prêtent une espèce de vie les gros yeux ronds figurés à l'avant, vous diriez d'énormes cétacées que l'homme aurait assujettis aux besoins de la navigation. Plus loin sont les jonques de guerre, noires et rouges, étalant, sur leurs poupes élevées et sur les boucliers appendus autour d'elles, un luxe inouï de décorations fantastiques : têtes hideuses, monstres grimaçants, démons à la gueule ouverte, aux yeux de flamme, aux griffes sanglantes.

Il faudrait un génie comme celui d'Homère pour vous nommer ainsi toutes les embarcations qui se croisaient sur le grand fleuve : depuis la barque de l'officier de douanes et les *chop-boats* destinés au transport des cargaisons européennes déchargées à Whampoa, jusqu'au flibot richement orné du linguiste et des commis envoyés par le hong marchand pour vérifier ces cargaisons; depuis ces grandes barges sans décorations (*tsaou-chuen*) spécialement destinées au commerce de l'intérieur, jusqu'au bateau-mandarin qui fait la police et surveille les manœuvres de la contrebande.

Le bateau-mandarin est le chef-d'œuvre de l'architecture navale en ce pays, et peut être — comme élégance du moins — ne l'a-t-on surpassé dans aucun autre. De loin, sur l'eau, vous diriez un brillant insecte. Le fond de la coque est peint en

Bateau-Mandarin.

blanc ; mais la partie supérieure est d'un bleu pâle, auquel on donne les teintes délicates de l'outremer ; dans cette partie de la barque s'ouvrent, de chaque côté, trente petites portes ovales bordées d'un rouge vif et donnant issue à autant de rames blanches, qui ne rentrent jamais à l'intérieur. Quand elles cessent de servir, elles s'abaissent simplement contre les flancs du navire, comme les nageoires d'un poisson fatigué.

Sur le pont, d'un bois dur et ferme qui revêt à force de soins une sorte de poli naturel, les matelots indolents sont accroupis ; le mandarin lui-même, étendu sur une natte à l'arrière, aspire avec délices la fumée d'un *cheroot* de Manille. Sa

molle attitude, ses vêtements de soie brodée et de moire, dont les plis nombreux foisonnent autour de lui, ne donnent pas une très-haute idée de sa valeur guerrière ; mais il a sous ses ordres une cinquantaine de militaires dont la tournure est plus dégagée.

Nus jusqu'à la ceinture — car un soleil brûlant envahit l'horizon. — la tête couverte de bonnets de paille tressée et qui ont la forme de petits cribles, on pourrait à la rigueur les supposer bons soldats. Armez-les d'un de ces boucliers peints dont je viens de parler, et d'une longue pique emmanchée dans un bambou ; vous aurez sous les yeux une figure assez sauvage, mais assez martiale.

Ils occupent avec leur chef la portion couverte du bateau. Un toit léger, supporté par quatre bâtons effilés quoique solides, s'arrondit au-dessus de leurs têtes ; véritable ombrelle de bois, dont l'or et le vermillon dessinent les contours festonnés. Lorsque l'excessive chaleur ou le gros temps rendent cet abri insuffisant, on y superpose de grosses nattes en paille de riz, arrangées de manière à imiter le chaume des cabanes rustiques. L'intérieur du toit est orné de peintures et de devises.

Deux mâts supportent les nattes triangulaires, qui servent de voiles ; à leur extrémité supérieure pendent alternativement des boules dorées et des pavillons de mille couleurs. Le mât de misaine est remplacé à l'arrière par un simple bâton, qui sert de hampe à un grand pavillon blanc, au centre duquel est une inscription en lettres rouges.

J'allais oublier — tant cette embarcation militaire éveille peu des idées belliqueuses — j'allais oublier, dis-je, deux ou trois longues coulevrines qu'on découvre, après mûr examen, disposées comme au hasard sur le pont. Elles sont tellement enveloppées d'ornements capricieux, tellement surchargées d'étoffes et de franges, tellement cachées par des pavillons de soie plantés autour d'elles ou fixés provisoirement à la bouche même de ces instruments de mort, qu'on les prendrait volontiers pour des accessoires de pure fantaisie. On m'a dit — car je n'eusse pu m'en assurer — qu'ils sont en fonte de fer et assez grossièrement travaillés, ce qui explique cette espèce de mascarade.

Tel est le bateau-mandarin. A le voir glisser sur l'eau que ses rames déchirent en jouant, ses banderoles flottantes, son toit bariolé reflétant le soleil, son équipage oisif, son maître plongé dans une extase endormie, vous ne lui soupçonneriez d'autre emploi possible que l'ornement d'une régate ou d'une pacifique promenade en mer. C'est pourtant le tyran, ou pour mieux dire, le *policeman*, le gendarme du fleuve. A son aspect, le bateau contrebandier — que ses rames nombreuses ont fait surnommer *le Centipède* — se dissimule ou prend la fuite, si toutefois il n'ose pas risquer le combat. Les pauvres marinières des sampanes cessent de sourire aux fan-koueï, et disparaissent sous leur toit de nattes; tout conflit s'apaise; tout bruit illégal cesse à l'instant; car au moindre prétexte — et souvent sans prétexte — le mandarin fait pleuvoir de tous côtés les amendes, les confiscations, les bastonnades même, enfin les vexations de toute espèce : « — *Mandarin squigie mi*, le mandarin m'écrase, » vous disent en mauvais anglais les pauvres diables que le terrible magistrat a vingt fois pressurés pour des contraventions ou légères ou chimériques, lorsque vous leur demandez un service compromettant. Alors même, cependant, le refus est conditionnel. Pourvu que vous payiez de manière à contenter le juge et le criminel, bien peu de Chinois résisteront. Seulement l'avidité du premier rend assez chères les infractions commises de propos délibéré par son justiciable.

Maintenant, si du fleuve et de la ville de barques située en face de Quan-Tong vous ramenez vos regards sur la place des Factoreries, un autre spectacle non moins curieux vous attend.

Je vous le décrirai plus tard.

DU MÊME AU MÊME.

Juin 183....

Dans une ville qui compte un million d'habitants, à l'extrémité du plus vaste empire du monde, découpez par la pensée une petite alluvion fangeuse présentant une surface de trois cents mètres environ, soit en largeur, soit en profondeur; placez-y trois groupes de maisons donnant sur une petite *piazzetta*, tournées vers le midi, et faisant face au fleuve; vous aurez une idée du seul point de la Chine où la clémence de l'empereur veut bien tolérer le séjour momentané de quelques marchands barbares; ils y viennent faire avec ses sujets un commerce annuel de quinze à vingt millions sterling.

Encore ne sont-ils pas légalement établis sur ce coin de terre. Chaque année, aux premiers jours du printemps, lorsque la plupart des navires sont partis, arrive un édit émané de la cour impériale, pour enjoindre aux fan-koueï de retourner à Macao, la saison du commerce étant finie. Autrefois le vice-roi de la province tenait strictement la main à leur expulsion immédiate; maintenant quelques privilégiés obtiennent, par faveur singulière, le droit de ne pas s'éloigner. Il faut acheter ce droit, non-seulement à prix d'or, mais aussi en renonçant complétement aux douceurs de la vie de famille. Pas une femme européenne ne peut venir souiller de sa présence immonde une portion quelconque du domaine céleste; il se ferme devant nos aimables compatriotes, comme le paradis bouddhique devant la plus belle moitié du genre humain, qui n'y saurait pénétrer, disent les livres saints, à moins de changer de sexe. Vous comprenez sans doute le véritable motif de la prohibition chinoise : c'est d'empêcher, par tous les moyens imaginables, que les barbares puissent s'établir définitivement — en si petit nombre que ce soit — sur les terres de l'empereur. On sait — l'Inde l'a prouvé — qu'ils ne sont pas longtemps installés quelque part sans y étendre rapidement leur domination; et puisqu'on ne peut pas se débarrasser tout à fait de ces hôtes gênants, au moins faut-il leur inspirer le dégoût d'une résidence fixe.

Tout est conséquent à ce principe. Ne vous étonnez donc pas de voir couverte de boue, sans pavés, sans ornements, sans verdure aucune, cette place abandonnée aux fan-koueï. Elle est si souvent inondée, si marécageuse, qu'on a dû bâtir sur pilotis la plupart des édifices qui l'entourent. Pressés comme ils le sont l'un contre l'autre, rongés par les émanations humides du fleuve, privés d'air, privés de lumière, encombrés d'hommes et de denrées, ils doivent être malsains; mais si vous y souffrez, si la mort vous menace, le chemin vous est ouvert; partez : votre Déclaration Rouge, votre permis de départ ne se fera point attendre. Au besoin, les mandarins vous escorteraient jusqu'en pleine mer, en vous rendant les honneurs militaires. Un pont d'or à qui s'en va, une barrière de fer à qui veut entrer : tel est, en résumé, l'accueil chinois.

La place des Factoreries, comme vous pouvez en juger, n'est point une promenade charmante. Faute de mieux, cependant, les Européens y descendraient; mais dans ce pays, où chaque homme n'a pas sa place au soleil, ils ne doivent pas s'attendre à un domaine exclusif, si restreint qu'on le suppose. Aussi faut-il vous figurer celui-ci complétement envahi par les indigènes.

En général, c'est la pire espèce qu'on y peut observer. Des marchands de fruits, des barbiers, des charlatans, des voleurs, des *coulies* ou portefaix, la traversent en hâte, ou s'y forment en groupes bruyants autour des éventaires ou des spectacles forains. Une douzaine au moins de ces exhibitions payantes sont élevées côte à côte sur des tréteaux, et garnissent ordinairement un des côtés de la place. On s'étonne de les voir tolérées dans un endroit public par des magistrats spécialement chargés des mœurs du peuple, et si sévères sur tout ce qui paraît devoir occasionner un scandale; car ce sont les plus dégoûtantes images que vous pouvez y contempler moyennant un *tseen*, pièce de monnaie très-inférieure au farthing anglais; mais à Quan-Tong, comme dans le reste de l'empire, le décorum officiel des autorités subalternes n'a jamais d'inflexibles rigueurs. Un tarif de tolérance existe partout, et la corruption la plus éhontée n'est pas celle qui se paie au plus haut prix.

Je vous ai nommé les barbiers : cette engeance pullule ici plus que partout ailleurs ; et la multitude de têtes rasées qui passe à chaque instant sous vos yeux vous explique de reste l'extension donnée à ce métier. Il s'exerce, en général, de la manière la plus vagabonde. Comme le sage grec, le barbier chinois porte avec lui toute sa fortune, c'est-à-dire son industrie.

Vous voyez arriver à toutes jambes un petit homme ayant sur l'épaule, aux deux extrémités d'un bambou surmonté de quelque figure fantastique, un réchaud de fonte, une escabelle de bois, et une trousse sous le bras : c'est un barbier. Son œil quêteur a découvert une pratique; il la hêle sans cérémonie, et rarement sans succès. L'escabeau posé à terre, l'eau placée sur le feu, notre homme apprête son rasoir, sa cuvette, ses pinces, sa brosse à oreilles qui ressemble à une fleur d'acacia, son cure-oreille de corne, ses pinces de métal, sa *perle à œil*—une boule de corail au bout d'un manche d'ivoire. Quelquefois un singulier préliminaire dispose le patient à l'opération qu'il va subir; c'est ce qu'on appelle le *shampoo*. Accroupi devant sa pratique, le barbier lui presse les mains entre les siennes, lui caresse doucement les épaules, exécute devant son visage des passes mystérieuses, et bientôt — incontestable effet du magnétisme — l'homme ainsi palpé ferme les yeux. Si ce n'est un sommeil complet, c'est une somnolence délicieuse qu'on vient de lui procurer. Sa tête appesantie obéit alors à tous les mouvements du barbier, qui, d'une main sûre, y promène son rasoir triangulaire, très-épais du dos, pesant par conséquent, et d'autant plus facile à manier. La grande affaire est de rendre au crâne une blancheur parfaite, un irréprochable poli. La barbe du Chinois et ses moustaches sont rarement assez fournies pour nécessiter une toilette quotidienne. Sa queue exige plus de travail; on la lave et on la tresse, après l'avoir éveillé — s'il est endormi — en le secouant avec précaution. Viennent ensuite les menus soins donnés aux yeux et aux oreilles. Après quoi, le Chinois se lève, paie, et cède la place à quelque autre bienheureux fils de Hân, qui s'endort à son tour sous le parasol de l'ambulant opérateur.

Le fleuve a ses barbiers comme la terre ferme; ils vont d'une jonque à l'autre offrir leurs services, et prennent quelquefois leurs clients à leur bord. J'ai vu un de ces Figaros aquatiques, partagé entre deux soucis également légitimes: raser une pratique, et voguer après une autre en l'appelant de tous ses poumons. Le plus sérieux de nos *chief-justices* n'eût pas tenu devant une si bouffonne apparition.

Sur la place que nous avons quittée — maudits soient les caprices de mon errante fantaisie — les plus assidus promeneurs ne sont pas les mieux occupés. Au pied des factoreries, le long de leur façade méridionale, un long espalier de misérables fainéants mûrit au soleil. Leurs tuniques de nankin tombent en loques de leurs épaules tigrées de boue; une odeur rance et fétide s'exhale d'eux : parfum *sui generis*, que j'ai entendu comparer à celui de l'ail putréfié dans du linge sale. On ne les

voit jamais occupés à autre chose qu'à prendre au vol les moustiques bourdonnant autour de leurs têtes flétries; et je suis autorisé à croire qu'ils se nourrissent de la vermine amoncelée sur eux; du moins en ai-je admiré plus d'un, croquant avec une philosophie remarquable certains insectes dont il était dévoré peu d'instants auparavant. C'était la loi du talion appliquée dans toute sa rigueur.

Miss Fanny, si vous lui lisez ce passage, va le trouver révoltant, et ne me pardonnera pas d'entrer dans des détails aussi disgracieux. Mais si je vous envoyais une boîte de ces friandises fameuses qu'on appelle ici des nids d'oiseaux, votre aimable sœur en goûterait sans doute, par curiosité, sinon par gourmandise. Et faudrait-il lui révéler ensuite l'origine de cette conserve précieuse? faudrait-il lui dire, en termes plus ou moins choisis, que la gélatine dont elle se compose est tout simplement le résidu de certaines plantes marines digérées et *bavées* par une grosse hirondelle, — la Salangane? Non, sans doute. Le lazzarone chinois, moins respectueux que moi, ne pourrait-il par hasard établir cette comparaison messéante, et en tirer une conclusion malheureusement à peu près vraie : — c'est que toutes les cuisines se ressemblent?

Marquick ne voudrait pas admettre cette vérité désolante. Marquick est le Roberts, le Soyer, le Vatel, le Véry de Quan-Tong; c'est à lui qu'appartient cet hôtel-restaurant-café-billard qui s'ouvre par un passage étroit sur la place des Factoreries. Puisque je vous la montre, il fallait parler de lui et de l'établissement rival, celui de Sandford et Marks. Tous deux se ressemblent beaucoup. Les cours sont également étroites dans l'un et dans l'autre, les chambres également nues, les domestiques chinois également impassibles, également insouciants, également oisifs; la maison en est pleine, mais un seul répond à la voix de chaque voyageur; les autres le verraient périr corps et biens sans lever un doigt pour le sauver. Quant à votre esclave spécial, c'est tout au plus s'il vous accordera quelque attention, un pot à eau rempli, un miroir à barbe et une serviette; ni prières ni menaces ne l'amèneraient à vous départir un morceau de savon.

Au balcon de cette maison chinoise, sur la droite, je vous prie de remarquer ce groupe de jeunes fumeurs qui s'amusent à jeter sur la place quelques reliefs de leur repas achevé. Admirez la finesse de leurs robes de crêpe, leurs bonnets coniques dont une grosse perle décore le devant, l'agrafe de jade qui retient leur ceinture, les deux montres suisses que chacun y a suspendues dans une bourse brodée, leurs chapelets de grains odorants, leurs bas de coton anglais (préférés aux bas de soie), leurs souliers mi-partis à semelles de papier épaisses d'un grand pouce.

Tous ces appendices que vous voyez autour de leurs reins ne sont pas des armes, comme vous pourriez le penser : cette espèce d'aiguille suspendue par un fil de perles n'est pas une épinglette, mais un simple cure-dents ; ce fourreau de soie renferme un éventail en nankin parfumé de *tcholane*, et non pas un kriss empoisonné ; ce sac de cuir cousu d'or n'est pas une giberne, mais un porte-briquet muni d'une pierre à fusil, le tout pour allumer la pipe ; cette bourse contient du tabac, et nullement de la poudre. Une défense expresse interdit aux Chinois toute espèce d'armes en temps de paix.

Le bruit d'une dispute rappelle vos regards vers la place, du côté de la Ruelle aux Porcs (*Hog-Lane*). Soyez certain que c'est quelque matelot, quelque *Jack-Tar*, ivre de *sam-tcheu*, qui trouble la paix publique.

A peine débarqués, nos matelots, les poches bien garnies, ne manquent jamais de se rendre vers ce lieu de délices, auquel ces grossiers épicuriens semblent avoir donné un nom en rapport avec la vie qu'ils y mènent. A l'instant même, les cabaretiers,

les aigrefins de l'endroit, sortent en foule de leurs huttes, et leurs avances cordiales, dont ils mesurent adroitement la familiarité sur la confiance qui leur est accordée, séduisent infailliblement le franc marin. Tantôt c'est un ami, dont il a complétement oublié la figure, mais qui lui prend la main avec effusion; tantôt un inconnu, dont il reçoit avec étonnement les protestations chaleureuses, et qui, pour lier connaissance, lui offre de boire avec lui quelques verres de sam-tcheu. Le cabaret est propre, l'enseigne porte à côté du nom chinois quelque sobriquet d'amitié que ses pratiques anglaises sont censées avoir donné au marchand. Comment se méfier d'un Chinois appelé Good-Tom ou Good-Jemmy? On entre, on s'attable; on boit le sam-tcheu, dans lequel le bon Jemmy a glissé d'avance un puissant narcotique : quelques rasades suffisent pour tourner la tête la plus solide. Jack-Tar devient furieux; il éclate en

imprécations; il distribue à droite et à gauche quelques bourrades, reçues avec le plus profond respect par ses nouveaux amis, bien certains de prendre leur revanche. En effet, les jurons blasphématoires sont de plus en plus incohérents et vagues; les gestes, décousus; les yeux, incertains. Bref, notre homme s'endort, et les Chinois retournent ses poches à loisir. Quand il s'éveille, il est seul dans quelque cour déserte, étendu sur un tas de fumier. Furieux, mais ne sachant à qui s'en prendre, le robuste fan-koueï redescend vers le port d'un pas encore vacillant, mais tout prêt à faire tomber sa colère sur le premier païen qui lui adressera la parole. Par malheur, il est au milieu d'une population remarquable par sa modération et son sang-froid. On s'écarte pour ne pas gêner son passage; on se laisse coudoyer brutalement sans lui dire mot. S'il disperse d'un coup de pied les herbages, les légumes arrangés à terre devant un paisible détaillant à longue queue, celui-ci essaie de lui démontrer en bon chinois qu'il commet là une action répréhensible; s il s'obstine, l'autre cesse un raisonnement inutile, et s'applique seulement à replacer aussi vite que possible les marchandises en désarroi. L'étranger abruti n'est plus pour lui qu'un animal dangereux dont il faut réparer les dégâts sans même essayer de le calmer.

Cependant les polissons accourent et crient: Au fan-koueï! s'amusant de ses méfaits comme des grimaces d'un clown. Un geste de lui suffit, il est vrai, pour les mettre en fuite; mais ils reviennent aussitôt, riant et frappant des mains. Quelques-uns même essaient, s'il lui reste quelque argent, de l'engager dans des marchés de dupe. Dieu vous garde de passer jamais, à la tombée de la nuit, sur la place que je vous décris, et d'y voir une trentaine de vos compatriotes : ceux-ci cuvant leur ivresse dans un lourd sommeil; ceux-là dansant en rond et hurlant d'obscènes couplets; d'autres, enfin, appuyés contre une muraille, la tête sur leur poitrine, les bras ballants, le regard stupide; tous servant de jouets à la plus lâche canaille de l'univers.

On a essayé d'obtenir la fermeture des boutiques où se vend le sam-tcheu; mais cette mesure intéresse surtout les étrangers, et les étrangers sont des barbares trop heureux d'être empoisonnés ou volés par les précieux sujets du Fils du Ciel.

DU MÊME AU MÊME.

Dimanche

Je fus brusquement interrompu, l'autre jour, par un *assistant* de M. Parker. Celui-ci me faisait prier de descendre à l'instant même dans notre salle de réception. J'y trouvai

un haniste chez lequel j'avais dîné pendant ma convalescence. Ce digne négociant, l'un des plus riches du Co-Hong, venait de la part d'un grand personnage — il ne le désigna pas autrement tout d'abord — nous remettre un papier écrit en langue chinoise, mais au bas duquel on avait placé une traduction anglaise. Voici la teneur de ce document :

« J'ai une fille âgée de dix-sept ans. J'expose ici tout ce qui « concerne la maladie dont ses yeux sont atteints, demandant « un bon avis. Il s'y est formé une *couverture* (une cataracte) « qui voile la pupille, et qui est la suite d'une maladie d'en- « trailles qu'elle eut à l'âge de cinq à six ans. Cette couverture « est étendue sur les yeux de manière que ma fille — bien « qu'elle ait été soignée par des médecins — ne peut s'en servir, « et distingue à peine la lumière du jour quand cette lumière est « très-brillante. Sans doute les pupilles ne sont pas attaquées, « mais seulement recouvertes par l'*écran blanc* (la cataracte). « J'ai entendu parler du médecin Parker, un second Hwa-To, « et je désire le solliciter pour qu'il voie ces yeux et leur donne « des soins. Je lui demande d'aiguiller la cataracte ; et quand « bien même, après cela, ma fille n'y verrait pas davantage, « je serai pourtant satisfait. S'il est nécessaire qu'elle aille chez « le médecin, ce sera un inconvénient. J'espère qu'il me dira « si cela est indispensable ou non. Et je serai reconnaissant au- « delà de toute parole. »

Le docteur avait pris connaissance de cette requête avant mon arrivée, et y avait répondu par un refus très-poli de quitter l'hôpital. Ce rigorisme est nécessaire. Les femmes, même de la classe aisée, ont pris insensiblement l'habitude de venir s'y faire soigner ; et si elles apprenaient qu'on a dérogé pour une d'elles à la règle établie, toutes voudraient obtenir d'être traitées à domicile. — Cependant, ajouta le révérend au moment où j'entrai, je désire vivement reconnaître les services que les marchands du hong ont toujours rendus à l'hôpital. Je n'ai pas oublié que votre doyen Howqua fut l'un de mes premiers souscripteurs ; et, pour vous obliger, je consens à ce que mon premier aide — il me montra — très-capable d'entreprendre cette cure, se rende, s'il le veut, chez votre ami.

Le hong était déjà debout, et m'avait honoré du salut chinois, du *tchin-tchin*, comme ils l'appellent, en se prenant les mains et en les agitant à la hauteur de sa poitrine par un geste familier à nos prédicateurs.

Ensuite il se contenta d'ajouter qu'il transmettrait fidèlement cette réponse.

Le lendemain, arriva le linguiste du hoppo de Quan-Tong, porteur d'un message verbal; il était chargé par le lieutenant-général Lun-Chung de remercier le savant docteur Parker, et d'accepter ses offres pleines de bienveillance.

— « Le lieutenant-général avait regardé dans son livre, et trouvé que le douzième jour de la lune serait le plus heureux pour l'opération. Ce jour-là, on attendrait l'honorable jeune médecin d'Europe. »

— L'honorable jeune médecin, c'est moi, mon cher Patrick, et je vous avoue que je ne vois pas arriver sans quelque plaisir — mêlé, il est vrai, d'une certaine appréhension — le douzième jour de la lune, qui sera mercredi prochain.

D'ici là laissez-moi vous expliquer quelques mots qui vous ont peut-être effarouché au début de cette lettre, et vous donner à cette occasion une idée sommaire des rapports établis entre les Européens et les Chinois. Ils tiennent trop au système général des lois du Céleste-Empire pour ne pas offrir quelque intérêt.

La base unique de toute la législation pénale est ici la responsabilité hiérarchique. Un délit quelconque est commis, une loi est violée; il faut un coupable, il faut une expiation. Le criminel échappe-t-il? on châtie ses parents. N'offrent-ils aucune prise à l'action publique? alors commence la responsabilité du magistrat, qui remonte du plus infime officier de police au mandarin du district, au vice-roi de la province, au ministre d'état, aux conseillers de la couronne; enfin, dans certains cas exorbitants, au monarque lui-même.

Ainsi l'on a vu, pour un parricide, tout un village brûlé,

le district soumis à une amende, la province condamnée au deuil, les grands dignitaires de l'empire privés de quelques distinctions, et le Fils du Ciel s'imposer une pénitence publique.

Ceci posé, vous comprendrez à l'instant même l'existence du Co-Hong. Les barbares soufferts à Quan-Tong y commettaient parfois de graves désordres. Ces désordres demeuraient impunis, soit parce que leurs auteurs étaient inconnus, soit parce que la force les mettait à l'abri de toute poursuite. L'économie ordinaire du système pénal était ainsi troublée; un exemple fatal attestait l'impunité du crime. En matière commerciale surtout, les fraudes punies d'amendes, les fausses déclarations de marchandises, les exportations prohibées, etc., se multipliaient faute de châtiments. C'est alors que la société du Co-Hong fut instituée pour servir d'intermédiaire et de répondant au négoce européen. Chacun des treize membres qui la composent — ce sont ordinairement des négociants convaincus d'avoir fait la contrebande — n'a eu à choisir qu'entre des poursuites déshonorantes et ces fonctions dangereuses. Une fois associé, il achète le titre de mandarin; et c'est par lui ou ses confrères que doivent être transmises toutes les réclamations des Européens, toutes les réponses du *tsong-to* (vice-roi), des deux *fou-youen* (gouverneurs civils), ou des autres délégués du pouvoir impérial. Les hanistes sont solidairement responsables vis-à-vis de l'étranger de tout ce que peut lui devoir l'un d'eux; vis-à-vis du gouvernement, de toutes les sommes dues par l'étranger pour droits de douanes, etc, et aussi de tous les actes répréhensibles que la police attribue aux fan-koueï; responsabilité immense dont ils sont tenus surtout envers le hoppo (directeur des douanes), et que les exactions de celui-ci ne manquent jamais de rendre fort onéreuse. Devant lui — tout mandarins qu'ils sont — les hanistes ne se présentent jamais qu'à genoux, en se prosternant à plusieurs reprises la tête contre terre. Alors même que l'orgueilleux magistrat leur permet de se relever, ils ne doivent jamais hausser les yeux au-dessus du neuvième bouton de sa veste; et l'oubli de cette rigoureuse étiquette vaudrait au plus riche de ces négociants titrés l'humiliation d'une bastonnade, ni plus ni moins que s'il s'agissait d'un simple coulie.

Chaque marchand hong est connu sous trois noms; on pourrait dire quatre, en tenant compte de la différence qui existe toujours entre le nom chinois et sa transfiguration européenne. Ainsi, Howqua (en chinois Woo-Haou-Kouan) avait pour nom marchand Ewo-Hong, et pour nom officiel Woo-Shaouyung. Saoqua — celui que le lieutenant-général a choisi pour son ambassadeur — s'appelle en chinois Woo-Chouang-Kouan; son nom marchand est Tung-Shun-Hong; son nom officiel, Woo-Teenwan. De même pour tous les autres.

Vous devez croire qu'un monopole si bien organisé produit d'immenses bénéfices et engendre un esprit de corps très-exclusif; mais il n'en est rien. Quelquefois avides comme individus, les membres du Co-Hong sacrifient aisément leurs intérêts collectifs, et se contentent de bénéfices qui ne sont aucunement en rapport avec les affaires dont ils deviennent les intermédiaires forcés. Bien plus, ils concèdent à leurs amis, à leurs simples connaissances, et pour la plus légère rétribution, l'usage de leurs priviléges commerciaux, en leur permettant de traiter directement, à l'ombre du hong, avec les négociants étrangers. Un pareil abandon de leurs droits, joint aux exactions du hoppo et aux dépenses forcées qui leur sont imposées, amène quelquefois la faillite du haniste. En pareil cas, la société prend du temps, et paie intégralement les créanciers.

Les hanistes sont exactement les officiers d'un lazaret commercial. Une fois entrés dans la corporation, enrichis ou misérables, ils ne peuvent plus en sortir. Leur caractère est indélébile comme celui d'un prêtre, et l'on en connaît qui, cinquante et cent fois millionnaires, sollicitent en vain la faveur de se retirer après de longs services.

Samedi.

Maintenant vous savez au juste quel rang occupe notre ami Saoqua : peut-être vous amuserai-je en vous racontant mon premier dîner chinois chez cet estimable commerçant.

C'était peu de temps après mon entrée en convalescence. M. Parker m'avait logé provisoirement chez un de ses amis dans le hong à deux aigles (la factorerie autrichienne, ainsi nommée par les Chinois à cause de son symbole héraldique). Mon existence y était à la fois la plus douce et la plus monotone, celle de tous les Européens riches qui résident à Quan-Tong. Mais je ne l'acceptais pas sans une sorte de honte, tant cette prodigalité dont j'étais entouré contrastait avec les rudes habitudes de ma jeunesse. Jugez-en. Un domestique venait m'éveiller à l'heure que j'avais fixée la veille; il m'aidait à sortir du lit, me jetait quelques seaux d'eau sur le corps, et présidait à ma toilette, que je lui laissais faire avec la plus déplorable indolence. Venait le déjeuner : un curry de poisson ou de volaille, des œufs, des fritures, et quelques tranches de viande froide, jambon et bœuf, invariablement servis de compagnie. Jusqu'à trois heures, je lisais, dessinais ou prenais mes leçons de chinois. Alors le dîner nous réunissait. Et quel dîner, mon cher Patrick! Certes, la corporation de Dublin elle-même n'en donna jamais de pareils. Après deux ou trois potages, arrosés de madère, de sherry et de claret, — chaque bouteille enveloppée dans un sac de laine humide pour lui conserver sa fraîcheur — venait un service de poissons, pendant lequel il est d'usage de ne boire que de la bière. Ensuite, et alors seulement, commence le dîner proprement dit : rôtis de bœuf, rôtis de mouton, rôtis de volaille, l'inévitable bosse de bœuf — car en Chine les bœufs eux-mêmes trouvent moyen d'être bossus — et l'inévitable jambon. Quelquefois, pour varier, un pâté de foie gras ou de perdreaux, arrivé d'Europe à grands frais. Vins de ce service : claret et sauterne. Tout cela disparaît pour faire place aux entremets sucrés et aux rôtis de gibier. On sert des oiseaux de riz, espèce d'ortolan indigène, des canards sauvages, des sarcelles, etc.; le champagne commence à circuler en compagnie du claret. Suivent les excitants : les harengs, les ognons de Bombay, le fromage, les sardines; bref, assez de digestifs pour se donner une demi-douzaine d'indigestions. La bière reprend un empire exclusif jusqu'au moment où

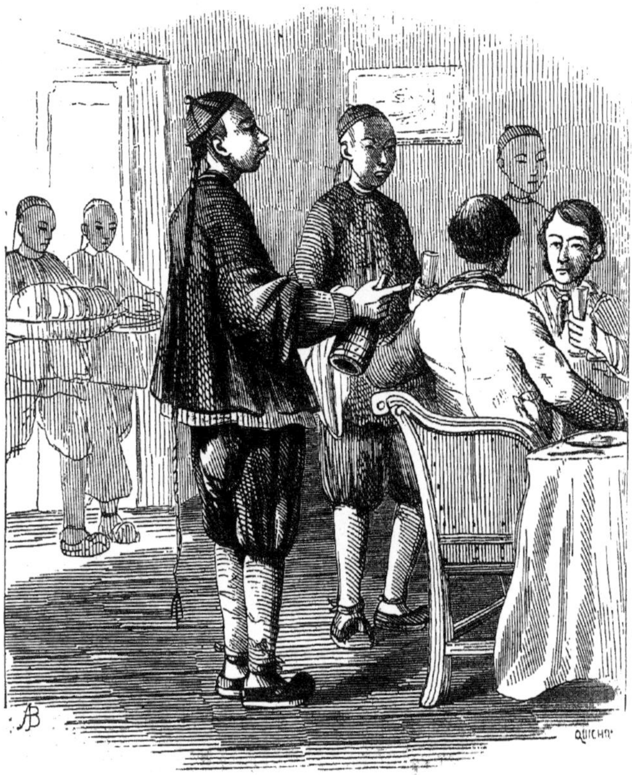

les domestiques — vêtus de blanc, souliers bleus, la queue tressée d'un ruban rouge — apportent le dessert et se retirent. Chacun use alors de la dive bouteille suivant ses penchants

Petit Fort près de Hong-Shang.

personnels et la conscience qu'il a de ses facultés bachiques, les uns mouillant à peine leurs lèvres et par pure politesse, les autres vidant à tous coups le vin qu'ils ont versé dans leurs verres. Enfin on passe au salon, où les liqueurs et le café complètent ce somptueux ordinaire, dont vous pouvez par à peu près deviner les frais, si vous voulez bien réfléchir que presque tous les aliments dont il se compose — voire le charbon qui a servi à les cuire — arrivent d'Europe et paient des droits d'entrée.

Une promenade en *wherry* n'est pas de trop après un dîner de cette espèce, et je sortais en général avec les deux ou trois meilleurs rameurs de la compagnie, soit pour aller aux délicieux jardins de Fa-Tée (les jours où cette excursion était permise), ou bien dans l'île d'Honan, pour voir un grand temple que je vous décrirai peut-être.

Ces excursions étaient quelquefois charmantes. Le wherry est une barque légère, effilée comme une pirogue; on le conduit à deux, quatre ou six rames. Il faut une certaine expérience, cette embarcation voguant sur les eaux les plus basses, pour la guider sans inconvénients. Quelquefois la rame, prise sous l'eau et violemment ramenée contre la poitrine du matelot novice, le fait choir honteusement pardessus bord. Je vous parle, hélas! par expérience de cet accident désagréable; mais en peu de jours, après une leçon pareille, on devient ordinairement très-bon rameur, et je défierais aujourd'hui les plus déterminés *boatmen* de l'université d'Oxford, même sur les flots classiques de l'Isis.

Où donc en étais-je? à nos promenades du soir, je pense, sur la rivière de Hong-Shang ou sur les canaux environnants. Comment vous donner une idée du panorama brillant et bizarre qu'elles déroulaient sous nos yeux? Ici, une jolie rangée de maisons chinoises, toutes en colonnettes, en balcons, en treillages, vraies cages transparentes aux volets verts et bleus, toutes tapissées de fleurs; demeures à jour, où les habitants se dessinent comme l'araignée derrière sa toile; plus loin, dans la campagne, des cabanes solitaires abritées sous les bananiers aux larges feuilles; ici, les gracieuses gerbes du bambou; — là-bas, sous un multipliant séculaire, un petit temple en briques bleues; — une colline couronnée de kiosques et de pins parasols; — des ponts en escalier, aux arches pointues, aux piles triangulaires; et que sais-je encore? mille détails originaux; — la terrasse de la villa couverte de jeunes femmes qui nous souriaient sous leur parasol et derrière les fleurs touffues qui chargeaient

la balustrade, comme les Portugaises de Macao derrière leurs jalousies entr'ouvertes; — le bateau à canards, autour duquel nagent en liberté ses hôtes apprivoisés, prêts à revenir au premier signal; — les ateliers du constructeur de barques, reconnaissables au radeau de bambous qui flotte devant sa porte; — le village étalé sur la pelouse, et qui de loin rappelle si bien un *hamlet* anglais ; — derrière un champ de riz, la sampane qui glisse comme enfouie dans la verdure, et dont la voile fauve semble un monstrueux animal ; — ou bien encore un troupeau de ces malheureux qui, retroussés jusqu'au-dessus du genou, pêchent la vase du fleuve pour s'en servir comme d'engrais, et, tout en remuant cette vase, y prennent, avec le pied, des poissons menus, des crevettes, des langoustins, des squilles.

Mais rien, je l'avoue, n'agaçait mon imagination comme ces maisons impénétrables dont l'accès m'était peut-être interdit à jamais. Je les sondais sans cesse de mes regards curieux ; j'appelais à mon aide l'obligeant Asmodée en le priant de rendre transparentes pour moi ces murailles peintes et vernies ; d'écarter un instant ces toits légers dont le vent semble avoir retroussé les angles, et sur l'arête desquels se dressent des cornes, des croissants, des gondoles chimériques ; et lorsqu'une persienne mal baissée, les stores de soie relevés, les verandahs entr'ouverts, me laissaient apercevoir dans la pénombre quelque lustre ou quelque lanterne qui brillait en tournant, une gigantesque porcelaine, un *djoss-stick* allumé devant la niche de quelque idole domestique, une table de laque rehaussée d'or et chargée de jouets d'ivoire ou de filigrane, ces échantillons d'un luxe étrange me faisaient tressaillir comme autant de révélations inattendues.

Mes compagnons — mes hôtes, pour mieux dire — avaient ri fort souvent de cette espèce de chinomanie; et l'un d'eux, la prenant enfin en pitié, me proposa de me faire donner à dîner chez un des hanistes.

Or — ce que vous aurez peine à comprendre — l'usage s'est établi, en pareil cas, de demander directement une invitation qu'on est sûr d'obtenir de la politesse chinoise, et que l'orgueil européen se dispense de rendre. Un agent de la Compagnie des Indes écrivit un beau matin quelques lignes à Saoqua, et la semaine suivante je reçus un *tit-sée* ou billet sur papier rouge,

Fac simile d'une Enveloppe de Lettre d'invitation

OU

D'UNE CARTE DE VISITE DU JOUR DE L'AN.

Que votre bonheur soit florissant.

Traduction des caractères chinois placés en tête.

Moi, Ma-Tso-Lang (*nom honorifique de Saoqua*), je vous salue humblement.

Traduction des caractères placés sur le côté.

plié, orné de fleurs dorées, et en éventail. Il était adressé : « Au très-illustre docteur, vénérable lettré, à son bureau de travail, » et contenait ensuite les phrases que voici :

« Le septième jour de la présente lune est un jour de fête pour votre cadet. Le sixième jour, il nettoiera ses coupes, et, le dixième, il les remplira de vin ; c'est alors qu'il osera détourner vers son humble résidence le palanquin de son ami. Trouvant dans sa compagnie les plaisirs de la conversation, il recevra ses conseils pour la bonne ordonnance de la fête. C'est dans ce but qu'il sollicite la brillante présence de son aîné. Est-il possible d'imaginer l'élévation qu'il devra sans doute à une si glorieuse influence?

« De Saoqua, né le soir, et qui, saluant jusques à terre, envoie cette lettre prospère et flatteuse.

« Tao-Kouang, 1er jour, 7e lune, 16e année. »

Flatteuse, cela est certain ; flatteuse jusqu'au mensonge le plus transparent et le plus railleur ; car enfin mon hôte n'ignore pas mon âge, et, plus vieux que moi de vingt ans, il m'accorde un illusoire droit d'aînesse. En revanche, sans être à même de l'apprécier, il exalte sur parole un savoir qui lui doit être suspect.

Que m'importait, du reste? — J'entrerais enfin dans une de ces mystérieuses demeures qui préoccupaient mon imagination ; et si l'axiome gourmand : *Dis-moi ce que tu manges, je te dirai qui tu es*, n'était pas dépourvu de toute justesse, j'allais faire intime connaissance avec une individualité chinoise.

Deux jours après, nouveau papier rouge. Je pensai qu'il y avait malentendu. En aucune façon : mon hôte me rappelait seulement en termes choisis qu'il espérait « l'illumination de ma présence » pour la fête déjà indiquée.

Troisième missive, le jour du festin, vers midi. Pour le coup, pensai-je, il y a contre-ordre. Tout au contraire, Saoqua insistait de plus belle pour prendre avec moi le *riz du soir* (ainsi s'appelle ici le dîner) et me demandait formellement si j'honorerais sa fête de ma présence. Je répondis à son message par une acceptation accompagnée de remerciements, et nous partîmes deux heures après.

Notre hôte nous attendait, s'il faut en croire ses protestations, avec la plus grande impatience. Il ne m'avait jamais vu auparavant, et son salut, au lieu du tchin-tchin ordinaire, fut cette phrase consacrée :

— *Soo yang fang ming!*

Ce qui signifie en bon anglais : « J'ai déjà pensé avec vénération à votre nom qui embaume. »

Après ce beau compliment, il nous guida vers la salle du festin, située dans le principal corps de logis, dans celui qu'habite le maître de la maison.

Quatre tables carrées en bois de Surate étaient dressées à droite et à gauche d'un assez vaste parallélogramme dans lequel donnait accès une porte ovale, flanquée de deux énormes vases de porcelaine antique remplis de fleurs brillantes et surmontés de deux grands éventails en plumes de paon. La cinquième table, celle de Saoqua, se trouvait au fond de la pièce, du côté de l'entrée, directement en face d'un petit théâtre qui occupait l'autre extrémité. Là, des sauteurs, des danseurs de corde, des musiciens, ne cessèrent de se démener tant que dura le repas, sans que personne parût prendre garde à eux.

Bien que les tables fussent assez grandes pour donner place à quatre ou même à six personnes, on ne fit asseoir à chacune que deux convives, laissant libre le côté par lequel on avait vue sur le petit théâtre; et quand nous fûmes installés, on nous offrit immédiatement, dans de grandes tasses, du lait d'amandes. Ceci n'est qu'un hors-d'œuvre de pure cérémonie.

Peu après, dans de petites écuelles de porcelaine à figures dorées et en relief, arrivèrent coup sur coup une foule de mets froids, qui m'étaient pour la plupart inconnus. Mon hôte eut la bonté de m'en nommer quelques-uns. C'était du poisson volant, séché et râpé très-fin, servi avec du vinaigre et des champignons (qu'on appelle ici des *oreilles de pierre*, et qui entrent dans le régime imposé aux prêtres); c'était ensuite du *pi-fan-u*, poisson de riz, très-blanc et assez bon, qui se sert frit comme le *white-bait* de Greenwich ; c'étaient des pieds de cerfs accommodés en purée ; c'étaient des rouelles taillées dans une espèce de cuir brun appelé cuir du Japon, et qu'on ne peut mâcher qu'après l'avoir fait longtemps macérer dans l'eau ; c'étaient des foies et des estomacs d'oiseaux, cuits et hachés menus ; des chenilles d'une espèce particulière que produit la canne à sucre, torréfiées et salées ; puis çà et là des assiettes de fruits : pêches, poires, noix, vieilles connaissances enfin, auprès desquelles des oranges mandarin, des *kin-keuh* (autre orange plus petite), des *li-tchis*, des *lung-yên* (yeux de dragon), des *hwang-pe* (peaux jaunes), des *loquat*, etc., etc., se montraient avec un certain orgueil. Les deux premiers de ces fruits chinois viennent en grappes, et le li-tchi bien mûr ne ressemble pas mal à un bouquet de fraises ; mais sa cosse renferme une pulpe molle qui recouvre deux ou trois pepins solides. Le hwang-pe rappelle plutôt le raisin ou la groseille à maquereaux. Le loquat est une sorte de nèfle d'un goût légèrement âpre.

Tous ces plats — en argent et fort petits — couvraient la table, où il ne restait qu'une seule place réservée au centre pour le service du vrai dîner, composé de plats chauds qu'on apportait un à un, et qu'on enlevait avec une rapidité pareille à celle dont se choquait si fort le sage monarque de l'île Barataria.

Recommencerai-je mon énumération? Il le faut bien, dussiez-vous trouver désagréable de recevoir, en guise de lettre, une carte de restaurateur. On nous fit ainsi passer sous le nez, en deux ou trois services marqués par des pauses, jusqu'à huit bassins d'étuvées : nageoires de requin roulées en boulettes, nids d'oiseaux au sucre candi, pattes d'oies, tête de moineaux, grenouilles, porc-épic (servi avec le gras vert de la tortue), gésiers de poissons (entourés d'herbes marines), bécassines garnies de crêtes de paon, et des holoturies *(bichos de mar)*, que l'on pêche sur les rescifs de l'archipel malaisien et de l'océan Pacifique.

Vinrent ensuite douze à quinze bols remplis d'une espèce de soupe où nageaient, coupés en petits morceaux, tantôt un canard mandarin, tantôt un poulet, tantôt un faisan, ou bien des œufs de pigeon; puis certaines substances longues et molles que j'avais d'abord prises pour des vermicelles, et dont je m'apprêtais à goûter, lorsque, demandant à tout hasard le nom de ce plat : — *You wantshee grubbee?* me dit mon hôte dans le jargon de Quan-Tong.

C'étaient des vers, mon ami, de grands vers de terre, tout simplement. Je replaçai le bol, ou plutôt je le laissai retomber sur la table avec autant de sang-froid que j'en pus conserver.

— *My no wantshee, my thankee*, répondis-je.

Ce ne fut pas le seul accident ridicule de ce fantastique repas. En guise de fourchettes, vous savez sans nul doute que les

Chinois se servent de deux petits bâtonnets désignés sous le nom métaphorique de *garçons agiles* (*kwae-tsze*), longs de huit

Un Dîner.

à neuf pouces, en bois d'ébène ou en ivoire parfaitement poli et à pointe d'argent. L'un se tient entre le pouce et l'index de la main droite; le second, entre le même pouce et le doigt du milieu : c'est à leur point de jonction qu'il faut savoir — ceci demande une certaine adresse — pincer chaque morceau pour le porter à la bouche. En même temps, de la main gauche restée libre, on tient une cuiller de porcelaine ou d'émail, qui sert à recevoir la sauce ou le jus découlant du morceau voyageur. Tout ceci, vous le devinez, ne laisse pas que d'être assez compliqué. Aussi le Chinois qui régale des Européens compte-t-il, pour s'amuser, sur leur gaucherie à se servir de ce petit instrument.

Saoqua, qui m'avait pris à sa gauche, observait tous mes mouvements sans faire semblant de rien. Pour moi, j'étudiais les siens avec tant de zèle, que j'avais failli me lever avec lui, au début du repas, et boire à ma propre santé qu'il portait solennellement. Mais les *garçons agiles* me donnaient de la tablature; et pendant qu'il enlevait les mets les plus glissants avec une rare prestesse, je pouvais à peine de temps à autre faire arriver jusqu'à moi, grâce à leur forme plate, quelques débris de saucisse ou de jambon fumé. Le respectable haniste, après avoir assez ri de ma maladresse, la prit enfin en pitié; il transporta jusqu'à mes lèvres tout un paquet gluant de nids d'oiseaux, contre lequel je m'escrimais en vain depuis quelques minutes. Je vous laisse à penser si le ragoût ainsi présenté me plaisait beaucoup. Je m'efforçai pourtant d'oublier les ravages du temps et du tabac, ravages dont la bouche de tout Chinois porte de bonne heure les marques déplorables; et j'acceptai, les yeux fermés, le don malvenu de l'hospitalier marchand.

Il n'était pas au bout de ses civilités. Le cérémonial fixe, pour porter des santés, certains moments du dîner. Lorsque mon tour fut venu, je dus me soumettre à l'étiquette qui est celle-ci : les deux personnes appelées à se faire politesse se lèvent à la fois, prennent leurs tasses à deux mains, et vont se placer au milieu de l'appartement; puis, portant sa tasse à ses lèvres, chacun la baisse lentement et s'incline jusqu'à lui faire toucher terre. Plus le salut est profond, plus la politesse est grande. Cette simagrée recommence trois, ou six, ou neuf fois, au gré de celui qui porte la santé. L'autre n'a qu'à suivre tous ses mouvements d'un œil attentif; lorsqu'il le voit enfin se décider à boire, il doit boire en même temps; puis tous les deux retournent la coupe pour montrer qu'elle est entièrement vide: puis un nouveau salut, et ils reviennent à leur table. Mais avant de prendre place, ils établissent un autre conflit de civilités, avec force grimaces, force révérences, force gestes... Et quand le temps est venu d'en finir, on les voit tout à coup s'asseoir en même temps, comme deux marionnettes poussées par le même ressort.

Encore oublié-je ce point essentiel : c'est que très-fréquemment, pour boire à la santé l'un de l'autre, nos deux magots échangent leurs tasses. Saoqua semblait me proposer cette cérémonie; mais j'avais assez de ses bâtonnets, et je feignis de ne pas comprendre.

Une épreuve assez bizarre suivit le second service : elle a pour objet de rassurer le maître de la maison sur la satisfaction de ses convives. On prend quatre bols remplis que l'on pose côte à côte en carré au milieu de chaque table; sur ces quatre bols, on en étage trois autres, en triangle, également remplis; et enfin, au sommet de la pyramide, un huitième. Il est d'usage de n'y pas toucher, malgré les plus pressantes invitations. Puis le dessus de table est enlevé; — chaque table en a plusieurs de rechange; — et au milieu de pâtisseries, de confitures, etc., on sert — on nous servit du moins — une salade composée des plus tendres jets du bambou, et quelques préparations liquides passablement nauséabondes, à n'en juger que par l'odeur; alors des bols de riz furent placés pour la première fois devant nous. Dans les dîners ordinaires, le riz joue un rôle beaucoup plus essentiel.

J'étais d'autant plus inquiet en le voyant arriver, que je me rappelais certain conte, assez volontiers admis en Europe, sur les Chinois qui mangent leur riz grain à grain. Avec les bâtonnets dont je vous ai parlé, cette manœuvre délicate me semblait une pure utopie ; et je vis que j'avais raison. Mon hôte, que je regardais de nouveau avant de me risquer, porta le bol très-près de ses lèvres, ouvrit démesurément la bouche, et ses *garçons agiles* y chassèrent le riz, non par grains, mais par poignées. C'était intelligible, sinon ragoûtant.

On y joint, par manière d'assaisonnement, du canard et du poisson salé, ou bien quelques cuillerées de potage acide.

Enfin le thé, présenté dans de petites tasses couvertes, sans sucre ni crême, complète et termine le festin, que suivent de longues ablutions.

— Ne boit-on que du thé? s'écrie sans doute votre bon oncle le major. Rassurez ce glorieux représentant de l'*Anti-temperance Society*. On boit du vin dans de jolies tasses dorées qui ont les anses et la forme de l'urne antique. Ce vin est chaud, car toute boisson froide passe en Chine pour insalubre. Il y a aussi le *vin de riz*, le *siou-hen-tsou*, le *fan-tsou*, et Dieu sait combien d'autres spiritueux assez mal distillés. On a même de l'eau-de-vie chinoise; mais elle est très-faible et très-peu dépouillée.

Dites encore au major que, pour s'exciter à boire, les Chinois ont un jeu qui ressemble à la *morra* des Italiens. Celui qui devine juste combien son antagoniste a levé de doigts, peut le forcer à boire un égal nombre de coups. Généralement, lorsque l'un des joueurs sent sa tête embarrassée, il demande lui-même — car John Chinaman est assez sobre — la discontinuation d'une si dangereuse partie

En somme, mon dîner m'avait horriblement fatigué ; il durait depuis sept heures quand il prit fin. Or, bien qu'il soit permis de se lever entre les services et de faire un tour dans l'appartement, bien que le cérémonial autorise encore à fumer çà et là une pipe ou deux, c'est une horrible tâche que de mal manger pendant si longtemps, et de respirer un air chargé d'émanations désagréables. L'ail domine dans la cuisine chinoise. L'huile de ricin, réservée chez nous à la pharmacie, empoisonne ici la plupart des mets. Sauf le riz, d'ailleurs, tous les plats se composent de douze à quinze substances tant bien que mal amalgamées ;

et l'atmosphère de la salle en souffre autant que l'estomac des convives.

Comme caractères généraux, il faut reconnaître que la cuisine chinoise est fade et grasse. Le *soy*, bien connu des gourmets d'Europe, et qui sert ici d'assaisonnement commun, ne remédie qu'imparfaitement au premier de ces défauts; quant au second, il est d'autant plus fortement enraciné dans les mœurs, qu'un gros ventre et un nombre indéterminé de mentons embellissent un Chinois à ses propres yeux, et lui comptent pour autant d'agréments extérieurs.

L'excentricité de plusieurs plats, comme les nageoires de requin, les nids d'oiseaux, etc., tient à deux causes : la première est que ces friandises de convention coûtent horriblement cher et attestent la fortune de l'amphitryon qui les prodigue;

la seconde est qu'on leur attribue certaines vertus qui, chez nous, recommandent la truffe à nos don Juan délabrés.

Nous revînmes à la nuit : les rues étaient silencieuses et mal éclairées par quelques lanternes suspendues devant la porte des maisons riches. Le nom du propriétaire s'y dessine en caractères de couleur. L'heure était passée où presque toutes les voies publiques se ferment et sont tenues sous clef par des agents de police. Il fallait débattre avec chacun d'eux le droit que nous avions de regagner notre domicile ; mais quelques *cash* les rendaient parfaitement dociles et respectueux.

Arrivés au hong, nous montâmes chez un de nos amis qu'une légère indisposition avait empêché de se rendre à l'invitation de Saoqua ; et je commençais à lui détailler le menu du festin, lorsqu'il m'arrêta court en me montrant, dispersés dans tous les coins de sa chambre, des échantillons de la plupart des mets qui nous avaient été servis. Ainsi se pratique l'hospitalité chinoise, qui, plus raffinée que la nôtre, va chercher à domicile le convive absent.

Le lendemain, chacun de nous reçut encore une pancarte de Saoqua, par laquelle il nous exprimait son regret de n'avoir pu nous traiter avec toute la magnificence due à nos mérites infinis. Il fallait répondre à ce dernier message, et nous mîmes en réquisition toutes les fleurs de la rhétorique européenne pour peindre à notre hôte, avec une emphase égale à la sienne, l'immense plaisir que nous avions pris à son incomparable festin.

Ce fut l'épilogue de ce poëme gastronomique.

Lundi.

Il me sembla convenable, quelques jours après, de faire à mon hôte ce qui s'appelle en France une *visite de digestion*, et bien que la route ne soit pas longue du hong autrichien à la maison de Saoqua, située près du Consoo-House, à l'extrémité nord de la Vieille rue de Chine, cependant notre petit voyage fut marqué par un incident que je ne dois pas oublier. A la porte d'une riche habitation, parmi des ordures rassemblées en tas, était une sorte de petite hotte assez grossière, plus que remplie par quelque chose de blanc. Les passants enjambaient, sans y regarder, cet obstacle. Jugez si je fus atterré de leur indifférence, lorsque, arrivé plus près, je reconnus, dans ce que je prenais pour une hotte, un berceau d'osier où un bel

enfant semblait reposer; mais il était mort, mort tout récemment, à ce qu'il semblait, et à peine âgé d'une année. Le berceau néanmoins était encore trop petit pour son cadavre; on l'y avait fait entrer de force en le ployant. Sa tête, où déjà se manifestait une légère enflure, penchait sur un des bords, et soulevait l'autre par son poids. Tandis que je contemplais, immobile, ce triste tableau, les Chinois dont j'obstruais le passage s'étaient aussi arrêtés, et me regardaient avec stupeur, ne comprenant pas l'étonnement du tan-koueï. — Rien que d'ordinaire pour eux dans ce mépris de la créature purement physique; il contraste cependant d'une manière étrange avec leur respect pour les vieillards et leur dévotion aux morts.

DU MÊME AU MÊME.

Jeudi matin.

Hier était le grand jour fixé pour ma visite au lieutenant-général. A dix heures du matin, le linguiste frappait à la porte de l'hôpital, devant laquelle attendaient une fort belle chaise à porteurs et quatre vigoureux coulies prêts à se charger de moi.

Il est charmant de se sentir enlevé, comme je le fus, dans une cage de bambou, de drap et de papier huilé, qui, sans bruit et sans chocs désagréables, doucement balancée sur ses flexibles supports, semble glisser d'elle-même le long des rues. Je pouvais d'autant mieux en juger, qu'il m'était quelquefois arrivé de me hasarder en piéton dans ces mêmes rues obstruées par la foule; et ces jours-là, tremblant pour ma tête à chaque instant menacée par le portefaix rapide et que rien n'arrête une fois

qu'il a crié : Gare! — empesté par les vendeurs de tabac qui font valoir leur marchandise en fumant sans relâche, — obligé de m'enfuir dans les boutiques pour éviter le contact des mendiants; — marchant quelquefois, dans un coin, sans le vouloir, sur quelque lépreux accroupi que j'avais pris pour un tas de chiffons, et qui relevait en hurlant sa tête pelée. — je ne m'y sentais guère à mon aise.

Hier, au contraire, tout m'apparaissait en beau à travers le treillis de mes petits volets et la gaze de mes rideaux. Je remarquais l'extrême propreté des dalles, les vives couleurs de ces enseignes rouges, jaunes ou bleues, placées comme des coulisses de théâtre en avant de chaque magasin; je voyais à mon tour se disperser devant mes serviteurs la foule effrayée, qui me prenait, invisible, pour quelque mandarin à bouton rouge ou doré. Dans une rue de bouchers — ici chaque profession a son quartier distinct — je laissai tomber un regard sympathique sur les belles viandes, blanches et roses, étalées avec un soin raffiné; la plus belle, hélas! est celle du chien, cet ami de l'homme, et que l'homme chinois dévore sans la moindre répugnance. Or, il n'est pas rare — admirez l'instinct — de rencontrer le boucher canicide harcelé par une meute en colère qui flaire en lui le fléau de l'espèce, et le poursuit d'aboiements acharnés. La plainte nasillarde des canards entassés dans des cages répond à ces clameurs vengeresses. Plus loin, un bruit de jets d'eau m'annonçait un marché de poissons, et j'admirais cette méthode intelligente qu'on emploie ici pour les conserver vivants, dans des baquets alimentés sans cesse par une onde pure. En traversant la rue des artificiers, je m'étonnais d'entendre sonner l'or et l'argent dont leurs magasins, toujours encombrés de chalands, semblent vraiment ruisseler. Bref, je n'étais pas encore rassasié de ce spectacle varié, tumultueux, étincelant, qu'une rue chinoise — une rue de commerce, bien entendu — présente à l'œil d'un Européen, quand nous arrivâmes dans la Vieille Ville, la Ville du Nord, où réside mon nouveau client.

Ici, la scène changea. Dans ces quartiers, relativement déserts, régnait une sorte de silence et d'immobilité. Quelques prêtres de Fo s'en allaient seulement de maison en maison lever je ne sais quelle taxe ou aumône religieuse. Les uns portaient

Vieille rue de Chine, à Quan-Tong.

des bourses; les autres, des affiches et des pinceaux; et, l'impôt une fois acquitté, ils marquaient la muraille de leur dévot donataire, appelant sans doute ainsi sur sa demeure les récompenses dues à ses mérites.

Bientôt après nous arrivâmes au pied d'un grand bâtiment à trois corps de logis, et devant une petite porte peinte en rouge brun, sur laquelle on voyait les traces de quelques caractères d'or effacés en partie par le battement continuel des marteaux : ces caractères indiquaient sans doute le grade du propriétaire.

En somme, la maison avait un air délabré qui m'eût étonné si je ne savais déjà que les hauts fonctionnaires de l'empire, ne résidant guère plus de trois ans dans la même ville, y donnent peu de soins à leur établissement passager, et réservent leurs dépenses pour la résidence de famille où ils comptent finir leur vie.

Mon guide, descendu de sa chaise, frappa rudement à la porte, qui s'ouvrit aussitôt; quatre ou cinq domestiques, coiffés de grands bonnets de cérémonie et très-proprement vêtus, étaient accourus de l'intérieur. Il leur présenta sa carte, et leur dit, si je ne me trompe : — Je viens avec le savant docteur — le *sin-sang* — rendre visite à Son Excellence.

Celui de ces gens qui reçut la carte rentra dans la maison; les autres me regardaient sortir de mon palanquin. Le linguiste, sans attendre une réponse, me fit signe de l'accompagner, et nous allâmes nous poster devant la porte du centre, pratiquée sur la principale façade. Elle s'ouvrit bientôt, et un beau jeune *lion* chinois vint à notre rencontre en nous saluant avec la plus grande politesse.

Il était d'une taille remarquable pour un fils de Hân, et sur son bonnet de satin puce, à bords de velours noir, étincelait un bouton de cristal à six facettes, insigne du mandarinat de troisième ordre. En outre, le tigre brodé sur l'écusson de soie qui décorait sa poitrine annonçait un officier de l'armée. Son *ma-koua* — sa redingote, si vous l'aimez mieux — dont les larges manches descendaient jusqu'au milieu de l'avant-bras, et dont les pans atteignaient juste à la hauteur des hanches, était en drap de Ke-Chan-So, moitié coton, moitié soie; sous ce vêtement, il portait une veste de soie bleue richement brodée, à manches et pans beaucoup plus longs que ceux du ma-koua. Ces sortes d'habits larges croisent invariablement sur le côté droit de la poitrine, où ils sont retenus par des ganses et des boutons. Les pantalons, en crêpe de Nan-King, bleu clair, broché de même couleur, étaient taillés comme les chausses larges des palikares grecs, et rentraient de même au-dessus du genou, non dans des guêtres de cuir, mais dans des bottes de satin noir. La semelle, épaisse d'environ deux pouces, brillait du plus vif éclat sous une triple couche de vernis blanc. Leurs chaussures et leur queue sont pour les dandies du Céleste-Empire l'objet des soins les plus recherchés. Celle de notre introducteur ne pouvait évidemment lui appartenir toute entière : j'en jugeai

Salon de Réception.

du moins ainsi par son diamètre et sa longueur exorbitante; rembourrée sans doute de faux cheveux et de cordons de soie noire, elle lui descendait jusqu'à mi-jambe.

Tel nous apparut Tso-Hi, officier de cavalerie au service de Sa Majesté chinoise. En termes sans doute très-fleuris — car il les accompagnait d'un sourire affectueux — il nous invitait à entrer chez le lieutenant-général; et nous le suivîmes immédiatement dans le salon de réception.

Lun-Chung était assis, quand nous entrâmes, sur un fauteuil de *muh-wang*, bois précieux assez semblable au bois de rose, et que les Chinois estiment au-dessus de tout autre. Ses pieds reposaient sur un tabouret tenant au fauteuil et du même bois. Il avait sa pipe en travers sur ses genoux, et paraissait écouter avec une certaine hauteur les supplications de deux officiers subalternes debout devant lui et la tête couverte par respect; le bonnet de Lun-Chung pendait, au contraire, sur un petit appui de bois sculpté posé sur une table à dessus de marbre, tendue de velours brodé. Nous étions arrêtés sur le seuil de la porte ronde, et j'eus tout le temps nécessaire pour étudier le mobilier.

Il était fort simple. Un sofa, quelques fauteuils et quelques chaises en bambou, cinq ou six petites tables à thé, un paravent de laque et deux lanternes de corne en faisaient tous les frais; car je ne compte pas un ou deux vases de porcelaine décorant une console, et quatre ou cinq crachoirs de formes diverses posés çà et là près des siéges. Sur deux bandes de satin pendues au mur, je lus des devises que je connaissais déjà, car elles se trouvent dans beaucoup d'endroits publics : *La tranquillité d'un peuple dépend de la fidélité des ministres ;— Les enfants des hommes doivent regarder la piété filiale comme le plus saint des devoirs.*

Pendant que je les déchiffrais, les deux subalternes avaient pris congé avec force révérences, et Lun-Chung s'était à peine dérangé de son fauteuil pour y répondre; mais dès que Tso-Hi lui eut annoncé la présence du sin-sang, il se leva et vint vers nous avec tout l'empressement que comportaient son âge et sa dignité officielle. Je vis alors ses traits, qui sont bien ceux de la race tartare : le nez épaté, les pommettes saillantes, les lèvres proéminentes, l'angle facial développé. Il laisse croître sa barbe et ses moustaches grises, ce qui est l'un des priviléges de la vieillesse, et non pas l'attribut du métier des armes. Ses vêtements, plus ornés, étaient aussi plus amples que ceux de Tso-Hi; tous les deux portaient du reste le rosaire lamaïque réservé aux neuf ordres (*keu-pin*) de fonctionnaires publics. Ce rosaire, composé de cent huit pierres ou grains de corail, est passé autour du cou et descend jusqu'à la ceinture.

Lun-Chung m'adressait une foule de compliments que le linguiste ne manquait pas de me traduire, autant du moins que la volubilité du vieux général lui en laissait le temps. Il était question « d'un cerf heureux sous l'influence duquel j'étais né, de ma sagesse précoce, et de mes mérites égaux à ceux de la pleine lune. » Je laissai passer ce flot de civilités rituelles, auxquelles je répondis en souhaitant à Lun-Chung la longévité de l'ambre, et à la frontière occidentale de sa vie l'éclat des étoiles prospères. Ce ne fut pas moi, vous pouvez bien le penser, qui inventai de si poétiques formules : le linguiste me les proposait en anglais, et je n'avais que la peine d'accepter.

Peu après, l'affaire qui m'amenait fut mise sur le tapis. Le lieutenant-général me parla de sa fille avec une humilité profonde, insistant beaucoup sur le malheur de n'avoir pas de postérité mâle, ce dont au fait un Chinois se console malaisément; et quand ce sujet pénible fut épuisé, quand je lui eus prodigué toutes les consolations que me suggéra mon interprète, il m'appela son père — *lao-yé* —, puis me pria de lui venir en aide en détruisant une infirmité qui l'empêchait de se donner un gendre. On eût dit que je n'étais pas venu tout exprès pour l'opération qu'il sollicitait avec une si vive ardeur. Je promis de donner mes soins à la jeune malade; Lun-Chung m'accabla de remerciements, et, nous faisant précéder par un messager, il nous conduisit chez sa fille, dans le corps de logis central. Tso-Hi manifesta son regret de ne pouvoir nous accompagner : — mais les rites, nous dit-il, s'y opposaient.

Il serait assez conforme aux lois du roman de vous dépeindre ici quelque type bien prononcé de beauté chinoise ; mais As-Say, la fille de Lun-Chung, n'a pas l'air beaucoup plus étranger que la plupart des jeunes Portugaises ou des jeunes créoles que vous avez vues. Sa petite taille doit être assez bien prise, si j'en juge, sous ses amples vêtements, par la manière dont son col est attaché. Elle a les cheveux noirs, le teint naturellement brun, mais blanchi par la céruse, les épaules très-basses, les mains adorablement petites, les ongles très-longs, et, au bout de ses ongles, des griffes artificielles en métal. A ce signe, je l'aurais devinée musicienne, quand bien même un *tsing* (espèce de guitare) n'aurait pas été posé près d'elle sur

un siége couvert de coussins rouges. Elle nous avait entendu venir et se tenait debout ; aussi m'étonnais-je déjà de ne pas lui voir cette attitude chancelante des femmes chinoises dont les pieds ont été comprimés dès l'enfance, quand je me rappelai que les Mandchoues sont exemptes de ce supplice. Elles y gagnent une libre démarche, de la grâce par conséquent, et, en outre, l'absence d'une infirmité souvent rebutante. Pour faire de ses pieds ce qu'on appelle des *lis dorés* (*kin-leen*), la Chinoise riche se condamne à une véritable mutilation; les bandages qu'elle porte dès l'enfance, gênant la circulation du sang, produisent d'ordinaire une vive inflammation, et engendrent une plaie dont la plus grande propreté ne neutralise pas toujours les inconvénients.

Revenons à ma jeune et charmante malade. Aux *lis dorés* près, elle a toutes les perfections requises par les poëtes de son pays, à savoir : des joues roses comme la fleur de l'amandier (il est vrai qu'elle met du fard); une bouche pareille au côté rouge de la pêche; la taille souple et mince comme la feuille du saule; les yeux aussi brillants que les vagues éclairées par le soleil. Ses cheveux noirs, que les *ky*, les aiguilles conjugales, ne retiennent pas encore, pendent en tresses parfumées le long de son visage arrondi. Son attitude est modeste, réservée, soumise, intelligente. Sur quelques mots de son père qui lui parlait sans doute de moi comme de son futur sauveur, elle voulait, se prosternant, m'honorer d'un *ko-teou* respectueux, et frapper neuf fois son front contre le parquet; mais, quoique pris à l'improviste, j'eus le temps de prévenir cet élan d'une reconnaissance anticipée. Ensuite j'avançai vis-à-vis la croisée donnant au nord une chaise basse où je l'attirai doucement; elle m'obéit.

Pour donner à la chambre un jour plus vif, j'allais soulever les stores, quand le vieux Lun-Chung, arrêtant mon bras, appela les suivantes de mademoiselle As-Say. Deux jeunes filles montrèrent aussitôt, derrière un rideau qui les avait jusque-là cachées, leurs têtes fleuries; et la soudaineté de leur apparition me donna une haute idée de leur curiosité, sinon de leur zèle. La plus jolie, que j'entendis appeler Fan-Sou, me parut surtout pressée de savoir comment pouvait être tourné un Étranger-Démon. Je ne vous dirai pas, car je l'ignore, le résultat de son furtif examen.

Je ne vous dirai pas non plus dans tous ses détails l'opération qui suivit. Il y eut seulement au début un moment critique dont je voudrais vous rendre les émotions.

Vous savez que souvent on confond avec la cataracte l'opacité de la pupille; vous savez que cette dernière affection est peu accessible à un traitement. Mon premier soin avait donc été de vérifier, à l'aide de frictions sur les paupières fermées, et conformément au précepte de maître Jan, la véritable nature du mal. Sans doute mes intelligents spectateurs comprirent l'importance de cet examen préliminaire, car ils épiaient sur ma figure les plus secrètes alternatives de ma pensée. J'eus un instant d'inquiétude, la belladone et la jusquiame instillées entre les paupières ne produisant pas l'effet que j'en attendais. Lun-Chung, qui semblait lire dans mon âme, me jeta dans ce moment un regard effrayé; mais aussi, quand je fus rassuré, quand le linguiste transmit de ma part au lieutenant-général l'assurance que l'*écran blanc* pouvait disparaître, rien de plus touchant que la joie du bon vieillard. Ne sachant trop comment me l'exprimer par des paroles, il m'adressait coup sur coup les tchin-tchin les plus bienveillants.

Il y eut encore une circonstance digne d'être remarquée, et dont en vérité je ne puis alléger mon récit. Je tenais déjà l'aiguille de Scarpa, et prêt à commencer, je fis avertir mademoiselle As-Say que, nonobstant la légère douleur ou plutôt la gêne qu'elle allait éprouver pendant l'opération, il était indispensable qu'elle conservât son œil ouvert et dirigé sur un point fixe. Alors elle se prit à sourire en prononçant quelques paroles, dont je devinai le sens lorsque je vis Lun-Chung passer devant nous, et venir s'asseoir sur un tabouret en face de sa fille dont il prit les mains entre les siennes. Ce fut sur le visage de son père qu'elle voulut tenir ses yeux encore inertes; jamais plus tendres regards ne furent, je crois, échangés. L'opération se fit alors par abaissement et — Dieu soit loué — avec succès.

L'ingratitude n'est pas un défaut chinois. Lorsque j'annonçai la guérison comme certaine, — en prescrivant néanmoins les précautions d'usage pour les personnes douées d'une sensibilité générale exquise, — tous les assistants semblaient tentés de se prosterner devant moi. Je me hâtai de replier ma trousse pour me dérober aussi tôt que possible à des respects qui m'embarrassaient; mais auparavant il me fallut subir tout au long un discours pompeux dans lequel Lun-Chung me comparait à Kwang et à Ké, l'Esculape et l'Hippocrate du Céleste-Empire. Il m'appelait « Vaisseau bienfaisant, » et m'assurait que, « grâces au respect des peuples pour la déesse de Merci, je deviendrais pareil à l'antique Bouddha. » — « Il était impossible, ajouta-t-il, de limiter ma grandeur. »

Ce qu'il y a de curieux, c'est que ces formules ampoulées traduisaient un sentiment naturel et sincère; le même qu'un Anglais m'eût exprimé en me serrant la main à me la briser.

Quand je m'apprêtai à sortir, c'est-à-dire après avoir pris le thé, conclusion inévitable de toute visite, Lun-Chung voulut à toute force me raccompagner jusqu'à la porte extérieure: il me complimentait chemin faisant, redoubla ses tchin-tchin au moment où je montais en chaise, et haussant de plus en plus la voix, à mesure que mes coulies m'emportaient loin de sa maison, il ne cessa, aussi longtemps que je pus les entendre, de m'envoyer ses tendres adieux. Je n'y pouvais répondre, mais mon linguiste s'était chargé de ce soin. Penché à la

portière, la tête respectueusement tournée vers le lieutenant-général, il lui ripostait par un *rinforzando* de politesses qui l'aurait certainement époumonné si elles avaient duré quelques minutes de plus. Quant à moi, je jouissais, dans un confortable silence, de ce duo vraiment comique.

Avant que je n'eusse quitté la ville intérieure où j'aurai certainement encore l'occasion et la permission de revenir, un hasard favorable plaça sous mes yeux un tableau de genre d'un effet assez piquant. C'était un homme, appartenant en apparence à la plus basse classe du peuple, les mains liées derrière le dos, et cloué par la queue à je ne sais quel poteau dressé sur une estrade assez élevée.

Je crus voir la parodie des expositions publiques en France et en Angleterre; d'autant que parmi les spectateurs et spectatrices rassemblés en groupe autour de ce pauvre diable, le plus grand nombre semblait se divertir de grand cœur. On ne voyait que petits yeux plissés et bouches fendues jusqu'aux oreilles; le condamné lui-même avait l'air confus plutôt que chagrin, et paraissait se croire la victime d'une mauvaise plaisanterie.

Tout cela me parut une énigme dont je voulus avoir le mot. J'arrêtai mes porteurs, et, mandé par l'un d'eux, mon linguiste descendit de sa chaise pour venir me parler. Dès qu'il fut informé de ma curiosité, il improvisa une enquête et fut bientôt en mesure de me raconter ce qui s'était passé.

Un marchand de *choou-choou*, — on désigne par ce mot générique tout ce qui sert à nourrir l'homme, — s'était endormi près de son éventaire ambulant; l'escabeau de sa femme restait vacant près de lui : un passant s'y installe, appelle les chalands, conclut les marchés, reçoit le prix des ventes, et, tout en se livrant avec ardeur à ce commerce illégitime, s'approprie à belles dents la meilleure partie du fond de magasin. Sur ces entrefaites, la marchande, dont il occupait la place, reparaît, et crie au voleur! Notre homme veut s'enfuir, mais on l'arrête; une espèce de jury se constitue sur place; on décide que le crime a trop peu d'importance, trop peu de gravité pour que les mandarins s'en occupent; et, sauvant par là au coupable une punition beaucoup plus forte, on le condamne simplement à être affiché pendant deux heures.

Telle est la justice sommaire de ce peuple vraiment original.

DU MÊME AU MÊME.

Lundi.

Décidément, j'ai réussi. La guérison est complète, et voici comment je l'ai appris ce matin.

On est venu m'avertir qu'une visite m'attendait dans la salle commune, que j'avais quittée après l'heure ordinaire des consultations. Je fus assez surpris en y arrivant de n'y trouver que deux domestiques porteurs d'une pièce d'étoffe rouge. Comme je les reconnus à l'instant pour des gens au service de Lun-Chung, je pensai qu'il s'agissait d'un présent. Or, il est d'usage que nos soins restent gratuits; et chaque jour nous refusons le salaire du riche, pour pouvoir aussi, sans humilier le pauvre, lui rendre l'obole qu'il ne manque jamais de nous offrir. Je m'apprêtais donc à congédier les envoyés du lieutenant-général, lorsque, sans m'adresser la parole, ils étendirent l'étoffe sur le parquet. La porte d'un cabinet s'ouvrit alors, et ma jeune aveugle, les yeux débarrassés du bandeau que j'y avais placé moi-même, entra sans guide dans la salle; elle était suivie de son père en grand costume de mandarin. Cette fois, j'eus beau résister, — je ne pouvais les contenir tous deux, — et je fus adoré, bon gré mal gré, comme une image de Fo.

Pour savoir ce que vaut une pareille démarche, il faut se rendre compte de l'extrême réserve qui préside à la conduite des femmes en ce pays; les rites sévères de la société chinoise prohibent strictement toute espèce de rapports entre une femme et tout autre homme que son mari; à plus forte raison lui est-il interdit de rompre les entraves qui la retiennent prisonnière chez elle pour entrer en communication avec les hommes barbares, les étrangers d'Europe, ces espèces de parias à la fois craints et méprisés. Quel que soit son rang — et surtout à cause de son rang — mademoiselle As-Say a dû risquer de se compromettre en venant ouvertement me remercier.

Elle l'a voulu cependant! Elle a voulu de plus me montrer l'usage qu'elle pouvait faire du sens que je lui avais rendu; et, comme elle est poëte — qualité assez rare chez les femmes chinoises, dont l'éducation est généralement négligée — elle a composé une ode en seize strophes, dont sa guérison est le sujet. Je vous la donnerais tout au long, si je pouvais faire passer dans notre langue les beautés poétiques de ce curieux morceau.

Après avoir décrit les plus minutieux détails de l'opération, et raconté comment j'ai percé avec une aiguille d'argent le « berceau des larmes, » la jeune muse tartare analyse ainsi les sensations qui l'ont agitée pendant sa douteuse convalescence :

« Je restai trois jours couchée, sans nourriture, sans rien éprouver,
« Ni faim, ni chagrin, ni souffrance, ni espoir, ni regrets,
« Je perdais mes forces, ma vie semblait fuir, lorsque dans ma peine,
« Passe un rayon soudain,—un rayon brillant— ; je vois! je renais!

« Comme échappe aux visions de la nuit celui qui fit un rêve terrible,
« Comme sort du tombeau celui qu'on rend au jour,
« Ainsi, charmée et surprise, pleine de joie et d'un bonheur profond,
« Je me vois entourée d'amis et de parents. Je salue la lumière bénie! »

Ce qui suit est beaucoup trop flatteur pour votre ami, et je ne saurais décemment le traduire. J'aurais moins de scrupule à l'égard d'un extrait assez remarquable des poésies de Sou-Tungpo (qui écrivait au XIIe siècle de l'ère chrétienne), extrait d'où il résulte assez clairement que l'opération de la cataracte était dès lors pratiquée en Chine; mais il est empreint d'une exagération bizarre que vous goûteriez sans doute fort peu, et la science proprement dite n'aurait rien à y gagner. Sou-Tungpo félicite un médecin de son temps qui, sans cesser de causer et de rire, se servait d'une aiguille comme d'une hachette, et ouvrait « la fleur vide » (la cataracte) comme s'il enfonçait les murs d'une maison.

Ces vers pentamètres, adressés il y a plus de six cents ans à l'oculiste Wang-Yenyo, avaient été transcrits, par mademoiselle As-Say, sur un éventail doré que ma galanterie européenne m'a forcé d'accepter. Ils portent au-dessous de la citation poétique ces paroles en simple prose :

« Avec le désir qu'il éloigne de lui la chaleur intense, cet éventail est offert à M. Murphy Dermot par As-Say, fille de Lun-Chung. »

Sur le revers est un dessin représentant quatre espèces de *meou-tan* (de pivoines) accompagné de cette note :

« Tso-Hi, un ami de Lun-Chung, a copié les meou-tan parfumées, la grande rouge, la verte foncée, l'orange pâle et la blanche transparente. Il présente ses compliments. »

Ce fut ensuite le tour de Lun-Chung, qui, sur un papier couvert de fleurs peintes, avait tracé de sa plus belle écriture un pompeux certificat. Il commence par énumérer ses services publics, les diverses promotions qu'il doit à la dynastie céleste, et celles qu'il espère encore obtenir » sur l'Océan distingué, » c'est-à-dire « dans le cours de la vie. »

Ensuite il raconte fort au long le service qu'il déclare me devoir, et manifeste l'admiration que lui inspire mon désintéressement.

« Combien, ajoute-t-il, son caractère le place au-dessus du commun des médecins! Comparez sa conduite avec celle de nos opérateurs les plus célèbres. Combien de fois ne demandent-ils pas d'énormes salaires, et cela pour vous renvoyer, après plusieurs mois de soins, sans la moindre guérison! Quel bruit ne font-ils pas d'un soulagement imparfait, tandis que le médecin étranger, qui a traversé l'Océan occidental et qui n'épargne ni soins ni dépenses, n'exige ni récompenses ni éloges! Ah! de tels hommes sont difficiles à trouver! »

Ce n'est pas tout. Par l'entremise du linguiste qui assistait, ainsi que M. Parker, à ces démonstrations de gratitude, le lieutenant-général et sa fille m'ont fait demander d'accorder quelques séances à Lam-Qua — le Lawrence, le Reynolds de Quan-Tong — qui a reçu ordre de faire mon portrait.

Ni plus ni moins qu'une madone, l'effigie de votre dévoué camarade sera exposée religieusement sur une espèce d'autel intérieur, et chaque jour, me dit-on, ses hôtes reconnaissants viendront fléchir le genou devant elle. Pourrez-vous désormais songer sans remords, ô Patrick, qu'un jour, dans les jardins de

New-College, vous avez noirci, d'un coup de poing, une figure réservée aux honneurs divins? Ce fut, quand j'y songe, une grande profanation

Mercredi.

Lam-Qua loge dans la rue de Chine, rue peuplée surtout de marchands indigènes. Sa maison ne se distingue des autres que par une petite plaque noire clouée au-dessus de sa porte; on y lit tracé en caractères blancs le nom de l'artiste et de sa profession : « *Lam-Qua, handsome-face painter,* » Lam-Qua, peintre des jolies figures. Cette flatterie, adressée d'avance à quiconque emploie ses pinceaux, ne l'empêche pas, fort heureusement, d'être aussi sévère que possible sur le chapitre de la ressemblance. Aussi dément-il souvent le titre qu'il s'est donné pour se conformer à l'usage de tous ses confrères.

Ici l'artiste et le marchand se confondent volontiers. Lam-Qua, élève du peintre anglais Chinnery, est le premier parmi les artistes de sa nation qui ait adopté les procédés européens; mais, loin de faire école, il a pris tout bonnement à sa solde un certain nombre d'ouvriers chinois qu'il laisse travailler à leur guise, et dont il vend les productions. Sa maison a deux étages; le magasin proprement dit occupe le rez-de-chaussée; on y trouve en quantité des aquarelles entièrement terminées et disposées dans des casiers vitrés tout autour du magasin; on y trouve aussi ce qui compose ordinairement en Europe un fonds de papeterie, des boîtes à couleurs, des pinceaux, des cahiers de papier de riz apportés de Nan-King, de cent feuilles chacun. Il diffère de celui qu'on fabrique aux Indes Orientales, et se fait, soit avec de la soie et du coton, soit avec la moelle filandreuse d'une espèce de roseau (*morus*), et plus généralement avec les tiges du jeune bambou ramollies d'abord par un long séjour dans l'eau, et broyées ensuite avec le pilon dans des mortiers de pierre; on lui donne le poli nécessaire, d'abord en le brossant, puis à l'aide de rouleaux de marbre. Il doit sa consistance et sa blancheur à une solution d'alun et de colle de poisson.

L'encre chinoise n'est pas composée, comme on l'a cru longtemps, de ce liquide noirâtre que renferment les vésicules de la sèche; c'est tout bonnement du noir de fumée amalgamé avec de la colle, et qui doit son parfum au musc qu'on y mêle. La meilleure vient d'une ville appelée Paukum. Les Chinois la reconnaissent à l'odeur, et cela se conçoit : le musc, coûtant fort cher, ne s'emploie que pour les meilleures qualités.

Ce que l'on appelle « les quatre précieux objets, » c'est-à-dire le bâton d'encre, la pierre qui sert à la broyer, le pinceau et le papier à écrire, participent de la vénération que tout habitant du Céleste-Empire ressent pour les belles-lettres. On la pousse jusqu'à regarder comme une action contraire aux rites de marcher, même par mégarde, sur une feuille écrite ou imprimée.

L'atelier de Lam-Qua est au premier étage de sa maison. C'est une salle très-simple où travaillent huit à dix artistes, les manches retroussées et leurs longues queues nouées par précaution autour de leur tête. Vous entrez; pas un de ces laborieux et patients imagiers ne lève le nez pour vous regarder; pas un ne semble dérangé par votre admission dans le silencieux laboratoire; ils vous montreront volontiers leur travail, volontiers vous indiqueront leurs procédés, et vous ne pourrez qu'admirer l'extrême propreté, l'extrême délicatesse, le soin minutieux qu'ils mettent à finir tout ce qu'ils font. Ils apportent des précautions inouies dans le choix du papier, qu'ils veulent exempt de tout défaut, et sur lequel ils déposent un léger lavis d'alun pour le rendre plus propre à recevoir la couleur. Ce procédé se renouvelle jusqu'à cinq ou six fois dans le cours du même travail ; et peut-être faut-il lui attribuer la solidité, la durée des nuances qu'il protége surtout contre l'humidité de l'atmosphère.

Le dessin se borne le plus souvent à un décalque mécanique rendu très-facile par l'extrême transparence du papier. Chaque artiste a une collection d'esquisses imprimées, et y puise à son gré les éléments de chaque composition, une barque, un mandarin, un oiseau, tout ce qui lui plaît.

Ce trait achevé, il broie ses couleurs avec le plus grand soin, surtout les différents rouges, qui sont en général très-compactes. Il les délaie dans l'eau, y ajoute de l'alun, et ce qu'il faut de colle pour les rendre facilement adhérentes. Cette colle a, sur la gomme que nous employons, l'avantage de sécher moins vite et de se mieux prêter, par conséquent, aux retouches.

Dans certaines peintures, l'excessive finesse des détails étonne souvent l'œil européen. On est surpris de voir des figurines, à peu près grosses comme un grain de riz, burinées avec une délicatesse qui permet, pour ainsi dire, de compter les fils de leur vêtement. Ce résultat microscopique s'obtient de la manière suivante : l'artiste prend deux pinceaux d'inégale grosseur, qu'il tient de la main droite ; le plus petit est placé perpendiculairement entre les doigts et la paume de cette main, c'est ainsi que les Chinois écrivent et peignent ; le plus gros, au contraire, insinué entre l'indicateur et le médius de la même main, se trouve horizontal au papier. Le premier de ces deux pinceaux est seul imbibé de couleur. Il la dépose en points presque imperceptibles sur le papier, et tout aussitôt, par un mouvement qui atteste une rare dextérité, le peintre lui substitue le second pinceau, parfaitement sec, qui lui sert à étendre en lignes incroyablement tenues la gouttelette encore humide. Cette petite opération est une merveille de subtilité mécanique, et s'exécute avec une surprenante facilité.

A côté des aquarellistes, et ne réclamant aucune sorte de supériorité sur ces derniers, vous verriez dans la même salle des paysagistes à l'huile et des ouvriers en miniatures; ceux-ci travaillent sur ivoire avec un fini désespérant.

Du reste, les uns et les autres sont condamnés à nous être longtemps inférieurs par le principe même qui domine toutes les productions de l'art chinois. Ces intelligentes machines ne conçoivent pas qu'on cherche à représenter l'apparence, mais seulement la réalité des objets. Tout raccourci est pour eux un mensonge; toute ombre portée, une tache inutile. Leurs idées à cet égard sont justement les mêmes que celles de la reine Élisabeth, qui se refusait, elle aussi, à ce que son peintre ordinaire souillât de vilaines teintes noirâtres l'éclat tant célébré de son teint royal. Vous avez pu voir au Musée Britannique le portrait tout en lumière qui est le résultat de cette étrange fantaisie.

Le manque général de perspective — compensé, lorsqu'il s'agit d'un portrait ou d'un groupe de figures, par l'éclat du coloris, l'expression de la physionomie, la vérité des attitudes — fait en revanche, de tout paysage chinois, la plus absurde et la plus grotesque des compositions. Jamais un objet ne s'y présente de face; les fonds les plus lointains sont aussi vigoureusement accusés que les premiers plans, et leurs proportions sont les mêmes. Quant à la vraisemblance des détails, elle est tout à fait subordonnée aux caprices de l'artiste, qui ne recule devant aucune impossibilité, perchant très-volontiers et très-adroitement un poisson sur les hautes branches d'un cèdre, tout comme il fait nager une cigogne entre deux eaux.

Ces sortes de fantaisies se rencontrent à chaque pas dans l'espèce de musée qui garnit les murailles de l'atelier où j'ai voulu vous transporter en idée; mais vous y trouveriez aussi des copies exécutées au pinceau d'après quelques gravures apportées d'Europe, et celles-ci pourraient vous rassurer sur l'avenir de l'art chinois. Le dessin est aussi correct que celui des originaux, et le coloris même, gradué avec intelligence, n'est pas à beaucoup près aussi bizarre qu'on pourrait s'y attendre.

Pour nous autres étrangers, les sujets chinois ont plus de prix. La vie de toutes les classes s'y trouve racontée avec esprit et vérité. Tantôt c'est la récolte du thé par des femmes aux doigts effilés qui semblent toucher à peine à la feuille odorante; tantôt un mandarin exilé qui voyage à cheval, l'air triste, la physionomie abattue, vers les déserts de la Tartarie neigeuse; tantôt — comme dans le *fac simile* suivant — un

poëte errant sur les bords d'un lac azuré, auquel il demande les vagues faveurs de l'inspiration; tantôt le même personnage au milieu d'un jardin, entouré d'arbres nains et de femmes souriantes auxquelles il soumet ses galantes élégies. Elles l'écoutent en fumant leurs longues pipes.

L'allégorie est tout à fait dans le génie et dans les habitudes des artistes chinois. Près de deux amants infortunés, ils jettent un pauvre oiseau blessé à mort. S'agit-il d'un amour partagé, triomphant, riche d'espérance, ils entourent le tendre couple

d'une auréole d'oiseaux qui se becquètent, de papillons entrelaçant leurs ailes, ou de fleurs entr'ouvertes dont une brise tiède rapproche les calices et favorise le mystérieux hymen. Enfin mille rapprochements poétiques, souvent obscurs pour nous autres barbares lorsque le caractère emblématique n'a pas d'équivalent dans nos mœurs, dans nos traditions, dans notre histoire naturelle.

Montons encore une échelle, et arrivons enfin à *Mister* Lam-Qua lui-même. Les murs de son atelier sont entièrement cou-

verts de portraits, pour la plupart inachevés ; nos marins, nos *iaquettes bleues*, y figurent en grand nombre. Mais on y voit aussi des Parsis au riche costume, au bonnet élevé ; voire, çà et là, quelque bonne tête chinoise grasse et béate ; puis un certain nombre d'études *empruntées* par son élève à Chinnery, qui soutient ne les avoir ni prêtées, ni données, ni vendues. Entre ces deux hommes, il y a rivalité d'autant plus vive, qu'ils ont vécu plus longtemps dans une sorte d'intimité. Croyez-en Chinnery, Lam-Qua est un subalterne, un malheureux rapin dont tout le mérite consiste à lui avoir dérobé quelques modèles et quelques procédés. Écoutez Lam-Qua ; il a été l'adepte favori, l'assistant du peintre anglais, dont il a dû répudier à temps la tutelle intéressée. Comme beaucoup d'autres mauvais propos, ceux-ci ont pour origine une concurrence commerciale. Chinnery, dont le talent est très-supérieur à celui de Lam-Qua, exige cinquante et cent piastres des mêmes portraits que l'artiste indigène *établit* pour quinze à vingt; et l'influence du bon marché sur des gens d'ailleurs incompétents fait souvent préférer ce dernier. De là les haines.

Au surplus — et ces querelles à part — il est difficile de trouver un artiste plus accueillant et plus poli que Lam-Qua. J'eus occasion, dès les premières séances, de lui montrer mon album de voyage, et il voulut bien me reconnaître pour confrère; en cette qualité, j'ai reçu de lui une série de dessins dont je vous parlerai plus en détail un de ces jours. Ce matin, l'heure me presse, et c'est l'heure des consultations. Je vais donc très-sommairement payer ma dette à Lam-Qua, en traçant ici son portrait.

C'est un homme de taille moyenne, fortement constitué, la figure pleine et ronde, le regard perçant et observateur. Sous sa bonhomie, je le soupçonne de cacher un assez honnête fonds d'épigrammes et de malice. La première fois que je le vis prendre à la chinoise, à poing fermé, le pinceau tombant d'aplomb sur la toile, je m'évertuai à lui persuader que notre système valait mieux, qu'on avait la main plus légère, etc., etc.

— *Ah! ya*, me répondit-il après m'avoir écouté avec la plus exemplaire patience, *my poor Chinaman*, *my no save so muchi*, « Je suis un pauvre Chinois, je n'en sais pas si long... »

Mais, ajouta-t-il bientôt après du même ton moitié humble et moitié goguenard, tenez donc un peu votre pinceau comme moi.

Et je fus forcé d'avouer à mon tour que je n'en savais pas si long. Si j'étais peintre, et non pas un disciple d'Esculape, cette réplique indirecte m'aurait paru dure à digérer.

Mon portrait, que tout le monde s'accorde à trouver très-ressemblant, est déjà depuis quelques jours chez le lieutenant-général; je l'y ai vu, car je commence à y être admis assez librement, sous prétexte de médecine. Mademoiselle As-Say n'a cependant plus besoin de moi. Son père, toujours reconnaissant, me témoigne une excessive bienveillance, que j'essaie de rendre plus profitable en étudiant le chinois avec une sorte de fureur. Aussi commencé-je à pouvoir échanger quelques mots avec ces braves gens sans avoir recours au linguiste Tso-Hi, qui m'a pris en grande amitié, ou pour mieux dire en grande curiosité, paraît ravi de ce résultat. Ne vous ai-je pas dit qu'il est l'époux désigné de mademoiselle As-Say, le gendre en expectative du vieux Lun-Chung?

Lundi.

Inspiré comme le fut Hogarth lorsqu'il peignit dans son *Rake's Progress* les divers épisodes de la vie d'un débauché, l'artiste chinois a voulu représenter dans une série de dessins la carrière du fumeur d'opium. Il le montre au début, jeune et riche et bien portant. L'appartement est décoré avec luxe. Derrière lui, sur une table à dessus de marbre, repose une pendule d'Europe; à la droite du jeune débauché, un coffre-fort entr'ouvert laisse apercevoir des pièces d'or et d'argent entassées pêle-mêle; à sa gauche, un serviteur attentif; plus loin, un autre mercenaire spécialement employé à la préparation du fatal poison. C'est le début et comme la préface de cette homélie au pinceau.

En tournant le feuillet, vous retrouvez, légèrement amaigri

mais brillant encore de jeunesse et de force, le malencontreux fumeur, toujours la pipe aux lèvres, entouré de courtisanes qui bercent de leurs chansons sa stupeur voluptueuse : en voyant leurs riches habits et leurs mains pleines d'or, on devine qu'il marche à une ruine certaine.

Bientôt, en effet, il ne peut plus se rassasier de cette fumée enivrante. Sa physionomie devient farouche, son teint livide. Épuisé, les épaules voûtées, les dents tremblantes dans leurs alvéoles dépouillées, la figure noircie, engourdi du matin au soir, il s'abandonne à l'oisiveté la plus complète. La troisième planche vous le montre dans cet état, assis sur son lit — un lit grossier — et rêvassant. Sa pipe, sa boîte à opium et les ustensiles qui servent à préparer chaque dose sont pêle-mêle à portée de ses mains. Ses femmes — c'est-à-dire sa femme et sa maîtresse — viennent justement d'entrer; la première, ne trouvant plus rien dans le coffre-fort, a pris une attitude étonnée et mécontente ; la seconde contemple avec une sorte d'effroi l'abrutissement de son seigneur et maître.

Adieu les terres, adieu les maisons ! Une natte déchirée recouvrant à peine quelques mauvaises planches, tel est le lit qui reste à l'insensé dissipateur. Ses souliers eux-mêmes ne tiennent plus à ses pieds. Ses traits sont bouleversés, sa bouche de travers. Tandis que sur son séant il cherche péniblement l'haleine qui lui manque, sa femme et son enfant affamés se dressent en haillons devant lui : l'une, irritée, vient de jeter à terre cette pipe et ces autres instruments de perdition ; l'enfant, au contraire — dans son ignorance du mal — frappe des mains, et rit à ce qu'il croit un jeu. Ni l'un ni l'autre n'obtiennent un regard de l'impassible chercheur d'extases.

Arrivé aux dernières limites de la pauvreté, ce misérable n'a

pu dompter encore sa funeste passion. Ramassant deçà delà quelques pièces de monnaie, il les porte en hâte dans une de ces maisons maudites où l'opium se débite, et là, pour apaiser son insatiable appétit, il achète les bribes, les ratissures dédaignées par quelque autre client mieux fourni. C'est le sujet de la cinquième esquisse.

La sixième nous fait assister au dénouement de cette espèce de drame. D'ivresse en ivresse, comme de degrés en degrés, le malheureux est descendu jusqu'au fond de l'abîme : ce n'est plus maintenant qu'un pauvre idiot. Il ne lui reste pas de quoi remplir sa pipe; mais il mâche et remâche les âcres sédiments de la terrible substance, si violents, si corrosifs, qu'à chaque instant il lui faut avaler du thé pour atténuer leurs pernicieux effets. Sa femme et son enfant sont assis près de lui, entourés d'écheveaux de soie qu'ils roulent en pelotons : c'est la dernière et misérable ressource qui les aide, eux et lui, à prolonger de quelques jours une dure et inutile existence.

Les dessins dont je vous ai parlé ont arraché l'autre jour un sourire de mépris à l'un de nos négociants, sous les yeux duquel je les avais mis, avec préméditation, je l'avoue. J'ai voulu qu'il m'expliquât sa pensée, et ce futile incident a ouvert entre nous une discussion assez curieuse. Je n'avais jamais entendu justifier le commerce de l'opium avec autant de sang-froid et d'impassible conviction que par ce représentant des idées anglaises. Ses raisonnements, que j'abrégerai naturellement beaucoup, sont à peu près ceux-ci :

« On exagère l'effet direct de l'opium sur la santé. Quand on n'en abuse point, il n'exerce pas plus de ravages dans l'organisme que l'usage quotidien des liqueurs spiritueuses. Les îles de l'archipel indien, mieux connues que la Chine, renferment des races entières de buveurs d'opium, qui, n'aggravant point par l'épuisement de la débauche l'action pernicieuse de cette boisson, restent actives, laborieuses et bien portantes. Tels sont les *Limun* et les *Battang Assay*, les marchands d'or de Sumatra.

« L'indifférence du gouvernement chinois pour la vie de ses sujets, l'infanticide toléré ouvertement, l'absence de charité publique, le dénuement presque absolu où sont laissés les prisonniers, prouvent de reste que l'empereur et ses ministres, en prohibant la vente de l'opium, n'ont point pour but de préserver l'existence et la moralité du peuple. Ils tolèrent toute autre espèce de liqueur enivrante. S'ils interdisent la culture du pavot dans les domaines du Fils du Ciel, c'est uniquement pour la forme, et par des décrets que la négligence et la corruption des autorités rendent tout à fait illusoires. Les rapports faits à l'empereur, traduits en entier dans les recueils anglais qui se publient à Quan-Tong, attestent que le pavot envahit les montagnes et les plaines de maintes provinces. Plusieurs milliers de caisses d'opium se fabriquent chaque année dans le Yun-Nan, le Kwei-Chou, le Quan-Tong, le Fo-Kien, le Che-Keang et le Shan-Tung. Encore ne sait-on rien des autres provinces à cet égard, et il n'est pas improbable qu'elles alimentent une partie de la consommation intérieure, sans que le gouvernement songe sérieusement à gêner leur production.

« Cette tolérance singulière assimile les procédés rigoureux de la douane chinoise contre l'opium indien à la guerre de la betterave contre la canne à sucre dans l'intérieur de la France, à celle de nos lois céréales contre l'importation des blés du continent, à celle des propriétaires de vignes en Allemagne contre les vins français. Rien de moral là-dedans; il n'y faut voir que les conséquences désastreuses d'un préjugé économique. L'empereur et ses conseillers en sont encore à considérer l'argent, non pas seulement comme le signe représentatif, mais comme la réalité de la richesse publique. A leurs yeux, par conséquent, la Chine s'est trouvée en perte du moment où, les importations dépassant les ventes à l'extérieur, la différence a dû se solder en numéraire. Or, le seul commerce de l'opium a produit ce résultat. Depuis 1796, époque à laquelle commença le régime de la prohibition, il se fait tout entier par contrebande, et la contrebande ne permet pas — cela saute aux yeux — l'échange des produits en nature; on paie donc les vendeurs en ces lingots d'argent *(sycee silver)* qui forment, avec les dollars espagnols et les vieilles piastres dites *à colonnes*, la monnaie la plus accréditée dans ces parages. Dès lors le métal argent diminue ; sa valeur s'accroît. Le tael d'argent fin, qui valait autrefois mille de ces petites pièces de zinc dont les Chinois se servent comme de billon, en représente maintenant quatorze à quinze cents. C'est surtout cette considération que font valoir dans leurs mémoires présentés à l'empereur, Chou-Tsun, membre au conseil des rites, Heu-Kieou, sous-censeur au département militaire, et Heu-Naetze, vice-président de la cour des sacrifices. Ils ajoutent, il est vrai, quelques remarques sur l'influence énervante de l'opium, qui amollit les mœurs guerrières et celles des classes lettrées. Mais ce ne sont là que des arguments accessoires ; les corollaires moraux, les annexes philosophiques et politiques d'une thèse avant tout financière. La preuve, c'est qu'un grand nombre de ces austères prédicateurs proposent, en définitive, l'admission de l'opium, soumis, comme autrefois, à des droits d'importation fort élevés. — Ainsi, disent-ils, on prendra nos marchandises en échange de cette substance; les espèces resteront dans le pays, et les revenus de l'excise augmenteront en même temps que l'usage de la boisson maudite.—

« Ces braves gens ne se doutent pas que, si l'argent renchérit encore dans l'intérieur de la Chine, il viendra un moment où l'exportation cessera d'elle-même. Comme autrefois, il y aura, au contraire, importation de métaux précieux. Persuadés de cette vérité, qu'un économiste européen ne prendrait plus la peine de démontrer, il est probable qu'ils s'opposeraient avec beaucoup moins d'énergie à l'introduction de l'opium étranger.

« Pour nous, ajoutait notre compatriote, il est clair que nous ne pouvons prendre au sérieux la moralité suspecte du gouvernement chinois, ni souffrir que ses stupides prohibitions nous arrêtent. Il faudrait au moins alors, pour rétablir la balance, que le gouvernement anglais pût faire cesser chez nous l'importation réciproque de la soie et du thé; encore cette revanche serait-elle contraire aux intérêts bien entendus de la civilisation. Il n'en sera donc point ainsi. Plutôt que de laisser fermer un marché annuel de six à sept millions sterling, qui produit environ cinq millions de revenu pour l'Inde et l'Angleterre, celle-ci n'hésitera pas à s'engager dans une guerre dont l'issue n'est pas douteuse. L'occupation momentanée de deux ou trois grands ports de mer suffirait pour inculquer au gouvernement chinois les doctrines les plus subtiles d'Adam Smith et de nos autres économistes. Cette conquête se ferait aisément, et sans grande dépense, avec une flotte montée de trois mille fantassins et accompagnée de deux bateaux à vapeur. Un autre moyen, plus court encore que le premier, serait de remonter dans la mer Jaune, d'entrer dans le Pei-Ho, d'où l'on irait en deux jours mettre le siége devant Pe-King. Le palais impérial n'offrirait guère plus de résistance que la baraque en bois d'un planteur américain. Ensuite nous devrions insister sur la cession d'une île voisine des côtes et possédant un bon port. L'avenir de notre commerce serait alors parfaitement garanti, et son accroissement inévitable. »

Il y a, ce me semble, beaucoup de sophismes dans ce raisonnement, si positif en apparence; tel qu'il est cependant, il doit suffire amplement à colorer les envahissements de notre politique commerciale. Quel est, de notre temps, l'intérêt moral assez fort pour lutter contre l'intérêt financier? Or, aucun commerce n'a pris, dans les cent dernières années, une extension aussi rapide que celui dont il s'agit. Depuis que deux obscurs agents de la Compagnie des Indes — le colonel Watson et le vice-résident Wheeler — conçurent l'idée de faire passer en Chine l'opium du Bengale, chaque année a vu se décupler la consommation de l'année précédente. Avant 1767, l'importation n'excédait pas deux cents caisses ; elle était à peine de mille en 1773, alors que les Anglais commencèrent à s'en emparer ; en 1800, les autorités chinoises, déjà inquiètes, rayèrent l'opium du tarif des marchandises reçues moyennant droits. Il était admis jusqu'alors à titre de médecine. Les subrécargues de la Compagnie des Indes acceptèrent cette prohibition, et la transmirent à la Cour des Directeurs. En 1809, en 1815, en 1820, la prohibition fut renouvelée toujours avec plus d'énergie; mais en 1806, la Chine recevait déjà trois mille deux cent dix caisses d'opium, valant un million et demi sterl.; et, la contrebande se développant chaque jour, plus de trente mille caisses y sont importées aujourd'hui. On ne sait où s'arrêtera cette progression; ce qu'il y a de certain, c'est qu'il faudrait d'incroyables efforts et le concert des deux gouvernements pour détruire un système d'opérations où d'énormes capitaux sont déjà engagés. Malwa, Béhar et Bénarès

versent près de quarante mille caisses d'opium sur le marché de Calcutta. Le monopole organisé de la culture des pavots produit au gouvernement un bénéfice net d'environ deux crores de roupies. Les plus beaux navires, parmi ceux qui sillonnent les mers d'Orient, ont été spécialement construits pour les besoins de ce fructueux négoce. Jugez par là de ce qu'on fera pour le défendre, si jamais il était sérieusement compromis par les hostilités jusqu'à présent inoffensives de Tao-Kouang et de ses ministres.

DU MÊME AU MÊME.

Février 18... (année suivante).

Le gouvernement chinois n'émet qu'une seule monnaie. C'est le *tseen* ou *cash*. Elle est en cuivre mêlé de zinc et de plomb, et percée d'un trou carré qui permet d'en former de longs cordons ou chapelets qu'on se passe autour du cou lorsqu'on va courir les magasins et les marchés.

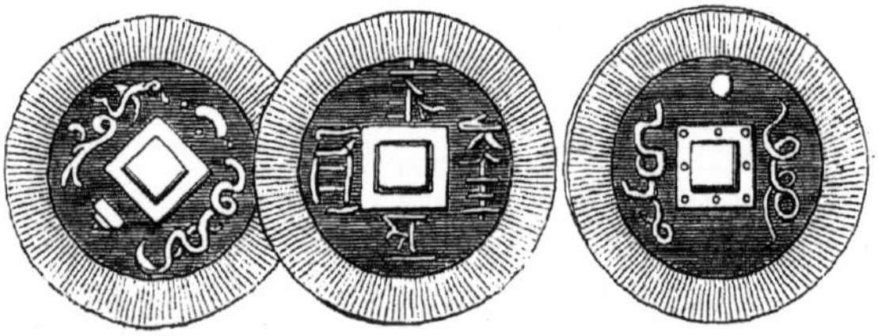

Or, dix tseen, monnaie réelle, valent un *candareen* d'argent, c'est-à-dire une quantité de ce métal équivalant au dixième d'un autre poids appelé *mace*, qui est à son tour la dixième partie du *tael*. Le tael représente une once chinoise d'argent fin et vaut environ trois de nos *half-crowns* ou sept francs quatre-vingt-dix centimes, monnaie de France.

Maintenant, combien de taels m'estimez-vous? La question, je le sais, est délicate; mais elle vient d'être résolue, et je suis curieux de savoir si vous m'évaluerez aussi cher que l'a fait mon ami Lun-Chung. J'ai peine à deviner quelles idées saugrenues il s'était forgées de mes rapports avec le docteur Parker; mais l'autre jour il lui fit proposer directement quatre mille taels s'il voulait consentir à me céder à lui.

L'offre était séduisante, et je me connais quelques amis en Europe qui auraient regretté vivement de ne pas conclure un pareil marché. Notre bon docteur, lui, ne vit d'abord dans la méprise du lieutenant-général qu'un excellent sujet de plaisanteries ; mais la tournure sérieuse et pratique de son esprit ne lui permit pas de s'en tenir là. Ses réflexions provoquèrent les miennes, et cet incident, si futile en apparence, va me jeter dans une entreprise assez extraordinaire, assez périlleuse même, pour que je regrette de ne vous avoir pas auprès de moi. Un avis, un encouragement de vous me seraient précieux.

Vous savez — mes précédentes lettres vous ont instruit de cette aventure — par quel concours de circonstances je me suis trouvé admis dans l'intimité d'un des grands officiers de l'empire. Ce que mon silence depuis six mois vous a laissé ignorer, c'est que j'ai fait dans l'affection de ce vénérable vieillard des progrès singuliers. Le marché qu'il proposait au docteur n'est autre chose qu'une marque et une preuve insigne de cette amitié reconnaissante.

M. Parker a pensé qu'il y avait peut-être à tirer parti de cette favorable disposition, d'autant mieux que mes progrès dans la langue parlée et même dans le langage écrit des Chinois l'ont frappé d'étonnement. Il pense — je vais résumer ici nos conversations de plusieurs soirées — que, maintenant surtout, un Européen assez heureux pour pouvoir pénétrer dans ce mystérieux empire, — et dont les investigations seraient protégées, dissimulées, aidées, dirigées, par un homme du rang de Lun-Chung, — ferait une étude à la fois curieuse pour lui et utile à tous. Chaque jour, selon lui, rapproche le moment où la civilisation de l'Occident, en son essor prédestiné, viendra renverser les barrières antiques dont s'entoure encore l'Empire-Central. On peut déjà pressentir et cette puissante irruption et la faiblesse des digues qui lui seront opposées. Comment on vaincra la résistance purement inerte de trois cents millions d'hommes; comment se modifiera le despotisme invétéré du gouvernement; combien de temps durera la fusion difficile des idiomes et des idées : personne, à coup sûr, ne saurait le dire;

mais, à coup sûr aussi, c'est là un des grands problèmes dont la solution préoccupera désormais les meneurs du grand mouvement occidental. Et quiconque leur fournira des lumières nouvelles, des observations sûres, des faits contrôlés avec soin, sera certainement le bienvenu.

Il existe à la vérité, disséminés sur la surface immense de l'Empire, quelques missionnaires dont le zèle héroïque a bravé

jusqu'ici la persécution; mais forcés de se cacher, avec leurs ouailles, dans les plus inaccessibles retraites, ne trouvant accès que dans l'humble cabane du berger ou du laboureur, sans cesse en péril de mort, attachés d'ailleurs à leur labeur de propagande religieuse — le seul digne, à leurs yeux, qu'on y dévoue et qu'on y risque sa vie, — quelles lumières attendre d'eux? Aucun ne dispose des moyens d'information si libéralement prodigués jadis aux pères jésuites, et que ceux-ci utilisaient avec tant de persévérance, tant de zèle, tant d'habileté, quand ils encoururent la disgrâce de l'empereur Yong-Tching.

Reprendre leur tâche; y porter un esprit plus libre, sinon aussi actif et aussi éclairé; se créer — si cela était possible — une influence, un crédit que l'on pût faire servir aux intérêts de la grande famille européenne: tel est l'idéal du rôle que me propose M. Parker. Or, je sens bien tout ce qui me manque pour remplir ses vues; mais, d'un autre côté, ce qu'il y a d'audacieux, de bizarre et d'entraînant dans le voyage aventureux qu'il me propose parle vivement à mon imagination.

Ce qui a déterminé Lun-Chung à la démarche dont je vous ai parlé, c'est que ses trois années de séjour à Quan-Tong vont expirer sous très-peu de jours. Il attend les ordres de l'empereur, qui vont l'envoyer au loin. Sans parler de l'espèce de fantaisie paternelle qui l'attache à moi, je le sais désireux d'avoir auprès de lui un médecin qui connaît son tempérament et qui déjà par deux fois l'a soulagé de violentes douleurs. Pour m'emmener, il bravera toutes les prohibitions, et je n'ai qu'un simple consentement à me faire demander par lui. Mais ce consentement, le donnerai-je? N'est-ce pas trop risquer que d'entrer, déguisé, sur cette terre qui m'est interdite? Couvert par l'autorité de Lun-Chung tant qu'il vivra, aisément perdu dans la foule de ses serviteurs, qu'arriverait-il de moi s'il venait à mourir sans avoir pourvu à ma sortie? *That is the question*, dirait ici le seigneur Hamlet.

17 mars 18...

Le sort en est jeté. Comme pour apaiser mes terreurs et me ménager une transition rassurante, Sa Majesté Céleste a donné provisoirement à Lun-Chung une mission qui ne l'appelle point dans les provinces du centre. Il doit — en sa qualité de *titouche* ou grand amiral — parcourir la côte sud-est de l'Empire, inspecter les ports principaux, et mettre ordre à quelques désordres occasionnés par la contrebande et la piraterie.

Quand le décret impérial lui a été remis, il l'a déposé sur la table des parfums dressée à cet effet, et s'est prosterné neuf fois devant ce papier vénéré, dont ensuite il a pris lecture. Je suis arrivé chez lui peu après ; et comme derechef il me pressait de le suivre, je m'y suis décidé tout à coup. Je m'engage ainsi pour quelques mois au plus, pendant lesquels je serai presque toujours à portée de quelque marine européenne, et, surpris par un événement imprévu, j'aurais mille facilités de m'échapper. Tso-Hi, qui doit accompagner son futur beau-père avec le grade supérieur de *fou-tsiang*, m'y aiderait, j'imagine. Ce jeune homme, dont je ne puis encore démêler le caractère, est avec moi dans des termes qui tantôt me font croire à son amitié, tantôt à sa malveillance. En certaines occasions, je le trouve obséquieux et caressant ; quelquefois il se cache de moi pour les plus simples choses. Je l'ai cru longtemps — excusez ma fatuité — jaloux de sa prétendue ; plus tard, j'ai supposé qu'il voulait m'associer à je ne sais quelle intrigue de famille. Ses demi-confidences m'ont souvent donné à penser qu'il prétendait tenter ma bonne foi et me tendre un piége. Aujourd'hui encore, je ne sais que penser de lui, certain seulement qu'il manque de franchise et de droiture. Toutefois, comme il n'a aucun motif sérieux de me redouter ou de me haïr, j'aime à penser qu'il n'abusera jamais de mon secret.

Resteraient à craindre les propos des subalternes ; mais Lun-Chung écarte cette objection en me proposant de laisser à Quan-Tong tous ceux de ses gens qui me connaissent pour Européen. Je vous ai dit qu'il n'a point de fils ; et comme il ne trouve pas dans le fiancé de sa fille les sentiments qu'il aurait droit d'attendre, il s'est habitué à reporter sur moi, son médecin et son ami, cette sympathie désintéressée que les vieillards ressentent pour les hommes destinés à leur survivre. Je ne discuterai pas avec vous ce qu il peut y avoir d'égoïsme dans ce besoin de soins et de déférence filiale. Vous êtes sceptique et désenchanté ; je suis confiant et peut-être crédule : comment nous entendre? Lun-Chung me veut du bien, et me traite comme son fils. Voilà le fait dans toute sa vérité.

Mademoiselle As-Say, escortée par un de ses parents, se retirera dans le pays natal de Lun-Chung, au village de King-Te-Ching, situé dans le Kiang-Si, à l'est du lac Po-Yang.

25 mars

Nous partons demain. J'ai déjà pris le costume des étudiants chinois ; ma tête est rasée. Je m'appliquerai désormais à observer les rites, et — ce qui est encore plus difficile — à ne me point déceler par mes paroles. Heureusement que les politesses font ici les trois quarts de la conversation. Pourvu qu'on multiplie les formules de reconnaissance à propos des plus légers services, on se tire d'affaire très-honorablement. Par exemple, il n'y faut pas manquer, sous peine d'attirer l'attention. Aussi m'évertué-je à répéter toute la journée : « *Fi-sin*, vous prodiguez votre cœur ; — *Siè-po-tsin*, mes remerciements ne peuvent avoir de fin ; — *Fan-laô*, je vous suis bien importun ; — *Té-tsoui*, pardonnez-moi la liberté grande ; — *Po-càn*, *po-càn*, *po-càn*, je n'ose, je n'ose, je n'ose. — Ceci se traduirait par : Ne vous dérangez pas, de grâce. » Et si l'on m'adresse des paroles que je puis croire flatteuses, je les interromps par un modeste : « *Ki-càn*, comment oserais-je? Sous-entendu : supposer que vous dites vrai. »

Je ne sais plus quel impertinent écrivain français a prétendu que *goddam* était le fond de notre langue ; voilà certainement celui de l'idiome chinois. Par malheur — et quoi que j'en dise — ce fond est loin de suffire.

. . . .

Je trace, cher Patrick, les dernières lignes que de longtemps je pourrai vous adresser directement. Elles vous porteront un adieu que je n'écris pas sans un léger serrement de cœur. Espérons pourtant que ce n'est pas là un présage.

Si j'en juge par ma dernière soirée à Quan-Tong, les auspices me sont favorables. Après avoir dîné gaiement avec nos amis des factoreries, nous sommes descendus sur le fleuve. Il était à peu près neuf heures du soir. La population de la ville des barques, ces peuplades aquatiques qui naissent, vivent et meurent sur leurs nacelles, — les *tan-keas* — dormaient déjà, retirés au fond de leurs immobiles sampanes; mais les grandes jonques étaient encore bruyantes et lumineuses. Leurs fenêtres étincelaient comme les yeux phosphoriques des bêtes fauves; de plus, accrochées à leurs plats-bords et à leurs haubans, des lanternes aux mille couleurs semaient de rayons roses, bleus, violets, les eaux paisibles du Tigre. Quan-Tong nous était caché par la forêt de mâts qui s'élevait entre la ville et nous. On apercevait dans les interstices de cette espèce de rideau les fenêtres des hongs et les grands candelabres de la factorerie anglaise. L'ensemble de ce tableau était d'une originalité frappante.

La curiosité nous vint bientôt de savoir ce qui se passait dans un de ces *bateaux de fleurs* d'où sortaient, avec tant de lumière,

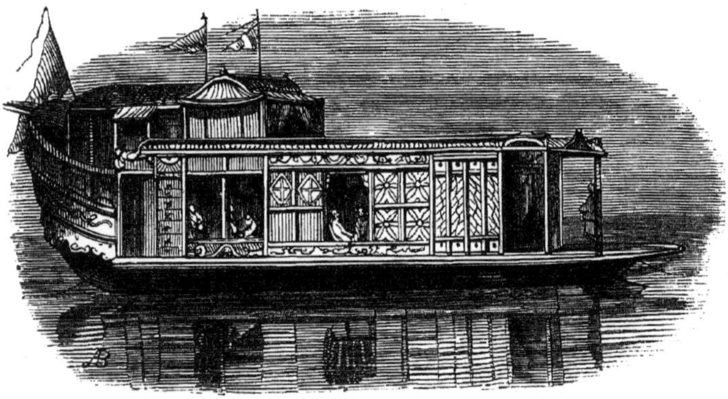

des chants si gais et de si étranges musiques. Une manœuvre habile nous plaça bientôt bord à bord avec l'un des plus richement ornés, et, par les fenêtres entr'ouvertes, nos regards plongèrent dans une espèce de salle à manger où quelques hommes élégamment costumés se livraient à toutes les douceurs d'un souper fin avec sept ou huit sirènes chinoises, aux cheveux noirs, chargés de roses et de fleurs d'oranger. Du reste, nos observations ne s'étendirent pas bien loin; car, en apparence sans nous avoir vus, et comme avertis par un instinct secret, nos débauchés se doutèrent qu'ils étaient en butte à l'odieuse curiosité des fan-koueï. Aussitôt — un coup de baguette n'eût pas plus vite effectué ce changement de décors — tous les volets se fermèrent à la fois, et nous demeurâmes étourdis, aveuglés par l'obscurité profonde qui succédait brusquement à l'éclat d'une véritable illumination. Au bout de quelques instants seulement nos yeux se firent à ce nouvel état de choses, et nous distinguâmes au-dessus de nos têtes, penchés en dehors des bastingues, une douzaine d'individus découpés en silhouette qui, par leurs gestes menaçants, leurs cris inarticulés, nous exhortaient à gagner au large. Quelques-uns avaient même déjà saisi de longues piques en bambou — l'arme la plus familière aux matelots chinois — et se préparaient à s'en servir sans déclaration de guerre préalable. Deux coups de rame nous mirent hors de portée.

Une autre tentative du même genre eut plus de succès. Les maîtres de la jonque étaient à table, en compagnie de filles des fleurs, fardées et souriantes; ils nous virent, nous reconnurent, et ne songèrent pas à se déranger pour si peu. L'extrême civilité de leurs manières annonçait des gens de haute classe, et leur indifférence dédaigneuse nous confirmait encore dans cette supposition. Un seul d'entre eux parut tenir compte de notre présence; c'était un vieillard assis auprès d'une très-jeune personne, et que nos regards indiscrets semblaient importuner. Il se leva bientôt, la prit par la main, et sortit avec elle de la salle du festin. En bons termes, il nous quittait la place; et cette conduite, véritablement *gentlemanlike*, nous fit rougir de notre inconvenance.

Nous rentrâmes alors, un peu à regret, de notre promenade

nocturne, que j'ai retrouvée, en m'éveillant ce matin, présente encore à ma mémoire. De nouveau, mon cher Patrick, adieu. Ne vous effrayez point d'un long silence. Je serai Chinois dans une heure d'ici, et ne pourrai plus communiquer, sans me compromettre, avec un barbare comme vous. Plus tard, je compte vous offrir en revanche, à la place de mes lettres, les notes du très-ignare et très-stupide étudiant Ping-Si. Tel sera désormais, et jusqu'à nouvel ordre, le nom chinois de votre ami Dermot.

VOYAGE

DE L'ÉTUDIANT PING-SI

VOYAGE

DE L'ÉTUDIANT PING-SI.

I.

La marine Impériale. — Les Clippers.
Lun-Chung déploie une majesté hautaine. — Annahoy et Bocca-Tigris.
Les Dragons Volants. — Une capture.
Plaisanterie d'un trois-mâts.
Bravoure à bon marché. — Modèle de proclamation.

25 mars.

Notre escadre est de trente jonques de guerre. Il y a dans chacune cinquante soldats commandés par un *tsong-ping* ou mandarin militaire, et par quatre autres officiers subalternes. Ces bâtiments, qui ne portent pas plus de deux cent cinquante à trois cents tonneaux, n'ont guère que quatre-vingts ou quatre-vingt-dix pieds de longueur et douze à quinze pieds de largeur en dehors des bordages du vaisseau.

La proue, coupée et sans taille-mer, est relevée en haut de deux espèces d'ailerons en forme d'antennes d'un effet assez bizarre. La poupe est ouverte dans sa partie inférieure pour laisser passer le gouvernail, immense machine qui se manœuvre avec des câbles.

Les voiles se divisent en feuilles de nattes, arrêtées à chaque jointure par des perches de bambou. Elles tiennent beaucoup mieux le vent que les nôtres; mais cet avantage ne compense point les autres vices de construction par lesquels un navire chinois se trouve d'une marche toujours inférieure à celle de nos plus médiocres voiliers.

Recouvert avec une espèce de mastic, le calfatage chinois vaut mieux que le brai dont nous nous servons; et d'ailleurs, par un ingénieux procédé, ils séparent chaque vaisseau en plusieurs compartiments isolés l'un de l'autre, de sorte qu'une voie d'eau n'entraîne qu'un dommage partiel. C'est peut-être l'efficacité de cette précaution qui les a empêchés d'adopter jusqu'à présent l'usage des pompes.

Les ancres sont d'un bois dur et pesant qu'ils appellent *tie-mou*, bois de fer. Ils les préfèrent ainsi, disent-ils, parce qu'elles ne sont point sujettes à se fausser. Pas de pilotes proprement dits; ce sont les timonniers qui conduisent le bâtiment et qui commandent la manœuvre. Peu habitués aux voyages de long cours, ils naviguent en pleine mer sans se mettre en peine des élans du vaisseau, le cap sur le rhumb qu'ils croient devoir faire; le long des côtes, — et quand l'opium ne les étourdit pas, — ils gouvernent assez juste.

A propos d'opium, il faut que je constate ici les premiers incidents de notre expédition contre les fraudeurs. L'édit impérial qui commet Lun-Chung à l'inspection des côtes lui enjoignait en termes assez dédaigneux d'éloigner les fan-kouei importuns qui, au mépris des lois, apportent à la Chine l'opium des barbares, l'*afouyung*, le jus épaissi du *ying-suh* (pavot).

En conséquence, des informations ont été prises sur l'état actuel de la rade de Lin-Tin, où viennent se décharger, dans des vaisseaux établis à poste fixe, *receiving ships*, les bâtiments fraudeurs, les *clippers* de la Compagnie des Indes. Ce sont d'admirables navires jaugeant trois cents tonneaux environ, gréés en barques, naviguant d'ordinaire sous toutes voiles, et

Jonques de guerre.

bravant les plus fortes moussons. Trois seulement étaient en rade, et tous les trois, leur cargaison livrée, s'apprêtaient à repartir. On ne pouvait perdre une si bonne occasion de les chasser. et Lun-Chung annonça solennellement, par un message

au *tsong-to*, qu'il allait « frapper les barbares de terreur, en déployant une majesté hautaine. »

Par ces mots, il entendait sans doute qu'on ferait beaucoup de bruit. En effet, jamais je n'ai été assourdi par plus de pétards et plus de gongs, plus de cris et plus de musiciens, qu'au moment où nous mîmes à la voile. L'artillerie tonnait à bord de toutes les jonques; la trompe marine transmettait à chaque instant de bruyants signaux; et, pour comble de prévoyance, on avait fait avertir sous main les barbares qu'ils allaient avoir sur les bras la plus redoutable marine de tout l'empire.

C'est ainsi que nous passions, menant un infernal sabbat, devant Annahoy (le Soulier de la Femme), le promontoire de Chuen-Pi et les autres batteries de Bocca-Tigris tant de fois réduites au silence par les canons de nos frégates *, et je me rappelais involontairement ce stratagème des généraux chinois qui firent élever en terre revêtue de chaux des milliers de fausses tentes, pour effrayer les capitaines de l'*Amherst* et du *Sylph*. Quand donc ces naïfs soldats reconnaîtront-ils l'inutilité de leurs puériles fanfaronnades?

Notre tapage n'avait qu'un résultat; c'était de faire entrer dans les criques des îlots voisins, où elles allaient prudemment se tapir, les Barques Rapides (appelées aussi Dragons Volants) qui servent d'agents directs aux contrebandiers indigènes. Nous distinguions à merveille — mais personne n'en faisait semblant — leurs coques brunes, leurs voiles jaunâtres, et leurs rames sans nombre dont quelquefois le craquement désagréable arrivait à nos oreilles, tant nous étions proche de ces bandits. Eux, cependant, ne paraissaient nullement inquiets; et ceux que la manœuvre laissait oisifs, étendus sur le pont, continuaient leur partie de cartes avec un sang-froid dont je ne pouvais m'empêcher d'être choqué. J'en ai demandé l'explication. Il paraît que la rigueur des lois met à l'abri de toute poursuite le bateau le plus suspect de contrebande quand il n'est pas surpris en flagrant délit. Cette impunité relative les

* En 1637, par le capitaine Weddel; — en 1816, par l'*Alceste*, capitaine Maxwell; — lors du combat de la Bogue (1834), par l'*Andromache* et l'*Imogen*, aux ordres de lord Napier.

rend familiers avec la police, et leur a donné l'habitude de braver les mandarins.

Un d'eux cependant, qui arrivait à l'étourdie, se trouva doubler une petite pointe de terre en même temps qu'une de nos jonques, qui tenta de lui jeter ses grappins. Le Centipède allait être pris, mais quelques-uns de ses matelots s'avisèrent à temps de saisir leurs longues piques de bambou dont ils se servirent en guise de crochets pour distancer les deux bâtiments, puis ils firent force de rames.

La chasse qui s'ensuivit nous amusa tous. Les contrebandiers, pareils à des démons, le visage couvert d'un crêpe noir, le buste nu, l'épée ou la lance au poing, couraient sur leur tillac en poussant des cris sauvages. Les mandarins, derrière eux, ne criaient guère moins haut en commandant les manœuvres. De temps à autre, le long pierrier qu'ils ont à l'avant pivotait sur son affût et crachait sa mitraille inoffensive, qu'on voyait ordinairement ricocher sur les flots, à deux ou trois cents pieds du but. Les fraudeurs n'en ramaient que mieux, excités par la détonnation, et peu à peu ils gagnaient évidemment du terrain.

Par malheur, dans un des canaux étroits et tortueux où ils se jetaient de préférence, nos fuyards se trouvèrent proue à proue avec une autre jonque de notre petite flotte qui venait derrière nous sans se douter de rien. Ici la situation se compliquait évidemment. Malgré tous ses efforts, le Dragon Volant dut faire œuvre de ses griffes. Je remarquai en cette occasion combien la loi prête de force à ses défenseurs, combien elle en ôte à ceux qui la transgressent. Les smugglers se bornaient, malgré leurs effrayantes clameurs, à tenter de s'échapper sans effusion de sang; ils savaient fort bien que la contrebande simple est punie des mines, mais qu'elle devient un cas pendable si, pour la défendre, on a égratigné le moindre des mandarins. Ceux-ci, au contraire, attaquaient sans rémission ni scrupules, sabrant et piquant *in animâ vili*. La lutte se prolongea néanmoins; mais enfin le fraudeur fut abordé à droite et à gauche. Les bonnets de mandarin se montrèrent sur le pont au milieu des têtes pelées, dont quelques-unes se jetaient pardessus bord. Celles-là servaient de but aux flèches et aux javelines ; quant aux autres, on s'en saisissait par la queue — et la queue, roulée deux ou

trois fois autour du poignet, n'est pas une mauvaise prise — pour mener nos bandits à fond de cale, où on les garrottait en les fouettant d'importance.

Après un tel exploit, la flotte victorieuse cingla de plus belle vers la portion des mers intérieures qu'il fallait purger des barbares importuns. Des trois clippers qui restaient encore dans la rade, à l'ombre du pic de Lin-Tin — la *Water-Witch*, le *Red-Rover* et la *Cowashee Family*, — les deux premiers étaient déjà partis; le dernier — l'un des plus beaux qui naviguent dans ces parages — s'était donné le plaisir d'attendre la flotte impériale, afin de jouer la comédie d'usage en pareille occasion. Dès que les jonques chinoises furent en vue, les manœuvres du navire indien parurent se précipiter : on eût dit l'équipage frappé de terreur et s'apprêtant à fuir en toute hâte. Les voiles tombaient l'une après l'autre; les Lascars levaient l'ancre à grand renfort de bras et de cris. Bref, le clipper s'éloigna d'une telle marche, qu'il eût été bien difficile à nos lourdes jonques de lui donner chasse sérieusement. Au fond, elles n'en avaient nulle envie; mais elles faisaient semblant, et les matelots ne s'épargnaient pas. Nous allions donc assez vite, quand tout à coup le malin trois-mâts que nous poursuivions, diminuant sa toile, sembla vouloir nous engager à le rejoindre; et du même coup, ouvrant ses sabords, il nous montrait par moments la gueule de ses canons. Jamais plaisanterie ne réussit mieux. D'un commun accord et sans qu'aucun ordre fût donné, nos jonques ralentirent, elles aussi, leur allure. Le clipper s'arrêta; nous fîmes halte. Il louvoya d'une rive à l'autre comme un flâneur que rien ne presse; nous imitâmes strictement sa désinvolture et sa lenteur. Enfin, quand il eut bien constaté, à nos propres yeux, le désir manifeste que nous avions de ne point engager le combat, il reprit son premier train; l'alcyon rouvrit ses ailes, et, quelques minutes après, nous l'apercevions à peine, sur la mer où nous venions d'entrer, comme la fumée blanche d'un toit au bord d'un horizon lointain.

L'heure était venue de nous montrer intrépides. Une espèce de branle-bas exécuté par les gongs et les clairons appela aux armes les soldats armés de piques; les mandarins mirent l'épée à la main; les canonniers chargeaient et déchargeaient leurs pièces avec une ardeur merveilleuse L'odeur de la poudre s'épandait de tous côtés, et du rivage où nos salves innocentes réveillaient sans doute plus d'un écho, pouvait-on ne pas nous croire engagés dans le plus meurtrier combat ?

Lun-Chung, dans tout ceci, n'a fait que suivre un usage consacré, une tradition déjà vieille. En tout et pour tout, un officier de l'empereur ne doit rechercher que l'apparence et le bruit d'un succès ; peu lui importe la réalité. De même qu'on ne lui tiendrait aucun compte, après une défaite, des efforts qu'il aurait faits pour la conjurer ; de même, après une victoire ou quelque chose d'approchant, ne lui demande-t-on jamais quels moyens lui valurent son triomphe.

Dans quelques semaines, l'empereur sera instruit de ce qui s'est passé hier, et la gazette de Pe-King renfermera une proclamation notifiant à toute la Chine que le fidèle titou-che a battu les fan-koueï après une lutte désespérée ; que ceux-ci s'éloignent honteusement, et que jamais les mers intérieures ne reverront leurs vaisseaux abhorrés.

Un bulletin fabriqué chez nous dirait-il mieux ? Dirait-il moins ?

II.

Macao. — L'Idole des marins. — Sacrifices gastronomiques. — Une Ile.
Les Tan-keas. — Le Rendez-vous des Pirates. — Le Barberousse chinois. — Les Rois de mer.
L'Embargo. — Les Pirates en 1810. — La Veuve Chef.
Code féminin. — Histoire de Méï-Ying. — L'Escadre noire et l'Escadre rouge.
La paix. — Souvenirs d'un prisonnier.

29 mars.

Si les descriptions banales ne m'effrayaient, j'aimerais à raconter Macao, ses maisons disposées en amphithéâtre, ses rues étroites en escaliers, son couvent de nonnes portugaises, sa grotte du Camoëns, ses clochers catholiques mêlés aux pavillons aériens du pays, et surtout sa jolie baie ronde sillonnée

Marché à Macao.

par ces *barques-œufs* — *egg-boats* — qui viennent vous prendre à l'entrée du port et vous déposent au pied des quais de granit.

Un simple mouvement de curiosité m'a conduit ici. Notre flottille n'y touche point; mais comme elle avance très-lentement et à grand'peine au milieu des îles dont l'entrée du Tigre est obstruée, j ai profité d'une occasion qui s'offrait et d'un message que Lun-Chung envoyait aux mandarins de Macao : message sans doute peu important, car l'ambassadeur est un simple pilote. Il m'a pris dans sa barque, dont l'équipage se compose de six rameurs et deux mousses ; l'un de ceux-ci exerce en outre les fonctions de cuisinier. Ces braves gens ont eu quelque peine à nous tirer des rescifs et des tournants que recèlent les eaux dangereuses où nous étions engagés ; et j'ai pu juger de leurs terreurs par la quantité d'offrandes propitiatoires qu'ils ont faites à Tien-How, *la reine du ciel*, patronne spéciale des marins. A chaque instant, notre petit cuisinier passait en courant sur le pont, et allait jeter à la proue quelque papier enflammé dont il scrutait curieusement les destinées ultérieures ; à chaque instant aussi, devant l'image de la déesse — une poupée de cire habillée de satin bleu et toute hérissée de rubans multicolores — on renouvelait les allumettes parfumées, les *bâtons de Dieu*, les *djoss-sticks*, comme on les appelle dans le jargon anglo-chinois. Une lampe remplie d'huile de thé brûle sans cesse dans l'espèce d'armoire où l'on tient l'idole, entourée de feuillages artificiels, de soieries, de pailletteries et de mille autres décorations

barbares. C'est à ce feu sacré qu'on allume tantôt les *djoss-sticks,* faits de bouze de vache et de sciure de bois, tantôt le *djoss-paper,* ou papier divin, doré, huilé, parfumé; c'est devant cette armoire que sont déposés, soir et matin, les présents destinés à la Reine du Ciel, des confitures, du fruit, de petites tasses de thé que les matelots, à son refus, ne manquent jamais d'avaler.

Plus le bâtiment est considérable, plus le péril est imminent, plus importante devient l'offrande; mais qu'il s'agisse d'un œuf

Habitation de Pêcheurs (province de Quan-Tong).

ou d'un bœuf, d'une poignée de riz ou d'un porc gras, le résultat final est toujours le même, et ce que Tien-How n'accepte pas, ses dévots le mangent en son lieu et place. Comme cela rien ne se perd, et John Chinaman n'a pas le crève-cœur de voir disparaître, sans profit pour personne, ce qu'il regarde comme la plus précieuse chose du monde : — un aliment, un choou-choou quelconque.

Entre Lin-Tin et Macao, séduit par la grâce champêtre d'une petite île, j'ai demandé à y débarquer. Pour plus de sûreté, le pilote a voulu m'accompagner à terre. C'est un vieillard grand et mince, à qui sa physionomie sérieuse et le long surtout noir qui recouvre ses autres vêtements donnent un faux air ecclésiastique. Il me fit monter sur le rivage par une sorte de sentier tournant, grossièrement creusé dans le roc vif. Des buissons épineux, des massifs de fleurs sauvages, bordaient çà et là ce chemin usé. Après l'avoir gravi pendant quelques minutes, nous nous trouvâmes devant un groupe de cabanes habitées par des pêcheurs. L'une d'elles était une simple jonque échouée qu'on avait hissée sur un massif de briques et qui, sans changer de forme, avait changé de destination. Autour d'elle fourmillaient une trentaine de pêcheurs, hommes et femmes, ces dernières occupées des soins du ménage, les autres fumant et bavardant à l'ombre des bambous. Près de là, sur les rochers, leurs filets noirs séchaient au soleil, tandis que plus bas un buffle barbottait dans la vase verdâtre, et, levant parfois la tête, jetait de tous côtés ses vagues regards. Dans l'air tiède volaient par milliers les brillants papillons ; et la sauterelle passait sur les hautes herbes, laissant derrière elle le frisson éclatant de ses ailes de pourpre.

Des hauteurs de l'île un magnifique panorama se déroulait. La mer calme et lisse recevait comme un bouclier d'argent poli les rayons du soleil, tachée pourtant çà et là par quelque navire aux allures paresseuses. Les montagnes de Lan-Tao, le pic de Lin-Tin, rompaient à propos la monotonie de l'horizon marin ; et quand, de leurs cimes diversement éclairées, bleues-pâles au soleil, brunes à l'ombre, l'œil fatigué revenait au premier plan, il se reposait avec délices sur ce petit hameau, ce sentier fleuri, ce havre en miniature au milieu duquel se prélassait notre barque immobile.

Je me pris alors à rêver, comme une existence idéale, la vie nomade des millions d'êtres qui, sous ce beau ciel, errent incessamment le long des fleuves, et portent où ils veulent leurs habitations aquatiques. C'est une caste avilie et quelquefois opprimée que celle des tan-keas — ainsi les nomme-t-on, du nom de leurs sampanes à forme ovale ; — mais quelle indépendance ! et, pour une imagination féconde, quelle source d'enivrements ! Aller au hasard de rivage en rivage ; s'arrêter sur la plage qui vous sourit ; la quitter au gré de vos caprices ; la revoir si le souvenir vous y rappelle ; porter partout avec soi ses pénates, son foyer, sa famille ; et, sans déserter son toit de nattes, recommencer ou suspendre à toute heure un voyage aussi long que la vie elle-même ! Est il, ce semble, une plus heureuse destinée ?

Tel était le fond sur lequel je brodais, et mes réflexions dureraient, je crois, encore, si mon vieux pilote, qui promenait sur tous les points de l'horizon un vieux télescope anglais dont il est le très-orgueilleux possesseur, n'eût distingué sur l'eau les signes précurseurs de la brise. Le ciel semblait s'éclairer à l'est, et les dernières limites de l'océan prenaient une teinte sombre ; la surface unie des eaux se plaquait et se rayait d'écume comme une liqueur qui commence à fermenter. Peu à peu ces blanchâtres et mobiles efflorescences, que nos marins ont baptisées « pattes de chat » *(cat's paws)* — variant à chaque minute et leurs formes et leur direction, — finirent par envahir l'espace entier, où de menues vagues se dessinaient déjà.

Ces signes bien connus nous prescrivaient un prompt départ. Nous descendîmes en toute hâte vers la berge. On nous attendait pour hisser les voiles, et nous partîmes aux cris des pêcheurs qui nous souhaitaient un heureux voyage.

Je n'ai point écrit et n'ai pas su retenir le nom de cet îlot si longuement dépeint. On doit cependant le trouver sur les cartes marines, en droite ligne au-dessus de Ty-Ho, la principale ville de Lan-Tao. Ceci soit dit pour les gens exacts, les géographes et les critiques.

Lan-Tao — que les Chinois appellent aussi Tao-Yu « grande île » — a quinze milles de longueur sur cinq ou cinq et demi de large. Nous l'avons longée en revenant de Macao dans la journée d'hier, et nous avons rejoint la flotte chinoise à l'ancrage de Cupsi-Moon, formant l'extrémité N.-E. de l'île. C'est non loin de là, dans les méandres de l'étroit canal compris entre le continent et Lan-Tao, que les clippers venaient il y a peu d'années encore jeter l'ançre, du mois de juillet au mois d'octobre, pour se mettre à l'abri des typhons *(tae-fong)* si désastreux dans ces parages.

2 avril.

En sortant de Cupsi-Moon ce matin, nous nous sommes dirigés vers une espèce de baie qui m'a été signalée par Lun-

Chung lui-même comme un lieu dont je devais garder le souvenir. Elle est entièrement masquée, et pour ainsi dire fermée par l'île de Chung-Yue, qui, protégeant de la marée et des vents cette singulière enclave, en fait un des meilleurs havres et des plus secrets qu'on puisse imaginer. Aussi était-il, au commencement de ce siècle, le rendez-vous de la piraterie organisée qui désolait les côtes du Céleste-Empire.

L'histoire de ces brigands est curieuse; elle m'a été racontée en partie par le lieutenant-général, et en partie par Tso-Hi. C'est ce dernier qui m'a donné le plus de détails; et son récit, qu'il a terminé au commencement de la deuxième veille, ne manquait pas — la mise en scène y aidant — d'un assez vif intérêt. Je ne puis malheureusement que la résumer en peu de mots.

De temps immémorial les côtes de la Chine, surtout ses côtes méridionales, ont été infestées par les pirates. Un commerce actif les tente; la faiblesse incroyable de la marine impériale les enhardit et les protége. Les îles et les criques sans nombre où ils peuvent se dérober aux recherches leur donnent une sécurité fort engageante. D'ailleurs la misère les pousse, et le premier bandit qui se déclare trouve de nombreux complices, des recrues toutes disciplinées, dans ces populations immenses qui couvrent les mers intérieures.

Les chroniques nationales ont gardé les noms de quelques-uns de ces brigands dont la fortune avait fait des Rois de Mer, plus puissants que le Fils du Ciel, défiant ses flottes, et traitant avec lui d'égal à égal. Tel fut, par exemple, vers le milieu du XVIIe siècle (1640-1646), le célèbre Chin-Chelung. Sorti du peuple, longtemps au service des Portugais de Macao qui l'avaient baptisé sous le nom de Nicolas Gaspard; puis, à Formose, domestique d'un Hollandais, il devint enfin l'agent d'un négociant du Japon, et fut investi du commandement d'une jonque. Son patron mourut. Chin-Chelung s'empara du bâtiment qu'on lui avait confié, l'arma pour la course, et se trouva peu après à la tête d'une escadre de pirates. Un autre bandit du même ordre fit alliance avec lui; rien ne pouvait leur résister. L'empereur comprit le danger, et gagna secrètement Chin-Chelung. Pour prix de sa trahison, et en échange de la tête de son collègue, cet écumeur de mer fut nommé grand-amiral des forces chinoises. Il sut étendre les droits énormes que lui donnait ce titre, et ne visait à rien moins qu'à concentrer entre ses mains tout le commerce extérieur de l'empire.

Ce dangereux sujet, aveuglé par le succès, voulut aussi frayer la route du trône à son fils Kow-Shing, que les historiens portu-

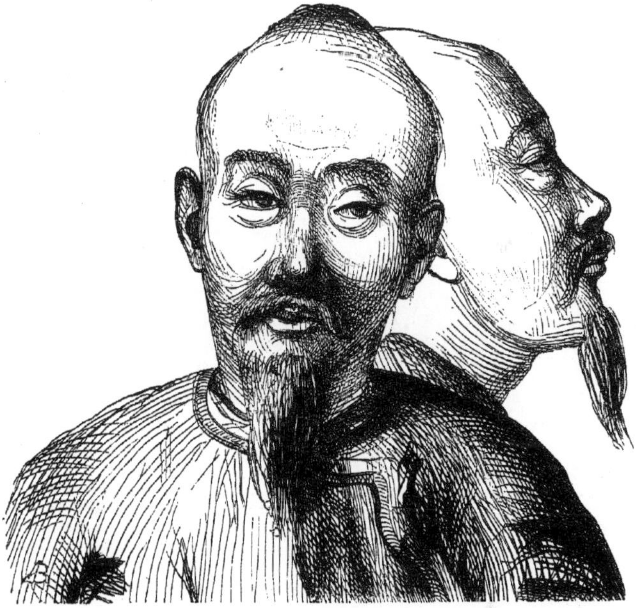

gais appellent Koxinga. C'en était trop. De perfides promesses attirèrent à Pe-King l'audacieux pirate, et jamais il ne sortit du palais impérial où il était entré avec toute la pompe d'un futur souverain.

Son fils avait juré d'avance que pareille trahison serait cruellement punie; il tint parole. Jusqu'en 1650, les côtes furent exposées à plus de ravages que jamais. A cette époque, les Tartares envahirent la Chine. Le gouverneur de Quan-Tong, sans autre moyen de leur résister, appela Kow-Shing à son aide, et le pirate devint le dernier défenseur de la monarchie.

Quan-Tong succomba malgré ses efforts. Alors il reprit la mer avec ses six cents vaisseaux, et tint tête aux conquérants. Il entrait dans les fleuves, mettait les villes à contribution, pillait parfois des départements entiers, et voulut un jour s'établir définitivement dans une des provinces. A grand'peine lui fit-on lever le siége de Nan-King; mais, en se retirant, il battit encore trois flottes successivement envoyées pour le détruire, et, peu après, dépêcha vers l'empereur quatre mille prisonniers tartares auxquels il avait fait couper le nez et les oreilles. Le Fils du Ciel trouva désagréable de revoir en cet état ses soldats vaincus : il leur fit couper la tête.

Kow-Shing, arrêté dans ses entreprises sur le continent, s'empara de l'île Formose, et y fonda un royaume régulier. Les habitants payaient fort peu d'impôts. C'était, comme par le passé, la côte chinoise qui fournissait aux dépenses de leur souverain. Le gouvernement tartare était alors tellement à bout de ressources, et tellement impuissant contre Kow-Shing, que les quatre tuteurs de l'empereur Kang-Hi ordonnèrent l'abandon de toutes les îles, la suspension de tout commerce, et firent signifier aux habitants du littoral entier l'ordre bizarre de rentrer à douze lis dans l'intérieur des terres. Cet édit paraîtra sans doute incroyable. Ce qui l'est davantage — et ce qu'il faut croire néanmoins, — c'est qu'il fut exécuté. Il ne cessa d'être en vigueur qu'après sept années, durant lesquelles toute la côte exposée resta déserte. Des nombreux ports de mer compris dans les termes de l'édit, Macao seul fut excepté, sur les instances du missionnaire Adam Schaal. Macao, d'ailleurs, pouvait se défendre.

Kow-Shing mourut, l'interdit subsistant encore. Son fils régna paisiblement sur Formose. Son petit-fils hérita la même couronne, et ne reconnut qu'en 1683 la suzeraineté de l'empereur Kang-Hi.

Ainsi se termina la première grande époque de la piraterie; plus de cent vingt ans devaient s'écouler avant que l'on revît aux prises la marine impériale et une flotte ouvertement rebelle. Il ne faudrait pas en conclure que, pendant plus d'un siècle, les mers chinoises aient été débarrassées de leurs brigands. Seulement il n'y eut pas de coalition, d'organisation militaire, pas de défis en règle jetés au pouvoir des lois.

Mais vers 1802-3 les vols se multiplièrent. Les pirates s'allièrent entre eux. En 1806, leur flotte comptait déjà cinq à six cents voiles et près de vingt-cinq mille hommes ; en 1810, on évalua leur nombre à soixante-dix mille, et toutes les forces disponibles de la marine impériale n'auraient pu venir à bout de les détruire.

Leurs six escadres — rouge, jaune, verte, bleue, blanche et noire — arboraient audacieusement leurs pavillons bien connus, et obéissaient à six chefs distincts ; mais leur principal commandant était Ching-Yih. Ce pirate aspirait ouvertement à la conquête de la Cochinchine, quand, en 1807, un typhon arrêta court son ambitieuse carrière.

On vit alors un phénomène assez bizarre. L'autorité de Ching-Yih passa toute entière, non pas à son lieutenant, mais à sa veuve. Cette femme se trouva l'énergie morale et la force de

caractere qu'il fallait pour imposer ses lois à des milliers de bandits; bien mieux, elle les soumit à un code où l'esprit de son sexe dominait ouvertement, et qu'ils acceptèrent dans ses plus rigides prescriptions. Ce code leur défendait de descendre à terre sans autorisation, sous les peines les plus graves. Toute prise devait être enregistrée et partagée par égales parts. Une faute, une malversation entraînait la mort. L'argent ne se divisait pas comme le reste : on le portait à un des chefs, qui en donnait le cinquième à ceux qui s'en étaient emparés, et gardait le reste pour l'usage commun. Toutes provisions ou munitions demandées aux paysans étaient payées à l'instant même, toujours sous peine de mort. On mettait les prisonnières à rançon, mais on les respectait; les plus belles seulement, ou celles dont la rançon n'arrivait pas, se distribuaient, moyennant un prix d'achat, entre les pirates célibataires. Celui d'entre eux qui avait acheté une captive devait aussitôt en faire sa femme légitime; une cabine lui était assignée pour lui et pour sa famille. Un acte de violence ou de débauche était puni du dernier supplice.

N'entrait pas qui voulait dans cette étrange république; elle se recrutait pourtant de beaucoup d'engagés volontaires. On les refusait — ceux-là même qui venaient guerroyer en amateurs, apportant de l'argent à la société — s'ils ne s'engageaient à rester au moins huit mois sur les jonques.

Ainsi disciplinés, les pirates furent plus formidables que jamais. Vainement ordre sur ordre arrivait de Pe-King pour qu'on eût à les détruire; les amiraux de l'empereur étaient vaincus l'un après l'autre. On leur ordonna bientôt de triompher ou de mourir; ils furent encore battus, et se tuèrent. Le gouvernement se rappela le parti désespéré qu'avaient pris, durant la minorité de Kang-Hi, les quatre régents tartares pour venir à bout de Kow-Shing. On prescrivit à tout navire de rentrer dans un des ports de la côte, et de n'en plus sortir jusqu'à nouvel ordre. Cet embargo affama les pirates et les exaspéra. Ils commirent alors les plus atroces cruautés, portant le meurtre et l'incendie sur vingt points à la fois; car, pour vivre, ils étaient obligés de se séparer en plusieurs flottilles. La terreur était à son comble. Des villes entières payaient tribut aux pirates, et saluaient leurs vaisseaux quand ils passaient. Celles qui n'agissaient point ainsi étaient saccagées et brûlées : on tuait les vieillards et les enfants ; on enlevait les femmes et les cadavres pour les mettre à rançon.

Partout ailleurs qu'en Chine, cette spéculation sur des ossements aurait été absurde ; mais un homme vertueux, en ce pays, rachètera son bisaïeul mort bien plus cher que son frère vivant.

Parmi les sanglantes traditions que cette époque a fournies ou peut-être inspirées, l'histoire de Mei-Ying est la plus célèbre. Tso-Hi me l'a donnée à lire dans un recueil historique. On y voit dépeints les attraits de cette beauté renommée, fille du mandarin Yang-Kening, et la passion violente qu'elle inspira au premier lieutenant de la reine des pirates, le terrible Paou. Mei-Ying était sa prisonnière, mais bravait ouvertement son amour, et défiait sa toute-puissance. Paou, transporté de fureur, lui fit lier les bras derrière le dos, et la même corde qui les garrottait ainsi servit à la hisser le long d'un mât à plusieurs pieds du tillac. Malgré la douleur, elle le railla de plus belle. Il la fit descendre, et, du pommeau de son kriss, lui cassa plusieurs dents. La courageuse enfant feignit alors de céder ; mais, libre une fois de ses liens, elle cracha au visage du bandit, avec un flot de sang, une dernière malédiction, et se précipita dans la mer.

« L'année suivante, ajoute l'historien, la paix étant rétablie, je passai dans le village Pouan-Pie-Niueh — celui qu'habitait la vertueuse Ying, — et, touché de son sort, j'écrivis pour elle cette ode élégiaque :

L'esprit de la guerre s'est évanoui ;
Pensons au passé, remontons ses méandres pareils à ceux du ruisseau ;
Ne se trouvait-il personne pour résister à l'ennemi,
Quand une femme se rencontra pour insulter sa puissance ?
Elle cracha son sang sur le méprisable scélérat,
Et, dédaignant la vie, elle se plongea sous la vague obscure.

Son fantôme pur comme la glace erre au-dessus des flots :
Son âme courageuse le suit par derrière d'une marche hésitante

« Ma chanson finie, je demeurai quelque temps encore dans les lieux qui l'avaient inspirée, et, jetant un dernier regard autour de moi, je vis que les collines avaient gardé leurs teintes bleuâtres, la mer son azur sombre... je restai longtemps rêveur, allégeant en moi le fardeau des soupirs. »

La Chine est le pays des précédents. Lorsque l'empereur vit

que ses invincibles flottes ne pouvaient tenir tête aux pirates, et que l'embargo néanmoins devenait impossible à prolonger, il demanda, comme un de ses ancêtres l'avait fait jadis, le secours de la marine portugaise. Moyennant une promesse formelle qu'on rendrait aux Européens de Macao leurs anciens privi-léges, ceux-ci armèrent six vaisseaux qui agirent désormais de concert avec ceux du Fils du Ciel. Mais, nonobstant ce secours assez mal choisi, la guerre se prolongea sans résultats positifs, et, n'eût été l'heureux effet des divisions intestines qui commençaient à se glisser parmi les pirates, leur puissance n'aurait pas cessé de s'accroître.

Une rivalité acharnée s'établit entre Paou, le premier lieutenant, et O-Po-Tae, le plus puissant après lui. O-Po-Tae commandait l'escadre noire, et Paou la rouge. Ils cessèrent d'abord d'agir ensemble; bientôt, les jalousies s'envenimant, ils en vinrent aux mains, et Paou fut battu; mais, dès ce jour, la puissante confédération se trouva rompue. Une amnistie générale, qui fut habilement proclamée au moment opportun, séduisit O-Po-Tae, qui se soumit, changea de nom, et devint officier impérial.

La veuve de Ching-Yih et son premier lieutenant jugèrent sans doute, après quelques mois d'épreuve, leur situation trop périlleuse et leurs armes trop compromises pour continuer la guerre, car ils firent les premières ouvertures d'un traité de paix. Quelques promesses réciproques furent d'abord convenues avec un mandarin subalterne, qu'on avait envoyé à leur bord; ensuite il fut question d'aller à Quan-Tong échanger avec le tsong-to les ratifications définitives. Aucun des pirates n'eut le courage nécessaire à cette ambassade. Leur reine s'offrit alors, et, suivie seulement de quelques femmes ses sujettes, elle alla conclure les négociations, au risque de ce qui pouvait arriver. Sa confiance ne fut pas trompée. Le vice-roi déclara valables toutes les conditions déjà faites, et vint au devant de l'escadre rouge quand il la sut en vue des côtes. Paou, comme son ancien complice O-Po-Tae, fut promu à un grade militaire assez élevé. Tous les deux travaillèrent avec ardeur à détruire les derniers débris de la terrible alliance qu'ils avaient longtemps gouvernée.

La veuve de Ching-Yih, la reine des pirates, laissée en possession de ses parts de prises, s'est retirée à Macao. Elle y vit encore, sans couronne et peut-être sans regrets, présidant aux destinées vulgaires d'un infâme tripot.

Tso-Hi, pour me divertir, disait-il, a fait comparaître devant nous un de nos matelots, un des plus vieux, naguère prisonnier du féroce Paou. Questionné par le fou-tsiang, et presque terrifié de tant d'honneur, il nous a donné d'horribles détails sur la cruauté des pirates chinois, qui l'accablaient de coups, et — dans les moments de disette — le mettaient à un incroyable régime de sobriété forcée. Avant chaque descente, lorsqu'il s'agissait d'une ville à saccager, les chefs établissaient un taux de récompenses pour chaque tête qui leur serait apportée; ils les payaient jusqu'à dix dollars. Les prisonnières étaient traitées avec la plus sauvage inhumanité : on les hissait à bord par les cheveux; on les laissait sur le pont, sans abri, exposées à l'humidité des nuits, à l'ardeur du jour. Leur rançon était ordinairement fixée, d'après les renseignements qu'on leur arrachait, de six cents à six mille dollars.

Les villes et villages de la côte payaient tribut deux fois par an; les embarcations, une seule fois. En échange de leur tribut, on délivrait à ces dernières une sorte de passe signée d'un chef et respectée strictement par tous les autres.

Jamais de quartier aux soldats ou marins de l'empereur. On ne tuait, d'ailleurs, que lorsqu'il fallait punir la résistance ou le détournement furtif des marchandises sur lesquelles les pirates avaient jeté leur dévolu.

Soit pour obtenir une rançon, soit pour forcer au service militaire ceux des captifs qu'ils voulaient enrôler, ils leur infligeaient d'atroces supplices. Le plus usité consistait à les suspendre au mât par leurs bras liés derrière le dos. Dans cette position, qui amène bientôt d'intolérables souffrances, on les fouettait, souvent jusqu'à la mort, avec des verges composées de trois joncs tordus ensemble.

S'il faut en croire le vieux matelot, il a vu clouer au tillac les pieds d'un homme pris dans un bateau mandarin. On battit ensuite ce malheureux jusqu'à ce que le sang lui sortît par la bouche; puis on le descendit à terre, où ses bourreaux le hachèrent à coups d'épée. Une autre fois, on attacha un prisonnier au grand mât, on lui ouvrit la poitrine, et son cœur, trempé dans du rhum, fut dévoré par les pirates.... Je ne veux pas insister plus longtemps sur ces épouvantables détails; mais ils donnent, ce me semble, la mesure de cette prétendue civilisation chinoise, que les missionnaires et les philosophes du XVIIIe siècle — pour cette fois d'accord — avaient mise à la mode.

Pendant le récit du matelot, Tso-Hi me voyait frémir, et on eût dit qu'il prenait plaisir à l'horreur dont j'étais pénétré.

III.

Le Fo-Kien. — Fumier chinois. — Amoy et ses colons. — Le Sorcier. Les Mystères du Vent et de l'Eau. — Le Miroir magique. — Échantillon de politesse. Ce qu'on fait d'une Queue. — Une Procession — Les Femmes sur le pavois. Figures énigmatiques. — Coquetterie — Le Fong-Hoang.

Le Fo-Kien, dont nous longeons les côtes abruptes, est une des provinces les plus remarquables de l'Empire, non pas tant par son étendue (57 milles carrés), ni par sa population de 14 millions d'âmes, que par le caractère même de ses habitants. La terre qu'ils occupent, montagneuse et dure, produit en quantité le fer, le cuivre et l'étain. On suppose même que ses rochers recèlent de l'or et de l'argent; mais une prohibition politique empêche de les en extraire.

L'homme du Fo-Kien est aussi d'une nature à part : la Chine n'a pas de meilleurs marins, de commerçants aussi hardis et aussi entreprenants que lui. Plus aisément que les autres sujets du Fils du Ciel, il quitte le sol natal et va parmi les étrangers chercher les aventures et la fortune. Il est vrai que la disette le pousse au dehors; mais au lieu de la subir il la fuit, il la combat énergiquement. Vous le retrouvez de tous côtés industrieux, actif, probe, économe. Dans la province de Quan-Tong, les barbiers, les domestiques viennent presque tous du Fo-Kien. Du Fo-Kien encore, sortent par milliers les émigrants qui vont fertiliser les riantes vallées de l'île Formose.

Depuis que nous voguons en vue de ces rivages accidentés,

j'ai plus d'une fois profité des occasions qui s'offraient pour descendre à terre. C'est ainsi que j'ai pu voir, sur le littoral de Quan-Tong, les marais salants de Ki-Tsze, les champs sablonneux où l'industrie chinoise fait croître la canne à sucre, et les déserts dont elle n'a pu vaincre l'aridité, parsemés çà et là d'épicias sauvages. J'ai vu How-Ta, Shin-Tseuen, Kang-Lae, Nan-Nou (le Namoa des cartes européennes), Ting-Hae, ou Ching-Hae-Hin.

Au premier coup d'œil, pour qui les aperçoit de la mer, par un beau temps, ces villages et bourgs commerçants ont un aspect qui séduit. Ce sont, en général, de longues files de maisonnettes placées au fond d'une baie et défendues par une batterie, formidable à l'œil, parfaitement inoffensive en réalité. Derrière la cité, sur quelque mamelon, et souvent taillé dans le roc vif, se hérisse un petit fort en ruines, vain simulacre de défense, abandonné à la garde de quelques malheureux affamés. Dans le voisinage, un *ta*, une pagode, plus ou moins haute et plus ou moins ornée, ou bien quelque monstrueuse image de Mat-So-Peu, — c'est un autre nom de la déesse des mers, — grossièrement sculptée à la cîme d'un promontoire.

De près, si vous vous laissez séduire à visiter une de ces bourgades, elle perd beaucoup de son premier charme, ne fût-ce que par l'effroyable odeur qui vous prend à la gorge dès que vous approchez de ses murs. Ce n'est pas cette odeur saine et forte qu'exhale une étable du comté de Kent ou de Sussex, mais un hideux mélange de toutes les pourritures imaginables. Les Chinois ont des engrais inconnus partout ailleurs; et, pour ne vous citer qu'un trait de cette manie agricole, les barbiers de ce pays recueillent soigneusement dans un sac leur moisson de barbe et de cheveux, *detritus* humain qu'ils vendent ensuite aux laboureurs. On comprend, du reste, cette minutie, en voyant que le plus étroit plateau prêtant sa surface de granit à quelques pannerées de terre végétale, — ensemencé, arrosé, fumé à grand' peine, — accorde une moisson au travail obstiné de l'homme, et que cette moisson, si complète qu'elle soit, ne fournit pas aux besoins d'une population dix fois trop nombreuse pour le sol qu'elle couvre.

Tous les petits ports du littoral, et les îlots qui le bordent, — Gaou-Keo, par exemple, et les quatre îles du Tigre, du Lion, du Dragon et de l'Éléphant, à l'ouest desquelles nous avons jeté l'ancre pendant quarante-huit heures, — étaient jadis et peuvent devenir encore des nids à pirates : aussi Lun-Chung les explore-t-il soigneusement. Mais le bruit de notre expédition a, selon toute apparence, terrifié les malfaiteurs dont les déprédations étaient signalées à l'empereur; car, jusqu'à présent, aucun n'a paru.

Quelques-uns de nos mandarins ont exprimé le soupçon que les pirates pourraient bien avoir sur notre flotte même des intelligences, et que, prévenus à temps de toutes nos manœuvres, ils seront à même de nous échapper toujours. J'ignore jusqu'à quel point ces insinuations méritent créance, et quels sont les officiers dont la fidélité paraît suspecte. Ce qui est certain, c'est que Lun-Chung, sur les instigations secrètes de son futur gendre, a défendu, à peine de la bastonnade, qu'on propageât des bruits si propres à décourager les équipages.

15 Avril.

Amoy (Hemouy, Hiamen), où nous sommes depuis quelques jours, est située sur une très grande île, et occupe la gauche d'une baie profonde. En face de la ville, est le petit îlot de Pou-Lang-So, dont les batteries répondent à l'entrée d'Amoy, et menacent de foudroyer tout navire assez audacieux pour tenter le passage. Le chenal qui les sépare a trois quarts de mille en largeur, et sa profondeur est d'environ douze brasses. Le port, excellent d'ailleurs, offre les plus grandes facilités pour le chargement ou le déchargement des navires, qui peuvent amarrer au pied même des maisons. Ajoutez à cela qu'ils y sont à l'abri de tous les vents, et que l'entrée ou la sortie du port n'est pas dangereuse. Ces mérites essentiels ont fait de cette cité un des grands entrepôts de la Chine, et de ses

habitants les plus intrépides marins, les colons les plus résolus. Leur pays natal est aride et nu; mais il tire des subsistances de Formose, et le reste de l'Empire est, à un titre ou à l'autre, devenu tributaire des riches marchands d'Amoy. Leurs jonques, au nombre de plus de trois cents, vont et viennent sans cesse, transportant des colons à Formose et en rapportant des cargaisons de riz, ou bien remontant au nord de l'Empire qu'elles approvisionnent de sucre et de thé. Les colons d'Amoy sont remarquables par leur constant esprit de retour. En quelque lieu que le hasard les ait poussés, en Cochinchine ou au Japon, à Siam, ou dans le cœur même du domaine Céleste, aussitôt qu'ils ont pu réaliser quelques bénéfices, ils reviennent dévorer chez eux leur petit avoir, quitte à repartir ensuite pour s'enrichir de nouveau.

Ceci confirme une réflexion souvent faite au sujet de pareils traits de mœurs; c'est que les pays les moins attrayants ne sont pas, il s'en faut de beaucoup, ceux dont l'habitant expatrié garde le moins doux souvenir. Entouré de rochers et de sables, n'offrant à ses fils, au retour de leurs voyages, qu'un séjour coûteux, encombré, moins fécond que tout autre en bonheur domestique, Amoy les voit cependant revenir, toujours fidèles, des bords les plus éloignés.

Cette ville devait être — et fut, en effet, jadis — le premier port ouvert aux Européens. Les Hollandais, surtout, tant qu'ils restèrent puissants à Formose, entretinrent de fréquents rapports avec le grand-bazar du Fo-Kien. Les Anglais y vinrent aussi dès 1670; mais alors, les exactions étaient telles, et les difficultés du négoce tellement multipliées, qu'ils renoncèrent à cette place, après plusieurs tentatives inutiles. En 1685, en 1734, et à diverses autres reprises dans le cours du XVIIIe siècle, ils essayèrent de renouer les relations qu'ils avaient rompues en se rabattant sur Quan-Tong ; chaque fois, nonobstant le bon vouloir des habitants, les mandarins manœuvrèrent de façon à déjouer toutes les tentatives de commerce ou de contrebande. Les Espagnols n'ont guère été plus favorisés, bien qu'ils eussent l'accès nominal du port d'Amoy; aussi se sont-ils vus contraints de concentrer leur commerce à Macao; mais eux se vengent, du moins, en rançonnant sans pitié les jonques chinoises d'Amoy et de Shang-Hae, qui font une fois par an le voyage de Manille.

Débarcadère d'un Temple aux environs d'Amoy.

17 Avril.

Dans la cité, comme aux environs et sur la côte, des temples nombreux dédiés à toutes les divinités de la terre et de la mer, s'offrent à l'adoration des idolâtres. Le plus célèbre est celui qu'on a construit en l'honneur de Fo, et devant lequel s'élève la statue colossale du dieu. Les habitants d'Amoy sont particulièrement superstitieux, et l'on peut, sans se tromper, attribuer leur dévotion excessive à leur existence nomade. Avant une traversée périlleuse, comme au retour d'un heureux voyage, il est naturel d'implorer ou de remercier le ciel. Le marin, le négociant, le joueur, ont cela de commun que, pour maîtriser le hasard, ils recourent volontiers à la divinité.

Aussi nulle part les sorciers ou diseurs de bonne aventure ne trouvent-ils plus de crédit. Sur les quais, dans les faubourgs, on voit de tous côtés s'ouvrir des magasins ambulants de prédictions à prix fixe, ordinairement tenus par quelque vieillard d'aspect vénérable, et mis avec une recherche quelque peu fantastique. Il cumule souvent les fonctions de médecin avec celles d'astrologue, écrit ses ordonnances, comme ses prophéties, sur un petit morceau de papier rouge, et les remet solennellement à ses crédules clients. Le hasard, dans tous les cas, se charge du reste.

Le sorcier chinois est fréquemment un homme à demi lettré, obséquieux de manières, et prenant volontiers des airs inspirés. Sur sa table, qu'il transporte à volonté dans les différents quartiers de la ville, vous voyez un mobilier complet : une large plaque en métal brillant sur laquelle il écrit ses caractères magiques à l'encre noire ou à l'encre rouge; plusieurs *lances à poils* (pinceaux) de différentes grosseurs, une urne de bois renfermant un faisceau de planchettes en bambou qui portent des inscriptions mystérieuses, une espèce de petite auge où sont des rouleaux de papier, également couverts d'écriture; enfin, le livre du destin, les préceptes écrits de l'art divinatoire.

Derrière le dos de sa chaise, assez haut pour frapper l'œil du public, le docte personnage accroche une sorte d'écriteau, plus ou moins orné, sur lequel sont tracés non-seulement son nom et le prix de ses avis, mais encore l'éloge de son talent, et qui dit avec toute sorte d'expressions emphatiques, combien il est profondément initié dans les mystères du vent et de l'eau (*fung-shouï*). Ce nom donné à la sorcellerie chinoise indique assez que l'état prochain de la température, la pluie, la direction des vents, la durée des chaleurs, forment le plus fréquent sujet des questions qu'elle est appelée à résoudre.

Pour les adresser au sin-sang, on emploie d'ordinaire les formes suivantes : après avoir déposé devant lui le nombre de tseen indiqué par le tarif, vous lui remettez une des planchettes de bambou, un des rouleaux de papier qui sont disposés comme je l'ai déjà dit. Il transcrit sur son miroir les marques portées sur l'une et sur l'autre; puis, au moyen de quelques signes additionnels, chacune de ces marques devient un caractère de l'écriture vulgaire. Une sentence quelconque résulte de leur assemblage; mais, empreinte d'une obscurité toute delphique, elle a besoin des commentaires du sorcier. Celui-ci les improvise, sans les donner comme infaillibles. Il raisonne avec plus ou moins de bon sens sur ce texte ambigu, et pousse l'apparence de la bonne foi jusqu'à consulter quelquefois les assistants, auxquels il soumet ses doutes. Leur assentiment donne du poids à ses paroles consolantes ou terribles, mais qu'on dirait toujours dictées par la plus sincère sympathie. Elles sont écoutées avec une avidité sérieuse, tout à fait surprenante chez un peuple éminemment spirituel.

Il m'a été donné l'autre jour de voir jusqu où vont la patience et la civilité chinoises. Nous étions en assez grand nombre sur un balcon à gradins, regardant une course de jonques; je crus m'apercevoir, à plusieurs reprises, qu'une espèce de négociant, assis devant moi, hochait la tête de temps en temps, et marronnait entre ses dents quelques plaintes sourdes, quelques imprécations discrètes; mais, comme elles ne dépassaient pas le bord de ses lèvres, il m'était parfaitement impossible de deviner à qui elles s'adréssaient, et surtout je ne pouvais me douter que j'en fusse l'objet. Enfin me levant pour m'éloigner, — après deux heures consécutives — je vérifiai trop tard, hélas! que pendant ces deux heures, la queue du pauvre homme était restée prise entre mon bras et mon corps, de telle façon qu'au moindre mouvement je forçais ce voisin malheureux à tourner la tête dans une position nouvelle, où il demeurait forcément jusqu'à ce qu'il me convînt de remuer encore. Sa patience héroïque, tout en me donnant une forte envie de rire, me pénétra d'admiration.

Ce n'est pas la seule fois que la queue chinoise, — ce symbole de servitude imposé par les conquérants tartares, — m'est apparue sous un jour bouffon. Elle reçoit toute sorte d'emplois plus hétéroclites les uns que les autres. J'ai vu des domestiques en épousseter les meubles comme ils eussent fait d'un plumeau; un paysan chinois s'en servir pour faire avancer son pourceau récalcitrant; et dans une de ces fêtes lunaires qu'on appelle Remerciement à Dieu (*tchin-tchin-ghos*), la foule étant très compacte, un jeune écervelé ne s'avisa-t-il pas, sous mes yeux, d'attacher par la queue trois bons bourgeois de Quan-Tong? Distraits par un feu d'artifice, ils ne s'aperçurent de rien; mais quand on se dispersa, quand ils voulurent se séparer, le groupe qu'ils formèrent, le coup d'œil qu'ils offrirent, avait quelque chose de véritablement irrésistible.

19 Avril.

Je venais de parcourir les rues d'Amoy, et je retournais à bord, quand un grand tumulte me fit rebrousser chemin. Le *chung-ya* (sorte de mandarin subalterne), qui était chargé de m'escorter, tint à honneur de satisfaire la curiosité que ce bruit m'inspirait. Par une série de détours à lui connus, il me mena sur une sorte d'amphithéâtre où s'étaient déjà placés beaucoup de curieux accourus comme nous pour voir le cortége. Il s'agissait, si j'ai bien compris, de consacrer un temple érigé nouvellement, et c'était vers ce temple que s'acheminait la procession. Nous la vîmes bientôt apparaître, et, je l'avoue, un plus merveilleux spectacle a rarement frappé mes regards.

Je pus les en rassasier, grâces aux dimensions ordinaires des rues chinoises, qui rendent interminable le défilé d'une troupe quelque peu nombreuse. Celle-ci se composait de je ne sais combien de confréries ou métiers, distingués comme chez nous par des étendards différents de forme et de couleur, ou par des bâtons, des crosses admirablement sculptés : entre chaque bande d'artisans, marchait une compagnie de soldats, pavillons déployés, et, de distance en distance, venaient des femmes (des déesses peut-être!) élevées sur de hauts pavois quelquefois couverts d'un dôme de feuillage. Malgré le fard dont elles étaient barbouillées, malgré le noir exagéré de leurs sourcils, le carmin foncé de leurs lèvres, toutes n'avaient pu parvenir à se rendre laides. Leurs coiffures, composées de fleurs et d'or, de pierreries et de franges soyeuses, auxquelles pendaient des nœuds de perle, étaient en général ravissantes, et s'harmonisaient à merveille avec leurs robes de soie chargées des plus éclatantes broderies. L'assurance impassible de leurs regards n'était pas ce qui m'étonnait le moins chez ces idoles vivantes. Mais quelle femme ne trouve au besoin dans l'éclat d'une riche parure toute l'audace qu'il faut pour la porter? D'ailleurs, sous le plâtrage épais qui nous cachait leur rougeur, comment deviner une émotion?

Les enfants aussi jouaient leur rôle dans la fête. De temps à autre, sur un poney pareil à ceux des Highlands, on voyait passer un grand mandarin de guerre, âgé de six à sept ans, et haut de trois pieds, le carquois sur le dos, l'arc à la main, ou bien quelque personnage mythologique, un Jupiter, un Neptune chinois, réduit à des proportions microscopiques.

Ce qui suit est resté un problême pour moi. Dans les rangs de ce somptueux cortége, parmi ces gens couverts de soie et de damas, mêlés à cette forêt de bannières, de fleurs, de lanternes bariolées et d'armes brillantes, — comme certaines figures sinistres dans un rêve couleur de rose, — défilaient à leur tour deux pauvres diables couverts de haillons, et portant, à l'aide d'un bambou appuyé sur l'épaule de chacun d'eux, un meuble carré sur lequel étaient entassées en assez grand nombre des ombrelles chinoises. Était-ce-là un emblême, ou tout simplement une industrie? Je ne saurais le dire. Ni mon chung-ya, ni aucun autre des assistants n'a pu m'éclairer sur ce point; et je n'osais insister, de peur de trahir mon incognito.

Les spectateurs, du reste, formaient une partie fort intéressante du spectacle. On se ferait difficilement l'idée de la foule qui chargeait les toits, se pressait aux fenêtres, et tapissait pour ainsi dire les murs. Le premier étage de chaque maison semblait généralement réservé aux femmes. Elles s'y succédaient sans relâche, essayant, chacune à son tour, de faire briller ses grâces en jouant de l'éventail. Les plus vives Andalouses n'auraient pas déployé — à ce manége — une coquetterie plus savante. Parmi elles, on distinguait, à leur coiffure particulière : d'abord, les femmes

d'un certain âge, la tête enveloppée d'un tissu de soie ; puis, les jeunes filles à marier, dont les cheveux tombaient à plat le long des joues, et nonobstant l'air timide que ces mêches droites encadrant étroitement le visage donnent à la physionomie, ces jeunes vierges n'étaient ni les plus embarrassées de leur contenance, ni moins promptes à payer d'un sourire certains regards obstinément flatteurs.

Enfin, les femmes mariées portaient pour la plupart l'image du Fong-Hoang, l'oiseau mystérieux, le phénix chinois, la tête en bas ramenée sur leur front, les ailes ouvertes, étendues sur leurs tempes.

Quant aux hommes, pris en masse, ils n'avaient rien de particulièrement agréable. Beaucoup étaient nus jusqu'à la ceinture ; et, hissés les uns sur les autres, leurs têtes rosées se touchant presque, ils donnaient d'un peu haut à la rue l'aspect d'un panier de cerises pâles. Quelques-uns, fatigués d'une station qui se prolongeait déjà depuis deux heures, essayaient bien par instants de quitter leur place; mais ils ne pouvaient faire un seul mouvement qui n'obstruât le passage, et les agents de police, armés de petits fouets, les repoussaient aussitôt dans le rang.

IV.

L'Opium à bord. — Remords inutiles. — Danger des yeux bleus. — Les kea-pan-ships. — Croyances géographiques. — Gou-Lo-Pa, Ying-Keih-Le, Fo-Lan-Se, etc... — Le grand peuple à cheveux rouges. — Pourquoi les barbares sont méprisés. — Origine présumée de la richesse anglaise. — Les Sénèque-faux-monnayeurs.

Forcé de passer de longues heures dans la compagnie de nos mandarins, je profite de leurs entretiens pour me faire une idée nette des hommes et des idées de ce pays.

Presque tous mes compagnons sont adonnés à la débauche la plus effrénée : presque tous perdent le plus clair de leur vie dans les funestes délices de l'opium. Vainement prohibe-t-on l'usage de ce poison; depuis les chefs des jonques jusqu'au plus pauvre matelot, tous s'entendent pour violer impunément à cet égard les ordonnances militaires et les édits de l'empereur. L'odeur de l'afouyung me poursuit partout où je me réfugie pour l'éviter, et c'est un grand sujet d'étonnement, presque de méfiance, que mon obstination à ne pas fumer comme tous les autres.

Néanmoins, il arrive quelquefois que, saisis de remords, quelques-uns de nos officiers viennent se plaindre à moi de l'irrésistible empire que l'habitude du vice a pris sur eux. Il est vrai que ces humbles confessions, ces ardents regrets, sont ordinairement les suites de quelque orgie après laquelle leur santé compromise les force de recourir à mes soins. Je ne manque jamais alors de joindre aux remèdes du corps quelques raisonnements, quelques reproches indirects qui trouvent le patient tout prêt à les accueillir.

— Je suis un misérable abandonné, me disait l'autre jour Eo, l'un de nos plus vieux capitaines de jonque. Je lutte en vain contre mes mauvais penchants, ils l'emportent sur ma volonté. Ils me tueront malgré moi...

Puis il se prosterna devant une idole qu'il a placée dans sa cabine, et je l'entendais, pour étouffer ses remords, répéter à satiété ses *o-mi-to-fou*, ses patenôtres bouddhiques. Il revint ensuite à moi.

— Voyez, me disait-il, je n'ai pas d'amis. Un jour que j'avais fait naufrage sur les rescifs de Pulo, tous mes compagnons de folie m'abandonnèrent lâchement. Je pourrais, à la rigueur, vivre de ce que me rapporte mon emploi; mais j'ai une famille dont je devrais être le soutien et qui compte sur moi, tandis que je me laisse dévorer par la débauche et l'oisiveté.

Ces paroles serraient le cœur, venant d'un vieillard à tête blanche, épuisé de corps et d'esprit, et qui, peu après cet entretien, cherchait encore une fois à oublier ses souffrances de toute sorte dans le lourd sommeil de l'ivresse.

Eo, je dois le dire, me témoigne une bienveillance particulière, qui tient à ce qu'il a presque deviné mon rôle, et redoute pour moi les périls auxquels je suis exposé. Un jour il me dit en souriant :

— Je crois que vous n'êtes pas un étudiant, vous avez les yeux bleus, vous êtes un *padre*...

Il me prenait pour un missionnaire, et se servait de cette désignation espagnole. Je glissai sur cette insinuation dangereuse. Depuis lors, sans insister pour obtenir des renseignements plus positifs, il me parle souvent des Européens et de leurs vaisseaux qu'il appelle *kea-pan-ships*, par corruption sans doute de notre mot *captain*. Il a vu jadis la flottille de lord Amherst, et gardé de cette rencontre un souvenir effrayant. La pensée secrète des Chinois, — pensée qu'ils dissimulent sous les dehors du plus profond mépris pour les barbares, — c'est que ceux-ci, sous prétexte de négoce, préparent une grande invasion, et viendront un beau jour détrôner la dynastie régnante. Je m'efforçai, sans me trahir, de rassurer le vieux mandarin.

— Si les barbares avaient eu l'intention de nous faire la guerre, lui disais-je, à quoi leur aurait servi de retarder les hostilités? Au contraire, vous les avez vus venir et se retirer paisiblement. Ce sont donc nos amis. Que vous en semble?

Mais, en hochant la tête, Eo retorquait mon argument.

— Ce n'était pas, à coup sûr, des navires marchands que ces grands navires armés de canons. S'ils n'eussent eu d'autre objet que le commerce, nous les aurions salués avec joie. Mais les hommes ne font rien sans un motif. Pourquoi ceux-ci étaient-ils armés? Ils songeaient certainement à conquérir l'Empire. D'ailleurs les mandarins qui avaient omis de signaler à l'empereur l'arrivée de cette flotte ont été punis sévèrement. Il n'en eût pas été de la sorte, si l'on n'eût pas vu clairement le but secret des barbares.

J'ai voulu savoir d'Eo quelles notions il avait des états européens. Tout en souriant, pour me montrer qu'il ne se méprenait pas sur le motif de ma curiosité, il a bien voulu tracer sous mes yeux une carte du monde d'après les géographes chinois. Le Thsing-Koue, le Grand et Pur Empire, y tenait, comme de raison, une place énorme. Çà et là, pourtant, comme produits sur les quatre mers, on voyait quelques îles; c'était le demeurant de l'univers. Quant à l'Europe, Gou-Lo-Pa, qu'on appelle aussi le Grand Océan Occidental, voici sa géographie, d'après Eo, qui puise, je le sais, son érudition dans un livre fort estimé de ses compatriotes, le Hae-Kouo-Hin-Kin-Lou.

« Ying-Keih-Le (l'Angleterre) est un royaume composé de trois îles. A l'est et au nord des quatre royaumes de Lin-Yin (la Suède), du Pavillon Jaune (Danemark), du Holan (la Hollande), et du Folang-Se (la France), s'étend l'océan qui se dirige ensuite du Lin-Yin vers l'est et entoure Go-Lo-Sse (la Russie). Encore plus à l'est, vous rencontrez Se-Me-Le (la Sibérie). Mais la Mer du Nord est constamment glacée, et s'appelle, pour cette raison, l'Océan de glace.

En allant au sud de Lin-Yin, on trouve les différents empires des Ouo et des Koueï (des corbeaux et des démons), et tous appartiennent au peuple à cheveux rouges de l'Océan occidental. A l'ouest et au nord, il existe encore plusieurs nations barbares, portant divers noms, mais toutes semblables aux Go-Lo-Sse (Russes) qu'on peut voir dans la capitale du Céleste-Empire. »

Le même auteur dit des Anglais :

« .... Ying-Keih-Le est un royaume tributaire du Holan. Ses habitants sont vêtus et nourris comme ceux de ce dernier pays. Ils sont assez riches; les hommes y font grand usage de drap, et ils aiment à boire du vin. Les femmes, avant le mariage, se serrent la taille afin de paraître minces. Leurs cheveux pendent en boucles sur leur col. Elles portent un vêtement court et des jupons; mais quand elles sortent elles ont un surtout large. Elles prennent du tabac dans des boîtes en fils d'or. »

Ses renseignements sur la France ne sont guère moins curieux :

« .... Les Fa-Lan-Se, Fo-Lan-Se ou Fo-Lan-Ke, avaient dans l'origine adopté la religion de Bouddha; mais, par la suite, ils l'ont quittée et adorent à présent le Seigneur du Ciel. Ils se rassemblent souvent et vont faire un séjour à *Leusong* (Espagne). Souvent aussi des guerres sanglantes s'établissent entre eux et le peuple à cheveux rouges (*Hung-Maou*, les Hollandais). Les Ying-Keih-Le se mettent du côté de ces derniers, et les Fa-Lan-Se ont fréquemment le dessous. Ces étrangers ou barbares (*e jin*), portent des bonnets blancs et des chapeaux en laine noire. Ils se saluent en ôtant leur chapeau. Leurs vêtements, leurs boissons et leur nourriture sont les mêmes dont on fait usage dans le grand et le petit Leusong (en Espagne et à Manille.) »

Les indications d'Eo, quant au reste du monde, ne sont ni plus précises ni plus complètes. L'Afrique, dans sa carte, est placée tout auprès de la Sibérie, et la Corée côte à côte d'un pays inconnu qu'il croit être le Ke-A-No (le Canada) ou l'Amérique du Nord (O-Mo-Le-Kea.)

Le peuple n'en est pas encore à posséder des connaissances aussi étendues. Il confond tous les étrangers, dont il fait un seul peuple, le Peuple à Têtes Rouges. Il les hait et les méprise sur parole : disposition favorable que le gouvernement encourage autant qu'il le peut, en promulguant chaque année la défense d'avoir le moindre rapport commercial ou autre avec « des hommes pervers, incorrigibles, dépravés par l'éducation qu'ils ont reçue au-delà des mers, dans des pays où ne s'est jamais fait sentir la bénigne et salutaire influence de la civilisation impériale. » — Au reste, il faut bien reconnaître ce qu'il y a de logique dans le mépris dont les Chinois accablent les Européens. A part quelques rares exceptions, ils n'ont vu que nos marchands. Assez avides pour sacrifier à l'amour du gain le bien-être de la famille, le culte des ancêtres, l'attrait du sol natal, tous les sentiments élevés, tous les penchants du cœur, le Chinois les juge une caste vile, dont l'avarice lui inspire le plus profond dédain. A-t-il donc tout-à-fait tort?

Je débattais cette question à part moi, lorsque Eo m'a fourni lui-même un moyen de la résoudre. Croyant avoir gagné mon cœur par toutes ses complaisances, ce profond diplomate s'est enfin laissé pénétrer, et j'ai vu le mobile secret de l'affection qu'il me témoignait.

De concert avec un autre capitaine nommé Hae, il est venu me trouver, et tous les deux m'ont fait subir un interrogatoire à fond sur l'origine des dollars européens. Mes réponses, quelque réservées qu'elles fussent, embrassaient plus d'un sujet, et tout en ayant l'air de répéter ce qui m'avait été dit par les Européens de Quan-Tong, je leur parlai assez longtemps de l'Océan occidental pour leur donner envie d'y faire un voyage; ils croyaient que l'or et l'argent s'y trouvaient en aussi grande abondance que le granit en Chine.

— Prenez garde, leur dis-je alors, il vous faudra passer plusieurs jours et même plusieurs lunes sans voir la terre.

Ceci calma subitement leur ardeur.

— Où donc, s'écriaient-ils, nous réfugierions-nous? où donc jetterions-nous l'ancre, si nous venions à être surpris par un gros temps? Après un naufrage, où trouverions-nous un asile?

Sur ce, ils revinrent à la question des dollars, et me demandèrent de leur apprendre à les faire avec de l'étain et du plomb. C'est là, selon eux, le grand secret qui enrichit les Anglais. Je les désappointai fort en leur apprenant que ni moi ni personne au monde ne possédait cet honorable talent. Réflexion faite, ils se refusèrent à me croire. — Les Ying-Keih-Le, persistèrent-ils à dire, ont à Quan-Tong de magnifiques maisons, et sur la mer beaucoup de grands vaisseaux. On ne leur connaît pas d'autres moyens de s'enrichir; il faut donc qu'ils aient le talent de changer en argent et en or les métaux inférieurs.

Je ne pus pas les tirer de là. Je m'aperçus seulement que mon ignorance me décréditait dans leur esprit. A leur tour, ils avaient détruit dans le mien toute estime de leurs répugnances philosophiques. Le mépris des richesses va mal avec le goût de la fausse-monnaie.

V

Fou-Chou-Fou. — Le Pont séculaire. — Min-Ngan.
— Le Pavillon des Mille Délices. — Les Cailles et les Grillons. — Gibier chinois.
— Pêche aux Cormorans. — Le Rat d'eau. — Divisions du jour.
— Tripots ambulants.

3 Mai.

Notre croisière se prolongeait devant le Fo-Kien, dont les côtes rocheuses sont habitées par des populations entières suspectes de piraterie, et mon impatiente curiosité ne s'accommodait guère de cette promenade maritime dont les inconvénients matériels sont un véritable supplice. Aussi, ai-je demandé à Lun-Chung de me laisser pendant quelques jours à Fou-Chou-Fou (la Ville du Fossé), d'où je compte me rendre, si cela ne m'expose pas à de trop grands périls, vers les montagnes Vou-E, célèbres par la culture du thé noir. En attendant, pour ne pas éveiller l'attention, je réside chez un mandarin subalterne avec le capitaine Eo qui m'a été assigné pour compagnon. Je ne me dissimule pas qu'il est en même temps chargé de me surveiller ; mais il s'acquitte de cette dernière mission avec tant de ménagements et de politesse, qu'en vérité, j'aurais mauvaise grâce à lui en vouloir.

Fou-Chou-Fou est une ville plus importante encore que ne le sont Quan-Tong et Amoy. On y arrive par une large rivière, le Min, dont l'embouchure est encombrée par plusieurs groupes d'îles. Un seul en compte vingt, et, dans le langage pittoresque du pays, elles ont reçu le nom de Crocodiles. Plus loin, vous rencontrez Tung-Hae dont l'ancrage est aussi sûr que celui de

Lin-Tin. Plus loin encore, sur la rive gauche, un fort appelé King-Pae, presqu'en face une petite ville ornée d'un temple

assez renommé. On la nomme Quan-Taou (la Tête du Mandarin)

Les plus grosses jonques peuvent remonter jusqu'à Fou-Chou-Fou dont le commerce est immense avec Formose, Java, Lou-Chou et le Japon. Elle y exporte les étoffes de soie, les tissus de chanvre, les pierres précieuses, le calicot, l'acier, le musc et le vif-argent. Elle reçoit en échange le girofle et la cannelle, le poivre, le bois de sandal, l'ambre, le corail, etc.

Le capitaine qui se croit responsable de mes loisirs m'a fait admirer successivement les merveilles de cette grande cité. Elle compte peu de monuments antiques, peu de ruines. L'activité commerciale ne les respecte guère nulle part; mais, ni cette activité remuante, ni les flots du Min, n'ont encore pu prévaloir contre le pont jeté en travers de la baie qu'entoure la cité. Ce débris curieux de l'ancienne architecture chinoise porte le nom significatif de « Myriades de Siècles » (Wan-Schoou), et long de quatre cent vingt pas, repose sur trente-cinq énormes piliers de granit. Sa masse le maintient seule contre un des courants les plus rapides qui soient, car aucun des artifices qui assurent chez nous la solidité de ces sortes de constructions n'a été employé pour celle-ci.

Au-dessous de Fou-Chou-Fou, comme pour protéger la cité, le gouvernement a élevé la forteresse de Min-Ngan dont les Chinois parlent avec un respect édifiant. Un Vauban ou un Cohorn y trouverait beaucoup à dire; mais la colline est couverte de très-beaux arbres, les fortifications sont disposées en terrasses, et l'on monte de l'une à l'autre par des escaliers de pierre qui ont le mérite de conduire sans trop de fatigue au sommet de la colline. Le regard embrasse de là un délicieux paysage; car rien n'est pittoresque à l'égal de ces petits champs d'orge et de blé, étageant leur moisson dorée au flanc des roches arides, hérissées de pins et de mûriers,

Le Pavillon des Mille-Délices, dans une villa près de la ville de Fou-Chou-Fou.

couronnées de jardins, entourées de rizières et de bois d'orangers. La vallée du Min, vue du haut de la forteresse, est un admirable paysage. Il est encore peut-être plus beau si l'on se place sur la terrasse d'une maison de plaisance construite hors la ville par un riche négociant. On l'a surnommée le Pavillon des Mille Délices. C'est le point d'où le vieux pont Wan-Schoou se montre sous son aspect le plus favorable.

Notre vie, forcément oisive, se passe à jouer aux cartes *(tien tsze pae)*, aux quilles, aux dominos ou aux dames. Ce dernier jeu n'a pas ici les mêmes règles qu'en Europe. Eo, comme presque tous ses compatriotes, est joueur par excellence, et, quand il perd, j'ai le double plaisir de gagner ses tseen et de l'entendre maudire le sort avec un vocabulaire complet de jurons anglo-indiens qu'il a rapportés de ses voyages à Singapour. Nous élevons aussi des oiseaux, — des grives, des cailles (*Ianthocincla canora, Cothurnix sinensis*), — et nous les faisons battre, ainsi que des grillons, pendant des matinées entières.

Un combat de grillons est surtout amusant, parce que, s'il a quelquefois un dénouement tragique, ceci n'entraîne que des émotions mitigées. Voici comment la bataille s'organise. On choisit deux grillons de grosseur à peu près égale, et sur les dispositions desquels chaque joueur établit sa gageure. On les place l'un vis à vis de l'autre dans une cuvette de porcelaine, de six à sept pouces de diamètre : s'armant ensuite d'une plume ou d'une petite baguette aiguisée, les joueurs agacent leurs champions qui partent ensemble, se rencontrent à mi-course, s'entrechoquent et deviennent, souvent, dès cette première rencontre ennemis irréconciliables. Quand une fois leur colère est excitée, il ne faut plus que s'en remettre à leur naturel rancuneux. Ils s'attaquent avec fureur, luttent avec un courage indomptable, et le combat ne cesse qu'après un résultat décisif.

La caille est encore plus irritable que le grillon. Une poignée de millet est répandue sur une table entourée de grilles, et deux cailles introduites dans cette espèce de lice. A peine l'une d'elles a-t-elle entamé le millet que l'autre, dont on a soigneusement agacé l'humeur jalouse, fond à l'instant même sur son audacieuse rivale. Alors, et pendant quelques minutes, le duel ne s'arrête pas; les coups d'ailes, de griffes et de bec se succèdent avec une rapidité merveilleuse jusqu'à ce que la caille vaincue prenne son vol et se réfugie dans les mains de son maître désappointé.

Bien que le marché de Fou-Chou-Fou soit abondamment pourvu de gibier, j'ai vainement essayé de la chasse comme partie de plaisir. Ce ne sera jamais un divertissement fort agréable pour un Anglais que de s'en aller tuer *au reposé* quelque infortuné faisan ou des pigeons sauvages. Le gibier ailé de la Chine ressemble prodigieusement à ce qu'il est chez nous. Le moineau franc peuple les haies. La pie remplit les bosquets de sa voix criarde. Les geais sont charmants de forme et de plumage. Quant au cygne, cet animal poétique s'offre de tous côtés aux coups du chasseur; mais un gastronome bien avisé se gardera toujours d'attenter à la vie d'un oiseau si désagréable à dévorer. En supposant, comme le veut la tradition, que la voix du cygne mourant soit douée d'une harmonie exceptionnelle, je puis ga-

Pêche au Cormoran.

rantir qu'elle ne promet rien de fort doux à ceux qui porteront une dent profane sur l'oiseau cher à Vénus. Une fois cuit, il a une saveur rance, une coriacité huileuse qu'on est obligé de dissimuler tant bien que mal, à grand renfort de poivre et d'autres épices.

Une loutre de temps en temps, plus rarement encore un lapin, çà et là quelques canards sauvages, ne relevaient pas beaucoup le piquant de nos excursions aux environs de Fou-Chou-Fou. D'ailleurs, le fusil à mêche *(gin-gall)* et la grenaille de fer dégoûtent bien vîte un chasseur habitué à des armes plus sûres. Avec celles-ci, on est réduit à surprendre le gibier immobile et à l'assassiner de sang-froid.

La pêche a plus de ressources; et surtout quand on a le bonheur de posséder un vol de cormorans bien dressés, elle offre un spectacle curieux. J'ai fait partie d'une expédition où quarante-cinq de ces intelligents animaux étaient répartis sur un convoi de sept barques. C'était vraiment un plaisir que de les voir plonger à toute minute, et remonter chaque fois une proie au bec. On leur passe au cou un anneau assez large pour leur permettre de respirer librement, mais trop étroit pour qu'ils puissent avaler le poisson qu'ils ont saisi. A cet anneau est attaché une petite ficelle qui se noue aussi à l'une des pattes du cormoran. C'est par là qu'on le ramène au moyen d'une ligne à crochet quand il s'oublie dans l'eau. Que si au contraire il fait le paresseux et reste à bord, son maître lui donne un léger coup de bambou, et, sur cet avis muet, le plongeur reprend son travail. Quand il est las, il remonte de lui-même à bord, et se repose quelques minutes, Durant la traversée d'une pêcherie à l'autre, les cormorans perchent sur le bord du bateau, et leur instinct les avertit de se placer en nombre à peu près égal des deux côtés pour ne pas déranger l'équlibre de l'embarcation.

J'ai vu prendre des rats d'eau par un procédé chinois, assez semblable au *sunning and burning*, que nos pêcheurs de saumons emploient sur les lacs d'Écosse. Le rat d'eau se retire la nuit dans les excavations qui se forment naturellement sous les terres sans cesse détrempées qui encaissent le cours d'un fleuve.

A l'entrée de sa retraite, le pêcheur silencieux dépose une lanterne aux cloisons bariolées. Le rat d'eau accourt d'abord, attiré par cette lueur ; puis elle l'éblouit, et il se laisse saisir sans essayer de fuir ou de résister.

Malgré ces passe-temps et bien d'autres, inventés par Eo pour m'engager à prendre en patience les retards que souffre notre voyage aux montagnes You-E ; malgré ma disposition tranquille qui me permet de me livrer au sommeil, depuis la première jusqu'à la cinquième heure chinoise, c'est-à-dire, de onze heures du soir à neuf heures du matin, il me reste sept de ces heures dont je ne sais que faire ; et je ne puis m'empêcher d'envier ces heureux lazzaroni que je vois se succéder autour de l'établissement proscrit que porte çà et là le propriétaire déguenillé de quelque tripot ambulant.

VI.

Le Refus impossible. — Vou et E. — Le Tsung-Gan. — Sur le Min. — Le District du Thé noir. — Cultures et produit de l'Arbre-tcha. — La fête du Chin-Ming. — Effet d'une Paire de gants. — Préjugés d'Europe. — Préparation artificielle du thé.

7 Mai.

Je sais maintenant à quoi tenaient les tergiversations d'Eo. Après avoir accédé à ma première demande, — un Chinois ne refuse jamais directement ce qu'on lui propose, — il n'osait cependant remplir sa promesse, et il avait envoyé des messagers à Lun-Chung, qui, par une autorisation expresse, a levé les scrupules de l'honorable capitaine. Aussitôt, une bonne barque à huit rames, bien munie de provisions, s'est trouvée prête comme par enchantement, et nous sommes partis pour le Tsung-Gan, département de Kien-Ning, où se trouvent les célèbres montagnes que j'avais dessein d'explorer.

Au temps jadis, Vou et E furent deux frères issus d'un prince de race ancienne, et qui refusèrent par piété de succéder à leur père. Ils abandonnèrent leur patrimoine, et se retirèrent dans les montagnes qui séparent la province de Fo-Kien et celle de Kiang-Si. La chaîne entière a gardé leur nom, et nous sommes entrés hier dans un temple, où, depuis des siècles, l'encens brûle en l'honneur de leur mémoire. Le Min divise en deux portions ces hauteurs dont le circuit est d'environ cent vingt lis. Les E sont au nord du fleuve, les Vou au midi, et le thé des premières passe pour être beaucoup meilleur, probablement à cause de leur exposition méridionale. L'entrepôt général, le bazar du district, est le village de Sing-Tsun, où nous sommes en ce moment, et où je recueille mes souvenirs de route.

Les premières journées ont été mauvaises. La pluie tombait à torrents et avait fini par envahir la cabine où nous nous étions retirés, le capitaine et moi. L'eau perçait nos habits et avait gâté une partie de nos aliments ; de plus, elle donnait au paysage une monotonie désespérante. Le pays entier est une succession non interrompue de montagnes vertes, du pied au sommet, et qui, lorsque le brouillard atténue leurs formes, se ressemblent l'une à l'autre comme deux vagues de l'océan. Je voulais que nous fissions halte dans l'un des nombreux villages devant lesquels nous passions, et dont les habitants, imperméables sous leurs blouses de roseaux, nous saluaient de cris joyeux. Mais

Eo faisait la sourde oreille à toutes mes propositions à ce sujet, et je suis tenté de croire que Lun-Chung, en permettant le

voyage, a prescrit prudemment de nombreuses précautions. Le capitaine ne me laisse jamais le temps de parler à d'autres qu'à lui. Sous prétexte qu'il sait mieux le dialecte de la province, — très-différent, en effet, de celui qu'on parle dans le Quan-Tong, — il ne veut jamais souffrir que j'entre en rapports directs avec les habitants. Il s'informe par avance des questions que j'ai à leur adresser, et me donne, avant que je ne les lui demande, les renseignements dont je suis curieux. Ou je me trompe fort, ou il y a du titou-che là dessous.

La pluie a continué trois jours, pendant lesquels, grâce à l'ignorance de notre pilote, nous nous sommes égarés au moins dix fois. A chaque instant le Min se partage en deux courants de grandeur à peu près égale. Nous entrions dans celui qui nous paraissait le plus important ; mais, au bout d'une ou deux lieues, il se partageait encore, et les canaux qu'il nous offrait, augmentant en nombre, diminuant de profondeur, dégénéraient enfin en simples ruisseaux subdivisés à l'infini suivant les besoins de l'irrigation, qui est en Chine le principal moyen de culture. Après bien du chemin fait, il fallait donc revenir sur nos pas, et quelquefois à grand'peine, en sollicitant les paysans qui suivaient le bord du canal de touer avec des cordes notre embarcation. Quelques-uns obéissaient à la voix impérieuse du capitaine ; d'autres, moins dociles, s'échappaient en se moquant de nous et de notre embarras. J'en vis même d'assez disposés à nous jeter des pierres. Quand son autorité se trouvait ainsi compromise, le capitaine s'emportait, jurait et menaçait les rebelles, tantôt d'un vieux coutelas rouillé, notre seule arme offensive et défensive, tantôt de son livre de charmes, espèce de petit almanach de poche, où sont inscrites une demi-douzaine de maximes plus ou moins sages, auxquelles il attribue une vertu toute puissante.

Enfin, après bien des malédictions, beaucoup de temps perdu et des orages sans nombre, nous sommes parvenus dans le district du thé noir, où nous avons quitté notre barque, remplacée désormais avec avantage par une couple de chaises à porteurs. Les supports de celles-ci, — toujours en bambou, — étaient disposés tout autrement que ceux dont on se sert à Quan-Tong. Une traverse unit les deux bâtons à chacune de leurs extrémités, et cette traverse repose sur la nuque même du porteur. Elles sont du reste remarquablement légères. Nous les louons à raison d'un demi-dollar la journée. Il est vrai qu'après leur marché conclu, les coulies (*kouan-teen*) ne se gênent guère pour harasser le voyageur de demandes impertinentes, sous mille prétextes, avec la plus insigne mauvaise foi. Sans le capitaine, je n'aurais su comment défendre ma bourse contre leurs importunités insolentes. Mais, quand ils réclament un supplément de paie, il leur propose immédiatement une volée de coups de bâton, et les drôles acceptent, — non pas sa proposition, mais son refus, — avec une impudence toute italienne, en riant aux éclats et en nous montrant leurs longues dents rougies par le bétel.

L'objet de mon voyage était de voir des plantations de thé, non plus cultivées par échantillons comme dans les jardins de Quan-Tong, mais en grand et au sérieux. Ma curiosité maintenant est satisfaite. J'avouerai qu'elle a été trompée sur quelques points, car l'imagination, cette faculté piperesse m'avait fait entrevoir des merveilles où je n'ai trouvé qu'une réalité passablement terre à terre.

Le pays où nous sommes fourmille d'habitations, et, quoique stérile par nature, il n'offre presque pas de terrain que l'art et le travail ne forcent à produire quelque chose. Où le riz ne vient pas, on sème la patate douce ; ailleurs, c'est la canne à sucre ou bien des fraisiers, des cotonniers, des arbres à suif *(stillingia sebifera)*, des lauriers : à tout le moins, dans les coins les plus sablonneux, un pin rabougri qui donne un peu de bois et un peu de térébenthine. Les soins du laboureur pour sa moisson passent toute idée. S'il craint que le vent n'égraine son riz trop chargé, il réunit plusieurs tiges en un bouquet, les rattache ensemble et les fait se prêter ainsi une mutuelle assistance. Il emploie la même méthode, dans les endroits menacés, pour les plants de la canne à sucre, et de plus il entrelace le feuillage de celles qui forment la surface extérieure du faisceau. C'est une enveloppe naturelle qui le met à l'abri de l'humidité.

Mais, au prix des soucis que donne le *tcha*, — car tel est le vrai nom du thé, — ceux-là ne sont que bagatelles.

Cet arbrisseau, qui pourrait souvent s'élever à une certaine hauteur, est maintenu à cinq ou six pieds de terre par des tailles et des recepages fréquents. Ses tiges se divisent en un grand nombre de rameaux diffus. Ses feuilles, ovales et dentelées vers le sommet, ont deux ou trois pouces de longueur sur un pouce de largeur. Ses fleurs ont un pouce de diamètre et ressemblent à s'y méprendre à celles du *camelia sesanqua*. Enfin, le fruit du *tcha* est une capsule arrondie et de la grosseur d'une noisette. Il renferme une graisse huileuse dont les Chinois tirent parti, soit pour l'éclairage, soit pour d'autres emplois industriels, mais qui n'entre pas dans leur cuisine si peu exclusive ; cette huile est amère, désagréable au goût, et d'ailleurs malsaine, à ce que l'on dit.

Les observateurs les plus exacts et les plus instruits ne sont point tombés d'accord sur la nature du sol qui convient le mieux à l'arbre-tcha. Tandis que le père Lecomte affirme qu'il vient au mieux dans une terre pierreuse, le père du Halde la demande légère, sablonneuse et sans cailloux. Un autre ecclésiastique romain, tout aussi bien placé pour juger les choses, car il réside depuis des années dans le Fo-Kien, affirme que le terrain le plus convenable est celui des plateaux élevés, que ce terrain doit être humide, mais non bourbeux, et que si le sable ne nuit point à l'arbre à thé, les pierres en revanche lui portent un dommage réel, parce qu'il redoute la sécheresse.

Il est pourtant reconnu que les feuilles poussées à l'ombre viennent beaucoup moins vîte et rendent, quand on les roule, un liquide beaucoup moins nourri, un suc beaucoup moins riche que celles dont la salutaire chaleur du midi a développé la croissance.

Sur ce point, les réponses que j'ai recueillies sont d'accord avec les écrits de Kempfer, de Davis et de Bruce. Quant à la culture, voici ce qu'affirment les agriculteurs du Vou-E-Schan, dont je résume seulement le témoignage :

La graine du tcha est en état d'être employée vers le dixième ou onzième mois de l'année chinoise (le Tong-Chi-Chan-Ouit ou le Chap-Yat-Ouit, — novembre ou décembre.) On la place aussitôt dans les trous creusés à cet effet et profonds de trois à quatre pouces, en observant de mettre plusieurs graines dans chaque trou, ce qui ne prévient pas toujours un avortement complet. Dans le cours du troisième mois qui suit l'ensemencement, les premiers jets commencent à paraître hors de terre.

Alors, à mesure que la tige grossit, on ramasse un peu plus de terre autour d'elle. Du reste il n'est pas indispensable de fumer ou d'arroser la plante. On attend trois ans la première récolte des feuilles. Elle se répète ensuite quatre fois chaque année, et cette défoliation si fréquente contribue puissamment à rapetisser l'arbuste qu'elle épuise. En six ou sept ans, il atteint l'apogée de sa croissance. Les vents du nord-ouest lui sont favorables ; ceux de l'est lui font quelquefois du mal. Il n'a rien à craindre du froid, même lorsque les gelées se prolongent et que trois ou quatre pouces de neige couvrent la terre autour de lui. Son plus grand ennemi est une espèce de ver qui, s'attaquant à la moëlle de l'arbre, change en autant de tuyaux creux ses branches principales et sa tige ; les plus vieux plants ont à redouter aussi l'invasion d'une sorte de lichen gris qui les détruit peu à peu. Si l'arbre à thé meurt de sa mort naturelle, ce n'est guère qu'après avoir fourni une carrière de dix à vingt ans.

Dans les champs de thé que j'ai visités, il m'a paru remarquable que les arbrisseaux les plus bas, — quelques-uns ont à peine un pied et demi de haut, — sont ceux dont le feuillage est le plus serré et le plus dru. Il est vrai que les feuilles sont alors très-petites, et n'ont guère en longueur que trois quarts de pouce. Sur la même couche, à quelques pieds de distance, s'élevaient d'autres tiges beaucoup plus hautes, et sur lesquelles les feuilles beaucoup plus rares étaient en revanche deux ou trois fois plus larges. On nous dit que le produit des unes et des autres était regardé comme égal. Ce produit s'évalue en moyenne à cinq taels (à peu près cinq onces) de feuilles vertes par pied d'arbre, ce qui revient à un tael de feuilles sèches ; car, dans ses différentes métamorphoses, le thé perd au moins les quatre cinquièmes de son premier poids. On laisse environ quatre pieds et demi de distance entre chaque tige, et on compte de trois à quatre cents arbres par *moon* de terre. Le moon est taxé par le gouvernement à 300 cash (720 font un dollar), et le meilleur thé se vend sur place environ vingt-trois dollars le pékul. Pékul est le nom malais d'un poids qui équivaut à soixante kilogrammes et demi.

Le 5 avril, appelé Chin-Ming, est un jour de fête pour une bonne partie de la Chine; car c'est le jour marqué dans les calendriers de l'Empire comme le plus favorable à la première

récolte du thé. Ce jour-là, si la matinée est belle, la rosée abondante, mais l'air sec et tiède, des centaines et des milliers de moissonneurs, leur panier pendu au cou, envahissent les plantations de thé. La cueillette commence ; œuvre minutieuse et longue, car il faut arracher les feuilles une à une, en ayant soin d'en laisser un débris adhérent au pétiole, afin que de nouveaux rejetons puissent pousser. Cette besogne se fait pourtant avec une telle rapidité qu'un ouvrier ramasse en moyenne douze livres de feuilles dans sa journée : les mains voltigent de droite et de gauche ; les paniers s'emplissent et se vident en peu d'instants ; et le frôlement continu qui accompagne cette besogne, d'ailleurs silencieuse, a quelque chose de monotone comme celui des arbres effleurés par un vent léger.

Au Japon, les ouvriers destinés à la récolte du thé, s'abstiennent dès la veille de tout aliment grossier pour ne pas altérer d'une impure haleine le délicat parfum de la plante qu'ils approchent. Ils portent même des gants, dit Kœmpfer, de peur de la toucher avec les doigts.

Mais, en Chine, cette dernière précaution ne serait pas de mise ; et les gants y sont un luxe inconnu, j'ai pu m'en assurer en venant ici. Par une matinée où le froid me semblait piquant, je passai — machinalement et sans songer à l'invraisemblance de ce supplément de toilette, — je passai, dis-je, une paire de gants tricotés. Au premier village où nous mîmes pied à terre, ceci me rendit l'objet de la curiosité générale. On accourait, on s'émerveillait, on chuchotait, et les conjectures allaient leur train ; je fut bientôt pris pour une espèce d'animal velu, moitié chat, moitié littérateur, homme de visage, matou de peau ; car on me faisait l'honneur de supposer que toutes les parties de mon corps recouvertes par mes vêtements étaient pourvues du même lainage que mes mains gantées. Les plus sceptiques ou les plus curieux s'approchèrent de moi sans façon, me demandèrent « la patte » comme à un caniche, et finirent par me prier de relever une de mes manches. Quand je voulus bien leur donner cette satisfaction, et surtout lorsque j'ôtai mon gant, ce furent des admirations et des éclats de rire dont on aura une idée, si l'on suppose une Chinoise aux petits pieds ôtant et remettant ses souliers de soie devant une vingtaine de belles dames d'Europe.

Ce souvenir récent, — l'aventure n'a pas trois jours, — a interrompu les détails relatifs à la récolte du thé. Nous la supposerons terminée, et reprendrons notre récit au moment où on remet la moisson de feuilles entre les mains des ouvriers spéciaux, chargés de la préparation. Elle varie, suivant que l'on veut faire du thé noir ou du thé vert. Les Chinois n'usent jamais que du premier; mais, fort peu soucieux des qualités nuisibles que l'on reconnaît au second, ils l'arrangent au goût des étrangers.

La différence entre les deux thés consiste dans la dessiccation plus ou moins rapide, plus ou moins complète qu'on fait subir à la même feuille. Le préjugé européen, combinant la couleur et les effets du thé vert, attribuait le tout à l'emploi des vases de cuivre et à l'oxide vénéneux et verdâtre dont le thé pouvait s'imprégner en séchant. C'est là un abus de logique : je m'en suis assuré en voyant les bassines de fer battu qui servent également au séchage de l'un et l'autre thé, au pé-koi, au cam-poi, comme au twan-kay et au « thé perle » des Chinois, que nous appelons « la poudre à canon. »

Il faut donc ranger cette fable avec les autres fantaisies de quelques voyageurs anciens dont les uns prétendaient que les Chinois dressaient des singes pour les aider à récolter le thé, tandis que d'autres réservaient cette besogne aux jeunes vierges du Céleste-Empire. Le premier dire tombe de lui-même, puisque la nature, — en garde contre les pléonasmes, — n'a pas donné de singes à la Chine. Ce n'est pas précisément par la même raison que je contredirai la seconde assertion; mais il est certain qu'on attacherait plus de prix à l'existence des pauvres petites filles, — on les noie ici sans le moindre scrupule, — si elles devaient plus tard être nécessaires à un travail qui demande des millions de bras.

Aucun voyageur n'avait pu, jusqu'à ces dernières années, rendre compte de la torréfaction du thé, restée pour ainsi dire un secret national. Il a fallu nos tentatives de culture dans nos provinces indiennes du Haut-Assam, et l'embauchage de plusieurs centaines d'ouvriers chinois, pour arriver à des renseignements complets sur ce point.

Avant de torréfier le thé noir, on le fait sécher quelques heures au soleil sur des châssis de bambou. Il refroidit ensuite à l'ombre, et les ouvriers prennent les feuilles par poignées, les froissent et les malaxent légèrement dans la paume de leurs mains, jusqu'à ce qu'elles soient assouplies et brunies au degré voulu. On les porte de là au fourneau ; les bassines chauffées au rouge, et les torréfacteurs, la bouche masquée par une serviette,

attendent la distribution. Elle se fait par poignées de deux livres que l'ouvrier étend et retourne dans tous les sens jusqu'à ce que sa main n'en puisse plus supporter le contact brûlant.

D'ailleurs, les feuilles pétillantes dans la fonte rougie transsudent un suc corrosif qui agit violemmment sur la peau, et rend cette opération très-douloureuse. Il faut cependant continuer sans relâche la manipulation commencée, au milieu d'émanations suffoquantes et d'une chaleur à peine tolérable. A mesure que les feuilles ont pris une certaine consistance dont un toucher exercé devine le degré, on les évente, on les vanne, on les enroule. L'*enroulement* est un travail facile dont les femmes et les enfants s'acquittent à merveille. On s'en fait une idée juste quand on a vu former avec le plat des deux mains des boules de mastic. Le thé enroulé rend un jus verdâtre. On le reprend en sous-œuvre, on sépare les feuilles, on les vanne de nouveau, puis on les rend au torréfacteur, qui leur fait subir une nouvelle coction. Ceci se renouvelle jusqu'à trois et quatre fois.

Le triage suit la dessiccation. Il consiste à classer les feuilles suivant leur grandeur et leur finesse. Les plus jeunes bourgeons et les plus tendres composent le pe-koi, plus cher et plus sujet à s'altérer que tous les autres thés. La seconde qualité donne le pou-chong. Les autres se classent sous divers noms : le souchong, le côngou, le son-chi, le bohea (*Vou-E*) proprement dit, qui est le moins cher et le plus grossier de tous. Comme il se compose des feuilles les plus mûres et les plus grandes, les indigènes l'appellent *ta-tcha,* le grand thé.

Il est à remarquer, du reste, que ces noms d'espèces ont presque tous un sens défini qui fait allusion aux peines que coûte leur préparation. Congou (*hong-fou*) signifie « travail, assiduité. » Cam-poi (c'est le nom d'un thé noir) vient d'un mot composé dont le sens est : « soins apportés au choix. » La peau d'hyson (*hyson-skin*) est ainsi désignée parce que le mot *peau* en chinois est le synonyme de rebut, de *caput mortuum*, et que ce thé se compose en effet avec les débris, la poussière de l'hyson.

L'hyson est le troisième des thés verts. On estime avant lui le thé à fleurs ou thé impérial, et le song-lo, ainsi nommé du pays où il croît. Ils viennent presque tous des provinces de Kiang-Nan et Che-Kiang.

La torréfaction de ces derniers thés se fait par les mêmes procédés que celle du bohea ; mais elle demande beaucoup plus de soins, de précautions et aussi beaucoup plus de temps. Entre les premières cuissons et la dernière, il faut conserver les feuilles dans des sacs hermétiquement clos, pendant cinq à six mois au moins. La couleur s'obtient ensuite au moyen d'une poudre composée de sulfate de chaux et d'indigo pulvérisé. L'indigo donne la couleur, le sulfate de chaux la fixe.

VII.

Le Chercheur de tombeaux. — Un Cimetière. — Le Repas des morts.
Le Bonze et les Pleureuses.
Diplomatie canine. — Tchu-San et Ting-Hae. — Une Madone. — Apollon et Mars.
L'O-mi-to-fo. — Les Couvents et les Moines de Pooto.

Voici l'un des plus curieux épisodes de notre voyage aux montagnes Vou-E.

C'était non loin des faubourgs de Yen-Ping où nous avons fait halte en revenant à Fou-Chou-Fou. J'errais, par une belle soirée, sur les rochers qui l'avoisinent, sans y chercher autre chose que le plaisir d'une promenade, et peut-être celui d'essouffler mon bienveillant mentor, lorsque je vis arriver quatre Chinois dont la physionomie affairée attira mon attention. Ils ne suivaient aucun sentier et paraissaient marcher au hasard ; tantôt gravissant une colline, puis la redescendant aussitôt, puis s'arrêtant tout-à coup. Pendant ces haltes, qui se renouvelaient à chaque instant, l'un d'eux regardait la terre comme s'il eût voulu la sonder, puis le ciel, interrogeant les astres. D'autres fois il étudiait le paysage ainsi qu'un peintre aurait pu le faire, et, hochant la tête d'un air mécontent, il s'éloignait suivi de ses compagnons. Ceux-ci épiaient ses moindres mouvements avec une anxiété docile. J'essayais, sans y réussir, de m'expliquer ces manœuvres.

Le hasard de leur indécise promenade les amena près de nous. Pas un ne daigna nous regarder. Ils passèrent sans mot dire, bien que je me fusse détourné comme pour les aider, s'il y avait lieu, dans l'espèce de recherche à laquelle ils se livraient. Je les suivis alors pour les mieux examiner.

Deux d'entre eux se tenaient constamment à quelques pas en arrière : c'étaient des domestiques dont l'un portait une bêche et l'autre une pioche, ainsi qu'un panier dans lequel étaient des *djoss-sticks* et des papiers parfumés. Le troisième, mieux vêtu, paraissait leur maître, et il appartenait évidemment à une classe riche. Il était inquiet, absorbé ; ses yeux ne quittaient pas un instant le quatrième personnage, le plus essentiel du groupe.

Couvert de misérables vêtements, chaussé de souliers déchirés qui avaient perdu leur épaisse semelle blanche, on l'eût volontiers pris pour un troisième valet sans l'espèce de sollicitude inquiète avec laquelle ses moindres mouvements étaient suivis ; son front dégarni paraissait haut, et sur son crâne luisant il était parvenu à trouver assez de cheveux blancs pour en faire une petite queue d'un pied et demi ; son nez épaté n'avait presque aucun relief, à la racine surtout, où l'on en distinguait à peine l'imperceptible saillie ; ses lèvres minces et blêmes, collées sur ses gencives démeublées, étaient surmontées de quelques poils blancs qui allaient rejoindre une barbiche de la même couleur et d'un effet assez original. Animez ces traits par l'expression malicieuse de deux petits yeux enfouis sous des paupières gonflées ; encadrez le tout de deux larges et plates oreilles fort écartées de la tête ; vous croirez avoir sous les yeux une caricature accomplie. Néanmoins, il avait, comme tous les vieux Chinois, un air presque vénérable.

Il frappait la terre, de temps en temps, et à plusieurs reprises, avec un bâton qu'il avait à la main. On aurait pu croire que, suivant la méthode de nos sorciers du moyen âge, il cherchait quelque source cachée, quelque trésor enfoui, en s'aidant de la baguette de coudrier. Mais nos promeneurs songeaient à tout autre chose, Le vieillard, qui, tout en marchant, murmurait une sorte d'incantation parfaitement inintelligible, s'arrêta non loin de nous sur un petit monticule. De nouveau, il regarda tout autour de lui avec une attention scrupuleuse, frappa plusieurs fois la terre de son *abacus*, et fit un signe d'intelligence aux domestiques. Ensuite il traça sur le sol je ne sais quelles mystérieuses figures, et, sur son ordre, on se mit à creuser un trou qui menaçait d'être assez profond. Mais il parut se consulter, suspendit la besogne à moitié faite, et reprit sa course, cette fois en ligne droite, toujours suivi de ses trois compagnons. Ils disparurent bientôt dans une espèce de ravin, et je craignais de ne pouvoir les rejoindre ; mais, en arrivant au bord de cette espèce de fosse, je les vis arrêtés derechef. Le vieux Chinois venait de dessiner un carré long qu'il semblait consacrer en marmottant quelques prières. Quand elles furent terminées, les trois autres personnages s'inclinèrent devant l'endroit désigné ; ils y brûlèrent ensuite plusieurs morceaux de papier ; après quoi les deux ouvriers se remirent à l'œuvre, et creusèrent ce qui allait être une tombe.

En effet, — Eo m'expliqua immédiatement cette énigme; — nous avions rencontré un fils désolé cherchant un lieu favorable pour la sépulture de son père, en compagnie d'un de ces nécromanciens dont l'industrie toute spéciale consiste à choisir le logement des morts.

Le lendemain, je revins au même endroit dans la matinée. La tombe creusée la veille était déjà remplie. Autour d'elle plusieurs autres s'élevaient, différentes de forme et de

richesse; mais les plus modestes, aussi bien que les plus somptueuses, avaient leur parure. Nous sommes à peu près à l'époque où les Chinois, apportant des offrandes, viennent prier aux tombeaux de leurs ancêtres et répéter la cérémonie des derniers devoirs. On avait renouvelé les gazons ; la terre était fraîchement remuée tout autour, et comme émaillée de découpures en papier de couleur, doré, rouge, blanc surtout, — car le blanc est en ce pays la couleur du deuil, — figurant des branches chargées de feuillages et de fleurs, des vases, des lanternes, des pavillons, des caractères chinois, des oiseaux, des insectes, — le tout soutenu par des morceaux de bambous fichés en terre. La brise passait en jouant sur ces fantastiques décorations et en détachait à chaque bouffée quelque débris.

Cinq ou six individus, groupés devant la tombe récemment fermée, avaient fixé en terre un certain nombre de bougies en cire rouge et de djoss-sticks parfumés. De petites assiettes contenant différents mets étaient rangées symétriquement devant cette espèce de rampe, à côté de quelques tasses de thé ou de sam-tcheu. Chacun des assistants prenait à son tour un ou deux morceaux de papier qu'il allumait aux bougies, et qu'il agitait de haut en bas pour accélérer leur combustion, tandis que, pliant le genou à plusieurs reprises, ou s'inclinant devant le tombeau, il marmottait rapidement des prières.

Ceux-là remplissaient les rites pour leur propre compte ; mais, dans une autre partie du cimetière, un bonze en haillons suppléait l'indolente piété de quelque famille riche. Il tenait à la main gauche un petit tam-tam sur lequel il frappait en cadence avec une baguette de fer. Au petit doigt de sa main droite était passé l'anneau d'une sonnette qui accompagnait ainsi chaque coup, et ce double carillon marquait les mesures d'un cantique nasillard. A côté du bonze, un musicien jouait sur une espèce de hautbois le même air que j'avais entendu aux jours de fête, et des pleureuses agenouillées poussaient des cris perçants en frappant la terre de leurs fronts. Ces simagrées d'une dévotion toute extérieure ne donnaient l'idée d'aucun sentimnt sérieux, d'aucune croyance fervente.

La matinée avançait. Les assistants, s'éloignant les uns après les autres, avaient laissé le cimetière désert et les plats encore remplis à la merci de quiconque oserait s'en emparer. Or, à

Pagode sur les collines tumulaires de la province de Fo-Kien

peine la colline fut-elle abandonnée que, de tous côtés, averties sans doute par la fumée des papiers votifs, accoururent des meutes de chiens affamés. Ils venaient manger la part du mort, ou lécher autour de lui la terre imprégnée de graisse. Les premiers arrivés, — les plus heureux par conséquent, — se distinguaient à leur tête droite, à leur poil hérissé, à leur physionomie orgueilleuse et satisfaite. Ils levaient insolemment la queue et la brandillaient avec une joie égoïste ; les autres, au contraire, la ramenaient entre leurs jambes, portant la tête et l'oreille basse. Il en était qui, tout aussi à plaindre, affectaient l'insouciance, et, le nez au vent, semblaient flairer une meilleure fortune. L'un d'eux, maigre, vieux et laid, le dos pelé, la queue sans bouquet, se sépara peu à peu de la bande et s'en alla dans une certaine direction, mais sans se hâter, sans suivre la ligne droite, en zig-zag et avec mille détours. C'était un vieux matois, et qui savait, comme l'on dit, de quel côté le pain se beurre. Dès qu'il se fut donné une avance notable sur le reste de la troupe, — ce dont il s'assura par un hypocrite regard jeté en arrière, — je le vis s'élancer comme la flèche. Les autres le suivirent à l'instant même, et ils disparurent sur ses traces, courant à quelque autre festin, à quelque autre sépulture.

27 mai.

Je regrette quelquefois de n'être point chargé par l'Amirauté du relevé des côtes chinoises. Cela donnerait quelque intérêt à un voyage dont toutes les journées ne sont pas également bien remplies. J'aurais alors mesuré avec une scrupuleuse exactitude et l'ancrage de Ting-Hoy et la baie de Hoc-Sien où le Min se jette, et le port de Kitta et celui de Sung-Shan. Presque tous demanderaient à être étudiés pour l'usage futur des Européens, qui jusqu'ici n'y relâchèrent jamais. Quant aux îles innombrables qui bordent les rivages du Fo-Kien et du Che-Kiang, — le groupe des Le-Shan, celui des Hi-Shan et celui des Kew-

Shan, — il faudrait dans tous les cas renoncer à les décrire; l'hydrographe le plus déterminé devant perdre, à pareille besogne, toute mémoire et toute patience.

Mieux vaudrait réserver l'une et l'autre pour l'archipel de Tchu-San, auquel a donné son nom une île de trente milles de longueur environ, sur quinze de large. Sa capitale, Ting-Hae, m'a semblé dans un état florissant; rues bien dallées, marchés bien fournis, faubourgs étendus. Comme le plus grand nombre des villes chinoises, elle est entourée de murailles, et l'on n'y pénètre que par des portes soigneusement fermées. La *Djoss-House*, le temple de la cité, renferme un nombre considérable de grandes et petites idoles, tant dieux que déesses. L'une d'elles, — Fou-Jin, la patronne des femmes stériles, — tenant un enfant dans ses bras, m'a rappelé, par la nature même du groupe, sinon par son exécution, toutes les vierges catholiques, et entre autres la *Madonna de la san Sisto* que j'ai vue à Dresde. L'ensemble de l'édifice n'est pas d'ailleurs sans rapport avec certaines églises romaines; et n'eût été le bariolage immodéré des couleurs répandues à profusion sur les figures, sculptées et dorées, assises ou debout, qui ornent chaque chapelle, un papiste aurait pu se croire en compagnie des martyrs et des saints de sa communion. Plusieurs représentent, je n'en doute pas, des orateurs ou des philosophes. Au moins leur attitude doctorale, leur geste éloquent, semblent l'indiquer. D'autres sont de vrais monstres, et je n'oublierai de ma vie deux figures assises pieusement à la porte du temple, l'une tenant une lyre, l'autre une large épée hors du fourreau. C'était un plaisant Apollon que le premier, et le large sourire qui traversait son visage inspiré ne manquait pas de qualités communicatives. Quant à Mars, il ouvrait de gros yeux ronds, teints de sang d'animal — pour leur donner de la vie, disent les Chinois — et ne demandait qu'à faire peur.

Je me rappelle encore ce que je pris pour une académie de province: trente à quarante personnages, assis des deux côtés d'une longue table, sous la présidence d'une espèce de doyen. Ce dernier frappait régulièrement de sa baguette un petit tambour

Intérieur d'un Temple.

recouvert d'étoffe écarlate, et marquait ainsi les intervalles d'une lecture, ou pour mieux dire d'un chant monotone. Les autres suivaient de l'œil et de la voix sur une brochure que chacun tenait à la main. J'ai compris plus tard que c'était une classe religieuse, — une façon de catéchisme, — et non pas une institution littéraire.

Tchu-San n'est pourtant pas, comme l'île voisine, la résidence pour ainsi dire exclusive de la moinaille chinoise. Les merveilles du fameux temple d'Honan, auprès de Quan-Tong, sont à Pooto multipliées et dépassées. Soixante monastères, dont deux fondations impériales, couvrent les montagnes pittoresques de ce délicieux coin de terre, jeté, comme au hasard, dans un archipel stérile et nu. La nature s'est concertée, dirait-on, avec le travail des hommes pour embellir ce séjour que deux mille prêtres et autant d'idoles, — ceux-ci et celles-là également inutiles, — encombrent de leur oisive stupidité. Là mille jardins charmants ont été dessinés, mille grottes creusées le long des sentiers verdoyants, mille bosquets aromatiques disposés patiemment dans les moindres anfractuosités des rochers; deux splendides et vastes bâtiments, à la livrée impériale, c'est-à-dire revêtus de briques jaunes, occupent et enserrent les deux plus riantes vallées que l'imagination puisse rêver; tout cela pour loger un certain nombre de bûches dorées, prétendues dispensatrices du beau temps ou de la pluie.

N'omettons pas une troisième espèce d'hôtes qui ne manquent jamais dans un monastère chinois: ce sont d'énormes porcs, engraissés à plaisir, et qui se traînent lentement d'une cellule à l'autre, béats dédaigneux, sans toucher à l'abondante pâture jetée sur leur chemin. On comprendrait leur présence, si le culte de Fo permettait l'usage du lard ou du jambon; mais, en présence des prohibitions formelles dont toute chair est l'objet, il est permis de supposer que les dogmes de la métempsycose autorisent la transmigration des âmes d'élite dans le corps des pourceaux sacrés. Si cela est, il faut convenir qu'on a choisi un singulier logement pour l'esprit d'un grand saint ou d'un respectable philosophe.

L'invocation favorite des Chinois, l'O-mi-to-fo règne sans partage à Pooto. Les bonzes ne disent pas autre chose en égrenant leurs longs chapelets. Au détour de chaque sentier, à tous les coins de chaque temple, dans le fond de chaque grotte, sur les cloches énormes et richement sculptées, sur les barrières, sur les murailles, partout enfin, cette inscription vous poursuit et lasse vos regards. Je n'ai jamais été plus rassasié de la même phrase incessamment répétée. Le fameux *stick no bills* (défense d'afficher), qu'on affiche partout à Londres, peut seul donner une idée de l'effet que produisent à la longue l'O-mi-to-fo et l'idole du dieu-poussah.

Des deux temples de Pooto, l'un est à l'extrémité nord,

l'autre au sud de l'île. Ils sont construits à peu près sur le même plan, qui est celui de presque tous les édifices destinés au culte de Fo.

Les Chinois ne comprennent pas comme nous l'architecture religieuse. Au lieu d'un seul bâtiment clos et couvert, ils préparent à leurs divinités une résidence rurale, une sorte de jardin anglais, parsemé de riantes habitations. Une montagne est choisie dans un site pittoresque ; on la plante de grands arbres ; on la couvre d'un lacis d'allées au bord desquelles on multiplie les arbustes et les buissons fleuris. Par ces avenues ombragées, qui serpentent capricieusement sur les flancs irréguliers du rocher, les pieux visiteurs arrivent ordinairement à plusieurs corps de bâtiments s'étageant à quelque distance l'un de l'autre.

Les deux temples de Pooto, par exemple, ont chacun quatre chapelles ou salles séparées, sans compter les maisonnettes latérales où logent les bonzes.

Le premier de ces quatre bâtiments est une façon de porche occupé par quatre figures colossales, les sentinelles immobiles de l'endroit. Derrière ce vestibule s'élève la principale nef, celle où sont assis les trois précieux Bouddhas *(San Paou Fo)*, savoir : le Passé, le Présent et l'Avenir ; Kouo-Keu-Fo, dont le règne est accompli ; Hin-Tsae-Fo qui domine à présent l'univers, et Oui-Lae-Fo appelé à le gouverner plus tard. Le premier est à droite, et ses mains, posées sur ses genoux, donnent l'idée de l'éternel repos auquel désormais il est voué ; les deux autres ont au contraire le bras et la main droite levée ; devant chacun est un autel où sont déposées les offrandes, les brûle-parfums, les porte-fleurs en porcelaine, les vases ciselés en bronze, où brûlent sans cesse les *bâtons de Dieu* et le papier pailleté.

Ces statues ont dix à douze pieds de haut. Celles des principaux disciples du dieu, rangées autour de la salle, sont taillées dans des proportions moins gigantesques, et n'ont guère que sept à huit pieds. Entre elles se déroulent sur la muraille ces longues bandes de satin, chargées de sentences et de maximes religieuses, que l'on retrouve presque partout dans le pays de Confucius.

La troisième chapelle est en général dédiée, ou bien à Chin-Ti, la déesse de salut, dont les bras nombreux indiquent la secourable mission, ou bien à Kouan-Yin, l'une des plus importantes créations de la mythologie bouddhique. Quand les âmes comparaissent devant le tribunal des Dix Rois de Ténèbres (*Shih-Ning-Ouang*), c'est Kouan-Yin qui remplit le rôle de l'avocat ; elle fait valoir les mérites du défunt, et pallie de son mieux les fautes qu'il a pu commettre.

Je ne saurais dire au juste les noms de chacune des idoles à figure d'ogre que renferme la quatrième et dernière division de l'édifice sacré. On y trouve pêle-mêle, tantôt au ras de terre, tantôt sur des piédestaux de métal, une foule de statues, de groupes d'animaux, de monstres fabuleux affectant toute forme

et toutes couleurs. Ici les Ti-Ki, dieux de la terre ; plus loin les Tien-Shin, dieux du ciel ; au-dessus d'eux l'image de l'Ancien Maître Confucius (*Sien-Sze-Kungtze*) ; puis les dieux militaires ;

Le dieu Kouan-Yn aux vingt bras.

Taou-Lou-Che-Shin (le dieu de la route où passe l'armée); Ho-Paou-Che-Shin (le dieu du canon); puis les étendards et bannières (*ketuh*); puis les dieux chargés de soumettre les démons;

puis Sien-E, l'Esculape de la Chine, entre Sien-Nung, l'ancien patron de l'agriculture, et Sien-Tsan, l'ancien patron des manufactures de soie. Autour d'eux les chou-sin-koueï-che-tse, les esprits des philanthropes défunts, des gouverneurs fidèles, des littérateurs éminents, des martyrs de la vertu, etc., etc., ont chacun leur effigie; ce qui compose, en définitive, toute une armée de divinités ou de saints.

Dans cette quatrième salle, et en compagnie de ce panthéon grotesque, où figure encore le dieu qui parcourt le monde pour

examiner les actions des hommes, on place ordinairement la bibliothèque des monastères. Celle du temple méridional de Pooto se compose de six à sept mille volumes exclusivement théologiques, où sont conservées, soit les conversations de Bouddha et de ses disciples, soit les différentes formules liturgiques dont ses adorateurs doivent faire usage. Elle défraie les besoins intellectuels d'un séminaire voisin, où un professeur confucéen prépare un certain nombre d'écoliers tous destinés au sacerdoce. Indépendamment de ceux-ci, l'île renferme un

Temple et Monastère.

très grand nombre d'enfants qui sont sous la tutelle immédiate des bonzes. Je demandai naturellement si on s'occupait aussi de les instruire ; mais il me fut répondu que non, et que leur seule occupation était de réciter chaque jour une certaine quantité de prières à Fo.

Qui dit moine, dit gourmand ; et malgré leur affectation de sobriété, je crois que les prêtres de Bouddha n'ont rien à reprocher aux enfants de saint Benoît ou de saint Bernard. Du moins cette idée m'est venue en traversant les réfectoires, mieux ordonnés que toute autre partie des bâtiments, et en trouvant toujours des cuisines peuplées, alors même que les chapelles étaient désertes. Mes soupçons allèrent même plus loin l'autre jour. J'avais demandé à voir le *tae-ho-shan* (Harmonie et Elévation) le grand-prêtre du temple méridional, et cette faveur me fut refusée, sous prétexte que le saint homme récitait ses prières ; toutefois le bonze qui m'avait donné cette excuse passa près de moi, peu de minutes après, portant sur son bras les vêtements et la crosse (*seih-chang*) de son supérieur ; celui-ci, tout simplement, n'était pas encore sorti de sa chambre à coucher. Pressé qu'il était, le frère lai oublia de refermer derrière lui la petite porte grillée qui interdit aux profanes l'accès du logement des prêtres. Je pris avantage de cette distraction, et j'avais déjà fait quelques pas dans un couloir à moitié découvert, où de belles fleurs s'épanouissaient dans des vases de porcelaine, quand je vis revenir mon étourdi, lequel, d'un air tout à la fois goguenard et mystérieux, me reconduisit hors du domaine réservé. Ceci, je l'avoue, me fit présumer que ces heureux de la terre ont plus d'une raison pour se soustraire à l'investigation de tout œil profane.

VIII.

Erreurs géographiques. — Le Fou, le Ting, le Choou, le Hien. — De Chin-Hae à Ning-Po.
— Visite du *Lord Amherst*.
— Expédients d'un magistrat responsable. — Les Mûriers et la Soie.
— L'Ile Tsong-Ming. — Les Terres salées.
— Les Cotonniers. — Petites Industries. — Tontine de bienfaisance.

4 juin.

Il ne faut se fier que médiocrement aux géographes; et par exemple on se ferait une assez fausse idée de l'archipel de Tchu-San, d'après les célèbres cartes de Dalrymple. Là où elles marquent cent brasses de profondeur, le sondage n'en donne que quarante à cinquante. Latitude et longitude sont indiquées sans précision. Les noms sont écrits tout de travers : Ty-go-Shan pour Ta-sie-Shan, etc. On trouve de ces inexactitudes dans les livres des missionnaires eux-mêmes, et de là vient que l'étude de la géographie chinoise présente à chaque instant des problêmes insolubles.

Nous sommes entrés, il y a trois jours, dans une rivière que le père Duhalde appelle le Kin, et dont le véritable nom est Ta-Hae. Par un brusque retour sur elle-même, elle enserre un promontoire placé à son embouchure, et qui devient, cerné par les eaux du fleuve et celles de la mer, une sorte de péninsule. C'est là qu'est situé Chin-Hae, le chef-lieu du Hien.

Le *Fou*, le *Ting*, le *Choou* et le *Hien*, soit dit en passant, sont les quatre subdivisions de toute province chinoise. Le Fou est un département, ayant une administration à part, régie par une espèce de préfet (*che-fou*). Le Ting (division moins considérable) est quelquefois indépendant de ce magistrat, quelquefois placé sous sa tutelle administrative; dans le premier cas, il porte le nom de *cheih-li*. Le Choou ne diffère du Ting que par son infériorité de surface, et par les rouages plus économiques de son gouvernement; le Hien, enfin, ne mérite plus le nom de département; c'est un simple district, qui tantôt fait partie d'un Ting ou d'un Choou, tantôt les égale en réelle importance, mais, dans tous les cas, s'administre à moins de frais. Chacun de ces départements ou districts doit avoir au moins une ville close qui porte le nom de la division territoriale dont elle est le centre. On les confond quelquefois dans l'usage. Fou-Chou-*Fou*, la cité, ne devrait s'appeler que Fou-Chou, et sur beaucoup de cartes j'ai trouvé Chin-Hae-*Hien* pour désigner le chef-lieu du district de Chin-Hae.

De cette ville, qui n'a rien de remarquable, nous avons remonté le Ta-Hae jusqu'à Ning-Po — la marée nous aidait — en deux heures et demie. Durant ce trajet, un seul endroit m'a paru présenter quelques dangers pour nos plus gros bâtiments de commerce : c'est l'étroite passe qu'il faut traverser entre le bord occidental de la rivière et l'île du Tigre accroupi (Fou-Isun). Entre cette île et Yew-Shan, il y a un ancrage que la violence et l'irrégularité des mascarets doit rendre assez périlleux, mais où rien ne forcerait à s'arrêter.

Ning-Po (300,000 habitants) est plus belle et mieux bâtie que Quan-Tong ou Amoy. Les maisons des beaux quartiers ont

deux étages. Les rues — encore étroites pour les yeux européens — y sont d'une largeur inusitée en Chine. Trois passants s'y rencontreraient sans se coudoyer; les magasins plus ornés sont aussi plus vastes que je ne m'attendais à les trouver; les murailles revêtues de pierres de taille et bien entretenues, ont cinq mille pas géométriques de circonférence, et trois voitures iraient de front sur leur couronnement. De la porte orientale à la porte de l'ouest, formant les deux extrémités d'une seule rue parfaitement droite, j'ai compté cinq mille deux cent soixante-quatorze de mes pas — environ un mille par conséquent. Devant la première se trouve un pont de bateaux composé de soixante-trois grosses barques à fonds plats, reliées par des chaînes de fer.

L'arrivée du titou-che a été l'occasion d'une réception solennelle dont les détails m'ont ennuyé à l'excès. En revanche, je n'ai pas été médiocrement intéressé par les souvenirs qu'a laissés aux magistrats de Ning-Po la visite encore récente du *Lord Amherst*, envoyé par la Compagnie des Indes pour étudier les ports septentrionaux de la côte chinoise.

C'est un mandarin militaire, Ma-Ta-Laon-Yay, qui la racontait à Lun-Chung. Son récit, où il ne songeait pas à dissimuler les terreurs que l'arrivée de Yin-Keih-Le avaient causées au Che-Fou et aux autres grands officiers de la ville, m'a prouvé à quel point la crainte d'une invasion domine le sentiment de jalousie commerciale qui sequest mis en avant. Jamais M. Hugh Lindsay ni le Rév. Ch. Gutzlaff, les deux agents de la Compagnie, n'ont pu persuader au vice-roi du Che-Kiang, que leur voyage fût une entreprise purement commerciale. Ma-Ta-Laon, spécialement chargé de découvrir le but de leur mission, essaya d'y parvenir en affectant une extrême franchise, même dans ses soupçons; et ce diplomate tartare nous amusait fort, Lun-Chung et moi, quand il nous racontait ses conférences avec les ambassadeurs barbares, ces « mandarins à poils rouges déguisés en commerçants. »

« Quelle race rusée, disait-il, quelle race redoutable! A peine ont-ils un vaisseau près de quelque port, et leurs barques vont de tous côtés, étudiant les lieux, dressant des plans, dessinant des cartes; en sorte qu'après une lune ou deux, ils connaissent le pays mieux que nous. Parlez-moi des gens de Formose ou des

Coréens. On peut les laisser aller librement, et se fier à leur stupidité naturelle pour tout voir sans rien observer. Nous avons eu de ces naufragés à qui pas un de nous n'a pris garde. On leur a laissé choisir, pour retourner chez eux, la route qui leur a plu. Mais les Hung-Maou, il a fallu les prier et les menacer tour à tour, leur tendre des piéges et leur offrir de l'argent.... qu'ils n'ont pas voulu accepter,.... les fatiguer par mille délais, les tromper par mille civilités et mille complaisances. Un jour, afin de les terrifier, quinze de nos jonques de guerre avaient fait mine de barrer le passage à l'une de leurs barques montée seulement par seize marins. Ces barbares audacieux n'avaient pas d'armes, et pourtant ils ont forcé la ligne. Ce sont de vrais rats aux dents de fer, qui cherchent, par tous les trous, à s'introduire dans la Terre des Fleurs. Nous nous sommes débarrassés d'eux à force de belles paroles; mais s'ils reviennent jamais plus nombreux, le Souverain des quatre mers et des dix mille endroits (termes classiques par lesquels on désigne l'univers) aura quelque peine à les repousser. »

Ainsi parlait Ma-Ta-Laon. Or, j'ai lu par hasard, dans la *Gazette de Pe-King*, le rapport du ministre Foune-Yung-Ah (le Fou-Yuen du Che-Kiang) sur cette même aventure du *Lord Amherst*, et je me rappelle encore les termes emphatiques dans lesquels était racontée l'expulsion des barbares honteusement chassés sur la mer par le titou-ch[illegible] le tsong-ping, les choou-peïs et les tsin-sung de la province. C'est la vingtième fois au moins que je surprends les hauts fonctionnaires de l'Empire en flagrant délit de mensonge dans leurs notes officielles, et je n'ai plus à m'étonner de l'aveuglement profond où le Fils du Ciel est plongé : pour lui, ses armes sont toujours victorieuses, ses officiers toujours fidèles et dévoués; la prospérité des provinces ne fait jamais question. Aussi, dès qu'un bruit de révolte, la nouvelle d'une famine ou tout autre événement désastreux parvient à ses oreilles, le magistrat responsable est à l'instant disgracié. Quand ce dernier peut rejeter sa faute sur d'autres, il se sauve en sacrifiant ses inférieurs. C'est ainsi que Foune-Yung-Ah s'y prit pour détourner de lui la rancune impériale.

Il dressa une liste des officiers négligents, ou suspects de trahison, auxquels on pouvait attribuer l'audace impunie des étrangers, et sollicita l'autorisation de les livrer lui-même aux tribunaux, « afin de maintenir la dignité du gouvernement de l'Océan; » — sage requête, à laquelle le *keun-ki* (le conseil privé) ne manqua pas de faire droit. Plusieurs mandarins ont perdu leur bouton, et quelques-uns leurs têtes, parce qu'il a plu au président des subrécargues de la Compagnie établis à Quan-Tong d'ordonner une promenade commerciale sur les côtes nord de l'Empire Céleste.

9 juin.

Le commerce de Ning-Po est considérable. J'y ai trouvé plusieurs magasins de draps anglais; mais ce qu'on y vend le plus est de la soie brute ou manufacturée. Les étoffes de soie se fabriquent sur une grande échelle à Hang-Choou, capitale du Che-Kiang, située au fond du golfe où se jettent le Tsien-Tang et le Tahae.

Aussi, peu à peu, autour de nous, le mûrier remplace-t-il les plantations de thé. Le mûrier du Che-Kiang diffère à quelques égards du nôtre, et n'est pas d'ailleurs le seul arbuste dont les feuilles soient employées pour la nourriture des vers à soie. Une variété sauvage de l'espèce *morus* et une sorte de frêne le suppléent partout où il ne suffit pas.

L'esprit méthodique et patient des Chinois se retrouve dans les moindres détails de ce qui se rattache à cette industrie importante, dont l'impératrice est la patronne officielle, comme l'empereur est le patron de l'agriculture. Un livre exprès, — le Kang-Shih-Fo, dont chaque page est encadrée dans les replis du dragon impérial, — contient, avec de nombreuses *illustrations*, une série de poëmes expliquant tous les procédés agricoles ou industriels que réclament la culture bien entendue des mûriers, l'éducation et la nourriture des vers, le tissage des cocons, la fabrication des étoffes. Un monarque (Yen-Ti) est l'auteur de ces recettes rimées, et le soin qu'il a pris de les rendre populaires lui a mérité le nom de Divin Laboureur (*Shin-Hung*). On peut les voir appliquées dans chaque bourgade du Che-Kiang.

Au centre des quinconces de mûriers, et aussi éloigné que possible de toute espèce de bruit, s'élève le bâtiment d'exploitation. Un cri d'homme, un roulement de tonnerre, l'aboiement d'un chien, peuvent faire mourir les vers durant les premiers temps de leur éphémère existence. Auparavant, et lorsqu'ils sont encore dans l'œuf, il faut s'attacher surtout à ménager autour d'eux les variations de la température. Pour hâter ou retarder leur éclosion, pour la mettre en rapport exact avec le temps où les bourgeons du mûrier sont le plus propres à leur nourriture, on leur mesure savamment les alternatives du chaud et du froid. Même exactitude minutieuse dans le choix et la quantité de feuilles qu'on leur donne en pâture. Au début, on hache les feuilles en menus fragments; puis, à mesure que l'insecte grandit et prend des forces, on arrive à les lui donner entières. Autour de lui l'air reste constamment tempéré, silencieux, pur de toute exhalaison. Près de la claie chargée de feuillages où s'accomplissent à loisir sès premières transformations, une autre claie l'attend avec des feuilles plus fraîches dont l'odeur l'attire. On a soin de lui ménager plus de place quand sa croissance l'exige, et ceci se fait en dédoublant le nombre des insectes placés sur les claies, en telle sorte que la même quantité de vers, d'abord logée sur l'une d'elles, se trouve, en fin de compte, répartie sur une demi-douzaine pour le moins.

Quand ils ont atteint leur dernier développement, et pris une certaine teinte jaunâtre, on les transporte dans des tiroirs à compartiments préparés pour le filage. Au bout de huit jours environ, les cocons sont formés. Il devient urgent d'arrêter le travail qui suit, et d'empêcher la dernière métamorphose qui détruirait en partie la précieuse enveloppe de l'insecte. Alors, après avoir mis à part ceux dont on a besoin pour obtenir une nouvelle couvée, on étouffe les autres dans leurs cocons, en les plaçant par masses entre des lits de feuilles saupoudrées de sel. On fait dissoudre ensuite, dans une eau tempérée, la matière glutineuse qui relie les brins de la soie ; elle se dévide sans autre préparation sur de petites tournettes.

Les métiers chinois sont en apparence établis sur les modèles les plus simples ; l'ouvrier s'en sert néanmoins avec une telle habileté, un tel soin et une si intelligente application, que nos manufactures européennes n'ont encore pu lui rien offrir d'inimitable. Les damas les plus richement brodés, le satin à fleurs, etc., sortent de ses mains aussi

parfaits que sauraient les produire Paisley, Macclesfield ou Lyon. En revanche, les crêpes chinois ont défié jusqu'à présent la contrefaçon étrangère ; et nous n'avons pas l'équivalent du *pongee*, ce tissu de soie préparé pour de fréquents lavages, qui non-seulement leur résiste, mais devient plus doux et plus beau à mesure qu'il les subit.

Trois autres provinces, outre le Che-Kiang, sont renommées pour la beauté des soies qu'elles produisent : le Kiang-Nan, le Hou-Pih et le Sze-Chuen, toutes quatre à peu près sous la même latitude, et dont le climat rappelle celui des provinces américaines situées par les mêmes degrés. Leur sol naturellement humide, — détrempé qu'il est par les eaux du Yang-Tse-Kiang (fils de la mer) et de ses innombrables affluents, — est abondamment fumé au moyen de la vase qu'on extrait des fleuves, et qu'on amende tantôt avec des cendres, tantôt avec des substances animales. La plantation de mûriers s'accommode d'ailleurs fort bien d'une culture voisine et simultanée. Entre leurs pieds régulièrement rangés, on sème le millet indien qui supplée le riz, et plusieurs autres espèces de graines ou de légumes. Les plus grands soins sont pris pour écarter les insectes voraces qui détruiraient si aisément ces arbustes délicats, et l'on va souvent jusqu'à préserver leurs feuilles en appliquant au long de chaque tige une couche d'huile essentielle.

Dans les Seize Discours dont on fait chaque mois lecture publique, afin que le peuple soit par là rappelé à ses principaux devoirs, il en est un presque entièrement consacré à la culture de la soie, et par lequel le Fils du Ciel relève, ennoblit autant qu'il le peut cet important labeur. Quant aux produits, il semble vouloir les monopoliser au profit de ses états, car il cherche à limiter autant que possible l'exportation de cette denrée. Les lois de l'Empire défendent qu'un navire étranger emporte plus de cent pekuls soie brute, et de quatre-vingts pekuls soie ouvrée. Mais ces lois restent sans force devant les tentations irrésistibles de la contrebande; et l'avidité des fraudeurs compense heureusement la niaiserie des prohibitions impériales. Il sort de Chine tous les ans quinze à seize mille pekuls de soie, dont la plus grande partie, en écheveaux, est destinée aux manufactures anglaises. On l'emploie de préférence à toute autre pour les bas de nos élégantes.

Shang-Hae, 16 juin.

Je ne me lasse pas, depuis que nous sommes ici, d'admirer la patience industrieuse de ce peuple, tout adonné aux plaisirs et aux travaux purement matériels. Nous avons touché, en venant, à l'île Tsong-Ming, placée, comme un immense navire à l'ancre, au centre de l'embouchure du Yang-Tse-Kiang; cette position lui a fait donner aussi le pittoresque surnom de Kiang-Ché (Langue du Kiang). C'était, il y a quelques siècles, une terre stérile où on déportait les bandits avec l'espoir fondé qu'ils y mourraient de faim. Pour éviter ce sort, ils commencèrent des défrichements; bientôt, sur le bruit de leur réussite, des milliers d'émigrants quittèrent la côte, et vinrent prendre possession de la terre nouvelle qui s'offrait à eux. Aujourd'hui la campagne, sillonnée de canaux profonds, couverte d'habitations commodes, de gros bourgs commerçants, fait de toute cette île, qui a plus de vingt lieues de long sur cinq à six de large, une espèce de grande cité coupée de jardins. La pêche n'est pour rien dans cette prospérité que menacent chaque année les vents cruels, les typhons de la mer Jaune. Tout le poisson qui se consomme dans l'île y est apporté du continent, et se vend à vil prix, bien que conservé sous des couches de glace.

La principale richesse de Tsong-Ming consiste dans ses terres salées qu'on dépouille au moyen d'un lavage à l'eau douce, et dans ses récoltes de coton. Voici ce que disait des premières un missionnaire français qui les avait longtemps étudiées :

« Ce sont des terrains grisâtres, répandus par arpents dans divers cantons de l'île du côté du nord. On en tire une si grande quantité que, non-seulement toute l'île en fait sa provision, mais qu'on en fournit encore ceux de terre-ferme, qui viennent secrètement en chercher pendant la nuit. Ils l'obtiennent à un prix modique, en raison des dangers auxquels ils s'exposent ; car, s'ils sont surpris par les mandarins, leurs barques et leur sel sont confisqués, et, de plus, ils sont condamnés suivant les lois à quatre ou cinq ans de mines. Il y a cependant, pour ceux qui sont découverts, un moyen infaillible d'éviter le châtiment ; qu'un des amis du coupable, en saluant le mandarin, fasse glisser dans sa botte une douzaine de taels, l'intègre magistrat décide aussitôt qu'il y a erreur, et qu'il a pris pour du sel des marchandises parfaitement légitimes. »

La culture du coton, plus facile que celle du riz, donne aussi d'assez gros bénéfices. On le sème, à Tsong-Ming, dans les champs de blé qui viennent d'être moissonnés, et sans autre précaution que de remuer avec un râteau la surface de la terre. La pluie et la rosée fécondent bientôt ce germe, et peu à peu il en sort un arbrisseau de deux pieds à deux pieds et demi. Vers le milieu d'août il ouvre ses premières fleurs, quelquefois rouges, mais le plus souvent d'une belle couleur jaune. Un petit bouton, en forme de gousse et gros comme une noix, les remplace peu après. Au bout de quarante jours, cette gousse s'ouvre d'elle-même en trois endroits, et laisse entrevoir trois ou quatre petites enveloppes de coton d'une blancheur extrême, assez semblables, pour la forme, à des coques de vers à soie.

Elles sont attachées au fond de la gousse ouverte et contiennent les semences de l'année suivante. Il ne faut plus que les séparer, ce qui s'opère à l'aide d'un rouet composé de deux rouleaux fort polis, l'un en bois, l'autre en fer, entre lesquels le coton s'engage de lui-même et se dépouille de toute substance étrangère. Il est alors tout prêt à être cardé.

Les petites industries abondent à Tsong-Ming; et j'y ai vu beaucoup de familles composées de trois ou quatre individus vivant sur un capital de cinq à six shillings. C'était un cordonnier,

un pâtissier, un potier, un tailleur, un marchand d'eau sucrée et de limonades, une famille de serruriers ambulants dont la forge est rarement oisive, tous plus officieux l'un que l'autre,

l'œil toujours au guet, se contentant des plus minimes salaires, et vivant heureux, pourvu qu'au jour de cérémonie l'habit de soie ne leur manque pas. Le gain quotidien ne va guère au-delà d'un ou deux shillings; mais la moitié de cette somme suffit à l'entretien de toute la famille : le surplus est religieusement épargné, jusqu'à ce que, le temps et le travail aidant, les cordons de tseen se métamorphosent en taels plus ou moins gros, et le travail errant, aventureux, en une profession stable, plus certaine et mieux rétribuée.

Les embarras pécuniaires ne manquent pas sur cette route difficile; et l'usage a consacré une forme particulière d'assistance mutuelle qui atteste l'aptitude des Chinois aux combinaisons économiques. Quand les affaires d'un négociant se dérangent, un certain nombre de ses collègues viennent former avec lui une espèce de société dont il demeure un des membres, en même temps qu'il en est le protégé. Cette société forme un fonds annuel qu'elle met à la disposition du négociant malheu-

Grand Canal Impérial.

reux. Cette somme est fournie par les associés dans des proportions telles, et le remboursement de chacun se succède de telle manière, qu'au bout de sept ans, chacun, y compris l'emprunteur, se trouve avoir reçu l'équivalent des avances qu'il a faites. C'est une tontine de bienfaisance, ou plutôt de secours réciproque, admirablement organisée, et qui pourrait être appliquée sur une grande échelle par les compagnies d'assurance, maintenant établies dans presque tous les états européens

IX.

Shang-Hae. — Le Canal Impérial.
Perspective commerciale. — Le Nankin. — Fabrication du Laque.
L'arbre-Tsi. — Laqués Chinois et Japonais.
— Prix des salaires. — Un Assassin. — L'Enfant ressuscité.

21 Juin.

Le port de Shang-Hae n'est guère inférieur à Quan-Tong, comme position commerciale et centre de mouvement industriel. Il a de plus l'avantage de communiquer avec une grande partie de l'Empire par ces grandes voies aquatiques, les seules dont on puisse se servir avec avantage dans un pays dépourvu de bêtes de somme et de routes en bon état. Par le lac Tai, situé derrière Shang-Hae, l'on arrive jusques à une grande ville d'entrepôt nommée Sou-Chou, que traverse le canal Impérial, — l'œuvre immense de Kublai-Khan. Ce canal (Yun-Ho, la rivière du Grain) qui commence à Hang-Chou-Fou et finit après six cents milles de trajet, à quelques lieues de Pe-King, relie par conséquent avec la capitale et les provinces du nord les villes commerciales de la côte, placées, comme Shang-Hae, de façon à pouvoir le mettre à profit. Mais ce n'est pas tout. Grâces à la rivière Wosung sur le bord de laquelle Shang-Hae s'élève, et qui se jette dans le Yang-Tse-Kiang, il est en communication directe avec ce grand fleuve qui s'enfonce à l'ouest jusques aux confins de l'Empire et du Thibet.

Il est impossible, en lisant le traité de statistique où toutes les voies commerciales de l'Empire sont indiquées — on appelle ce livre le Ta-Tsung-Kouan-Tin, — il est impossible, dis-je, de ne pas voir combien la libre entrée de Shang-Hae serait profitable au commerce européen, surtout au commerce anglais, et à l'exportation de nos étoffes de laine.

A l'heure qu'il est, admises seulement à Quan-Tong d'où elles ne peuvent pénétrer dans l'intérieur que par voies de terre, la circulation de ces étoffes est gênée par mille entraves, soumises à des frais, à des droits de douane qui en augmentent énormément le prix. Par là même, elles deviennent trop chères pour les classes inférieures de la population, dans les provinces centrales et dans les provinces du nord; et la conséquence naturelle de cet état de choses est que la consommation des draps européens n'arrive pas à la centième partie de ce qu'elle pourrait être. Un calcul statistique a prouvé qu'il entrait à peine en Chine un *yard* de *camlet* anglais par 450 habitants. Est-il déraisonnable de penser que des rapports nouveaux, plus largement établis, quadrupleraient et décupleraient aisément cette consommation? Et lorsque toutes les nations européennes s'appliquent à nous créer de redoutables concurrences, lorsqu'elles nous ferment leurs marchés à grand renfort de tarifs protecteurs, lorsqu'elles emploient toute la force matérielle et morale dont elles disposent à nous gagner de vitesse sur la route de progrès que nous leur avons ouverte, peut-on nous reprocher sérieusement de chercher à rendre tributaires de notre industrie les peuples sur qui nulle autre n'a jusqu'ici trouvé prise? Or la Chine nous offre deux fois autant de consommateurs que n'en pourrait fournir l'Europe entière, et une côte de trois mille milles où débouchent les plus beaux fleuves, où s'ouvrent les plus vastes ports du monde entier. La population de cet immense littoral est riche, industrieuse, entreprenante, habituée au commerce; elle saluerait avec joie le libre accès accordé à nos navires. Les mandarins eux-mêmes — que j'ai plus d'une fois entendus s'expliquer très-catégoriquement à ce sujet, — sont prêts à échanger, contre les avantages matériels du commerce intérieur, le triste bénéfice de leurs lois exclusives. Et la volonté d'un despote imbécile, son respect pour la lettre morte de quelques édits récents, la jalousie idolâtre de quelques bonzes contre les cultes nouvellement introduits, continueraient longtemps encore à isoler du reste de l'univers trois cents millions d'êtres intelligents! En bonne logique, cela se peut-il?

Je ne sais si cette obscure science qu'on appelle Droit des Gens trouverait dans ses poudreux in-folios de quoi justifier le respect du monde civilisé pour des lois absurdes; je ne sais si elle condamnerait les efforts d'une nation libre qui essaierait de forcer le Fils du Ciel à traiter de pair avec nos souverains, ses égaux; mais il me semble qu'aux yeux du philosophe comme aux yeux du chrétien, le prosélytisme des idées est un devoir: il me semble qu'en offrant la réciprocité des avantages que nous réclamons, — encore que cette réciprocité soit, pour le moment, illusoire, — nous prouvons assez la justice de nos prétentions; — et qu'enfin, loin de voir avec méfiance les tentatives obstinées qui finiront par nous ouvrir la Chine, les autres communautés européennes devraient les seconder, puisque très-certainement elles en recueilleront un jour les avantages.

23 Juin.

Les paysans du Che-Kiang et du Kiang-Sou sont renommés à juste titre pour leur activité industrielle. Indépendamment de la culture des terres, ils font presque tous un petit commerce qui les aide à vivre. Autour de Shang-Hae, par exemple, je ne suis pas entré dans une chaumière où je n'aie trouvé en pleine activité le métier du tisserand, et qui n'eût sa provision de cette cotonnade jaune à laquelle Nan-King a donné son nom. Le coton se cultive, se récolte, se carde, se file et se tisse par les mêmes mains. Il a naturellement, et sur l'arbre même, cette nuance particulière que les teinturiers d'Europe ont vainement cherché à reproduire, et qui se conserve, dit-on, en ne lavant l'étoffe que dans des infusions de thé. Une pièce de nankin ordinaire ne coûte ici que trois ou quatre maces, et c'est, au dire général, le mieux fabriqué de tout l'Empire.

En allant hier avec Tso-Hi commander un éventail de laque, dont il avait lui-même composé le dessin, et qui doit être envoyé à mademoiselle As-Say, j'ai acquis quelques notions sur la manière dont on fabrique ce vernis si connu.

Dans la province de Kiang-Si, et plus particulièrement dans le district de Kan-Tcheou-Fou, vient un arbre appelé *tsi*, haut de quinze pieds environ, et ressemblant assez à un frêne. Il produit une sorte de résine liquide qui découle de son écorce, incisée à différentes hauteurs, dans des gourdes disposées de manière à la recueillir. On en obtient à la fois une si petite quantité, qu'un millier d'arbres, en toute une nuit, fournit à peine vingt livres de la précieuse liqueur. Elle est essentiellement corrosive, et demande à être employée avec les plus grandes précautions par les ouvriers en laque. Chaque fabrique est séparée en plusieurs

ateliers. Dans l'un, des menuisiers préparent le bois. On l'enduit

Fabrique de Laque.

ensuite d'une espèce d'argile à gros grains que l'on racle quand elle est sèche, en se servant d'une pierre plate et dure qui la repousse dans les pores du bois. Alors se fait, au pinceau, la première application du laque; on le laisse sécher, puis on rape cette couche avec le même caillou dur dont nous avons parlé. Quand elle a presque entièrement disparu, seconde peinture, enlevée par le même procédé, mais qui laisse au bois une teinte plus foncée. On recommence, et suivant qu'on veut donner au vernis une transparence, une solidité plus grandes, on le revêt de trois à dix couches successives. Il sèche, après cela, pendant un temps plus ou moins long.

L'ornementation, les dorures viennent ensuite : on pique avec un outil pointu, un dessin préalablement tracé sur du papier; on applique cette feuille de papier sur le laque destiné à recevoir le dessin, et on la recouvre de talc pulvérisé. Cette poussière fine passe à travers les piqûres du papier, et l'empreinte du dessin se trouve ainsi transportée sur le vernis. Un ouvrier l'y grave au poinçon; ce travail achevé, les peintres s'emparent du léger croquis, et suivant ses lignes déliées, y appliquent les premières couleurs, rouge et brune, qui doivent servir de dessous à la dorure.

Cette industrie est originaire du Japon; mais les Chinois l'ont singulièrement perfectionnée. Ils ne se contentent plus de la simple dorure brillante ou mate; ils en sont venus aux applications d'argent et de couleurs; ils ont des laqués chargés de feuillages verts, de fleurs rouges et blanches; mais au surplus, supérieurs par la richesse et la variété des dessins, les bois vernis de la Chine n'ont pas la beauté solide qui distingue ceux du Japon. On estime ceux-ci, malgré leur apparente simplicité, pour l'épaisseur et l'éclat de leur noire enveloppe, plus que les premiers, nonobstant leurs reliefs bariolés et leurs magnifiques caprices.

Ici, le bas prix des salaires permet de donner aux moindres objets des soins extrêmes. On en jugera par les renseignements que j'ai obtenus du fabricant chez lequel Tso-Hi m'avait mené. Il paie ses deux premiers peintres à raison de vingt piastres ou quatre guinées par mois. Quatre chefs d'atelier reçoivent chacun trois guinées; et les autres ouvriers, moins d'un shilling par jour. Or le travail continue depuis sept heures du matin jusqu'à cinq heures et demie du soir, sans autre interruption que le temps des deux repas, limités à demi-heure chacun. Au reste, la vente des laques devient chaque jour plus difficile; ils ont passé de mode en Europe, et, la contrefaçon aidant à leur rapide dépréciation, ils valent à peine la moitié de ce qu'on les vendait il y a dix ans.

Après avoir examiné la fabrique, nous revenions le foutsiang et moi, chacun dans notre chaise à porteurs, quand tout à coup un cri perçant retentit à quelques pas de nous. Je me précipite à la portière, et je vois un enfant de six à sept ans, pâle, éperdu, poursuivi par un homme furieux, qui brandissait un long kriss. Avant que, revenu de mon premier saisissement, j'aie pu articuler la moindre parole, cet assassin rejoint la pauvre petite victime, la prend au cou, l'enlève de terre, avec des blasphêmes effroyables, la frappe à deux ou trois reprises, et la couche sanglante sur le pavé.

Seulement alors, je retrouve la force de m'écrier; quelques passants se groupent, étonnés plutôt qu'émus. Leur indifférence m'indigne; en trois bonds je suis à terre; je m'élance, je saisis le meurtrier qui promenait de tous côtés ses regards farouches, et, loin de chercher à s'enfuir, semblait solliciter l'attention publique. Sous mon étreinte furieuse, il se débat d'abord, murmure quelques paroles inintelligibles pour moi, puis se met à rire aux éclats, tout en me repoussant. A ce symptôme de folie évidente, je me calme, et reprends assez de sang-froid pour demander main-forte aux assistants. Ils riaient tous.

Je sens une petite main secouer les pans de mon makoua; j'entends une petite voix me demander grâce. C'était l'enfant assassiné qui s'était tranquillement relevé pour se jeter entre son meurtrier et moi. Mon étonnement allait en ce moment jusqu'au vertige, et je me croyais déjà le jouet d'un mauvais rêve, quand enfin mes porteurs et ceux de Tso-Hi viennent à mon aide, et m'expliquent, avec force grimaces comiques, le sens de cette aventure bizarre.

J'avais été tout bonnement le jouet d'une scène tragique, exécutée vingt fois chaque jour par les jongleurs qui courent les

provinces. Ils ont pour compère un enfant dressé à ce rôle; pour arme, un poignard dont le manche creux est rempli de sang liquide. Au moment où ils frappent, le même ressort, qui fait rentrer la lame dans le manche, ouvre une petite soupape par laquelle le sang jaillit; l'enfant pousse un cri de mort, et se débat convulsivement sur la terre où on le jette. Bref aucun détail n'est omis, et lorsqu'une bonne âme comme moi se laisse prendre à cette ridicule mystification, il est bien rare qu'elle refuse d'expier sa naïveté par une légère amende. C'est ce que j'ai fait, sans oser me plaindre, et fort heureux de m'échapper au plus vite.

X.

Les Ciseleurs. — Un Magasin de Curiosités. — Boules d'ivoire. — Bois de Sandal. — Écrans. — Bronzes. — Vieilles Porcelaines. — Le Souan-Pan. — Le Cum-Shaw. — Lanternomanie. — Un Feu d'artifice.

27 Juin.

Jamais aucun peuple n'a sacrifié, comme les Chinois, à l'amour des superfluités, des ornements inutiles, du rien qui devient quelque chose à force de travail curieux et d'obstination puérile. Ils ont l'adresse du singe, combinée avec la patience du castor et l'activité de la fourmi. Nous avons beau faire, — et pourquoi nous en plaindre? — nous n'atteindrons jamais à cette puissance stérile qui multiplie de tous côtés ses créations inexplicables.

Donnez à un ciseleur de Quan-Tong ou de Shang-Hae l'une de ces boules d'ivoire que nos joueurs de billard poussent dédaigneusement sur le tapis vert, il vous la rendra transformée en une collection de sphères à jour, enchâssées l'une dans l'autre, légère comme une poignée de tulle, brodée comme nos plus merveilleuses dentell. Pour croire à un travail si achevé, si délicat, si minutieux, il faut l'avoir vu, l'avoir tenu dans ses mains, l'avoir soumis à toutes les épreuves que nous suggère la curiosité la plus naturelle.

C'est ce que j'ai fait hier, dans un magasin de raretés où l'on me présentait un de ces joujoux, composé de dix-sept boules creuses, sculptées dans le même bloc, et qui s'y jouaient à l'aise, comme la noisette sèche se joue dans sa coque. Soupçonnant quelque supercherie, et ne pouvant croire qu'aucun instrument, si parfait qu'il fût, aucune main humaine, si légère qu'on la suppose, eût pu fouiller aussi parfaitement et aussi profondément une substance aussi fragile, j'ai supposé qu'on avait pu exécuter séparément, et par fragments hémisphériques, chacune de ces boules, appliquées ensuite l'une sur l'autre, et rajustées à l'aide d'un invisible ciment. Le marchand à qui j'ai soumis ce doute s'est pris à sourire, et, pour toute réponse, m'a fait apporter un vase rempli de vinaigre bouillant. J'y ai moi-même jeté la boule, que nous avons laissée sur le feu pendant plus d'une heure, et qui en est sortie parfaitement intacte. Or, le ciment dont j'avais l'idée aurait dû être si transparent, et offrir si peu de consistance, qu'une cuisson aussi prolongée l'aurait infailliblement dissous.

Satisfait sur ce point, j'ai derechef examiné ce chef-d'œuvre d'adresse, en regrettant de ne pas voir exécuter sous mes yeux quelques-uns de ces enroulements, quelques-unes de ces vignettes à jour, que le ciseau de l'ouvrier avait parachevés sur la dix-septième boule, — en quelque sorte invisible, — avec le même soin que sur la première. Au reste, les Chinois ont une manière qui leur est particulière d'apprécier la beauté de ces découpures sur ivoire. Tandis que l'étranger s'émerveille surtout de la précision avec laquelle certaines portions sont travaillées en filets, en grillages d'une ténuité pour ainsi dire microscopique, ils n'admirent, eux, comme vraiment difficile, que l'art de creuser l'ivoire à la plus grande profondeur possible, mais sans l'entamer. Leurs plus habiles ciseleurs sont arrivés, en ce genre, à d'incroyables résultats. Ils fabriquent, entre autres objets, des boîtes à cartes où la transparence des sculptures superposées permet d'en voir deux et même trois couches différentes. Elles se paient à des prix exorbitants.

L'ivoire n'est pas la seule substance sur laquelle s'exercent la patience et l'habileté de ces infatigables artistes. La nacre de perle, l'écaille de tortue, le bois de Sandal, moins commodes à travailler, sont aussi fréquemment employés à la fabrication des éventails, des boîtes, des paniers, des pagodes, etc., qui décorent le *Petit-Dunkerque* de tout élégant mandarin.

Auprès d'un magasin de curiosités, tel qu'on en voit ici par douzaines, les plus splendides exhibitions de nos marchands seraient complétement effacées. Parlez-moi de ces laques éblouissants, chacun portant son poème symbolique écrit en hiéroglyphes d'or; parlez-moi de ces immenses écrans portés sur un

pied de bois de fer et reproduisant, avec une gradation parfaite, toutes les teintes d'un coucher de soleil, reflété sur des eaux de marbre vert incrusté, sur des rochers d'agalmatolithe et de réalgar, d'où s'élancent des gerbes de bambous en cuivre et en bronze, si légères qu'on croit voir trembler chaque feuille. Ces délicieuses futilités, dont le prix ne permet pas qu'on les porte à la pauvre Europe, défient l'examen le plus attentif. Chaque nervure est en relief ou en creux, suivant le côté de la feuille qui s'offre à la vue. Les terrains sont en agate; des oiseaux de marbre blanc se promènent sur des gazons de pierre verte, parsemés de belles fleurs.

A côté de ces magnificences artificielles, on nous montrait les jeux de la nature, étudiés et mis à profit par l'industrie humaine. Dès qu'une pierre par la disposition de ses veines, une racine d'arbre par les proportions de ses nœuds, offre la chance d'une combinaison ingénieuse, on la soumet à des artistes spéciaux, merveilleusement habiles à saisir les analogies, à profiter des accidents, à compléter les ressemblances. Suivant la direction qu'ils donnent, le couteau docile émonde ou corrige, dégage les reliefs, évide les creux, subordonne les détails à l'ensemble, et termine enfin quelque monstrueuse figure, d'autant plus estimée qu'elle est plus grimaçante et horrible. On la rehausse au besoin par quelque application de couleurs; et le tout, solidement verni, devient un meuble plus ou moins recherché. Une des belles racines qui nous aient été montrées

représentait un oiseau de proie, qui emporte une grue dans ses serres. On en demandait presque aussi cher que d'un beau vase taillé dans une seule agate, entouré de guirlandes de fleurs et de fruits, dans lesquelles se jouaient de petits oiseaux et des insectes. Tout cela était si parfaitement exécuté, d'un effet si neuf, et portant si bien l'empreinte du genre chinois, que j'en aurais donné les trois cents dollars en échange desquels on me l'offrait, si la même tentation, vingt fois répétée, ne m'avait mis sur mes gardes. Quant à me rejeter sur des objets de moindre prix, ceci m'était devenu impossible. Comparé à ce qui est bien, le médiocre ne saurait séduire.

Sans cela et sans les difficultés du transport, j'aurais pu me donner un de ces énormes vases de porcelaine sur les flancs desquels sont peints tantôt les supplices de cette vie, tantôt ceux de l'enfer, avec une verve digne de Callot; ou bien un de ces éléphants de bronze, à ornements de platine, si merveilleusement incrustés; une de ces coupes en pierre jaune, couvertes de dragons et montées sur un pied de bois délicatement ouvré; une de ces colonnettes torses, au sommet desquelles ouvre ses ailes, prêt à prendre son essor, quelque oiseau fabuleux, tout émaillé de pierreries.

Beaucoup de ces objets d'art, en Chine comme chez nous, ont une valeur idéale qui tient à leur antiquité. La vieille porcelaine, par exemple, est presque vénérée pour son âge et pour les services qu'elle a rendus. On la tient à part, dans des cases soigneusement fermées, et le marchand ne vous les ouvre qu'après mille précautions destinées, je pense, à la faire valoir.

Magasin de Curiosités.

Il vous examine d'un air scrutateur, comme pour s'assurer que vous êtes digne de sa confiance. Il ferme la devanture de sa boutique, afin de ne pas livrer à des yeux profanes le trésor qu'il va mettre au jour ; et, enfin, à votre demande expresse, il installe en grande pompe, sur quelque console de laque, un vase ébréché, dont partout ailleurs personne n'aurait soupçonné le mérite ; mais ce vase date du temps où la dynastie Ming s'établit, et représente le fondateur de cette dynastie, le célèbre Hung-Woo, alors qu'il gardait encore les vaches d'un monastère de bonzes. On ne saurait payer assez un monument de cette mémorable époque.

Je me permis hier de rire au nez du marchand qui nous débitait gravement ces billevesées à propos d'un énorme tamtam du XIIe siècle, et j'ajoutai que je trouvais ses prix beaucoup trop élevés. Il reçut cette observation sans se plaindre, avec une gravité polie, et fit disparaître à l'instant même toutes les marchandises que j'avais dépréciées. En général, le négociant chinois est d'une civilité parfaite ; tout se passe chez lui avec une régularité, un soin, des égards, qu'on ne saurait trop louer. Jamais il ne se plaint de vos exigences, jamais ne se formalise de vos soupçons, alors même qu'il a pris soin de faire afficher sur les panneaux de son magasin les devises les plus rassurantes : *Pou Hoa!* — *On ne trompe point ici.* — *Marchandises loyales, prix loyal, etc., etc.* Ces devises disent quelquefois autre chose, et présagent, par exemple, la gratitude ou la méfiance du marchand lui-même. Ainsi, j'ai vu sur une porte : *Tih hae ta keih.* — *Grand succès quand elle s'ouvre.* Sur une autre : *Parler et s'asseoir longtemps font tort aux affaires.* Sur une troisième : *Pas de crédit! Les premières pratiques ont inspiré des soupçons.* — Ou bien encore : *Petit ruisseau, mais coulant toujours.* — *Le commerce fait la roue.* Et, pour prévenir les excès d'une mendicité audacieuse : *Sang ni, mien tsin.* — *Ni les prêtres, ni les pauvres n'entrent ici.*

Ces derniers n'entrent pas, en effet; mais leurs importunités n'en sont pas moins irrésistibles. Armés de deux baguettes de bambou, et quelquefois d'une espèce de cymbales, ils viennent s'installer devant la porte, frappant et chantant à tue-tête jusqu'à ce qu'on leur ait jeté quelques tseen.

Comme tout y est rangé dans un ordre rigoureux, une boutique chinoise fournit à l'instant ce que demande le consommateur. Quand il a choisi, le marchand établit le montant de sa facture à l'aide d'un instrument appelé *souan-pan* (plat à calculer), qui

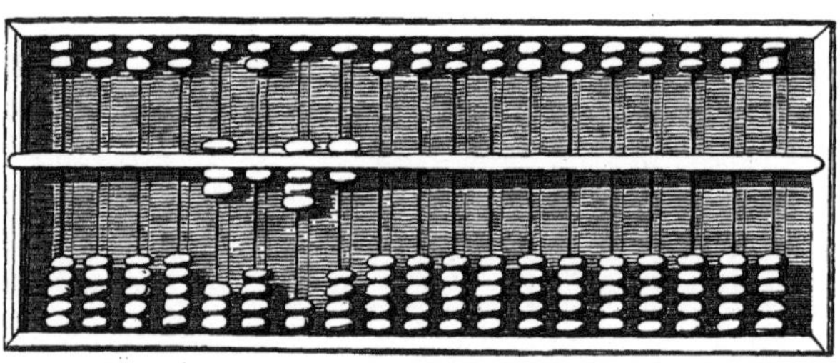

ressemble assez aux marques employées par les garçons de billard. On débat le prix, et, l'affaire conclue, les nombreux coulies qui attendaient immobiles le résultat de la discussion, emballent les objets achetés avec toute la prestesse et tout le soin possible, et sans qu'il en coûte rien à l'acheteur.

En outre, il a droit au *cum-shaw*. Le cum-shaw est un cadeau, une marque de reconnaissance, que le négociant donne à sa pratique, et qui se proportionne à l'importance des acquisitions. Peu importe que le prix ait été plus ou moins débattu, les rabais obtenus plus ou moins considérables; le présent d'usage est en dehors du marché. Généralement, il se règle à peu près à cinq pour cent de la somme payée. L'acheteur le sait, et dès qu'il a donné son argent, il choisit à son gré quelque objet représentant à peu près cette valeur. S'il ne s'est pas trompé, le marchand acquiesce à cette exigence prévue; on joint le cum-shaw au reste des marchandises, et le tout ensemble est porté chez l'acquéreur.

Le brave industriel dont je m'étais moqué ne s'est pas cru dispensé pour cela de la politesse prescrite par les usages, et j'ai reçu de lui, en sus de quelques objets insignifiants dont j'avais fait emplette, un album de gravures représentant les différents peuples étrangers, d'après l'idée qu'en ont conçue les

Chinois. Le Français et l'Anglais y sont gratifiés de tournures et de costumes adorables.

Tso-Hi, dont les acquisitions avaient été bien autrement importantes que les miennes, a choisi, pour cum-shaw, un bronze grotesque représentant un vieux mandarin à cheval sur un buffle. Afin de lui donner plus de prix, le marchand soutenait que c'était le portrait authentique du célèbre philosophe Lao-Tse.

Parmi ces emplettes, la plupart destinées à mademoiselle As-Say, figurent plusieurs lanternes ornées, de formes et de dimensions différentes. Chez aucune nation du monde jamais meuble n'a obtenu les honneurs nationaux que les Chinois prodiguent à celui-ci. Sans parler de la célèbre fête qui porte son nom, et qui allume, d'un bout de l'Empire à l'autre, deux cents millions de ces lampes suspendues, il n'est pas de cérémonie publique, pas de réjouissance privée, où elles ne jouent un rôle important. On en fait de toute espèce, pour les plus pauvres et pour les plus riches, en corne, en soie, en verre, en papier, et quelquefois même en simple vernis déposé sur les mailles d'un

filet de coton. J'en ai vu d'énormes, qui mesuraient vingt-sept pieds de diamètre, et dans lesquelles on aurait pu donner une petite soirée Plus ordinairement, elles ont environ deux pieds de large, sur trois ou quatre de hauteur, et affectent la forme hexagone. Leurs montants sculptés, les rubans et cordons de soie, les glands multicolores qui pendent de tous côtés autour d'elles, rehaussent les peintures jetées à profusion sur les tissus transparents qui les enveloppent; celles-ci atténuent les lumières des bougies, ou des lampes intérieures, comme les vitraux gothiques atténuent l'éclat du jour, et toute cette décoration fantastique fait comprendre l'étrange vogue des lanternes chinoises. On les complique, on les embellit par les plus ingénieux procédés. C'est ainsi qu'on est arrivé à leur appliquer une roue horizontale se mouvant, comme certains tourne-broches (*smoke-jakes*) à la vapeur d'une lampe allumée sous elle. Cette roue, aux crans de laquelle sont attachés de menus fils, à peu près invisibles, communique son mouvement à des silhouettes d'animaux, de cavaliers, de monstres ailés, qui semblent courir ou voler sur les parois diaphanes.

L'espèce de mariage que contracte volontiers un Chinois avec sa lanterne — pareil à l'amour d'un bourgeois anglais pour son parapluie — n'a peut-être jamais été si bien caractérisé que par un incident du passage de la Bogue.

Lorsque le capitaine Maxwell essaya de passer la nuit sous les batteries d'Annahoy, cette forteresse s'illumina tout à coup, et plusieurs décharges d'artillerie, assez bien dirigées, commençaient à faire quelques dégâts sur le pont de *l'Alceste*. Mais dès que celui-ci eut riposté — à demi-portée de fusil — par une bordée vigoureuse, toutes les embrasures du fort s'éteignirent à la fois, et ses braves défenseurs se hâtèrent de quitter un poste devenu si périlleux.

Dans la précipitation du *sauve qui peut* général, pas un soldat n'oublia pourtant sa lanterne, et les marins anglais jouirent d'un spectacle vraiment unique; celui qu'offraient tous ces guerriers à tête rase, grimpant au petit galop, et la queue au vent, les pentes voisines, comme autant de vers-luisants effarouchés; chacun avait au bout de sa pique un ballon lumineux, et présentait ainsi un but assuré à la fusillade ennemie. Il est vrai que, par compensation, nos soldats riaient trop fort pour viser juste.

Le goût des feux d'artifice touche de près à la manie des lanternes : aussi le trouve-t-on très-développé chez les Chinois, qui poussent aussi loin que possible cet art futile, pour lequel les Italiens sont si renommés en Europe. La poudre fabriquée ici ne vaut pas la nôtre, il s'en faut bien; mais on l'emploie avec une adresse surprenante, et l'on raffine sur toutes les combinaisons de la pyrotechnie.

J'ai vu, entre autres prodiges, une immense vigne, dont les feuilles brûlantes avaient la couleur du pampre; les grappes s'y dessinaient avec leurs teintes blondes et nacrées; entre les rameaux noueux et bruns, voletaient çà et là des papillons lumineux. A chaque instant, des gerbes de fusées épanouies parsemaient le ciel obscur d'étoiles sans nombre, de serpents, de comètes, de dragons volants. L'arbre disparut bientôt derrière une pluie de feu, au sein de laquelle s'élevaient par centaines des lanternes bariolées, figurant des fruits, des fleurs, des éventails chargées de devises et d'emblèmes.

La pluie cessa; vingt colonnes enflammées dressèrent aussitôt leurs spirales éblouissantes, qui, pendant plusieurs minutes, brûlèrent sans se consumer.

Elles étaient encore dans tout leur éclat, lorsque le bouquet final effaça toutes les splendeurs précédentes. C'était le Dragon national, le Dragon à cinq griffes, déployant ses immenses proportions, et environné de reptiles innombrables, de drapeaux flamboyants, etc.

Un instant après, sur le dos du coursier fantastique, l'effigie de l'empereur, toute en flammes azurées, vint prendre place. Peu à peu, ces flammes bleues verdoyèrent, jaunirent, et, de la couleur impériale, passèrent ensuite au blanc le plus vif.

Alors retentit une assourdissante détonation, un rideau de lumière verte masqua l'image étincelante de Tao-Kouang, et mille fusées, mille pétards allumés à la fois, terminèrent le spectacle.

XI.

Symptômes menaçants. — Les Victimes volontaires. — La Doctrine du Thé Pur. — Les Sociétés secrètes. — Guerre du trône et de l'autel. — Les Municipes en Chine. — Doléances de Lung-Chung. — La Proclamation.

4 juillet.

Lun-Chung m'a fait appeler ce matin : une fièvre ardente l'avait saisi. Son esprit m'a paru dévoré par une anxiété secrète ; et malgré tous mes efforts pour en connaître la cause, je n'ai pu obtenir que des demi-confidences.

Il paraît que, parmi ses officiers, se glisse depuis quelque temps un esprit de révolte contre l'autorité Dernièrement, un des équipages s'étant mutiné, deux des mandarins envoyés pour rétablir l'ordre ont été tués. Deux matelots se sont spontanément déclarés coupables du meurtre, et — chose bizarre — leur innocence complète paraît à peu près établie. Cette circonstance, toute exceptionnelle, semble annoncer qu'il existe au sein de la flotte une de ces associations si communes parmi les républicains chinois, et qui inspirent tant de cruautés au gouvernement impérial. Il est d'usage, quand s'établit une de ces conjurations clandestines, qu'un certain nombre d'hommes dévoués se présentent pour en être les éditeurs responsables. Une liste de leurs noms est dressée, et chacun à son tour se présente pour subir les conséquences des actes illégitimes par lesquels la société secrète marche à son but. La société en revanche les protège devant les tribunaux par tous les moyens indirects dont elle peut disposer ; et si, malgré tout, ils viennent à succomber, elle adopte les héritiers de ceux qui se sont sacrifiés pour elle ; elle leur assure un revenu suffisant, soit au moyen d'une taxe annuelle, soit en achetant pour eux un domaine, une maison, un fonds de commerce.

Lun-Chung, persuadé que les prétendus assassins n'avaient point trempé dans le meurtre dont ils se sont reconnus coupables, ne les en a pas moins fait décapiter sur le champ, et un courrier extraordinaire (*fei-ma*, cheval fuyant), porteur d'une

plume ajoutée à ses dépêches, est parti pour Pe-King le jour même de l'exécution.

Mais, depuis lors, les symptômes menaçants n'ont pas cessé. On a trouvé, dans un puits, et tracés sur un morceau de drap, les règlements d'une association qui s'appelle la Doctrine du Thé Pur (*tsin tcha mun keaou*). Ses principes sont ceux de plusieurs autres conspirations du même genre : à demi-politiques, à demi-religieux. Le 1er et le 15 de chaque lune, les associés se réunissent pour brûler de l'encens. Ils offrent — et c'est de là qu'ils tirent leur nom — ils offrent du thé pur à leurs divinités. Ils s'inclinent pour honorer les cieux, la terre, le soleil, la lune, le feu, l'eau, leurs ancêtres défunts, Bouddha lui-même, et de plus le fondateur de l'association.

Ce sont des pratiques pareilles qui ont fait condamner par le code pénal de la Chine, la Pih Lien Keaou (Doctrine du Nénuphar), appelée aussi Mi-Le-Fo, qui, détruite une fois, a reparu sous d'autres désignations : Tien-Te-Houy, San-Ho-Houy, Niang-Ma-Houy (société du Ciel et de la Terre, société des Trois-Unis, de la Reine du Ciel, etc.). En effet, bien qu'il n'y ait pas, strictement parlant, une religion de l'état, l'empereur ne cesse par ses édits de rappeler à ses officiers qu'ils doivent observer et faire observer les anciens rites (*li*) des Cinq Empereurs et des Trois Rois, c'est-à-dire l'ancienne croyance morale du pays, telle que Confucius l'a restaurée. Le code pénal déclare coupables, comme hostiles à ces rites, les magiciens, les chefs de secte, les professeurs de fausses doctrines (sec. 152); quiconque répand de mauvais livres, propres à égarer l'esprit du peuple; — quiconque excite des séditions par lettres ou affiches; — quiconque imprime, distribue ou chante sur la voie

publique des compositions séditieuses (256). Le même code prononce des peines graves contre toute famille particulière qui oserait empiéter sur les formules réservées du culte impérial en adorant, la nuit, avec certaines cérémonies réservées, le Tien et l'Étoile du nord. Une pareille conduite est regardée comme une profanation des sacrifices (*tse-sze*) et un manque de respect aux esprits célestes.

Les ho-shang et les tao-sze — prêtres de Bouddha et de Taou — s'ils brûlent de l'encens et préparent leurs oblations conformément aux rites impériaux, — sont sujets à des châtiments corporels, et de plus expulsés de la caste des prêtres.

Cette intolérance apparente laisse libre la conscience de chacun; car la doctrine morale de l'état, l'éthique officielle, ne gêne que les manifestations solennelles, et n'impose aucune croyance. Elle proscrit toute religion qui réunit ses prosélytes, qui leur donne des liens moraux, qui favorise le principe d'association et crée, au sein de l'état, des ligues plus ou moins redoutables. Quant aux opinions isolées, elle n'en tient compte; mais elle tend à détruire l'enthousiasme sous ses diverses formes, et l'enthousiasme religieux comme le plus à craindre de tous. Ainsi doit agir tout despotisme qui ne sait ou ne veut pas s'emparer de la religion comme d'un frein politique.

Soit dédain, soit crainte, le gouvernement chinois a toujours refusé le concours des prêtres, qu'il s'attache à rendre méprisables. S'ils prennent quelque part une influence qui attire l'attention des mandarins, si les pèlerins à tel ou tel temple deviennent plus nombreux, si certaines formes de culte prennent de la vogue, le fait est signalé à Pe-King, et tout aussitôt un édit arrive, enjoignant aux populations de rester dans leurs districts, sous prétexte que les assemblées religieuses occasionnent une grande perte de temps et d'argent, sont contraires à la morale, et favorisent les associations proscrites par la loi.

De là vient que le peuple, exclu de la religion de l'état, rattache à toutes ses idées d'opposition politique une idée d'association religieuse. Le Nénuphar est devenu un symbole de conspiration, parce qu'il est la plante sacrée. D'autres conjurés portaient le nom de Brûleurs d'Encens. Enfin, la société des Trois-Unis (appelée à tort société des Triades), est ainsi désignée comme devant centraliser les trois grands pouvoirs : — Tien, Ti, Jin, le Ciel, la Terre et l'Homme, — placés en première ligne dans la composition de l'univers ; ce sont, disent les Chinois dans l'imperfection de leur langage scientifique, les trois principaux départements de la nature ; et ils ont une célèbre encyclopédie, classée d'après cette triple division.

Les adeptes de la société des Trois-Unis se coalisent quelquefois pour de simples entreprises commerciales, profitant des ramifications qu'elle a jusque dans les pays étrangers, à Batavia, Singapore, Malacca. Mais, plus fréquemment encore, ils organisent un système complet de résistance aux lois, de secours mutuel contre la justice, et de vengeance contre quiconque s'est attiré leur haine. Comme les francs-maçons européens, ils cachent avec soin ces vues coupables, et ne semblent s'unir que dans un but de bienfaisance réciproque. Leur devise est :

Partage des félicités,
Assistance dans le malheur.

Ils se traitent de frères (*hiong-ti*) et, lors de l'initiation, ne s'engagent qu'à se montrer toujours fraternels et bienfaisants les uns pour les autres.

Le gouvernement ne laisse pas que d'être gravement préoccupé de ces mystérieuses alliances : et Lun-Chung, en rédigeant le Mémoire qu'il a fait partir pour Pe-King, n'a pas manqué de suggérer les moyens qu'il juge propres à maintenir les populations dans le devoir. Il propose d'abandonner gratuitement aux travailleurs inoccupés une partie des terres en friche que l'empereur possède dans la province. Par suite de cette mesure, adoptée plus d'une fois en pareille occurrence, beaucoup de personnes, jusqu'à présent incapables d'acquitter l'impôt, trouveront à gagner leur vie et ne seront plus exposées à tous les dangers qu'entraîne la fréquentation des méchants.

Il indique encore un autre moyen, pris dans un ordre d'idées et de faits que je n'aurais jamais soupçonné en Chine. Sous le régime le plus essentiellement despotique de l'univers, comment deviner le germe des institutions municipales et républicaines? Et cependant, on va voir s'il ne s'y rencontre pas, remarquablement caractérisé.

La population rurale de la Chine est disséminée, comme on sait, dans une multitude de villages, la plupart trop peu importants pour qu'on les soumette à un officier de l'empereur. Cependant il faut à chacune de ces petites communautés un chef quelconque, et, le cas échéant, une police. En conséquence, les habitants choisissent, de leur plein gré, un d'entre eux pour magistrat; ils s'imposent, pour salarier ses services, telle cotisation qu'il leur plaît de fixer; le laissent en fonction tant que son administration leur convient; et le déposent, le remplacent, toujours sans contrôle, s'il vient à mécontenter les principaux, les plus influents de ses électeurs.

Bien que ce magistrat populaire n'ait point un rang officiel, et n'appartienne pas au gouvernement, la force des coutumes, le respect de la tradition lui confèrent un certain degré d'autorité. A ce titre, il répond de ses administrés, envers tous les agents du pouvoir impérial. A ce titre encore, ceux-ci lui reconnaissent le droit d'exprimer des vœux, des plaintes, des remontrances, au nom de ceux qui l'ont choisi pour organe; à ce titre, enfin, il a sous ses ordres une force armée plus ou moins considérable, et, juge en dernier ressort des petites contestations, il inflige certaines peines légères, le fouet, l'amende, etc.

Si quelqu'un se croit lésé par une décision de ce genre, il en appelle au *seun-hien;* c'est ainsi que s'intitule l'officier public commis au gouvernement des sous-districts (*sze*). Et il arrive souvent que celui-ci, pour se faire valoir, réforme à tort les sentences frappées d'appel.

Lun-Chung veut remédier à cet abus, en augmentant la prépondérance de la magistrature municipale. En conséquence, il propose de constituer en assemblée à termes fixes les magistrats élus d'un certain nombre de villages, sous la présidence d'un officier du même ordre, élu comme eux et par eux. Au nombre de vingt-quatre, ils s'assembleraient les jours de marché, dans une salle publique bâtie pour eux, répondraient à quiconque aurait besoin de leur avis, jugeraient les menus procès, et, lorsqu'il s'agirait d'un délit échappant à leur juridiction, solliciteraient la punition du coupable par une plainte revêtue de toutes leurs signatures. Leurs séances demeurant secrètes, ces dénonciations ne les exposeraient à aucun ressentiment, et le chef du district (*che-hien*) ne manquerait pas d'avoir égard à une si solennelle requête.

Outre cette mission judiciaire, les vingt-quatre municipaux et leur président pourraient une fois par mois vaquer à des examens littéraires où seraient jugés les travaux de tout étudiant de leurs villages qui désirerait se faire un titre auprès des inspecteurs officiels.

Au milieu de ces utopies, Lun-Chung s'agite, il se tourmente. Il redoute le courroux impérial, et ses craintes lui font prendre en horreur la perversité des hommes. Dernièrement, j'ai trouvé les réflexions suivantes, consignées dans une espèce d'album où il transcrit volontiers ses pensées :

« Les temps sont changés. Les peuples se corrompent rapidement. Dans le cours de cette lune j'ai perdu un de mes amis, âgé de quatre-vingt-quinze ans, qui me racontait volontiers, assis auprès de moi, les chroniques du passé. A des hommes simples de mœurs et d'habitudes honnêtes, — comme on n'en voit plus guère, — succède une race nouvelle et dégénérée. On ne remarquait pas jadis cette rage d'acquérir de l'argent; et quand un homme avait assuré sa subsistance du jour, il faisait place à d'autres. Un batelier, qui avait bien employé sa matinée, ne travaillait plus, et laissait ses camarades gagner leur vie. A présent les profits du jour et ceux de la nuit n'apaisent pas la soif incessante que l'argent inspire. Le poisson même des rivières a modifié ses mœurs. Il n'hésitait pas à se laisser prendre par des pêcheurs modérés en leurs désirs; à présent la pêche d'une semaine rend à peine ce qu'une heure de travail donnait autrefois. Les vols, les enlèvements se multiplient, et tiennent le peuple en alarme. Les bandits, les sorciers, les

Petit Autel où les femmes des villages voisins viennent consulter le sort pour leurs enfants malades.

diseurs d'oracles sont partout en grand nombre. On désobéit aux lois ; on n'a plus de respect pour les nobles et les ministres d'état.

« Les prêtres hypocrites de Bouddha et de Tao propagent toutes les sottises qu'ils inventent ; ils font jeûner leurs crédules auditeurs ; ils bâtissent des temples, ils façonnent des idoles. O peuple, c'est pour vous tromper. Vous les prenez cependant au mot. Et non-seulement vous allez dans ces temples, mais vous y envoyez vos femmes et vos filles. Avec leurs cheveux

huilés, leurs figures fardées, leurs robes rouges brodées de vert, elles vont brûler de l'encens, et se trouvent pressées dans la foule, épaule contre épaule, bras contre bras, avec ces prêtres, ces docteurs, ces vagabonds à bâtons blancs. Bien loin d'être louable, cette conduite engendre le mal, et vous expose à la raillerie »

7 juin.

J'ai trouvé dans ma chambre, en m'éveillant, un papier auquel pendait un sceau d'une forme singulière. Il représente une figure pentagonale, dans laquelle sont gravés des caractères hiéroglyphiques. Je n'ai pu les déchiffrer ; mais voici ce que portait le papier lui-même :

La Nation Centrale était nombreuse ; — et la Dynastie Céleste florissait.

D'innombrables contrées lui payaient des tributs. — Des millions de peuples lui rendaient hommage.

Mais les Tartares s'en sont rendus maîtres par artifice ; — c'est un motif de haine toujours vivante.

Enrôlez des soldats ! Procurez-vous des chevaux. — Déployez l'étendard à fleurs.

Levez des troupes ! Saisissez vos armes ! — Exterminez la race entière des Mandchoux.

Cette lecture à peine achevée, un secret pressentiment m'a fait comprendre qu'il pouvait y avoir péril à conserver chez moi, ne fût-ce que cinq minutes, un document de cette espèce; et je l'ai porté sur-le-champ au titou-che. Je lui aurais présenté une coupe de poison de la part du Fils du Ciel, qu'il n'eût pas été plus effrayé. Tout pâle et prêt à pleurer : — Il suffirait, m'a-t-il dit, d'un papier de cette espèce, trouvé chez moi, pour qu'une punition exemplaire me fût infligée. Hâtons-nous de détruire ce serpent venimeux.

Sur quoi, sans plus attendre, il l'a brûlé à la flamme d'une allumette sacrée.

Ma surprise a été grande, en revenant chez moi, quand j'ai su que Tso-Hi et deux autres mandarins de ses amis étaient venus me rendre visite. Voulaient-ils me surprendre en possession du périlleux document? Faut-il décidément croire aux desseins perfides du fou-tsiang?

XII.

Un Piége. — Les Kouang-Tse. — Le Pont de Poignards.
Un Fan-Koueï en péril. — Tso-Hi dans les griffes du Dragon. —
Opinions politiques. — Depart pour Nan-King.

11 juillet.

Je ne puis plus douter maintenant qu'un ennemi secret ne s'attache à me perdre. Du moins serait-il presque merveilleux qu'un attentat comme celui auquel je viens d'échapper, et le piége qui m'a été tendu l'autre jour, n'appartinssent pas au même plan, conçu et suivi par une haine active?

Hier au soir donc, je me promenais seul dans les rues de Shang-Hae, — ce qui, par parenthèse, m'arrive très-rarement, — lorsqu'un homme du peuple, ou du moins vêtu comme les artisans de la dernière classe, s'avance vers moi d'un pas rapide, et me frappe au visage; puis il prend la fuite, et s'esquive dans une étroite ruelle. Je l'y poursuis, — car cette soudaine attaque m'avait rendu furieux, — et, favorisé par les lueurs du crépuscule, je ne le perdais pas de vue, quoique j'eusse affaire à un agile coureur ; ceci tenait sans doute à ce qu'il ne se souciait pas de me distancer complétement ; car, après m'avoir entraîné au plus inextricable du faubourg que nous arpentions ainsi, l'un sur les traces de l'autre, il se retourna tout à coup, poussa un cri où je distinguai le mot de *ko !* (frère), et vint à ma rencontre, un kriss à la main. Je tenais une canne de bambou, avec laquelle je me mis aussitôt en garde, et je comptais venir facilement à bout de ce bandit, lorsque, violemment poussé par derrière, je tombai sur mes genoux. Au même moment, un voile épais descendait sur mes yeux ; c'était un grand sac de toile dans lequel je me trouvai pris, et mes ennemis, désormais invisibles, m'étourdirent à coups de bâton, sans danger pour eux, sans résistance possible de ma part.

Le bonheur voulut que j'eusse conservé sur moi une petite *navaja*, espagnole de forme, mais finement trempée à Birmingham, et qui est ma compagne de voyage depuis six à sept ans. Je l'ouvris à l'instant même, et m'en serais servi pour ouvrir ma fragile prison, si je n'avais réfléchi que le nombre de mes ennemis rendrait inutile cette tentative prématurée. En conséquence, je me résignai à me laisser emporter, d'abord dans leurs bras, puis sur une espèce de brancard, et plus tard à fond de cale d'un bateau où ils me jetèrent assez rudement.

Le craquement des planches, le bruit sourd des rames qui glissaient sur les parois extérieures de la barque, à cela près un silence profond, et l'obscurité qui semblait épaissir à chaque minute, ne laissaient pas d'ajouter quelques angoisses à mes réflexions, par elles-mêmes assez tristes. Elles durèrent peu, justement le temps nécessaire pour traverser le fleuve. A peine arrivés sur l'autre rive, mes ravisseurs me reprirent, et je sentis, à l'irrégularité de leur allure, qu'ils avaient quitté les chemins frayés. Tantôt les cailloux roulant sous leurs pieds ; tantôt le bruit de leurs pas assourdi par l'épaisseur d'un tapis de verdure ; ici les branches d'arbres qui me froissaient au passage ; plus loin les difficultés d'une escalade pardessus quelque barrière ou quelque mur en pierre sèche, m'indiquaient la nature de notre mystérieux voyage. Il ne nous mena pas très-loin de la ville; au bout d'une heure environ, je m'aperçus que nous entrions dans une habitation quelconque; puis on me descendit dans une salle souterraine, et là, sur l'ordre qui leur en fut donné par une voix impérieuse, mes coulies me débarrassèrent du sac où j'étais assez mal à mon aise; mais en même temps, ils me saisirent par les bras et les jambes, de manière à m'interdire tout geste inquiétant. La même voix se fit alors entendre de nouveau dans les ténèbres.

— Qui es-tu? me demanda-t-elle en langue commune.

— Un pauvre étudiant, répliquai-je dans le même idiome.

— Tu mens, reprit la voix. Misérable fan-koueï, essaieras-tu de tromper le *yé-ko* (le principal frère)?

— Je ne connais pas le yé-ko, repris-je avec assez d'assurance. Quant à ce que j'ai dit, c'est la vérité.

— Le yé-ko commande aux adeptes du Thé Pur. Il sait ce qui se passe au fond des cœurs. Tu n'es pas un étudiant du Thsing-Koué; mais un espion des Hung-Maou. Conviens-en, et tu seras sauvé; dis le contraire, et la mort t'attend.

Je trouvai la question et la menace trop péremptoires pour y répondre. Le yé-ko parut embarrassé de mon silence, et, s'adressant à mes conducteurs, il leur demanda si un personnage, dont je n'entendis pas le nom, devait bientôt arriver.

— Nous le supposions ici, répliqua l'un d'eux.

Et le silence régna de nouveau.

— Dressez le pont! reprit la voix de celui qui s'intitulait le Principal Frère.

J'entendis alors un bruit de planches, mêlé à un cliquetis d'armes. Une torche s'alluma, et les hommes qui me tenaient me poussèrent dans un étroit passage laissé à dessein entre deux longues tables. Elles étaient hérissées d'épées et de longs poignards, dont les pointes se rejoignaient au-dessus de ma tête. A l'extrémité de ce couloir, se tenait debout un homme de haute taille, vêtu de jaune et voilé.

— Tu verras et tu entendras, reprit-il en s'adressant à moi. Songe à ne rien révéler de nos mystères. Regarde d'abord cette arme et cet oiseau.

Il me montrait un large poignard et un poulet dont les ailes, en s'agitant, faisaient vaciller la flamme de la torche. Un instant après, la pauvre bête poussa un cri; ses ailes battirent une dernière fois, la main du yé-ko s'ouvrit, et sa victime pantelante fut jetée sans tête à mes pieds.

— Ainsi périssent tous ceux qui divulguent le secret! dit alors le principal frère, et ces paroles furent répétées par sept ou huit voix, plus ou moins éloignées, dans différentes directions. Les premières étaient assez distinctes; les dernières s'entendaient à peine dans les profondeurs du souterrain.

La torche s'éteignit alors; les tables et les épées furent écartées de moi. Mes conducteurs se rapprochèrent, et, par surcroît de précautions, rejetèrent sur ma tête le sac dont j'avais été débarrassé avant la bizarre cérémonie dont je viens de parler.

Mes bras restant libres, et l'obscurité me favorisant d'ailleurs, je ne vis aucun inconvénient à fendre dans toute sa longueur, aidé de ma bonne lame, cette incommode enveloppe. Bien m'en prit; un quart d'heure après, plusieurs hommes passèrent en courant auprès de nous; des paroles confuses et rapides furent échangées; une espèce de mot d'ordre circula de bouche en bouche et de détours en détours, dans les profondeurs du souterrain. Puis j'entendis le yé-ko s'écrier, d'une voix qui me donna le frisson : Mettez à mort le fan-koueï!

En ce moment critique, hésiter était me perdre, et mon unique ressource était l'audace du désespoir; je ne pris conseil que d'elle. Mon poignard à la main, je me jetai sur celui de mes gardiens que je pressentais le moins disposé à la résistance. Pris à l'improviste, il roula par terre, et je trébuchai contre lui. La colère ou la frayeur lui arrachèrent un cri lamentable, que l'horreur des ténèbres rendait sans doute encore plus effrayant; car, à partir de ce moment, personne autour de nous ne sembla songer qu'à se sauver. En courant à l'aveugle devant moi, je me heurtai contre deux ou trois fuyards haletants, qui, me prenant pour un des adeptes, n'avaient d'autre pensée que de me gagner de vitesse. Involontairement ils me servirent de guides, et nous arrivâmes, les uns sur les pas des autres, jusqu'à une porte déjà ouverte par d'autres sectateurs du Thé-Pur, encore plus prompts que nous à quitter le souterrain.

Une fois dans la campagne, l'instinct d'une méfiance réciproque fit prendre à chacun de nous un chemin différent. Pour moi, sans savoir où j'allais, je traversai deux ou trois rizières humides; je franchis autant de fossés, et j'arrivai, complétement épuisé, près d'un bâtiment que j'avais pris de loin pour une maison de campagne, quand je reconnus une caserne où j'étais venu, peu de jours auparavant, en compagnie de Lun-Chung. Le moment où je me vis ainsi en sûreté fut le dernier dont j'ai conservé un souvenir distinct. Autant de fatigue, et faute d'haleine, que succombant à des émotions si multipliées, je me sentis défaillir; mes yeux se fermèrent, mes genoux fléchirent; je me laissai tomber, ou plutôt je tombai sur le seuil de la porte, aux pieds d'une sentinelle effrayée.

Tandis que j'échappais

ainsi aux voleurs d'hommes (*kouang-tse*), un pouvoir mieux servi que le leur me vengeait de leurs atroces machinations.

Tso-Hi était sorti dans sa chaise à porteurs, sous prétexte de faire des visites, et se disposait à quitter mystérieusement la ville, — sans doute pour venir assister à mon interrogatoire, — lorsque, dans une ruelle des faubourgs, un détachement de la police, embusqué à l'angle d'une maison, s'est jeté sur l'équipage du fou-tsiang, et l'a saisi à l'improviste.

Il n'a pas eu le temps de faire usage de ses armes, et, sans savoir de quel crime il était accusé, sans avoir obtenu un seul mot de ses impassibles gardiens, il a été conduit, pieds et poings liés, dans une des prisons de la cité. D'ordinaire, les arrestations se font avec plus d'éclat ; mais ici l'autorité pouvait craindre la résistance à force ouverte, que rendait très-probable la position particulière de Tso-Hi, si toutefois il est, comme on l'assure, un des trois chefs de la secte du Thé-Pur.

Lun-Chung est accablé de douleur. L'ordre impérial en vertu duquel Tso-Hi est arrêté, déclare que provisoirement l'amiral sous les ordres duquel servait le conspirateur demeurera suspendu de ses fonctions, et qu'il devra se justifier devant une commission assemblée à Nan-King.

Son innocence ne rassure point l'infortuné vieillard ; l'équité des juges devant lesquels il doit paraître ne lui semble rien moins que certaine ; et le code criminel de la Chine, si raisonnable à certains égards, est d'une sévérité, disons mieux, d'une injustice outrée en matière de haute trahison. Le châtiment, en pareil cas, ne s'arrête plus au coupable ; il atteint sa famille, ses alliés, ses complices, même involontaires. La loi qui punit les crimes de lèse-majesté dérive des préceptes sacrés qui prescrivent aux enfants de ne pas vivre sous le même ciel que l'assassin de leur père ; et le parricide le plus odieux n'est pas envisagé avec plus d'horreur que l'homme coupable de rébellion.

Ceci n'est pas seulement écrit dans la loi ; les mœurs sanctionnent la flétrissure qu'elle prononce. Conservateurs forcenés, et accoutumés à considérer comme un malheur national toute espèce de troubles politiques, la plupart des Chinois sont disposés à maudire quiconque porte atteinte au repos dont ils jouissent. L'esclavage ne leur pèse point ; « il vaut mieux être un chien et vivre en paix, dit une de leurs maximes, que d'être homme et vivre dans l'anarchie. » Fidèles à ce principe, et prenant leur parti de toutes les humiliations qu'il consacre, ils s'agenouillent sans honte devant un paravent de soie jaune, ou devant les caractères rouges d'un autographe impérial. C'est un problème pour moi de savoir si ces esclaves intelligents prennent au sérieux leurs adorations, ou s'ils ne cherchent dans l'autorité despotique d'un seul qu'un préservatif contre la tyrannie aristocratique d'une caste. Ils sont sujets dévoués ; mais, en revanche, ils ignorent le servage héréditaire, l'autorité de la naissance, la préférence donnée au rang sur le travail et le mérite. Les distinctions, les honneurs, appartiennent au talent et à l'érudition ; et c'est encore un de leurs proverbes , que « par l'instruction les fils du peuple deviennent des grands ; tandis que, sans instruction, les fils des grands redescendent dans la classe du peuple. »

En un mot, le despotisme du Fils du Ciel est fondé précisément sur le sentiment le plus redoutable aux autres despotes : le sentiment de l'égalité humaine.

2 août.

Mon protecteur est appelé à Nan-King, et nous avons quitté Shang-Hae sous la même escorte que Tso-Hi. Le malheureux, enfermé dans une cage comme un animal féroce, était surveillé

de trop près pour qu'il nous fût possible, — en eussions-nous été tentés, — d'échanger une parole avec lui.

Honneurs rendus à un Mandarin disgracié.

A notre départ, la foule qui nous servait d'escorte, et qui s'agenouillait sur notre passage, nous a prouvé que Lun-Chung n'est pas devenu impopulaire comme il le craignait. De distance en distance, une main amie avait dressé des tables chargées de provisions, et allumé des bâtons d'encens. Puis, placardées sur les murailles, à presque tous les coins de rue, des affiches manuscrites protestaient contre les rigueurs dont Lun-Chung est victime. L'affiche est le mode le plus usité chez les Chinois, quand ils veulent protester contre une administration tyrannique. En pareil cas, elle est acerbe, virulente, et spirituelle comme la Pasquinade romaine. Mais quelquefois ce moyen d'opposition devient une forme de récompense nationale; l'éloge emphatique remplace l'épigramme, et la métaphore flatteuse expie les torts de l'image satirique. Il va sans dire que les murs insultent mieux qu'ils ne louent; aussi, quand ils louent, font-ils un bien autre effet que quand ils insultent.

Un indice plus significatif, c'est qu'aux portes de la ville un groupe assez nombreux de citoyens notables est venu prendre, en grande pompe, les bottes du titou-che, et lui en offrir d'autres, qu'il devra conserver comme un précieux souvenir. Cette cérémonie s'est renouvelée, depuis le départ, dans plusieurs villes secondaires; — les bottes que Lun-Chung avait portées quelques heures devenant un objet précieux pour les gens qui lui témoignaient ainsi leur reconnaissance et leur admiration.

Enfin, il a reçu en présent un habit emblématique de plusieurs couleurs. Ces sortes d'habits, par leur nature même, indiquent le caractère collectif de l'offrande qui en est faite. Ils ne se portent point, et se conservent seulement comme une relique honorable dans la famille du mandarin assez heureux pour avoir mérité ce gage de la gratitude publique.

Tant de témoignages flatteurs ne suffisaient pas pour rassurer le pauvre vieillard, qui n'est, à vrai dire, qu'un homme irrésolu et timide; — ce que les Chinois appellent « un tigre de papier; » et, dans un moment où j'essayais de lui rendre quelque énergie, il m'a interrompu par un geste significatif, en me montrant les mains de Tso-Hi, enveloppées de linges sanglants.

La torture! voilà ce qui terrifie le titou-che. Il n'a rien à se reprocher, et il le sait bien. Mais que n'avouera-t-il pas, les ongles pris dans l'étau triangulaire? Espérons que son âge lui épargnera cette horrible épreuve.

LES ÉTUDES

DU

SIEOU-TSAI

LES ÉTUDES

DU SIEOU-TSAI

I.

Un Journal officiel. — Le Tribunal des Neuf Ministres. — Le Ouang-Ming.
— Procédés sommaires de la Police correctionnelle —
Les Cachots et les Tortures. — Le Bannissement. — Le Ta-Tsing-Leuh-Le.
— La Loi du Talion.

Notre arrivée à Nan-King est mentionnée en ces termes dans le Journal de la Cour provinciale, intitulé : *Youen mun Paou* (compte rendu des portes) :

« Ting-Ekuh, aide-de-camp du gouverneur de Shang-Hae, s'est rendu au palais de Son Excellence le gouverneur Tang, et lui a fait connaître l'arrivée d'un officier dégradé qui doit être jugé aux assises d'automne. Après l'audience, il a pris congé pour aller chercher d'autres prisonniers.

« Son Excellence Ke, le fou-youen, a reçu et publié divers documents officiels. Ah, le pou-ching-sze, et Wang, le ngan-cha-sze, ont demandé une audience et annoncé qu'ils attendaient le bon plaisir de Son Excellence pour vaquer à l'instruction d'un procès criminel. Ils l'ont remercié d'être venu les visiter, et lui ont remis les cartes qu'il avait laissées chez eux. »

Ces magistrats, si parfaitement polis, ne jugeront pas en dernier ressort. Comme il s'agit d'un crime énorme, et d'un accusé renommé pour ses talents militaires, on attendra la ratification de l'arrêt, renvoyé à Pe-King devant les officiers qui composent le Conseil des Peines (*Hing-Pou*). A la fin de chaque automne, les membres de ce conseil s'adjoignent ceux de huit autres cours, afin de réviser en bloc les sentences émanées des grands magistrats de chaque province. Le tribunal suprême, ainsi formé, prend le nom de *Keou-King* (les Neuf Ministres), et ses arrêts, revêtus du « respectez ceci! » (*kin-tsze*) impérial, deviennent irrévocables.

Mais, s'il s'agissait d'un pauvre diable, les choses iraient d'une manière plus expéditive. J'en ai la preuve sous les yeux. Dans le même journal officiel, immédiatement après les paragraphes qui nous concernent, il est question d'un prêtre de Fo, coupable de débauches et de vols, de mensonges et de menaces adressées à plusieurs personnes qu'il essayait de rançonner. Voici dans quels termes son procès est raconté.

« Son Excellence le gouverneur Tang est venu s'adjoindre (sous-entendez aux fou-youen), pour examiner le prêtre Shin-Lang, du district de Shang-Hang, département de Ting-Choou, dans le Fo-Kien. A huit heures du matin, après une salve d'artillerie, les portes de la grande salle d'audience ont été ouvertes, et LL. EE. ont pris séance, aidées par tous les fonctionnaires dont la présence est voulue. Les officiers de police du ngan-cha-sze sont allés chercher l'accusé, qui a été amené, convaincu, et renvoyé. Le fou-youen a demandé le *Ouang-ming*, et député quelques officiers pour conduire le criminel sur la place du marché, hors des portes de la ville, et lui trancher la tête en cet endroit. Bientôt après ils sont revenus, ont remis le Ouang-ming à sa place, et leur rapport a constaté que la sentence avait reçu son exécution. »

On ne peut rien désirer de plus bref ni de plus sommaire, et l'invention du Ouang-ming (ordre du roi), qui supplée la ratification impériale des arrêts de mort, mérite qu'on la fasse connaître. Chaque lieutenant-gouverneur détient ce symbole d'autorité, qui suffit pour valider le commun des exécutions. On le porte en grande pompe devant le condamné, qui est tenu de se prosterner devant ce signe révéré, placé dans la direction du palais de l'empereur. C'est ainsi, dans l'attitude de la prière et de la soumission reconnaissante, qu'il reçoit le coup fatal.

On conçoit que, pour les châtiments secondaires, on procède avec bien moins de cérémonie, et de fait, rien de plus leste que la police correctionnelle en ce pays. Accusé d'un simple délit, un homme ne doit compter sur aucune des garanties ordinaires de la justice. On le conduit au magistrat qui, sans plaidoirie, sans jury, sur la simple audition de quelques témoins, prononce sa décision. Rarement elle est favorable. Quand les témoins manquent, la torture supplée à leur absence. Le criminel une fois condamné, on lui administre, séance tenante, autant de coups

de bambou qu'il y a de fragments épars sur la table où le juge vient de briser une baguette symbolique; ou bien on le conduit dans une de ces affreuses prisons qui doivent à leur saleté, à leurs inconvénients de tout genre, à leur mauvaise et tyrannique administration, le nom significatif d'Enfers, — *ti-yuh*, — littéralement « prisons souterraines. »

Il n'y a pas d'année que des plaintes ne s'élèvent, et que les censeurs ne présentent au Fils du Ciel des mémoires fort étendus sur l'état des prisons de l'Empire. Tantôt c'est un incendie qui a dévoré la geôle et ses hôtes; ailleurs, des exactions infâmes sont signalées, et notamment le profit tiré des jeunes prisonnières par les officiers commis à leur garde. Les censeurs s'élèvent aussi contre l'abus des tortures, et l'un d'eux en a donné une effrayante énumération.

« Dans l'espérance de voir récompenser leur activité, dit-il, les magistrats de district font tordre les oreilles des accusés par des bourreaux dont les doigts sont frottés de poudre; ils les forcent à rester agenouillés sur des chaînes. Ils emploient ensuite ce qu'ils appellent les Barres de Beauté, l'Aile du Perroquet, le Fourneau du Raffineur, et vingt autres instruments qui ont chacun leur dénomination particulière. S'ils n'obtiennent pas les aveux qu'ils espéraient, ils redoublent ces cruautés de façon à ce que le prisonnier meure (s'évanouisse) et ressuscite (revienne à lui) plusieurs fois le jour. Alors, incapable de résister plus longtemps, il écrit ou signe une confession détaillée, mais chimérique, et sur laquelle il reviendra plus tard devant le Conseil des Peines.

« Les officiers subalternes de la police, enhardis par l'exemple de leurs supérieurs, cherchent maintenant les moyens de s'enrichir dans leur profession. Pour cela, ils s'efforcent d'envelopper le plus de gens qu'il leur est possible dans chaque instruction criminelle. Ils soufflent le feu jusqu'à ce que l'étincelle soit devenue flamme, et ils emprisonnent autant de monde qu'il leur en tombe entre les mains, afin que, poussés par le désir de quitter la prison, les innocents eux-mêmes consentent à se racheter. »

Ce mémoire, signé de Choou, *yu-she*, ou censeur provincial du Honan, a passé sous les yeux de l'empereur, qui a écrit au bas la formule d'approbation, le bon plaisir à l'encre rouge (*chou-ni*), qui ordonne l'enregistrement des doléances.

Les Chinois ont, au reste, une opinion tellement arrêtée sur le résultat probable de toute comparution devant le magistrat criminel, qu'en parlant d'un homme arrêté, ils empruntent à l'industrie des bouchers cette phrase proverbiale : *La viande est sous la hachette.*

Mes conversations avec Lun-Chung sont devenues, depuis quelques jours, un véritable cours de droit pénal. Je sais en quels cas on bâtonne, en quels cas on marque d'un fer rouge, — ordinairement à la joue, — et les délits qui méritent le *kia* (la

cangue), ce supplice qui réduit un homme à n'être plus, pour ainsi dire, que le pied et le support d'une lourde table. Je connais les crimes rachetables et les crimes non rachetables, c'est-à-dire ceux pour lesquels on tolère qu'une amende soit substituée aux peines corporelles, et ceux que les *shang-yu* (les édits suprêmes) déclarent irrémissibles sous aucun prétexte. Je sais qu'un fils peut demander aux magistrats de subir la peine encourue par son père, et que ces exemples de piété filiale ne sont pas rares en ce pays. Je sais aussi ce que coûte la rançon de chaque châtiment, depuis la condamnation à mort, qui se rachète, suivant le rang du coupable, de 1,200 à 12,000 *taels*, jusqu'au bannissement pour trois ans; — 480 à 4,800.

La cangue, l'esclavage, un bannissement perpétuel, voilà ce que redoute surtout Lun-Chung. Être envoyé sur les bords du fleuve Amour, après deux mois de pilori, et avec la chance d'y rester esclave toute sa vie, n'est pas, en effet, une perspective très-riante. D'autant que mademoiselle As-Say partagerait le sort de son père, s'il était, à juste titre ou non, déclaré traître : on ne lui ferait remise, à elle victime innocente, que des châtiments corporels.

Quand le bannissement ne doit durer que peu d'années, l'autorité, s'emparant du criminel, l'emploie comme ouvrier aux mines ou aux salines; mais, s'il s'agit de l'exil à vie, on donne les prisonniers, en qualité de serfs, aux officiers ou aux soldats tartares. On a vu de ces derniers avoir jusqu'à dix et douze serviteurs, et ne les conserver qu'en les louant, comme on loue des animaux de somme ou de trait, aux propriétaires qui manquaient de serviteurs. Des révoltes fréquentes sont les conséquences naturelles d'un tel état de choses. On n'entend parler que d'esclaves opprimés, s'insurgeant tout à coup, et massacrant un maître cruel.

Quelquefois les bannis passent dans l'armée, et forment des corps entiers qui, dans diverses circonstances, peuvent aller jusqu'à deux ou trois mille soldats. Un régiment, ainsi composé, a servi avec éclat dans la dernière rébellion du Turkestan. Ceux qui survécurent à la guerre furent renvoyés chez eux, par voie de récompense, et y demeurèrent seulement sous la surveillance de la police. Plusieurs avaient obtenu des promotions militaires et des médailles honorifiques.

La rupture du ban est punie par la bastonnade, la cangue, et une prolongation du temps d'exil, s'il s'agit d'un crime ordinaire. Dans les cas de trahison, la peine est plus sévère. Lun-

Un fils supplie le juge de lui laisser porter la cangue de son père.

Chung a condamné lui-même au dernier supplice un officier exilé sur la frontière de la Tartarie occidentale, et qui était revenu sans congé dans son pays natal. L'empereur cassa cette sentence sévère, et commua la peine de mort en un nouvel exil plus dur que le premier. Le coupable fut envoyé à Li-Kang, dans les montagnes du Yun-Nan ; mais il fut enjoint de le mettre à mort, sans autre forme de procès, s'il reparaissait jamais sur tout autre point de l'Empire.

Il est bon de remarquer que le Code pénal de la Chine, — le *Ta-tsing-leuh-le*, — dont on ne connaît en Europe que la traduction donnée par sir Georges Staunton, a déjà subi de notables altérations depuis l'époque où l'honorable baronet s'en est occupé. Il n'était alors composé que des *leuh* (règles primitives), au nombre de 457, et des *le* (novelles) introduites par les empereurs de la dynastie Ming et de la dynastie actuelle. Ces dernières forment 1573 articles.

En 1829, le Conseil des Peines sollicita une nouvelle édition de ce corps de lois, et demanda qu'il fût révisé tous les cinq ans, sous le prétexte, assez fondé, que les mœurs, par leurs insensibles altérations, avaient mis la loi et la coutume en un désaccord déplorable. L'empereur fit droit à la première partie de cette requête, et le Code fut réimprimé en vingt-huit volumes ; mais, au lieu d'assigner des termes fixes pour la refonte des lois pénales, il fut ordonné aux cours suprêmes d'y faire aussi peu de changements que possible, et, quand elles jugeraient indispensable une modification quelconque, de la soumettre à la sanction du monarque, qui promulguerait, en lui donnant force de loi pour tout l'Empire, la clause amendée.

Ce Code, qui a été pour plusieurs écrivains l'occasion d'éloges exagérés, porte en lui-même la preuve de ses nombreuses imperfections ; je veux parler de ces dispositions générales qui livrent à l'arbitraire du juge une multitude de cas non spécifiés, et qu'il doit décider provisoirement, par analogie, en sollicitant après coup la sanction de l'empereur (section 44). Un autre article veut que tout acte « contraire à l'esprit de la loi, » mais contre lequel on ne peut arguer d'aucune règle explicite, soit puni de quarante coups au moins, et de quatre-vingts si le délit est d'une nature sérieuse. Encouragés par ces définitions vagues, les chefs de chaque province se permettent à tout instant d'enfreindre la loi, ou d'en étendre les termes, sans en rendre compte à l'empereur. En pareil cas, pour mettre sa responsabilité à l'abri, le gouverneur s'adjoint ses lieutenants, le juge chef, le trésorier, etc.

Une des dispositions les plus connues de l'ancienne législation pénale est tombée en complète désuétude. Je veux parler du singulier privilége qu'avaient les Tartares de recevoir le fouet,

pour les mêmes crimes que les Chinois expiaient sous le bâton.

Le bambou a été appliqué, par ordre de l'empereur, à des officiers du plus haut rang, qui n'en ont pas moins conservé, après cette punition infamante, leurs dignités héréditaires.

La loi du talion subsiste encore dans les *leuhs* primitifs, qui rappellent, à beaucoup d'égards, le Code des Wisigoths-Espagnols; et voici une de ses applications les plus bizarres. Un homme, en tuant un ou plusieurs membres de la même famille, lui avait ravi, par ce fait, toute espérance de lignée. Non-seulement il a été puni de mort; mais, comme il avait des descendants en ligne directe, on les a livrés aux officiers du harem impérial, qui les ont mis hors d'état de perpétuer la race du meurtrier: — Cet arrêt fait maintenant jurisprudence, en vertu d'un édit suprême, vraiment digne des temps les plus barbares, et qui date pourtant de 1828. Cet édit sert d'amendement à la section 287 du Ta-tsing-leuh-le.

II.

La Langue écrite. — Les Lettres-Mères. — Histoire des Hiéroglyphes. — Les Six Écritures. — Les Têtes de Crapauds. — Le Langage parlé. — Le Kouan-Hoa et le Pih-Hoa. — Notions et Conseils.

Au milieu de toutes nos préoccupations et des craintes qui nous assiégent, la nécessité de perfectionner mes études se fait sentir chaque jour davantage. D'un moment à l'autre, la protection de Lun-Chung peut me devenir inutile et me laisser à la merci des événements; quels dangers ne courrais-je point alors si, dénoncé par mon ignorance de l'idiome national, j'étais reconnu pour étranger et signalé à l'inexorable sévérité des magistrats!

Cette pensée me donne le courage de persévérer dans une étude moins ingrate, d'ailleurs, qu'on n'est généralement porté à le croire.

La langue chinoise effraie par sa singularité. Les caractères qu'elle emploie diffèrent de ceux qui servent aux langues alphabétiques, et même des hiéroglyphes adoptés par les peuples de l'antiquité. Un grand nombre d'entre eux expriment des objets, et non pas des sons, comme les nôtres. En telle sorte qu'il n'y a aucun rapport nécessaire entre l'écriture et la parole, ce qui déroute au premier abord nos idées européennes.

Le langage écrit a ses racines; j'appelle ainsi les figures primitives au moyen desquelles, en les combinant, on arrive à représenter tous les objets, et, par analogie, toutes les idées abstraites que réclame l'état actuel des intelligences. Ces racines, ces *lettres-mères* (comme disent les Chinois), sont en fort petit nombre par rapport aux signes secondaires qu'elles engendrent. On n'en compte que 214, et l'on assure que plus de cent mille caractères différents ont été employés dans le texte des lois civiles. Les combinaisons usuelles demandent à peu près dix fois moins de signes, c'est-à-dire environ 7 à 8,000, et généralement il n'en entre pas plus de deux à trois mille dans un ouvrage de dimension ordinaire. Les dix volumes de la meilleure chronique nationale, — le San-Kouo-Chi, ou *Histoire des Trois Royaumes*, — n'en contiennent que 3,342.

Tsanghee, qui passe pour le premier inventeur de ces sortes de signes, et qui vécut à une époque indéterminée, prit dans l'imitation des objets qui frappèrent ses yeux l'idée première de ses hiéroglyphes, maintenant compliqués et défigurés. Pour peindre le soleil, il plaçait un point au milieu d'un cercle; pour la lune, il dessinait un croissant; pour l'œil, deux ovales enfer-fermés l'un dans l'autre, etc. L'idée complexe se rendait par des procédés analogues. Le matin se traduisait par le signe *soleil*, s'élevant au-dessus d'une ligne droite qui figurait l'horizon; le *soir* était représenté par le croissant de la lune, enveloppé d'un nimbe ténébreux. Vinrent ensuite d'autres nécessités pour lesquelles il fallut raffiner encore, et allier deux ou trois symboles, s'expliquant l'un par l'autre. L'union du soleil et de la lune exprima l'idée de *splendeur;* un arbre ou un soliveau placé devant une porte, celle d'*obstacle;* deux arbres signifièrent *forêt;* le signe *homme* et le signe *œil* réunis, la faculté de voir, etc.

L'usage a considérablement altéré la forme de ces tableaux primitifs. Cependant, avec quelque soin, on retrouve les lignes rudimentaires dans l'image perfectionnée. Le soleil n'est plus un globe, mais un carré long; le point du milieu s'est changé pour la commodité de l'écrivain en une ligne transversale; mais l'œil se rend compte de cette transformation, et reconnaît l'identité du signe figuratif.

Les modifications de la langue écrite ont eu plusieurs causes: d'abord le perfectionnement intellectuel qui tend à simplifier un mécanisme inutilement chargé de difficultés; puis la différence des instruments imaginés pour la transcription des caractères. Du temps de Confucius, par exemple, on employait en guise de papier des planchettes de bambou, minces et polies, sur lesquelles on gravait, à l'aide d'un poinçon, d'un style en métal. Ensuite, on écrivit sur des étoffes de soie ou de coton, à l'aide de pinceaux et de diverses substances colorantes. Le papier vint plus tard, et l'encre inventée par les Indous (celle que nous appelons à tort *encre de Chine*), ne fut d'un usage commun que vers le septième siècle de l'ère chrétienne.

Par suite de ces changements, il s'est établi différentes manières de former les caractères. De même que chez nous on reconnaît la même lettre sous son aspect gothique, italique, de même distingue-t-on en Chine six espèces d'écritures.

La plus ancienne est le *chuen-choou* dont on se sert plus spécialement pour les sceaux ou les timbres gravés; une variété de cette espèce de caractères sert aux inscriptions monumentales, aux préfaces des livres, etc. — Viennent ensuite le *li-choou*, l'écriture officielle, introduite sous la dynastie des Tsin, et spécialement consacrée aux employés du gouvernement; le *keaë-choou*, caractère modèle dont se sert tout lettré qui prétend à quelque réputation; le *hing-choou*, main courante ou écriture libre, qui n'admet cependant aucune abréviation arbitraire.

Le *tsaou-tsze* autorise au contraire, dans un intérêt sténographique, tout ce qui tend à rendre l'écriture plus simple et plus rapide. Cette écriture est celle des gens d'affaires, et n'est employée, pour quelques avant-propos, que dans les livres anciens.

Le *sung-ti* porte le nom de la dynastie sous laquelle l'art d'imprimer, — c'est-à-dire la xylographie, la gravure sur bois des caractères typographiques, — inventé dans les premières années du xe siècle, quarante ans avant l'avénement des Sung, reçut ses plus importantes améliorations, et prit un développement notable. C'est celui de tous qui se rapporte le plus à ce qu'on appelle chez nous la lettre moulée.

Il y a bien encore une septième manière d'écrire, — toute de antaisie, — que les Chinois désignent par le nom de *k'o-toou* (écriture à têtes de crapaud); mais elle s'emploie à peine, et l'on n'en trouve que de très-rares *specimina* dans les auteurs anciens.

J'ai dit que chaque caractère cachait sous une image une idée complète. S'il exprimait toujours la même, une bonne mnémonique aurait bientôt raison de ces symboles distincts. Mais ce qui rend plus pénible et plus ardue la tâche de l'étudiant étranger, c'est que, suivant sa position relative, le même signe prend plusieurs sens, ou du moins présente la même idée sous des nuances très-essentiellement modifiées. Une synonymie fréquente ajoute à cet embarras que complique l'usage de changer, suivant les besoins calligraphiques, la forme de tel ou tel signe que l'écrivain juge suffisamment reconnaissable. En outre, la syntaxe chinoise est des plus vagues, si toutefois elle existe. Le nombre, le cas, le mode, le temps, insuffisamment marqués par quelques particules, ne résultent souvent que de la position du mot dans la phrase. D'ailleurs, le même vocable se métamorphose de substantif en verbe, de verbe en adverbe, etc., sans que rien avertisse l'œil de ces changements importants.

On a prétendu que la langue parlée et la langue écrite des Chinois étaient absolument indépendantes l'une de l'autre, et, dans une grammaire écrite en France, à propos du caractère et du mot, il est dit expressément que. « le premier n'est pas la peinture du second, ni le second l'expression du premier. » Si l'on entendait cet axiome d'une manière trop absolue, on s'exposerait à une grave erreur. Les caractères chinois se divisent en six classes. Les images simples ou hiéroglyphes (*hing-siang*); les indications (*chi-ki-tszi*); les combinaisons (*houi-e*); les consonnances (*keae-shing*); les métaphores (*kea-tsiay*); et les développements (*chuen-choou*). Or, la plus nombreuse de ces classes est justement la quatrième, c'est-à-dire celle des caractères à la fois idéographiques et syllabiques. Ils impliquent à la vérité l'image, mais une image tellement vague qu'elle a nécessairement besoin d'un commentaire; et ce commentaire, c'est le son, c'est l'accent, c'est l'intonation qui la lui donne. Sans ce secours, et si l'on faisait complétement abstraction des différences qu'il établit, la plus robuste mémoire ne logerait certainement pas le quart des caractères keae-shing, qui sont au nombre de 21,810, tandis que les cinq autres classes réunies n'en fournissent pas au-delà de 2,500.

La grande différence qui existe entre les deux manières d'exprimer une pensée en chinois tient à la pauvreté du langage parlé. Il se compose presque uniquement de monosyllabes, et la rareté des sons monosyllabiques met naturellement d'étroites bornes à la diversité des mots; de là résulte la nécessité d'employer en parlant, pour traduire une seule idée avec quelque précision, deux synonymes et quelquefois davantage. Lorsqu'on écrit, au contraire, la position idéographique du symbole venant en aide à son obscurité syllabique, l'emploi d'un seul caractère suffit d'ordinaire à rendre complétement la pensée.

C'est là un point notable et qu'il ne faut pas perdre de vue; aussi l'éclaircirai-je par un exemple. Pour traduire l'idée de raison, un seul signe écrit est nécessaire à un lettré chinois. Ce signe (*lé*) ne permet pas d'autre interprétation; mais, si ce lettré veut exprimer verbalement la même idée, il n'osera se servir de ce seul mot, qui admet un grand nombre de traductions différentes. Il dira *tao-lé*, quoique l'une et l'autre expression soient parfaitement synonymes, mais afin d'éviter toute ambiguïté.

Après avoir signalé cette différence capitale entre les deux langues, la langue écrite et la langue parlée, il faut remarquer que les difficultés de cette dernière s'augmentent encore de la différence des dialectes. Il y a pour toute la Chine un idiome officiel, celui des lettrés, qu'on appelle pour cette raison le *kouan-hoa* (la langue commune). Une fausse interprétation de ces deux mots avait fait croire que les mandarins (*kouan*) parlaient autrement que le peuple; mais il s'agit seulement d'une différence entre l'idiome national (*kouan*, public, commun à tous) et les patois provinciaux (*tou-tan*), que les gens auxquels ils servent appellent *pih-hoa*, les langues simples.

Ces dialectes sont nombreux, comme cela doit être dans un aussi vaste empire, composé de royaumes successivement agrégés les uns aux autres. Sans aborder les questions historiques et philologiques dont le développement de l'idiome chinois a été ou peut devenir le sujet, je me bornerai à constater ces deux points, à peu près incontestés : c'est que d'abord il a son origine reconnue dans la partie nord-ouest de l'empire, qui forme aujourd'hui la province de Shen-Si, et qu'il a gagné de proche en proche les régions méridionales, peuplées de nations barbares, dont il effaçait les âpres dialectes, non sans s'incorporer leurs éléments les plus homogènes; j'ajouterai qu'il se parle naturellement avec plus de pureté dans les régions les moins bouleversées par les invasions et la conquête : dans le Kiang-Nan, par exemple, où les monarques chinois se reti-

raient toutes les fois que leur capitale était menacée, et surtout dans le Shan-Tung, pays natal de Confucius.

Le caractère général de ce langage est une certaine mollesse en harmonie avec l'indolence habituelle de ceux qui le parlent. Les terminaisons féminines y abondent, et presque aucune consonne n'est d'un usage fréquent, qui ne soit produite par la simple émission du souffle, sans aucun effort des organes vocaux.

Les dialectes du nord se font remarquer par un plus grand usage des sons gutturaux; celui du Fo-Kien abonde en intonations nasillardes, et passe pour un des plus désagréables de l'Empire.

Les dissonances fréquentes du patois de Quan-Tong, — d'ailleurs un de ceux qui diffèrent le moins de la langue commune, — donnent l'accent de la colère aux plus simples paroles échangées entre les habitants de cette pro-vince.

Du reste, tout Européen qui voudrait sérieusement s'occuper d'étudier cette langue à part, bien autrement originale et bien autrement conservée qu'aucun autre idiome oriental, trouvera d'immenses ressources dans les travaux déjà faits, et les traductions déjà nombreuses que nous possédons. L'*Arte China* de Gonçalves, la *Grammaire* d'Abel Rémusat, la *Notitia linguæ Sinicæ* du jésuite Prémare, sont des travaux du plus grand mérite.

Quant à moi, qui cherchais par préférence à m'emparer de la langue pratique, j'ai surtout étudié les *Dialogues* de Morrison, les *Maximes* de Davis, et l'*Édit sacré* du docteur Milne, c'est-à-dire la traduction des paraphrases familières qui accompagnent les Conseils de l'empereur Kang-Hi commentés par son fils, l'empereur Yong-Tching.

III.

L'Étudiant.

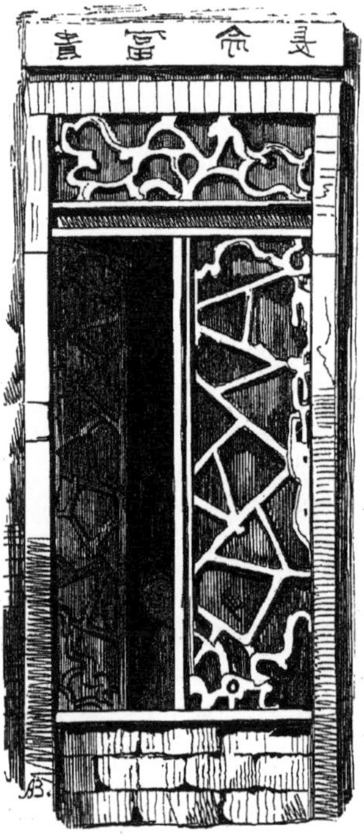

J'étais l'autre jour occupé à rédiger, sur des documents fournis par Lun-Chung, un sommaire de sa vie publique, qu'il veut placer sous les yeux de ses juges futurs, lorsque je remarquai, passant et repassant devant les fenêtres de mon appartement, un homme d'environ cinquante ans, couvert de vêtements en lambeaux, et qui semblait chercher à être vu de moi. Je lui fis demander par un de nos serviteurs s'il avait besoin de quelque chose. Mon émissaire reçut pour réponse que l'inconnu était un homme du nord et ne demandait rien. Cédant à un mouvement de curiosité, je fis prier l'étranger de venir me parler. On l'introduisit dans ma chambre, et, dès que le domestique eut tourné le dos, le pauvre diable se prosterna devant moi, frappant le plancher du front. Ensuite il se releva, et me tendit un chiffon de papier, passablement crasseux, où je lus un exposé de sa situation.

Originaire du Fo-Kien, et fils d'un préfet (*che-hien*), il est maintenant un licencié (*kiu-jin*), et par trois fois il a fait vainement le voyage de Pe-King afin d'y subir les examens qui lui permettraient d'atteindre au grade supérieur de *tsin-sze*. Tout l'héritage paternel a été absorbé par les études et les voyages inutiles du malheureux écolier. Maintenant, pour tenter une quatrième épreuve, il n'a d'autre ressource que l'assistance découragée de quelques amis, qui cependant, m'assura-t-il, lui ouvriront leur bourse à l'époque des prochains examens. Mais en attendant, il faut vivre, et vivre sans travailler de ses mains, car un kiu-jin, et même un bachelier (*sieou-tsai*) se déshonorerait par toute espèce de labeur mécanique. Celui-ci s'est fait

écrivain public. Il copie des proverbes et des maximes qu'il vend aux passants. Ce métier lui rapporte en moyenne quatre-vingts à cent cash par jour; justement de quoi se nourrir, et fort mal. Quant à ses habits, ils tombent en loques; si bien que, poussé par la misère, il est tenté d'adopter une industrie dangereuse, que la difficulté des examens littéraires a mise en vogue depuis plusieurs années. Elle consiste à se présenter devant les examinateurs provinciaux sous le nom et à la place de quelque jeune homme illettré, mais riche, qui « remporte ainsi la victoire avec la lance d'un autre. » Ceci est une expression chinoise. Il y en a une autre pour désigner les bacheliers qui ont obtenu leur grade au moyen de cette fraude. On les appelle des « sieou-tsai en croupe, » et ce mot exprime assez bien leur position équivoque.

Un pareil abus est d'autant plus sévèrement réprimé qu'il nuit directement aux intérêts pécuniaires des examinateurs. Surtout depuis quelque temps, — à l'exemple de l'empereur qui fait des bacheliers par ordonnance, en échange de sommes versées au trésor public, — les mandarins vendent à beaux deniers comptants les brevets de capacité qu'ils sont chargés de délivrer gratis au mérite. La chose se fait presque publiquement, et d'après un tarif connu. Ainsi l'on sait, par exemple, qu'un diplome de sieou-tsai, à Nan-King, se paie de sept à huit mille dollars. La rigueur que l'on déploie contre les fraudeurs se mesurant à l'importance du bénéfice dont ils privent les magistrats, la cangue, le pilori, le bambou, font bonne et prompte justice des faux étudiants. Cette considération a eu jusqu'à présent assez d'empire sur le lettré mendiant qui me donnait ces détails, pour contrebalancer les mauvais conseils de la pauvreté.

Nonobstant ces explications fort plausibles, je me méfiais encore de lui, et je le soumis à une dernière épreuve.

— Vos vêtements sont usés, lui dis-je, et je ne suis pas assez riche pour vous en donner de neufs. Je ne veux point non plus, par égard pour vous, charger mon serviteur de vous habiller chez un fripier; mais, combien pensez-vous que coûterait un costume complet, acheté d'occasion?

Il réfléchit quelques instants, fit, pièce par pièce, le calcul que je lui demandais, et m'assura que, moyennant deux dollars, il aurait un habillement d'été convenable à son rang et à sa position. Charmé de le voir si modéré dans sa demande, je lui remis trois dollars, et il sortit en m'accablant de remerciements. Puis, une heure après, je le vis revenir, un paquet roulé sous le bras.

C'était l'habit dont il s'était pourvu à mes frais, et qui lui coûtait, me dit-il, deux dollars et un quart. Sur ce, le pauvre diable voulut me restituer la monnaie du surplus; mais je le déterminai sans peine à la garder.

Il vient depuis lors assez souvent, et, moyennant quelques bagatelles, j'obtiens de lui, sans parler des leçons qu'il me donne, une foule de renseignements, dont les Chinois sont généralement assez chiches, tant sur les mœurs du pays que sur la philosophie, la religion et la littérature de ce peuple singulier. Enfin, moyennant trois cents dollars qui lui sont nécessaires pour aller encore une fois tenter à Pe-King la chance des épreuves littéraires, il prétend qu'il fera de moi un sieou-tsai accompli. La métamorphose vaut la peine qu'on la tente, et Lun-Chung, bien loin de la regarder comme impossible, m'encourage de tout son pouvoir à conquérir les priviléges du lettré. Il semble croire que, si j'avais une position reconnue, et en quelque sorte officielle, qui lui permît de se servir de moi, il tirerait un grand parti de la science étrangère dont il me croit abondamment pourvu.

En attendant, et pour savoir au juste de quels droits précieux je puis être investi, je demandai l'autre jour à mon précepteur si les *tou-chou-sin*, les liseurs de livres, arrivent facilement aux emplois publics. C'était m'attirer une effroyable doléance, qui n'a pas manqué, sur le nombre immense des candidats, la rareté des admissions aux divers grades, et la situation équivoque laissée aux malheureux qui ont été repoussés des examens. « Une seule considération les empêche d'abandonner la partie. Ils savent qu'à la longue le gouvernement sera touché de leur persévérance, et accordera au respect que l'âge inspire ce qui aura été longtemps refusé à l'étudiant incapable ou malheureux. On comprend que cette concession est illusoire, et que le sieou-tsai, qui devient kiu-jin à soixante ans, n'a guère de chance pour franchir le troisième degré; or, en supposant même que, cinq ou six ans plus tard, il soit promu au grade de tsin-sze qui lui ouvre l'accès des emplois subalternes, ce n'est point à un vieillard hébété de lecture, et souvent abruti par l'indigence, que l'on irait confier des fonctions actives. Aussi, des milliers d'hommes qui ont consumé leur vie en études stériles, soutenus par une vaine ambition et un orgueil plus vain encore, meurent inutiles au pays, l'œil fixé sur le bonnet chimérique qu'ils ont brigué depuis le berceau.

IV

Les Trois Religions. — Philosophie, Morale, Cosmogonie.

Des trois religions qui se partagent la Chine, mon précepteur est obligé de pratiquer la première, celle de l'état et des lettrés, la doctrine confucéenne (*Jou-Keaou*); il est assez éloigné du culte de Fo (*Chi-Keaou*); mais je le crois enclin à partager les croyances des Tao-Szé ou Docteurs de la Raison (*Tao-Keaou*); du moins en augurai-je ainsi de la maxime éclectique, son refrain favori : « *San-Keaou, Y-Keaou*, les Trois Doctrines n'en font qu'une. » Un véritable confucéen ne serait pas si tolérant.

Au fond cependant il a raison. De ces trois sectes, les superstitions sont à peu près identiques, et s'accordent avec le même scepticisme intérieur, qui domine ici tous les esprits.

Il paraît que, dans l'origine, une sorte de déisme intelligent formait la croyance la plus générale. Du moins les *Y-king*, les livres sacrés, reportent l'origine des choses à un principe mystérieux appelé Taï-Ki, dont les deux agents mâle et femelle, actif et passif, le Yang et le Yn, avaient donné leur forme à tous les objets dont se compose le monde. Au-dessus de tout, dominait le Tien ou Chang-Ti, le Ciel ou le Maître suprême, à la fois intelligent et moral, dont le Taï-Ki n'était, pour ainsi dire, qu'une émanation créatrice.

Cette doctrine, toute vague qu'elle était, et sans relation apparente avec la pratique des vertus sociales, pouvait suffire à une nation d'ailleurs éclairée; mais en Chine, comme en bien d'autres pays, les secrets de la nature préoccupaient fortement cette classe d'esprits dédaigneux, pour qui les réalités de la vie ne sont point une pâture suffisante. Ceux-là ne trouvaient pas que les vaines cérémonies du culte impérial répondissent à leur besoin de science, et ils se posaient tout bas des questions pour lesquelles ni le Fils du Ciel, ni ses ministres, n'avaient répondu. Ces esprits malades, paresseux, contemplatifs, se réfugiaient

dans les solitudes, toujours peuplées de fantômes; et, bien avant Lao-Tse., qui donna seulement un corps à leurs doctrines, ils avaient jeté dans le peuple les germes facilement féconds des superstitions les plus bizarres.

La singularité de leur existence était une énigme saisissante. Les grands, les guerriers célèbres, les empereurs eux-mêmes se laissaient prendre à l'austère charlatanisme de ces pieux ermites dont le vulgaire racontait des merveilles; et le vulgaire, à son tour, s'émerveillait de voir dans la cellule de l'anachorète, les puissants accourir en solliciteurs humiliés.

Le grand principe des sectateurs de la Raison (Tao, Intelligence, Voie, Raison primordiale) était de créer un vide absolu dans le cœur et dans l'intelligence de leurs adeptes. S'isoler au milieu de l'univers, rejeter toute admiration toute sympathie, tel était le but de la purification première qu'on imposait aux novices. A ces conditions seulement, ils pouvaient espérer de communiquer avec les génies (*shing*), et d'habiter, ivres du breuvage qui rend immortel, leurs palais faits d'une seule perle,

au sein de délicieux jardins remplis d'arbres odoriférants et d'oiseaux chanteurs.

Les grands de la terre se laissaient séduire à l'espérance de prolonger ici-bas une existence toute de paresse et de plaisir. En leur faisant entrevoir, au sommet de la montagne Kouen-Lun, entourée d'arbres Tong, auprès des portes célestes, la fontaine Jaune dont l'eau donne l'immortalité, on les berçait d'une idée qu'ils ne voulaient plus quitter. Aussi les prédécesseurs de Lao-Tse jouirent-ils du plus grand crédit; admis à la cour des empereurs, ils occupèrent les plus hautes dignités, guidèrent sur les champs de bataille des hordes fanatisées par eux, et passèrent pour des êtres surhumains. Mais, aussitôt que l'on put redouter leur influence, la politique des empereurs s'en inquiéta, et les éloigna des fonctions publiques.

Le tao-szisme existait donc avant Lao-Tse, qui le réduisit à l'état de doctrine, et en fit un système contre lequel réagit Confucius, en rappelant les peuples à la morale ancienne.

Celle de Lao-Tse consistait à éloigner tout désir véhément, à réprimer les passions vives, capables d'altérer la paix et la tranquillité de l'âme. Il pose pour problème à toute créature humaine d'exister sans douleur et sans chagrin. Pour cela, il lui interdit tout retour sur le passé, toute recherche de l'avenir. Former de vastes entreprises, se tourmenter de leur succès, s'agiter pour acquérir des honneurs ou des richesses, c'est sacrifier son repos et sa félicité personnelle dans un intérêt étranger, celui de notre postérité, dont rien ne nous contraint à nous occuper.

Il est peut-être bon de voir à quelles notions philosophiques se rattachait une croyance morale aussi dépravée.

D'après les Docteurs de la Raison, à l'exception de l'Être suprême (Tien ou Chang-Ti), tout ce qui existe ou peut exister est matière.

Toute matière est contenue dans le Taï-Ki, sous les espèces active et passive, mâle et femelle, mobile et immobile de L'Yn et du Yang.

Les éléments sont le résultat de parcelles Yn et de parcelles Yang, sorties du Taï-Ki et combinées entre elles.

Les éléments, au nombre de cinq (le métal, le feu, l'eau, le bois et la terre), en se combinant, ont formé les trois Puissances Productrices, les *San-Tsai*, c'est-à-dire le Ciel, la Terre et l'Homme.

Chacune de ces trois puissances est un assemblage de moules particuliers, où se forment des êtres analogues à cette puissance.

Ces êtres peuvent se modifier, se transformer, passer dans une classe inférieure ou supérieure. Une masse de plomb, une fleur, un arbre, un animal immonde, un sage, résultent des mêmes particules de substance première, jetés successivement dans des moules divers.

Outre ces transformations purement physiques, les tao-szé reconnaissent encore la transmigration de l'âme humaine dans différents corps. L'âme humaine, selon eux, se compose de ce qu'il y a de plus subtil dans la nature. Ils la divisent en deux éléments : le *ling* et le *houen*; le premier plus épuré, plus capable des opérations intellectuelles. Après la mort, le corps se dissout, et rentre dans la classe des principes dont il était émané, pour servir de sujet à d'autres formes. Le ling et le houen continuent à subsister, restent unis l'un à l'autre, et deviennent un être nouveau qui prend son rang dans le monde des esprits.

Cet être, si l'homme a bien vécu, se classe parmi les *hien*, ou saints, prosternés aux pieds du Chang-Ti, et plongés dans une immortelle félicité.

A la suite d'une vie moins parfaite, l'âme subit une transformation moins brillante. Elle s'élève seulement parmi les *shing*, esprits aériens inférieurs aux saints. Un shin est placé sur la limite de la vie matérielle et du bonheur éternel. Il est accessible aux passions; il n'a pas perdu la faculté de faillir. Il peut, dès lors, mériter des peines ou des récompenses; il peut être élevé ou dégradé. Les shing ont pour mission de diriger et de surveiller les différents rouages de l'univers, et de les faire fonctionner pour le plus grand bonheur des hommes. Le soleil, la lune, les étoiles, les vents, la pluie, la grêle, les météores, les saisons, les jours, les nuits, les heures, se meuvent sous leur influence. Les shing, enfin, sont des mandarins célestes, sur lesquels s'étend l'autorité du Fils du Ciel. L'empereur les dégrade ou les casse, s'il est mécontent de leurs services. Il choisit parmi eux les protecteurs particuliers de chaque ville et de chaque province Il leur assigne, par l'entremise de ses astrologues, l'année, le mois, le jour, l'heure, le moment même où ils doivent remplir leurs fonctions respectives. S'ils désobéissent ou négligent leur office, on les punit comme des magistrats prévaricateurs ou négligents; on leur adresse les mêmes reproches, on les injurie, on bat leur effigie, on les expulse des chapelles (*miao*) où ils sont vénérés.

C'est avec ces êtres mixtes, et non pas avec la divinité proprement dite, que les nécromanciens tao-szé, se vantent d'avoir des rapports. Les shing sont naturellement amis des hommes, et se révèlent à eux, lorsqu'ils sont évoqués suivant certains rites et avec certaines cérémonies.

Les *koueï* ou démons vivent au contraire en hostilités continuelles avec les hommes et avec les shing. Sans l'intervention puissante de ces derniers, ils ne manqueraient pas de troubler les airs, d'exciter les vents et les orages. Ces êtres pervers, qui tiennent le milieu entre l'homme et la brute, habitent autour des tombeaux, aux environs des trésors et des mines, à la sur-

face des marais, des eaux croupissantes, des lieux infects. Quand ils peuvent se glisser dans un cadavre, et, sous cette enveloppe, se mêler parmi les hommes, ils effraient le monde par la perversité de leur nature et l'énormité de leurs crimes. Tel féroce tyran, telle femme aux conseils funestes, cités avec opprobre dans les annales de l'Empire, n'étaient que de vils koueï déguisés.

Les tao-szé reconnaissent encore dans l'organisation humaine une quatrième substance, qui n'est ni le corps, ni le ling, ni le houen; celle-ci, qui participe de la nature des trois autres, et tient entre elle une espèce de milieu, n'abandonne le corps qu'après l'entière dispersion des atomes qui le composent. Elle s'évanouit alors, et à jamais.

Pour pénétrer dans le dédale de la cosmogonie chinoise, c'est aux Docteurs de la Raison qu'il faut recourir. Au sein du chaos primitif, ils vous montrent le premier homme, Pan-Kou, dont

l'origine est inconnue, Pan-Kou, le grand architecte du monde. Dans les gravures qui représentent la formation de l'univers, on le voit, le maillet et le ciseau en main, dégrossissant les immenses blocs de granit qui flottent confusément dans l'espace. A travers les ouvertures que sa main puissante a pratiquées, on voit luire le soleil, la lune et les étoiles. Près de lui, compagnons inséparables, les quatre animaux sacrés : le dragon, reptile aérien ; le ki-lin, quadrupède fantastique, qui a le corps du daim, recouvert d'écailles, la queue du bœuf, le sabot du cheval, et, pour toute arme, une corne terminée par un bouton de chair ; le fong-hoang, dont le plumage, comme la cuirasse écaillée du ki-lin, reflète les cinq couleurs ; et la tortue mystérieuse, portant sur sa carapace l'histoire du monde antérieur, écrite en lettres à têtes de crapaud. Le travail de Pan-Kou dura dix-huit mille ans. Le ciel s'élevait chaque jour de dix pieds ; la terre s'épaississait d'autant, et Pan-Kou grandissait dans la même proportion. L'œuvre terminée, il mourut; sa tête devint une montagne : de ses veines sortirent les fleuves et les rivières ; ses cheveux poussèrent des feuilles et fournirent des forêts ; les poils de son corps furent changés en herbes, etc.

Les San-Ouang, ou les Trois-Rois, lui succédèrent dans le gouvernement du ciel (*Tien-Ouang*), de la terre (*Ti-Ouang*), et des hommes (*Jin-Ouang*).

Trois périodes correspondent à ce triple règne : on les appelle la période du Rat, celle du Bœuf, et celle du Tigre. Chacune de ces périodes est de dix mille huit cents ans. Ce sont les trois premières d'une révolution complète en douze périodes, et embrassant par conséquent un cycle de cent vingt-neuf mille six cents ans, après lequel notre monde épuisé cessera de produire, et l'univers doit rentrer dans le chaos primitif.

Les Ki, ou Générations, commencent avec les Jin-Ouang, les Rois des Hommes, en même temps que la période du Tigre. Les éléments sont domptés et coordonnés ; l'homme est à l'œuvre. Tai-Ouang, né sur le mont Hing-Ma, d'où sort l'eau de la Vallée lumineuse, partage le globe, c'est-à-dire la terre et les eaux, en neuf parties. Du moins, il divise en neuf fleuves l'eau de la Vallée de Lumière, et il donne à ses neuf frères le gouvernement de ces neuf provinces. Ce sont les

Jin-Ouang qui bâtirent les premières villes fortifiées de murs. Le bon gouvernement commença; pour la première fois, les hommes mangèrent et burent; les sexes s'unirent: il y eut des lois, des arts, des conditions inégales, des châtiments, des récompenses, des magistrats.

Aux San-Ouang, succèdent les Ou-Loung; aux Trois Rois, les cinq Dragons ou Empereurs. Puis viennent les Che-Ti, rois serpents, rois prophètes. Après les cinquante-neuf Che-Ti, les trois Ho-Lo, dont il n'est rien dit, si ce n'est qu'ils montaient, pour gouverner leur empire, un quadrupède ailé, le fei-lou, dans lequel on s'accorde à reconnaître le cheval.

Une licorne ailée était le symbole des six Lien-Tong, qui succédèrent aux Ho-Lo. Puis vinrent les quatre Su-Ming, les San-Fei, les Kin-Ling, les treize Yn-Ti, les dix-huit Chen-Tong. Le fondateur des Yn-Ti avait la tête grosse et quatre mamelles. En méditant à la suite du soleil, sur son char attelé de six licornes, il apprit tout et s'unit à l'esprit. Ce fut lui qui apprit aux hommes à se vêtir d'écorce d'arbre, et à se faire de leurs cheveux un bonnet. Son successeur, Tchin-Fang, leur enseigna l'art de tanner les peaux et de s'en servir contre les frimas et le vent.

Sous le huitième empereur de la dynastie Chen-Tong, les hommes vivaient dans une abondance et une paix complètes. Il s'appelait He-Sou, c'est-à-dire le Tranquille, et jouissait d'une grande sérénité d'âme que partageaient ses sujets; car jamais ils ne se mirent en peine de savoir, ni ce qu'ils faisaient, ni où ils allaient. Ils se promenaient gaiement en battant du tambour sur leur ventre, et la bouche toujours pleine.

Je consigne au hasard quelques traits de ces étranges annales pour montrer ce que serait leur étude approfondie, à moins d'y chercher quelque ressemblance avec les Vedas et les Puranas de l'Inde. La chronologie fabuleuse des Chinois n'a aucun genre d'intérêt, et ses mythes grotesques fatiguent l'esprit sans lui offrir en compensation les riantes images de la fable grecque ou des chroniques latines.

§§

Lao-Tse, en mêlant les principes indous sur l'immortalité de l'âme à l'ancienne doctrine chinoise des esprits visibles, et aux préceptes de morale que la tradition avait conservés, s'était plus occupé de dogmes que de politique. Ses disciples altérèrent encore sa doctrine en se faisant les prétendus agents des relations surnaturelles qu'ils supposaient exister entre l'homme et les chen. Leurs pratiques mystérieuses, leurs sorcelleries, leurs prédictions, qu'ils accommodaient aux superstitions populaires, prirent bientôt un caractère suspect, qui révolta contre eux l'élite lettrée des Chinois. Lao-Tse vivait encore lorsque l'Ancien Maître, Kung-Tze, parut, et, doué d'un esprit plus

pratique, d'une activité plus ambitieuse, secrètement imbu de ce principe moderne qui regarde la loi comme athée, il entreprit de réformer l'homme par les seules lois de la raison et de la conscience humaines.

Il ramena sur la terre la philosophie qui se perdait dans d'inutiles abstractions. Ses disciples reçurent de lui le conseil de se conformer au culte établi, sans rien innover ou raffiner à cet égard, tous leurs efforts devant être réservés à une sorte de purification intérieure, qui les rendrait dévoués au prince, à la patrie, à leurs concitoyens.

« Un Jou, disait l'Ancien Maître, doit être décent, grave et sérieux ; il doit être sobre, souffrir sans se plaindre le chaud et le froid, aimer la mort et l'espérer... Son âme est le champ qu'il cultive... Elle s'attendrit sur les maux publics ; elle se raidit avec force contre le vice... Le prince lui donnerait la moitié de ses revenus qu'il n'accepterait pas de le servir si ce prince était injuste... Le Jou a pour casque sa droiture, pour cuirasse sa bonne foi, pour pique et pour massue son attachement aux lois et aux bienséances... »

Bref, la théorie des vertus confucéennes repose sur ce qu'il appelle l'invariable milieu, c'est-à-dire l'équilibre parfait des passions avec la raison, l'intime alliance de la prudence, de la force et de l'amour, c'est-à-dire de la sagesse qui éclaire, de l'énergie qui permet de combattre ou de résister, et de la sympathie que tout homme doit à ses semblables.

Ces vertus président aux rapports sociaux, et engendrent les devoirs principaux ou *kang*, qui sont au nombre de cinq : le *kiun-tchen*, devoirs réciproques, qui lient le sujet et le souverain ; le *fou-tse*, devoir paternel et filial ; le *fou-fou*, devoir conjugal ; puis le devoir fraternel et les devoirs de l'amitié.

Il faut y ajouter la pratique des *Sée-Ouei*, ou des Quatre Liens, qui rattachent l'homme à l'homme. Ces liens sont les *Li*, les rites de la politesse et de la bienséance.

Bien que Confucius, après avoir été vénéré pendant sa vie, ait eu l'insigne honneur de devenir le législateur posthume de son pays, il ne faut pas s'exagérer sa valeur comme philosophe. Aucun système nouveau ne fut conçu par lui ; aucune idée particulière à lui ne domine sa théorie des rapports sociaux ou politiques. Il prit ses notions métaphysiques dans les anciens livres de la Chine, dont il amenda le texte par des suppressions nombreuses. Il accepta le Tien (Ciel) intelligent et rémunérateur; il accepta de même les idées des Tao-Sze relativement à la métempsycose.

La mort, disait-il, n'est pas une destruction proprement dite, c'est une décomposition qui remet chaque substance dans son état naturel. La substance intellectuelle remonte au ciel, d'où elle était venue. Le souffle animal (*ky*) se joint au fluide aérien, les substances humides et terrestres redeviennent terre et eau.

Un jour qu'il contemplait tristement dans l'Y-King ou Livre des Changements, le symbole de la destruction et de la renaissance, un de ses disciples lui demanda ce qui l'affligeait.

— Je vois, répondit Kung-Tze, que tout ce qui existe n'a qu'un temps pour se montrer; que toutes les choses humaines s'altèrent peu à peu, se réparent en partie, et se détruisent enfin pour reparaître sous de nouvelles formes, lesquelles disparaîtront à leur tour pour être remplacées par d'autres, qui disparaîtront de même. Ces réflexions m'ont attristé.

Au surplus, ce ne sont plus les doctrines de Confucius que les sectaires du Jou-Keaou professent et suivent aujourd'hui. Un nouveau réformateur les a modifiés dès le XIe siècle de l'ère chrétienne. Tchu-Hi, surnommé le Prince des Lettres, était profondément versé dans la connaissance de tous les systèmes, de toutes les sectes, de toutes les hérésies qui se partageaient la Chine. Il entreprit la comparaison de tous les points doctrinaux, la revue générale de tous les auteurs classiques qui pourraient ou se confirmer ou se détruire; et, après avoir mené à fin ce grand travail, il l'accompagna pour plus de sûreté d'un commentaire interprétatif, qui ne laissait plus de place à la controverse. Plus tard Tchu-Hi donna, sous la forme d'un ouvrage spécial et didactique, l'exposition des principes qui résultaient de son commentaire. Cet ouvrage, intitulé *Philosophie naturelle*, est depuis six cents ans l'évangile philosophique du Jou-Keaou.

C'est dans ses ouvrages que les étudiants vont chercher à comprendre les rapports mystérieux qui existent entre les Pa-Koua, les signes suspendus de Fo-Hi, et tout ce que la nature engendre de forces morales ou physiques. Ces signes, qui rappellent le système emprunté aux Égyptiens par Pythagore, prêtent, par leur obscurité, à des milliers d'interprétations différentes. Je me bornerai à dire ce qu'il sont.

Ces symboles primitifs étaient au nombre de huit, chacun formé de trois lignes, et devaient suppléer à l'absence des caractères écrits, qui n'étaient point encore inventés. On conçoit dès lors qu'il fallut y rattacher, par des analogies souvent fort lointaines, une multitude d'interprétations différentes. Bientôt le nombre en fut porté, par une simple multiplication, à soixante-quatre. En cet état, ils sont devenus l'origine du langage écrit des Chinois, et ont conservé, grâces à leur antique origine, un caractère sacré.

Outre les Koua, les Chinois ont une table ou mappe énigmatique (*lo-chou*) sur laquelle repose leur système des nombres. Elle se compose des neuf premiers chiffres; le nombre cinq est au centre, et les huit autres l'entourent. On fait répondre ces huit nombres aux huit koua primitifs, trouvés par Fo-Hi sur la carapace d'une tortue céleste. Quant au lo-chou, il fut remis à Yu par un cheval dragon (*long-ma*) qui sortait du fleuve Lo, près duquel le sage empereur se promenait en méditant, deux mille deux cent cinq ans avant le commencement de l'ère chrétienne.

Sur ces signes, sur ces nombres, et sur leurs prétendus rapports, les Chinois édifient toutes leurs recherches scientifiques.

Par exemple, le nombre 1 du lo-chou, nommé *kan* dans les koua, répond à l'idée d'eau. Sous ce nombre on range les cinq éléments : l'eau, le feu, le bois, le métal et la terre, qui correspondent aux cinq planètes, Mercure, Mars, Jupiter, Vénus et Saturne. Il exprime en même temps une note de musique, le ton *yu*, que l'on fait correspondre à notre *mi*, etc.

Le nombre 5, on a pu s'en apercevoir, joue un grand rôle dans toutes ces divisions encyclopédiques. Les Chinois le regardent en effet comme le Tai-Ki, le premier principe, ou le Maître et Directeur de toute chose. Il représente l'auguste milieu ou la règle immuable, le Chang-Ti dans le ciel et l'empereur sur la terre. Dans la musique chinoise, ce nombre est le ton appelé *kong* (correspondant à la note *sol*), et on en fait la base fondamentale de la musique, comme le souverain est la base fondamentale de l'état.

De là cette obstination à tout diviser par cinq. — Les « occupations ou états, » savoir : la figure extérieure du corps, la parole, la vue, l'ouïe et la pensée. — Les périodes ou révolutions : l'année, le mois ou lune, le soleil ou journée, les étoiles et les planètes. — Les viscères : l'estomac, le foie, le cœur, les poumons, les reins. — Les points cardinaux : le nord, le sud, l'est, l'ouest et le milieu. — Les saveurs : le doux, l'amer, l'âpre, l'aigre et le salé. — Les tons de la musique : *kong*, *chang*, *kin*, *ché*, *yu*. — Les couleurs primitives : le jaune, le rouge, le blanc, le noir et le vert. — Les devoirs de l'homme : la justice, l'humanité, les convenances, la droiture, la fidélité.

Les koua et les nombres jouent un rôle important dans l'art divinatoire, et leur influence est attestée par les livres de Confucius, aussi bien que ceux des Tao-Sze. Les Chinois admettent en effet une divination double : l'une autorisée par les lois ; l'autre dangereuse et proscrite, suivant la nature des enchantements et la fin qu'on se propose en s'y livrant.

La religion des Jou ne reconnaît ni l'immortalité de l'âme, ni le dogme des récompenses et des peines posthumes. Selon elle, la vertu et le crime sont rémunérés ici-bas.

Les adeptes, c'est-à-dire l'empereur, les mandarins, toute la classe lettrée, offrent à des myriades de divinités et de saints des sacrifices de tout genre. On les divise en *ta-sze*, *tchong-sze*, *siao-sze*, grands, moyens et petits sacrifices. Les premiers sont réservés à l'intelligence suprême, à Tien et à Chang-Ti. Les seconds, aux dieux du territoire et des céréales, à la grande lumière (le soleil), à la lumière du soir (la lune), aux génies, aux sages, aux inventeurs des arts utiles. Enfin, les hommes illustres dans tous les genres, philosophes ou savants, grands capitaines, administrateurs et toutes les divinités qui président aux phénomènes de la nature, reçoivent les sacrifices de l'ordre inférieur.

La symbolique de ce culte panthéiste montre assez qu'il s'adresse surtout à l'univers matériel. Le prêtre impérial revêt une tunique bleue pour adorer le ciel, une jaune quand ses hommages s'adressent à la terre. Il est habillé en rouge devant l'autel du soleil, en blanc devant celui de la lune. L'autel de Tien est rond, celui de la terre est carré.

Les grands sacrifices sont précédés de trois jours d'abstinence, pendant lesquels le prêtre ne doit ni juger les criminels, ni assister à un festin, ni écouter de la musique, ni habiter avec des femmes, ni visiter des malades, ni porter le deuil d'un mort, ni boire du vin, ni manger des oignons ou de l'ail. La négligence en ces matières, ou le mauvais choix des victimes. peuvent être punis par une retenue sur le salaire de l'officiant; mais un profane qui oserait empiéter sur les rites, et, sans avoir mission spéciale, adorer le ciel, n'en serait pas quitte à moins de quatre-vingts coups de bambou, si même il n'était bel et bien étranglé.

§§§

Soit qu'il les eût devinées, ou qu'elles lui fussent venues du dehors, Lao-Tse avait importé quelques portions notables des idées samanéennes ou bouddhiques. Six siècles s'écoulèrent cependant après sa mort sans que le culte de Fo pénétrât en Chine. Le premier bouddhiste indien n'y arriva que vers l'an 65 de l'ère chrétienne, appelé par l'empereur Ming-Ti de la dynastie des Han. Au VIe siècle, alors que les partisans de la religion brahmanique obtinrent la victoire sur les hérétiques bouddhistes, et les firent expulser de l'Inde, ceux-ci refluèrent naturellement dans les pays voisins, et la Chine en fut infestée.

Leur doctrine devait y faire de grands progrès. Aucune des superstitions existantes n'était en contradiction directe avec elle. Aucune rigueur extrême n'éloignait les nouveaux convertis. On ne leur demandait point la pratique exacte des vertus pénibles; on leur offrait au contraire le rachat de tous les crimes, moyennant certaines offrandes aux prêtres et aux idoles. En échange d'une pieuse libéralité, l'adepte des Ho-Shang recevait la promesse d'une transformation favorable, et ne quittait ce monde que bien assuré d'y reparaître avec tous les avantages d'une brillante métempsycose. En attendant, on priait pour lui, et ses désintéressés protecteurs mangeaient sur sa tombe les aliments offerts à son ombre affamée. Ils officiaient volontiers devant les tablettes des morts, et par là se prêtaient au culte des disciples de Khoung-Tse pour la mémoire des ancêtres.

Leurs théories cosmogoniques ou morales s'amalgamaient aisément avec les anciennes notions chinoises sur le Taï-Ki, le Yn et le Yang. Bouddha, créateur suprême, et les deux manifestations supérieures qui forment avec lui la Trinité céleste pouvaient s'y confondre avec ces abstractions insaisissables. Ni l'anéantissement de l'individu par l'absorption dans l'être universel, ni le dogme de la transmigration des âmes, n'étaient en opposition directe avec les idées de Lao-Tse ou de Confucius. Tout au plus le célibat des prêtres, et l'oisiveté mise en honneur, allaient de front contre les principes du gouvernement chinois. Ce fut aussi ce qu'on vit de répréhensible dans le culte de Fo, et ce qui le fit poursuivre dans le principe comme une hérésie dangereuse; mais, lorsqu'il eut subi cette épreuve, inutilement tentée, on le laissa se propager en paix dans les classes inférieures chez lesquelles il resta confiné. Peu à peu, les prêtres de Fo, nourris par leurs adeptes et méprisés par les lettrés, sont devenus, concurremment avec les tao-sze, les ministres de toutes les superstitions chinoises. Leur morale se réduit maintenant à cinq préceptes fort mal observés : ne rien tuer; ne pas dérober; ne commettre aucune action contraire à la pudeur; ne pas mentir; ne pas boire de liqueurs spiritueuses.

L'homme qui ne manque pas à ces principaux devoirs, et qui détruit en lui les passions par des années de mortifications silencieuses et de rêverie acharnée, parvient à l'état de sainteté. Il en est récompensé par les joies sensuelles du paradis bouddhique, qui renferme, à l'exception des houris, toutes les conditions de la félicité purement physique. Les corps des saints, purs de toute souillure, exhalent un parfum suave. Une beauté céleste est répandue sur leurs traits; aucune affliction ne trouble leurs cœurs remplis de sagesse. Ils sont nus et ne ressentent pas l'atteinte du froid. La faim leur demeure inconnue, et ils sont libres de ne jamais manger; mais, en revanche, s'ils mangent, la satiété ne les arrête point. Aussi, ne sont-ils jamais ni chagrins, ni colères, ni malades. Une jeunesse éternelle reste leur partage. Sans cesse en extase devant des fleurs de lotus et des arbres de diamants, ils voient s'agiter à leurs pieds des jardins, des bosquets fantastiques, ondulant comme les plis d'un vaste rideau de soie, étincelant de broderies. Lèvent-ils les yeux, c'est pour voir tomber du firmament, en pluie odorante, les fleurs du Fo-li-tche-to-lo. Tel est le lieu de délices appelé le Paradis de l'Occident.

L'enfer, en revanche, est rempli de supplices horribles, dont un almanach spécial place l'image sous les yeux des croyants. Ce recueil de gravures grossièrement exécutées a passé longtemps en Europe pour la représentation des supplices appliqués en Chine; mais le docteur Morrison a détruit ce préjugé en donnant la traduction du texte qui les accompagne. On y voit que la procédure suivie devant les Rois de Ténèbres est à peu près la même que celle des tribunaux ordinaires. Les punitions seules sont différentes. L'une des gravures représente les juges infernaux, entourés de leurs officiers subalternes, et prêtant l'oreille aux discours miséricordieux de la déesse Kouan-Yin, qui réclame un adoucissement de peine pour une âme condamnée à être pilée dans un mortier. D'autres tableaux, de plus en plus affreux, succèdent à celui-ci. Ce sont des réprouvés que l'on scie en deux, d'autres qui rôtissent, attachés à des piliers de cuivre brûlant; on coupe la langue aux menteurs; on jette les filous sur le penchant d'une colline hérissée de couteaux, et mille autres inventions que varie à plaisir l'imagination des Chinois, volontiers féroce.

Paradis Chinois.

Quand la séance est levée, les hommes irréprochables remontent dans le séjour des saints. Ceux qui ont failli, mais à qui restent les chances de l'expiation, redescendent sur la terre pour y commencer une nouvelle épreuve dans des conditions nouvelles; enfin, les méchants sont plongés dans l'abîme, et vont y subir les peines auxquelles ils sont condamnés. La plupart, — comme les suivants d'Ulysse dans l'île de Calypso, — subitement métamorphosés, prennent la forme des animaux dont ils ont eu, pendant leur vie, les instincts dominants et les habitudes vicieuses.

La ressemblance extérieure du culte bouddhique et des rites romains a frappé beaucoup de voyageurs. Le dieu en trois personnes rappelle, en même temps que les Trois Précieux Fo, la Trimourti ou Trinité de Bouddha, Darma et Sanga (l'Intelligence, la Loi et l'Union, cette dernière, produit des deux autres); l'usage des cloches, des clochettes et des chapelets; le mérite particulier attaché à telle ou telle oraison répétée un certain nombre de fois; l'usage de prier dans une langue étrangère, tout à fait inconnue aux dévots, et dont les prêtres ont à peine quelque teinture; la ressemblance de certaines idoles avec les madones catholiques; les processions, les chants, les moines à tête rasée, le célibat imposé au clergé, donnent aux deux religions un extérieur presque identique. Un Chinois qui rencontre une image de la Vierge la confond tout naturellement avec celle de Kouan-Yin. Saint Antoine avec son gril est pour eux le Dieu du Feu. La Reine du Ciel (Tien-How) s'appelle aussi Notre-Dame (Niang). Bref, dans leur Histoire complète des Dieux et des Génies, compilée par un médecin à une époque où beaucoup de catholiques résidaient en Chine, on rencontre la Vie de Jésus-Christ, rangée sans scrupule parmi les autres légendes mythologiques du Thsing-Koué. Sauf la différence des noms, Ye-Sou, Ma-li-a, le pays de Yu-te-a, Pi-la-to, Yu-tassé, etc., la tradition juive est suivie de point en point. La couronne d'épines devient un *bonnet* d'épines, et la croix n'a pu être désignée que par cette circonlocution : « Une machine de bois très-grande et très-pesante, ressemblant au caractère *ten*. »

Ce caractère est en effet composé de deux lignes transversales.

Les points de rapport que je viens de signaler ont dû nuire à la prédication de la religion romaine, dont les symboles n'avaient rien de nouveau, rien de frappant pour les adorateurs de Fo. Quant à leur origine, elle n'est point encore éclaircie. On peut seulement conjecturer que quelques chrétiens nestoriens, égarés dans l'Inde, ont amalgamé leur rit et leur cérémonie avec la croyance bouddhiste.

Ces dernières n'ont subi que de légères altérations en passant de l'Inde à la Chine. Les savants qui se sont occupés d'éclaircir ce point d'histoire religieuse ont retrouvé les noms sanscrits dans leurs transcriptions altérées par les cosmographes chinois. La similitude des divisions adoptées a rendu cette tâche moins difficile et ses résultats moins douteux.

On connaît, par exemple, les idées indiennes sur le partage de la terre habitée en quatre îles ou grands continents, placés au quatre points cardinaux, par rapport à la Montagne Céleste (*Çu Meru*).

A l'ouest est le Continent de la Beauté (*Purvâ Videha*); les Chinois l'appellent *Fé-pho-ti*.

A l'occident, le Continent des Bœufs; en sanscrit, *Godenia;* en chinois, *Kin-je-ni*.

Au nord, celui de la Victoire (*Uttara Kura*), appelé *Yatan-youli* par les Chinois.

Au midi (l'Inde est comprise dans ce dernier continent) le *Djambha-Dvîpâ;* le Yan-feou-thi, l'Ile d'Or, des compatriotes de Confucius.

Dans le Djambha-Dvîpâ, arrosé par quatre fleuves qui sortent d'un lac carré, on distingue quatre dominations souveraines : celle du Roi des Hommes, à l'orient; celle du Roi des Éléphants, au midi; à l'est, celle du Roi des Trésors; au nord, celle du Roi des Chevaux.

On retrouve aisément dans cette distribution les quatre grandes monarchies que les Indous peuvent avoir connues. Le Roi des Hommes, gouvernant un pays très-peuplé, très-civilisé, très-savant, dont le climat est doux et agréable, c'est l'empereur de la Chine; le roi des Éléphants est le grand radjah des Indes; le Roi des Trésors est le shah de Perse; et celui des Chevaux est le souverain des nomades du nord, Scythes, Huns, Gètes, Turcs, Mongols, et autres nations comprises sous le nom générique de Tartares.

Outre ces grandes divisions systématiques, il a bien fallu enregistrer les découvertes amenées par le progrès des connaissances positives. Les Indous l'ont fait en imaginant des îles secondaires, groupées autour de leurs continents chimériques. De même les Chinois (témoin la carte d'un voyage dans l'Inde par Kiouan-Tchong) placent la province persane du Ghilan, le royaume de Danemark et la Pologne, sous la forme de trois îles, à l'ouest de la grande Boukharie; mais les additions de cette espèce n'entrent point dans le fond du système cosmographique, qui se compose invariablement de quatre grands continents, flanqués chacun de deux îles plus petites, et disposés symétriquement autour de Montagne Polaire.

Toutes ces idées et bien d'autres sont communes à l'Inde et à la Chine. Les Sept Montagnes d'Or (Bec de Poisson, Trompe d'Éléphant, etc.); les Sept Mers parfumées (de Lait, d'Hydromel, de Beurre, etc.); les Cinq Tourbillons de Vent, les vingt-huit Mansions lunaires, les Six Cieux superposés qui constituent le Monde des Désirs, les Dix-huit Cieux du Monde des formes, les Quatre Cieux du Monde sans formes où se complète l'anéantissement intelligent, but suprême de l'être humain, sont entrés dans le domaine de la métaphysique chinoise, interprétés tant bien que mal, avec des noms tant bien que mal traduits, par les lettrés dont ces fables n'effrayaient pas le studieux éclectisme.

Moins patient et moins curieux qu'ils ne l'ont été, je n'essaierai pas de pénétrer dans le tohu-bohu de mondes que les bouddhistes révèrent. Jamais l'imagination exaltée des poëtes, jamais cette fièvre de nombres particulière aux mathématiciens, combinées ensemble, n'ont donné d'aussi monstrueux résultats. Des milliards et des milliards d'univers comme le nôtre ne forment qu'un étage dans cette édifice ultra-gigantesque; il tourne sur une roue de métal, appuyée sur un tourbillon d'eau, qui repose sur un tourbillon d'air, lui-même assis sur un tourbillon d'éther. Ce dernier est contenu par l'effet des actions auxquelles se livrent les êtres vivants, dont la moralité influe directement sur l'existence du monde matériel. Ce monde, sous la figure d'une pierre précieuse, gît au sein d'un immense lotus, sorti de l'Océan des Parfums, lui-même placé au milieu d'un monde immense; et ceci n'est que le second anneau d'une chaîne interminable, également composée de mondes, d'océans et de lotus, multipliés sans fin ni trève; le tout, dit-on, afin de donner une notion de l'infini en espace, et d'écarter les idées que le vulgaire se forme, ne jugeant que par ses sens limités des limites apparentes de la création.

Le rapport indiqué entre la moralité des actions et la production des effets matériels est certainement le dogme le plus curieux de cette étrange cosmogonie. Tout ce qu'on peut en bien saisir, dans l'obscurité où le laisse l'insuffisance des langues et des traducteurs, c'est que les erreurs, les passions et les vices, circonscrivent, bornent et prolongent les opérations du monde phénoménal. L'univers nous apparaît donc comme une vaste machine dont tous les ressorts sont mus par des causes morales, que ces causes ont, pour ainsi dire, montée, qu'elles détraqueront, en fin de compte, dans un temps donné, par une action déterminée, avec des circonstances identiques. Dans ce système, l'ordre physique et l'ordre moral confondus se tiennent par des liens, par des rapports (en chinois, *fa; charma* dans la langue sanscrite), dont la connaissance forme la suprême sagesse.

De cette valeur attachée aux bonnes ou mauvaises actions découle une notion morale qui rappelle encore le dogme catholique des indulgences acquises par les œuvres pies. Elle est généralement adoptée en Chine, et consiste en une sorte de comptabilité ouverte avec le ciel, les mérites balançant les fautes, un acte charitable rachetant un péché véniel, et cela d'après un tarif régulier. Mon professeur de philosophie paraît tout à fait persuadé, par exemple, que s'il avait eu le malheur de tuer un de ses semblables,—crime équivalent à cent *mauvais points*, — il les effacerait, soit en sauvant la vie à quelqu'un, soit par une série de bonnes œuvres équivalente. En réparant une route, en construisant un pont, en perçant un puits; — cha-

cun de ces mérites comptant pour dix, — il aurait déjà un tiers de son expiation. Un malade guéri par lui effacerait encore trente mauvais points. Enfin, l'abandon du terrain nécessaire à une sépulture réduirait à dix l'importance du meurtre. Il ne faut pas, quand on est chrétien, tourner trop facilement en dérision cette doctrine, si insensée au premier coup d'œil; le dogme de la rédemption ne s'y rattache-t-il pas étroitement?

V.

Les Superstitions.

Peu à peu, la confiance s'établissant entre nous, mon vieil étudiant m'a laissé entrevoir le fond de sa croyance. C'est celle de la majorité des lettrés chinois, et celle de beaucoup de gens d'esprit dans tous les pays du monde. Il se moque tout le premier des écrits ridicules, mis en circulation par les ho-shang et les tao-sze; mieux encore des imbéciles qui les prennent au sérieux.

Je tiens de lui l'histoire d'un pauvre diable de métempsycosiste à qui les bonzes avaient fait croire qu'à sa mort il deviendrait cheval de poste; lui promettant d'ailleurs que, s'il courait bien et mangeait peu, il échangerait, — après un second trépas, — cette position subalterne contre quelque emploi important. Depuis ce moment, l'infortuné ne vivait plus. Le jour et la nuit, le fouet du postillon claquait à ses oreilles, et

la pensée des éperons lui donnait un point de côté perpétuel, tant et si bien que, pour échapper à ces terreurs, il s'est fait chrétien.

Une autre plaisanterie est celle de deux tao-sze mendiants,

qui, s'étant mis en tête d'avoir pour leur souper une paire de beaux canards, entreprirent la bonne femme à laquelle ces animaux appartenaient. La larme à l'œil et l'air contrit, ils vinrent lui dire qu'ils avaient reconnu des parents bien-aimés sous le plumage des deux volailles, et qu'ils étaient désolés de les savoir destinés à être maltraités et mangés. Elle voulut d'abord les rassurer à ce sujet; mais, comme ils avaient de bonnes raisons pour se montrer inconsolables, elle ne put se dispenser d'accéder à leur désir filial en leur donnant ses canards, dont ils voulaient, disaient-ils, prolonger l'existence par les soins les plus assidus. Ils les reçurent avec les marques d'une vénération et d'une tendresse vraiment touchantes; reste à savoir, — et sur ce seul point la chronique laisse quelques doutes, — si ces parents adorés furent cuits au four ou à l'étuvée.

Les dieux eux-mêmes jouent leur rôle dans ces récits comiques, dont un conteur italien de la renaissance envierait quelquefois la verve impie.

Entre autres divinités ajoutées par les Chinois au panthéon déjà si peuplé des bouddhistes indiens, figure Yen-Vang, le Maître du monde inférieur, auquel appartiennent à peu près tous les attributs des Parques grecques. Il tient un livre où sont inscrits, après la naissance de chaque homme, les événements de sa vie jusqu'au moment fatal où le dieu, d'un coup de pinceau, efface le nom placé en tête de cette biographie. A ce moment l'homme cesse d'exister. Yen-Vang, un beau jour, voulut relier son volume, qui menaçait ruine, et, suivant une méthode en usage chez les libraires chinois, il substitua une bandelette de papier au fil dont il aurait eu besoin pour coudre ensemble les feuillets d'un de ses cahiers. Sur ce papier, sans qu'il y prît garde, Yen-Vang avait inscrit le nom d'un pauvre homme nommé Pung, qui, se trouvant ainsi hors de vue et parfaitement oublié, semblait destiné à vivre indéfiniment. Agé déjà de près de huit siècles, il avait épousé successivement soixante et douze femmes, lorsqu'une fatale indiscrétion mit fin à cette carrière si longue et si bien remplie. La soixante-douzième épouse, descendue après sa mort dans les régions inférieures, et cédant à une impardonnable curiosité, voulut savoir à quoi tenait la

longévité vraiment extraordinaire de son cher époux. Il paraît que, même en enfer, il n'est point de mystère pour une femme aux aguets. Celui-ci fut éventé; le commérage s'en empara, et, malheureusement pour l'honnête Pung, le Maître des régions inférieures ne tarda point à être informé de ce qui se passait. Il se fit apporter le volume, changea la reliure, et, d'un coup de pinceau, mit fin à une existence trop patriarcale.

L'esprit critique de mon professeur, s'exerçant sur cette fable, y a découvert une objection victorieuse. A l'époque où vivait Pung, les livres ne se reliaient pas encore d'après la méthode qui rendrait possible l'erreur attribuée à Yen-Vang.

Il déblatère aussi très-volontiers sur les pratiques absurdes de ses compatriotes.

« Ne faut-il pas être insensé, me disait-il, pour attribuer une vertu merveilleuse à la figure d'un ki-lin, parce que cet animal est apparu à la naissance de Khoung-Tse? Croira-t-on qu'un morceau de l'herbe *ngaï*, un rejeton de pêcher, un fragment de roseau (*acorus calamus*), placés au nouvel an sur le seuil des portes, repousse le mal qui pourrait sans eux pénétrer dans les maisons? — que, le premier jour des fêtes par lesquelles on le célèbre, il faille faire disparaître tous les balais et enlever toutes les sonnettes, sous peine de s'exposer à quelque infortune? — qu'un morceau de pierre ou de métal sur lequel sont gravés les pa-koua (les diagrammes mystiques) assure une longue vie à celui qui le porte pendu à son cou? — que les souris volantes (*feï-chou*) sont l'emblème de la félicité, ou les grolles un présage de malheur? — que les chiens méritent d'être enterrés dans un cercueil (quand on ne les mange point), parce qu'un de ces animaux a dévoré l'assassin d'un sage? »

En revanche, — car il faut bien payer son tribut à l'infirmité de l'esprit humain, — ce lettré sceptique me raconte sérieusement les exploits fabuleux de Chang-Kong, et comme quoi ce héros détruisit naguère un dragon épouvantable en lui faisant avaler une boule de riz dans laquelle avaient été cachées des lames d'épée. Habitant une maison dont le propriétaire s'est suicidé, il craint de le voir *revenir*, et conserve suspendu à son chevet le talisman qu'on appelle « un Sabre de Monnaies. » Ce sont de vieux tseen attachés à une sorte de croix ou d'épée en fer.

Enfin, il m'a demandé, pour un de ses amis récemment devenu père, quelque argent qui doit servir à faire l'emplète d'un ornement de cou en forme de serrure. Par la vertu de cette amulette, qu'on appelle « la Serrure des Cent Familles, » et à l'achat de laquelle cent personnes différentes doivent concourir, on croit les intéresser toutes à ce que l'enfant placé sous leur patronage fournisse une longue et heureuse carrière.

Cracher dans les vieux puits, sauter par-dessus le foyer, par-dessus les aliments, par-dessus les hommes; chanter ou danser le premier jour de la lune; pleurer, se peigner ou satisfaire aux besoins naturels en se tournant du côté du nord; préparer des aliments avec du bois sale; cracher contre les feux météoriques; montrer du doigt l'arc-en-ciel : sont, aux yeux du grand philosophe, des crimes énormes, et les raisons qu'il en donne déconcertent souvent ma gravité.

« Le nord, dit-il, est le lieu où réside le Prince des Étoiles ; le pôle du nord est le gond du ciel; il tient dans sa dépendance tous les esprits des trois mondes et des dix parties de l'univers. On l'appelle Tchi-Tsun, c'est-à-dire Très-Honorable. Si vous osez pleurer, cracher ou lâcher de l'eau du côté du nord, vous outragez les dieux et vous souillez leur présence. Vous diminuez la somme d'existence qui vous était accordée.

Le Dieu du Foyer préside à la vie de toutes les personnes de

chaque maison. Quoi qu'il soit très-près de nous, il ne faut ni le flatter, ni l'offenser par un excès de familiarité. Il n'est pas permis de chanter, de pleurer, de faire des imprécations, ni de vociférer à l'entrée du foyer. De même, si l'on se sert de bois ou de plantes sales pour faire chauffer les boissons et cuire les aliments, leur vapeur impure blesse le dieu domestique.

Toutes ces fautes s'aggravent si elles sont commises aux huit époques appelées Pa-Tsié, c'est-à-dire au premier jour de chaque saison, aux deux équinoxes et aux deux solstices. A chacune de ces huit époques, les deux principes Yn et Yang se succèdent mutuellement dans la nature, et un changement analogue s'opère en même temps dans le corps humain. De plus, à ces époques, les dieux rendent leurs décisions sur les peines ou les récompenses des hommes.

Gardez-vous non-seulement de commettre un crime en ce temps de justice divine, mais même d'infliger un supplice au criminel. Pour avoir manqué à cette règle, Teou-Fan, général célèbre, fut puni par les dieux. Il sévissait tous les jours avec la même cruauté contre les hommes du peuple et les soldats. Dans l'hiver de la deuxième année du règne de Thaï-Tsong (628 de l'ère chrétienne), il tomba malade et s'écria tout à coup : « Je vois un homme qui m'apporte une belle citrouille sur un plat. — Comment pourrait-on trouver une citrouille en hiver? se demandèrent les assistants frappés d'étonnement. — Hélas! reprit Teou-Fan en frémissant de tous ses membres, cette citrouille est une tête d'homme qui vient demander ma vie. » A ces mots il expira.

Dans ces propos et dans bien d'autres, il faut remarquer une identité de sanction pénale qui donne à toutes les fautes et à tous les châtiments la même importance. Tuer sans motif des tortues ou des serpents, — il est vrai que ces animaux répondent à la constellation du Nord (*Hiouen-Wou*) — attire à leur meurtrier le même genre de punition que s'il avait, de propos délibéré, noyé sa fille ou poignardé sa femme. Le général qui ne sait pas contenir ses soldats; le médecin ignorant qui, par imprudence, compromet la santé de ses malades; et l'homme qui, restant nu lorsqu'il se lève la nuit, offense les esprits vénérables habitués à se promener dans les ténèbres, sont punis de la même manière. » Le dieu qui préside à la vie, dit le Kaning-p'ien (le Livre des Récompenses et des Peines), inscrit toutes ces sortes de crimes, et, suivant qu'ils sont graves ou légers, il retranche des périodes de douze ans ou de cent jours. Quand le nombre des jours est épuisé, l'homme meurt; et si, au moment de sa mort, il lui restait encore quelque faute à expier, il fait descendre le malheur sur ses fils ou ses petits-fils. »

Mais, pour en revenir à ce qui est pure superstition, rien de plus curieux à observer que les manœuvres des tao-sze près des malades qui, n'ayant plus de confiance dans les remèdes humains, s'adressent directement à ces bonzes pour combattre la mauvaise influence des esprits infernaux; sans s'inquiéter le moins du monde de la maladie et de ses symptômes, ces charlatans engagent la lutte avec le mauvais génie dont elle est l'ouvrage; le plus souvent on l'attribue à Tchin-Tou, le chef des démons. Les uns cherchent à l'apaiser en lui offrant des mets délicats, et en l'invoquant par les dénominations les plus flatteuses; mais il en est qui, lui déclarant ouvertement la guerre, poussent des cris affreux, et, au bruit des gongs, formulent contre lui les plus abominables anathèmes. Si cet exorcisme par la terreur ne réussit pas, on essaie de dérouter Tchin-Tou, et, pour cela, vers minuit, dans le plus grand secret, par les chemins les plus détournés, on conduit le malade dans quelque domicile mystérieux, où son ennemi ne doit pas le découvrir. Si la maison du patient est située sur les bords d'un fleuve, on emploie une méthode particulière, qui consiste à construire une petite jonque, la plus élégamment peinte et dorée que l'on sache; et lorsque, par différents sortiléges, on a déterminé le démon à y entrer, on la pousse brusquement loin du bord; le courant qui l'entraîne emporte aussi le mauvais esprit.

VI.

Les Livres élémentaires. — Les Quatre Livres. — Les Cinq Classiques. — Programme d'examen.

La base de toute instruction étant la connaissance approfondie des ouvrages classiques, voici de quoi se compose la bibliothèque d'un étudiant chinois.

Il a d'abord le *Seaou-Hio*, le livre d'instruction élémentaire, écrit pour les enfants, mais dans un style fort peu approprié à leur âge, par un sage du XIIe siècle, Chou-Foutsze. Il se compose de vingt chapitres divisés en 385 sections, et traite d'une vertu particulière : l'affection du père au fils, les principes de justice qui doivent diriger la conduite d'un prince et de ses ministres, les devoirs respectifs du mari et de la

emme, etc. On trouverait surtout dans les premiers chapitres des renseignements précieux sur l'éducation première des enfants : le choix d'une nourrice parmi les concubines du mari ; l'âge auquel les enfants doivent apprendre à se servir de la main droite; les habitudes et le costume qu'il faut leur donner ; l'instruction graduée qu'ils doivent acquérir. A sept ans, par exemple, on ne permettra plus que les petites filles et les petits garçons mangent ou dorment ensemble ; à neuf ans, ils apprendront à compter les jours des mois ; à dix ans, les garçons, envoyés chez un précepteur, commencent l'écriture et l'arithmétique ; à treize, on leur enseigne la musique et la poésie, en leur faisant répéter les odes du poëte Wou-Ouang ; à quinze, ils doivent apprendre à tirer de l'arc et à mener un charriot ; à vingt ans, enfin, devenus hommes, ils peuvent porter pour la première fois des étoffes de soie et des fourrures ; ils récitent les odes en l'honneur de Yu, et sont astreints à tous les devoirs de fils ou de frère.

A partir de leur neuvième année, les filles ne quittent plus leur appartement. Des maîtresses leur sont données et leur enseignent surtout à parler et à se conduire avec la modération qui convient. Elles apprennent ensuite à filer, à dévider, à tisser la soie ou la laine. On peut aussi leur montrer, en les faisant assister aux préparatifs des sacrifices, comment se disposent les vases et les offrandes diverses. A quinze ans, elles sont admises à tous les priviléges de leur sexe ; à vingt, elles peuvent se marier, à moins qu'elles n'aient déjà porté le deuil d'un ascendant, ce qui leur impose trois ans de retard. Si elles sont reçues chez leur époux avec les six cérémonies prescrites, elles sont femmes légitimes (*tse*) ; sinon, elles n'ont que le titre et les droits de la femme secondaire (*tsie*), c'est-à-dire une position servile, un peu adoucie par l'affection qu'elles peuvent inspirer.

J'ai traduit cette section du *Seaou-Hio* pour donner en même temps un échantillon du livre et des principes qui dirigent l'éducation chez les Chinois. L'application de ces principes a subi quelques changements ; mais le fond reste le même, et le livre, commenté plus de cent fois, est resté dans le domaine public.

Le *Heaou-King* (le livre des devoirs filiaux) n'est point tout

Choix d'une seconde femme.

à fait un livre classique, ni tout à fait un ouvrage élémentaire. C'est un choix de maximes attribuées à Confucius et d'entretiens qu'il aurait eus avec son disciple Tsang-Tsan. Après la destruction des livres, ordonnée par l'empereur Tsin-Chih-Ouang, on retrouva le *Heaou-King* caché dans les murailles de la maison de Confucius. Il a été commenté par plusieurs écrivains, dont le plus illustre est l'empereur Youen-Tsung, de la dynastie des Tang.

Le King Trimétrique (*Santsze-King*), autre ouvrage très-populaire, est remarquable par la distribution des caractères à laquelle elle doit son nom. L'auteur, — le docteur Pih-Hoou, confucéen, qui vivait sous la dynastie Sung, — l'a divisé en colonnes de deux vers, chaque vers comportant trois caractères. Les colonnes se lisent d'ailleurs, comme dans tout autre ouvrage chinois, du haut en bas, et dans un ordre successif, en commençant par celle de droite. Le King Trimétrique contient 178 vers, et il y est traité de la nature de l'homme, des modes d'éducation, de l'importance des devoirs, des nombres, des trois grands pouvoirs, des quatre saisons, des cinq points cardinaux, des cinq éléments, des cinq vertus constantes, des six espèces de grains, des six classes d'animaux domestiques, des sept passions, des huit notes de musique, des neuf degrés de parenté, des dix devoirs relatifs, du cours d'études académiques, de l'histoire générale et de la succession des dynasties; le tout se terminant par des remarques sur l'importance de l'étude, avec des exemples à l'appui. Un pareil résumé ne saurait être fort clair; mais il a l'avantage de graver facilement dans la mémoire un petit catalogue encyclopédique dont l'utilité pratique semble prouvée par la vogue de ce petit poëme.

Viennent ensuite les Quatre Livres (*Sze-Chou*), le *Ta-Hio* (École des Adultes), le *Tchong-Yong* (l'Invariable Milieu), le *Lun-Yu* (les Sentences de Confucius) le *Hia-Mung* et le *Shang-Mung*, — un seul ouvrage, — composé par le philosophe Meng-Tsze (Mencius). Ils sont tous traduits dans la plupart des langues européennes, et tout au plus est-il besoin d'en donner une idée sommaire.

Le *Tchong-Yong* est tout un système de morale, édifié sur ce principe fondamental, que la vertu est placée à une égale distance des deux déterminations extrêmes. *Ching*, le milieu, et *Ho*, l'harmonie, sont, au dire du sage Confucius, la source de tout ordre et de tout bien-être moral. L'éloquence de certains passages, — et entre autres de celui qui nous peint l'homme supérieur, tel qu'il était compris par l'Ancien Maître, — ne rachète qu'imparfaitement la monotonie emphatique de l'*Invariable Milieu*.

Le *Ta-Hio* renferme des règles pour le bon gouvernement des états. La brièveté de l'ouvrage ne répond pas à l'importance du sujet.

Parmi les maximes confusément assemblées qui composent le *Lun-Yu*, quelques-unes sont l'expression banale d'une sagesse ordinaire; d'autres portent l'empreinte des préjugés nationaux; mais il en est en revanche dont la profondeur ne saurait être méconnue.

Meng-Tsze, dont la vie est moins connue que celle de Confucius, et qui apparut sur la scène du monde soixante-dix ans après la mort de cet illustre philosophe, le reconnaissait pour maître. Né comme lui dans les rangs les plus infimes de la société, comme lui redevable d'une excellente éducation aux soins de sa mère, il acquit un renom de sagesse qui le fit appeler dans les conseils de plusieurs princes; mais, comme Confucius, il s'aperçut que la rigidité de ses principes nuirait toujours à son influence politique, et il rentra dans la vie privée pour s'y consacrer exclusivement à la littérature.

Son livre, — le *Hia-Mung* et le *Shang-Mung*, — contient, entre autres documents, le texte des entretiens qu'il avait eus avec divers souverains, et où il avait développé ses théories morales et politiques. Ils sont surtout remarquables par la hardiesse des conseils, et la liberté presque républicaine qui règne dans les propos du philosophe. Sans tracer le programme de telle ou telle forme de gouvernement, il fait remonter l'origine de tout pouvoir à la volonté des peuples. Il avertit les princes qu'ils doivent non-seulement travailler au bien de leurs sujets, mais encore chercher à se rendre agréables, sous peine de perdre bientôt leurs couronnes. « — Trois familles, dit-il, ont gagné l'Empire en se montrant bienveillantes, et l'ont perdu faute de bon vouloir. Si l'empereur n'est pas bienveillant, il ne pourra protéger les Quatre Mers. » Il préférait la bonne instruction du peuple aux meilleures lois pénales : « Les bonnes lois inspirent la crainte; la bonne instruction donne l'amour du bien. « Contrairement à la plupart des philosophes chinois, il regardait l'homme comme porté vers le bien par ses instincts naturels, et n'arrivant au mal que par une sorte d'effort sur lui-même : « le penchant à la vertu est une eau qui descend d'elle-même au bas d'une colline; à force d'écluses vous la faites remonter. » L'adversité lui paraissait la meilleure école, et celle qui forme les caractères les plus énergiques. » — Chun est devenu grand après avoir longtemps labouré la terre; Kaou-Kih vendait

de la marée; Fou-Yu bâtissait des maisons. Le ciel, qui les destinait à d'importantes missions, éprouvait leurs âmes, exerçait leurs corps, les façonnait à l'abstinence, et, par la pauvreté, leur apprenait à être patients.

Immédiatement après les Quatre Livres, les Cinq Classiques s'offrent à l'étude. Le premier est l'*Y-King* ou Théorie de la Nature, le plus célèbre et le plus vanté de tous les ouvrages philosophiques publiés en Chine. C'est aussi celui que les étrangers sont le moins appelés à comprendre; et, pour ma part, j'avoue que mon étonnement a été grand de voir que cette explication, pour ainsi dire universelle, repose sur les *koua*, les huit diagrammes de Fo, trouvés sur le dos de la mystérieuse tortue.

L'intelligence des koua fut toujours le *desideratum* des philosophes chinois; Confucius, tout le premier, frappé de leur existence énigmatique, et admirant leur singulière influence, a consacré la plus grande partie de ses travaux à les commenter, sans être assuré d'avoir compris ce qu'ils signifiaient.

Le *Chi-King*, le second des classiques, est un choix de poésies; le *Chou-King*, une collection d'entretiens attribués aux empereurs et rois des anciennes dynasties; le *Tchun-Tsieou* (le Printemps et l'Automne), une histoire de son temps, écrite par Confucius; elle tire son nom des deux saisons de l'année où elle fut commencée et finie.

Le *Li-Ki*, enfin, est ce célèbre Code des rites et cérémonies qui règle la majeure partie des rapports sociaux et l'étiquette publique ou privée des Chinois. Depuis deux mille ans, c'est, de tous les écrits que nous venons d'énumérer, celui dont l'autorité s'est le mieux fait sentir.

Les devoirs de famille, et spécialement la piété filiale, sont regardés par les Chinois comme la base de tous leurs systèmes moraux et politiques. Leur Rituel a surtout pour objet de régler les manifestations extérieures de ces sentiments où ils cherchent la garantie de l'immobilité dans laquelle ils se complaisent; les coutumes et les cérémonies dont il est fait mention, montent, dit-on, à près de trois mille, et un tribunal ou plutôt un ministère spécial, — le Li-pou, — est chargé de maintenir et d'interpréter ces importantes dispositions.

Outre ces ouvrages de première nécessité, les essais de l'empereur Yong-Tching et de son père Kang-Hi (le *Ching-Yu*, qu'on appelle aussi le *Ouan-yen-yu*, le Livre des Dix mille

Examens Littéraires.

Mots); le Précieux Miroir qui éclaire l'esprit (*Ming-sing-pao-kien*) le *Tao-te-King* , de Lao-Tse ; le *Kan'ing-Pien*, ou livre des Récompenses et des Peines ; quelques chroniques, comme les *Tong-kien-kan-mou* (les Grandes Annales de la Chine) ; l'Histoire des Trois Royaumes, le *Ping-nan-hoou-chouen*, ou l'Histoire de la Pacification du Sud (1020-1050), composent la bibliothèque que mon précepteur a rassemblée autour de moi. C'est en les étudiant avec assiduité que je me prépare aux examens dont le programme se colporte déjà parmi les lettrés de Nan-King. Le programme est une affiche qui détermine :

1° *L'Époque du Concours.* — Cette époque est fixée au dix-huitième jour du huitième mois. Ce jour-là, dit l'affiche, l'automne est à son milieu ; c'est le temps où les hommes de talent possèdent toute leur verve.

2° *Les Heures du Concours.* — A l'heure Chin (7 à 9 heures du matin), tout le monde se réunira dans la *Ouen-Hoa-Tien*, la Salle où fleurit la Littérature.

A l'heure Ssé (9 à 11 heures), on composera en calligraphie. La composition consistera dans une page d'écriture régulière, une page d'écriture abrégée, une page d'écriture de bureau, une page d'écriture antique.

A l'heure Ou (11 heures à 1 de l'après-midi), on composera en chansons.

A l'heure Oueï (1 heure à 3), en poésie.

A l'heure Chin (3 heures à 5), en *ouen-chang* ou prose élégante.

A l'heure Yeou (5 heures à 7), sur des questions d'histoire ancienne.

3° *L'Indication des Sujets.* — Ils seront présentés d'heure en heure par un ssé-li-tai-kien (membre du Tribunal des Rites) à S. E. le vice-roi, qui, en ayant marqué un de son pinceau, le fera porter aux concurrents par un messager à cheval.

Dès qu'une composition sera terminée, on l'enverra au palais du vice-roi par le même messager. Le sujet suivant ne sera présenté qu'alors à S. E. On évitera ainsi les communications clandestines et les fraudes du même genre.

4° *La Fin du Concours.* — Les compositions étant toutes achevées, les concurrents se rendront ensemble au palais du

vice-roi, et y resteront jusqu'à ce que S. E. ait décidé à qui reviennent la victoire et la défaite, le mérite et le châtiment. Par là sont rendus impossibles les faux bruits et les nouvelles hasardées.

Toutes ces précautions seraient en effet très-rassurantes; mais elles sont ouvertement éludées, à ce que m'affirma mon étudiant, fort expert en ces matières. Aidé du crédit de Lun-Chung, il se fait fort de savoir d'avance sur quelles matières roulera chaque composition, et, moyennant finance, de me fournir les réponses nécessaires.

VII.

Les Questions et les Réponses. — Métaphores poétiques. — Un Roman chinois.

Les questions les plus essentielles de l'examen nous ont été livrées par un des secrétaires des fou-youen, moyennant une assez modique rétribution. Celles qui ont rapport à l'histoire ancienne sont au nombre de dix. On demandera aux concurrents :

Dans un point du Grand Vide (du ciel) que trouve-t-on?

Qui étaient les deux ministres de l'empereur Fo-Hi?

Au milieu de la mer, quelles sont les trois îles habitées par les dieux?

Quels étaient les quatre vieillards du mont Chang-Chan?

Sous la dynastie des Han, où étaient situées les Cinq Collines (les lieux spécialement consacrés aux sépultures)?

Dans le royaume de Thang, quel était le sujet des six prières?

Quels étaient les Sept Sages de la Forêt de Bambous?

Comment s'appelaient les huit coursiers célèbres de l'empereur Mou-Wang?

Quels étaient les neuf vieillards du mont Hiang-Chan?

Quelles expressions désignaient les dix parfums de l'impératrice Siao-Heou?

Les réponses à toutes ces questions devront être faites en vers de sept syllabes. Mon précepteur s'est chargé de me préparer cette besogne.

Sous la première question je dois écrire :

> Dans un point donné du Grand Vide,
> Depuis l'origine, il n'y a rien.

Sous la sixième :

> L'administration ne suivait plus aucune règle.
> Le peuple avait perdu tout moyen d'existence.
> Les maîtresses du roi étaient très-nombreuses.
> Les palais étaient d'une magnificence inouie.

Les richesses se dissipaient avec profusion.
La calomnie était en faveur.
Pouvait-on avoir dans les plaines de Thiang-Long
Six sujets de prière plus importants?

Sous la septième, relative à l'espèce de secte épicurienne ou cynique, engendrée par les doctrines de Lao-Tse :

Il y a bien longtemps que l'on parle des Sept Sages.
Lieou-Ling s'enivrait; Youen-Ti, presque toujours ivre,
Avait fini par perdre à peu près la raison.
Il se moquait de Ouang-Young qui perçait des prunes.
Ki-Kang faisait la cuisine sous un saule.

Youen-Hien et Yang-Sieou montraient souvent des yeux irrités
Sien-Kong seul était vraiment dans des sentiments élevés;
Tenant dans sa main la balance d'un magistrat intègre,
Chaque jour il présentait de fidèles rapports.

Ainsi des autres réponses, qu'il serait inutile de consigner ici.

La composition en prose élégante (*ouen-tchang*) présente plus de difficultés. On ne sait encore si elle aura pour sujet une dissertation ou un récit. Dans cette double alternative mon travail est préparé. S'il s'agit d'un discours, j'expliquerai l'origine historique de quelques locutions usitées dans les poëtes. Je dirai, par exemple, pourquoi le célèbre Li-Thai-Pe, l'Anacréon de la Chine, est habituellement désigné par le surnom de Ki-King (monté sur la baleine); je raconterai l'aventure galante de la belle Wen-Kien, à laquelle les poëtes et prosateurs modernes font de si fréquentes allusions, et son enlèvement par le rimeur Siang-Jou; j'expliquerai pourquoi la tête s'appelle en poésie « la Tour des Trois Pensées: » et pourquoi le mont Thaï-Chan est surnommé « le Neveu du Ciel. »

Outre ces développements historiques, j'insisterai sur la beauté particulière de certaines locutions, qui relèvent les détails les plus vulgaires, en substituant au mot propre une image claire et précise; comme lorsqu'on appelle une paire de ciseaux » la queue d'hirondelle, » ou « sable d'argent, » la fleur de farine; — « eau de puits, » un miroir; « pilule de dragon (*long-pin*), » des bâtons d'encre; « nuages noirs, » des cheveux artificiels; — « pioche du printemps et « hôte de la neige » le cormoran. »

La poésie chinoise abonde en expressions de ce genre, quelques-unes énergiques et pittoresques, d'autres à peu près inintelligibles. Le cœur s'appelle « le Prince du Ciel; un tombeau « la Tour de la Nuit; » penser à un ami dont on est éloigné, c'est « penser aux arbres du printemps et aux nuages du soir; » une « montagne de glace » désigne une puissance qui se dissout aisément; l'habitation d'une jeune fille riche est « un étage rouge; » la chambrette d'une jeune fille pauvre est « une fenêtre verte; » on désigne un homme bienfaisant par cette agréable métaphore : « un printemps mâle qui a des pieds. » « Faire des yeux blancs à quelqu'un, » c'est-à-dire lui montrer le blanc de ses yeux, c'est le mal accueillir; « lui faire des yeux noirs, » c'est le recevoir avec empressement.

Un petit ki-lin du ciel (un enfant distingué), qui veut acquérir une grande réputation par des succès littéraires, éprouve « le désir des nuages bleus. » Il faut pour le satisfaire qu'il renonce « au parfum rouge » (aux plaisirs des sens); qu'il soit « comme l'étoile du matin » (qu'il vive dans la solitude), ou du moins « qu'il s'attache au dragon et au phénix » (qu'il fréquente les hommes instruits et vertueux), et reste longtemps « assis au milieu d'un vent de printemps » (au cours d'un excellent professeur). Après cela, s'il échoue au concours, on dira de lui qu'il a « incliné la tête à la porte du dragon »; s'il atteint au contraire le grade le plus élevé, s'il devient tchong-youen, il enverra de tous côtés « le cachet d'argile rouge » (la circulaire qui annonce son élection), et, désormais « entré dans la Tour des Oies » (inscrit sur la liste des docteurs), il pourra être, suivant le bon plaisir « des Six Chevaux » (de l'empereur) « ceinture bleue » (préfet d'un district), « cheval rouge » (préfet d'un département), « cheval pommelé » (commissaire impérial), « magistrat du printemps » (membre du tribunal des rites), épouser « un linteau de porte » (une fille distinguée), vivre « de jade cuit et d'or bouilli » (de mets exquis), « balayer tout à son aise la balle des grains » (corriger les mœurs du siècle) jusqu'à ce qu'il « avale le rouge » (jusqu'à ce qu'il meure) et monte « au palais d'argent » (dans le séjour des dieux).

Délassements Poétiques (peinture du Palais impérial).

Ces expressions et bien d'autres fourniront à ma dissertation littéraire, si c'est un discours *ex professo* qui m'est demandé. Mais s'il s'agit d'un récit merveilleux, ainsi qu'on le présume à cause du penchant que l'on connaît au vice-roi pour la littérature légère, mon thême est également prêt, et je raconterai une des plus curieuses traditions du tao-szisme. Ce conte fantastique est intitulé :

LES RENARDS-FÉES.

1.

Sous le règne de Hiouang-Tsong, de la dynastie des Tang, vivait un jeune homme dont le nom de famille (*sing*) était Wang, et qui avait pour nom de lait (*jou-ming*) le caractère Tchin. Il perdit son père de bonne heure, et se maria bientôt après. Sa mère et lui étaient allés s'établir dans la province de Kiang-Nan, à la suite des troubles amenés dans la capitale par la rébellion de Ngan-Lo-Chan; son frère avait pris du service dans les gardes de l'empereur.

La paix étant rétablie, Wang-Tchin eut l'idée de faire un voyage pour revoir les anciennes propriétés qu'il avait été forcé d'abandonner; et, confiant dans son habileté à tous les exercices militaires, il partit sans autre escorte que son serviteur Ouang-Fo.

2.

Un soir qu'il traversait une forêt, il entendit sous un vieil arbre comme un bruit de voix humaines. Ce n'étaient pourtant pas des hommes qui parlaient, mais bien deux renards sauvages, lesquels, tenant entre eux un vieux manuscrit, semblaient discuter le sens de quelque passage.

Wang-Tchin, très-superficiellement instruit en littérature,

n'avait aucun respect pour les savants, à quelque genre d'animaux qu'ils appartinssent, et il estimait un bon coup d'arbalète bien au dessus de tous les ouvrages anciens. Aussi, serrant les rênes de soie pour arrêter son cheval, et disposant son arbalète avec l'ongle en corne polie qu'il portait toujours à son doigt, il plaça une balle dans le canon. L'arbalète s'arrondit comme la lune en son plein; la balle partit en sifflant avec la rapidité d'une étoile filante. Au bruit qu'elle fit, les renards levèrent la tête; mais il n'était plus temps : et celui des deux qui tenait le livre, reçut le coup dans l'œil gauche. Il partit, jetant le manuscrit et poussant des cris désespérés.

Wang-Tching ramassa le précieux cahier, et, peu versé dans la connaissance des anciens caractères, il ne put y rien déchiffrer; les pages étaient couvertes de lettres à têtes de crapauds. Il pensa que des savants lui en expliqueraient le sens, et continua sa route.

3.

Dans l'hôtellerie où il s'arrêta pour passer la nuit, et dont le maître reçut avec respect un homme aussi imposant par sa prestance militaire, un voyageur inconnu se présenta peu après lui. Cet homme se donnait pour un officier de l'empereur, et l'hôtelier consentit à le recevoir, encore qu'il n'eût aucun bagage, malgré sa mine assez suspecte.

Wang-Tchin remarqua bientôt que le nouveau venu cachait la moitié de son visage avec les plis de sa manche; et il allait en faire l'observation à l'hôtelier, quand le voyageur se plaignit lui-même de la douleur cuisante qu'il éprouvait à l'œil gauche; et, d'un air de bonhomie, il ajouta qu'il s'était blessé en courant à la poursuite de deux renards qu'il avait rencontrés, criant et sautant d'un côté et d'autre, par la campagne.

Ce discours amena Wang-Tchin à parler de son aventure. L'étranger montra la plus grande curiosité dès qu'il entendit parler du manuscrit que lisaient les renards sauvages, et Wang-

Hôtellerie.

Tchin le cherchait déjà dans sa manche pour le lui donner à traduire, lorsque le petit-fils du maître-d'hôtel, jeune enfant de cinq à six ans, entra dans la salle. A peine arrivé, il s'alla planter devant le faux officier dont il avait reconnu la véritable nature, et le désignant à son grand-père: — Voyez, dit-il, quel vilain renard sauvage est venu s'asseoir ici; ne le chassera-t-on point?

A ces mots, Wang-Tchin, frappé d'une idée subite, pressentit que c'était là le renard blessé par lui. Il tirait déjà son épée et se dirigeait vers la porte, quand le prétendu militaire, qui se vit menacé, fit la culbute, reprit sa véritable forme, et se sauva tout effaré, la queue entre les jambes. Wang-Tchin le poursuivit l'épée à la main; mais les traces qu'il suivait le conduisirent au pied d'un mur. Comme il faisait nuit, on ne put savoir ce qu'était devenu l'animal.

Après son souper, notre héros, couché dans l'hôtellerie, rêvait à cette aventure merveilleuse, quand il entendit frapper à sa porte. Une voix plaintive, qu'il reconnut pour celle du renard, redemandait le précieux manuscrit : — Si vous me le rendez, disait-elle, je saurai trouver moyen de vous témoigner ma reconnaissance; autrement, il vous arrivera des choses fâcheuses.

Cette menace, au lieu d'effrayer Wang-Tchin, le mit en colère; et, sautant à bas de son lit, il prit à petit bruit ses vêtements et son épée, bien déterminé à tuer le mystérieux animal. Mais, arrivé au bas des degrés, il s'aperçut que la grande porte de l'hôtellerie était fermée à clef. S'il appelait pour qu'on l'ouvrît, il serait accusé de troubler le repos des voyageurs; il résolut donc d'ajourner sa vengeance.

4.

Deux jours après, il avait repris possession des domaines que la guerre l'avait forcé d'abandonner. Il se prélassait dans une maison qu'il venait d'acheter et de meubler, quand il vit arriver un domestique en grand deuil, qu'il reconnut pour un des serviteurs de sa maison, nommé Ouang-Heou. Cet homme lui apportait un billet par lequel la mère de Wang-Tchin, sur le point de mourir, conjurait son fils de venir lui rendre les derniers devoirs.

Wang-Tchin était trop bon fils pour hésiter. Après avoir gémi sur le malheur dont il était menacé, il se hâta de faire confectionner des habits de deuil et de faire préparer le cercueil. En même temps, il vendait en toute hâte et à perte la maison et les terres qu'il venait d'acquérir. Ouang-Lieou ne lui laissait ni trêve ni repos; ce bon serviteur fut envoyé en avant pour tranquilliser la famille et annoncer l'arrivée de son maître, qui partit dès que la caverne fut creusée au milieu du tertre sépulcral.

5.

Tandis qu'il continuait sa route, sa mère et sa femme étaient fort en peine de savoir ce qui était advenu de lui. Un jour qu'elles s'inquiétaient du sort de Wang-Tchin, on leur annonça que Ouang-Fo, son serviteur de confiance, demandait à leur remettre une lettre de sa part. Cette lettre annonçait toutes sortes de bonnes nouvelles. Les biens de la famille étaient retrouvés; Wang-Tchin avait été présenté au premier ministre, et celui-ci venait de le nommer à une magistrature dans le Yeou-Sou. — En conséquence, il ordonnait qu'on vendît en toute hâte les biens achetés dans le Kiang-Nan, et engageait sa mère, ainsi que sa femme, à venir immédiatement le rejoindre dans la capitale.

Ouang-Fo, de plus, insistait verbalement sur la nécessité de partir sans retard. Ce bon serviteur, bien qu'il eût perdu l'œil gauche par suite des fatigues du voyage, voulut repartir à l'heure même. On ne put que rendre justice à son zèle, et lui donner une bonne somme d'argent pour le défrayer de tout jusqu'à la capitale. Ensuite, la mère et la femme de Wang-Tchin s'apprêtèrent à voyager comme il convenait à sa nouvelle dignité. Un bateau-mandarin fut loué; on vendit le mobilier, les terres, les maisons à vil prix; et, de l'argent qu'on en avait tiré, la plus grosse moitié passa entre les mains du bonze qui fut chargé de choisir le jour heureux pour se mettre en marche. Les voisins et voisines accoururent en foule pour féliciter la famille dont la fortune grandissait si vite, et les voyageurs partirent en triomphe.

6.

Wang-Tchin, cependant, dévoré d'inquiétude, était arrivé sur les bords du Yang-Tcheou, et, assis sur ses bagages, à la porte d'une hôtellerie, il attendait un bateau que son valet Ouang-Fo était allé retenir par son ordre. Tout à coup, — il n'en voulait pas croire ses yeux, — sur le pont d'un bateau-mandarin qui remontait le courant, il reconnaît successivement tous les serviteurs de sa maison; puis, devant le treillage de bambou qui forme la porte de la cabine, une femme s'avance, met la tête hors du balcon, et regarde... C'était sa mère. Il se lève aussitôt, il s'écrie, il s'élance... Mais, songeant aux vêtements de deuil qu'il avait cru devoir endosser, et qui ne convenaient plus, sa mère étant vivante, il arrache en toute hâte ses vêtements de toile blanche, et tire de son paquet, resté près de lui, d'autres habits, ainsi qu'un bonnet plus convenables. Puis il court au bateau, que l'on s'était empressé d'arrêter.

Il est aisé d'imaginer à quelles explications donna lieu le malentendu qui réunissait la famille d'une manière si imprévue. D'un côté, Ouang-Lieou (le véritable Ouang-Lieou) qui affirmait n'avoir jamais été porter à Wang-Tchin la lettre que sa mère n'avait jamais songé à écrire. De l'autre, le véritable Ouang-Fo (non plus le borgne) ouvrant une paire d'yeux vifs, clairs et brillants comme une clochette de cuivre, quand on lui soutenait qu'il était venu annoncer à la mère de Wang-Tchin la prétendue prospérité de son fils. Enfin, et pour comble de surprise, les deux missives sur la foi desquelles le double voyage avait été entrepris, métamorphosées en deux mauvaises feuilles de papier blanc.

La double déception qui frappait la famille Wang allait être mortelle à sa fortune; et, dans le trouble où il était plongé, Wang-Tchin n'avait d'abord su que penser de tous ces sortiléges. Enfin, à propos de ce prétendu Ouang-Fo qui avait perdu l'œil gauche, il eut une inspiration lumineuse, et reconnut la vengeance dont le renard sauvage l'avait menacé.

Maintenant que faire? Les biens de la capitale et ceux du Kiang-Nan étaient vendus. Dans l'un ou l'autre pays, l'objet d'une si ingénieuse tromperie devait être en butte à la risée publique. Wang-Tchin et les siens, effrayés de cette perspective, résolurent d'aller se fixer dans le Fan-Tchouen. Ils y prirent une maison à loyer, et vécurent dans la retraite, couvant leur tristesse profonde.

7.

Certain jour, un homme entra dans la salle où Wang-Tchin surveillait les travaux de ses domestiques. Il portait un bonnet de gaze noire, de forme ancienne, et une robe de soie verte comme celle des tao-sze. Des pierres bleues et des morceaux de jade ornaient sa coiffure; de larges rubans de soie, diversement nuancés, descendaient de sa ceinture au bas de sa tunique. Ses souliers de même étoffe faisaient honte à la neige par leur blancheur, et la semelle en était brillante comme une nue empourprée.

Ce n'était rien moins que Wang-Tsay, le frère cadet de

Wang-Tchin. Ils se saluèrent affectueusement, et accomplirent les devoirs de la civilité; après quoi, Wang-Tsay demanda qu'on lui expliquât tous les changements survenus dans l'existence de la famille. Quand il eut appris l'aventure des renards, il fit à son frère les plus graves reproches. Pourquoi maltraiter des animaux inoffensifs? Pourquoi voler leur livre? Pourquoi, lorsqu'ils insistaient pour le ravoir, refuser de le leur rendre? A quoi pouvait vous servir ce bouquin?

— Et ce livre de malheur, poursuivit Wang-Tsay, est-il gros? Que renferme-t-il? En quels caractères est-il écrit?

— Je ne sais, répondit Wang-Tchin intérieurement humilié par ces reproches... De tous les caractères qu'il renferme, il n'en est pas un que je connaisse.

— Ils doivent être curieux, et je serais bien aise de regarder ces pages.

Wang-Tchin alla chercher le manuscrit, et le remit aux mains de son frère, qui, le tournant et retournant, semblait le dévorer des yeux. Puis tout à coup ce dernier se leva, traversa la salle, et regardant Wang-Tchin entre deux yeux :

— Le faux Ouang-Lieou, lui dit-il, c'était moi! Maintenant que j'ai mon livre, rassurez-vous... et adieu!

Sur quoi, cet être bizarre prit la fuite en courant, mais pas si vite que Wang-Tchin n'eût le temps de se cramponner en criant à ses habits. Le fuyard se débattait en vain sous ses mains vigoureuses, et on l'entendait murmurer quelques paroles inarticulées. Tout à coup l'animal fée se secoua vivement, se dépouilla des habits dont il était couvert, reprit sa première forme, et disparut comme un tourbillon.

Wang-Tchin et ses gens, accourus au bruit, se précipitèrent après lui dans la rue; mais ils ne virent rien... rien qu'un vieux tao-sze borgne, assis à la porte, sous l'auvent du toit. Ils lui demandèrent s'il n'avait point vu passer un renard, et de quel côté cet animal avait pris. A quoi il ne répondit qu'en étendant la main du côté de l'est.

Ils coururent aussitôt dans cette direction; mais ils n'avaient pas dépassé la sixième maison quand ils s'entendirent rappeler par le tao-sze.

— Wang-Tchin, criait-il, le Ouang-Fo borgne, c'était moi!... Votre frère cadet n'est pas loin d'ici!

En effet, les deux renards, en possession de leur livre, gambadaient sous les yeux de leurs ennemis, et les narguaient ouvertement. On voulut les poursuivre; mais ils jouèrent des pattes, et s'enfuirent comme s'ils avaient eu des ailes.

8.

Rentré chez lui, l'infortuné Wang-Tchin voulut examiner les vêtements qu'il avait arrachés au renard. A peine les eut-il touchés qu'ils se métamorphosèrent aussi, ou plutôt on les vit tels qu'ils étaient en réalité. Une feuille de bananier brisée avait pris l'apparence d'une robe de soie; de vieilles tiges de nénuphar composaient le bonnet de gaze; les morceaux de jade, les pierres d'azur, étaient de petits ronds de bois, taillés dans une branche de saule pourrie. La plante rampante qui sert à fabriquer les manteaux contre la pluie représentait les longs fils de soie violette suspendus à la ceinture; les chaussures de soie n'étaient rien que du papier blanc, et leurs semelles étincelantes, deux vieilles écorces de papier.

Ce qu'il y eut de pire dans tout cela, c'est que, mystifié par les renards, il reçut le surnom fâcheux de Ravisseur, — à cause du livre qu'il leur avait dérobé. Ainsi se trouvent vérifiés les vers suivants :

Le serpent rampe, le tigre bondit, chacun selon son espèce.
Les renards ont des livres divins auxquels ils sont attachés.
La maison a été détruite; les biens ont été vendus; le livre
même a disparu.
On rit encore de Wang-Tchin; on en rira dans mille ans.

VIII.

Les Examens.

La science tant de fois malheureuse de mon licencié aurait pu me faire défaut, et je n'étais qu'à moitié tranquille dans la petite cellule où l'on m'avait renfermé, comme chacun de mes

concurrents. Une seule circonstance me rassurait : les questions arrivaient l'une après l'autre, telles qu'elles m'avaient été annoncées ; et je fus presque certain de mon fait quand je vis donner le Cerf-Volant pour sujet de la composition poétique. Prévenu comme je l'étais, ceci me donnait gain de cause, et voici pourquoi.

Le vice-roi est animé d'une rancune particulière contre un des censeurs provinciaux dont le nom, prêtant à une espèce de

Bibliothèque d'un Mandarin.

calembour, est le même mot par lequel on désigne le jouet favori des enfants chinois. Aussi, en donnant ce thême à traiter, le vice-roi fait un appel indirect à la perspicacité des candidats. Il leur offre l'occasion d'une satire indirecte à diriger contre l'ennemi de Son Excellence, et si leur défaut de pénétration ne déjoue pas ce plan machiavélique, il espère bien amuser Pe-King et la cour aux dépens de son adversaire politique, sans encourir le blâme qui s'attache à toute contestation entre les magistrats supérieurs.

Averti de cette ingénieuse menée, j'avais mon épigramme toute prête, et Lun-Chung lui-même, faisant trêve à sa tristesse, avait voulu la revoir. Aussi n'a-t-elle pas manqué d'avoir un succès prodigieux, et mon admission dans le corps des lettrés a jeté tant d'éclat qu'elle est devenue l'objet d'un récit presque fabuleux, imprimé le lendemain du jour où les examens ont été terminés. On me permettra de transcrire, pour m'épargner l'ennui de parler de moi, quelques passages de ce mémoire laudatif, auquel le vice-roi donne toute la publicité possible.

L'auteur commence par raconter les anxiétés de ce délégué du pouvoir suprême, et les soins qu'il a pris, dans son palais fermé à tout le monde, pour bien juger le mérite des compositions qui lui ont été remises.

« ... Il en a trouvé une tellement parfaite, ajoute le véridique narrateur, que le papier semblait tout couvert de perles et de rubis. L'élégance du style et la richesse des pensées lui donnaient un mérite transcendant.... Dès le lendemain, il fit placarder l'affiche qui annonçait l'époque où l'on devait proclamer solennellement les noms des candidats reçus.

« Au jour fixé, — c'était hier, — l'illustre président du concours s'assit sur un fauteuil élevé. A ses côtés étaient placés les directeurs de chaque collége. Tous les clercs se tenaient au-dessous d'eux. On prit les compositions, et on les décacheta pour proclamer les noms. Le premier qu'on lut fut celui de Ping-Si, né à Sam-Sah, dans la province de Fo-Kien. On vit alors sortir du milieu de l'assemblée un bachelier aux yeux bleus comme la Fille Bleue (l'Esprit qui préside à la neige et à la gelée).

Ce jeune bachelier s'avança en face du président, et fit un profond salut en disant : Me voici !

S. E., voyant la figure distinguée de ce jeune homme, fut transporté de joie : — C'est donc vous, lui dit-il, qui êtes l'étudiant Ping-Si ?

— C'est moi-même, répliqua le jeune homme en rougissant. Ses joues ressemblaient aux murailles du palais des dieux.

— Quel âge avez-vous maintenant ?

— Il y a vingt-trois ans qu'on a célébré pour l'humble ser-

viteur de V. E. l'antique cérémonie du Souï-pan-Hoei. Il avait alors douze mois.

— Depuis combien de temps étudiez-vous la poésie ?

— Depuis trois ans environ.

Jeux d'Enfants.

— J'ai présidé successivement les concours de plusieurs provinces, dit alors notre vice-roi, et je puis dire que, parmi les licenciés et les docteurs, les hommes de talent ne manquent pas ; mais malgré mes recherches pour en trouver un seul qui s'élevât au-dessus de la foule, j'avais eu la douleur de ne pouvoir le rencontrer. Votre composition annonce des facultés éminentes, qui sont un don du ciel. Vos pensées merveilleuses vous assignent un rang à part. La hardiesse de votre pinceau rappelle l'ardeur impétueuse du Dragon divin, et j'ai cru d'abord que votre composition était l'œuvre d'un vieux docteur, d'un lettré mûri par les ans.

« Ping-Si parut troublé par cette parole, car elle blessait sa modestie ; mais il offrit de composer une romance, une chanson, une pièce de vers réguliers ou libres, un morceau de prose élégante, fût-il à cheval, et sur l'heure même.

« Le président remercia, et proclama immédiatement les autres noms; ensuite il lut à haute voix la composition poétique du jeune bachelier. Voici ce morceau tout à fait remarquable, écrit sur une feuille de papier à fleurs, en moins de temps qu'il n'en faut pour boire une demi-tasse de thé.

VERS SUR UN CERF-VOLANT.

(Ils forment une chanson dans le genre de celles du royaume de Song.)

L'art lui a donné la figure et l'apparence d'un animal
Pour leurrer les sots et les petits enfants.

Pourvu d'une monture en lames de bambous,
Il est mince et partant léger;

Sa surface est ornée de fleurs,
Et, par un mensonge habile, il paraît extraordinaire.

Au gré du vent il se balance vainement dans les airs;
Mais, retenu d'en bas par un fil,
Il ne peut se retourner ni partir.

Ne riez pas de voir que ses pieds n'ont pas une base assurée,
S'il tombait devant vos yeux
Vous ne trouveriez plus qu'une carcasse sèche et vide.

« L'auditoire ne cessait, après chaque strophe, de témoigner sa joie par des trépignements et des rires que la gravité de la circonstance ne parvenait point à réprimer.

« On lut ensuite la liste des candidats admis. Leur petit nombre attestait la sévérité des examinateurs ; mais la richesse des récompenses prouve aussi combien les magistrats sont toujours disposés à encourager le talent. Chacun des nouveaux sieou-tsai a reçu trois tasses de vin et un bouquet de fleurs pour orner ses cheveux. A mesure qu'ils défilaient devant LL. EE. le vice-roi et le Ssé-li-tai-kien, ce dernier jetait sur leurs épaules une pièce de soie rouge, et leur offrait un paquet de taels d'argent.

« J'ai vu, poursuit toujours l'historien de cette mémorable cérémonie, j'ai vu ces personnages trois fois heureux tandis

qu'on les reconduisait en grande pompe, au son de mille instruments, et j'ai lu les affiches où l'on exalte leur mérite. On ne tarit pas d'éloges sur le compte de M. Ping-Si en l'honneur de qui ont été composés les vers suivants :

Il a une taille élancée comme l'arbre de jade
Qui brille devant les degrés du palais impérial.
Il s'élève noblement au-dessus de la foule,
Comme l'oie solitaire qui plane au-dessus des nuages.
A son seul aspect on devine l'homme de talent.
Lorsqu'il écrit en prose élégante, il ne se fatigue pas à réfléchir.
Compose-t-il des vers ? il ne fait jamais de brouillon.
Ses discours sont inépuisables en leçons morales.
Si on lui demande une chose, il en répond dix.
Quand il manie le pinceau, ses caractères rappellent
Le vol du Dragon et les mouvements gracieux du Phénix.
Ses pensées se répandent sur le papier
Comme la montagne qui s'écroule, comme le fleuve qui déborde.
Dans son élan furieux il balaierait devant lui
Mille soldats vaillants et dix mille coursiers.

Que deviendrait, bon Dieu ! l'auteur de cette pompeuse amplification, s'il savait qu'il a dépensé tant de bonne encre et tant de bonne rhétorique chinoise en l'honneur d'un pauvre fan-koueï, introduit par subterfuge dans le Domaine céleste, et porté le premier sur la liste des « Talents en fleur [1]. »

IX.

L'Anniversaire. — Les Musiciens. — Le Drame et les Acteurs. — La Vengeance de Tcou-Ngo. — Un Vaudeville chinois.

Lun-Chung donnait hier un repas splendide pour célébrer à la fois mon admission aux grades littéraires et l'anniversaire de sa naissance. Suivant un proverbe chinois : *Quand l'arbre est abattu, les oiseaux s'envolent.* Il paraît que le vieux chêne à

1. Le mot *Sieou-Tsai*, littéralement traduit, exprime cette idée.

l'ombre duquel je vis n'a point encore perdu toutes ses racines; car les visiteurs sont venus en foule jouir des plaisirs qui leur avaient été préparés, et présenter leurs félicitations respectueuses à l'ex-titou-che, que, par une formule assez étrange, plusieurs qualifiaient de « mère » et « grand'mère. »

Avant le dîner, il y avait eu course de jonques à tête de

dragon. Pendant le repas, des musiciens n'ont cessé de se faire entendre, tantôt jouant des « huit instruments » qui composent ici un orchestre complet, tantôt chantant les poésies les plus renommées de Tou-Fou et de Li-Thai-Pe. Il faut convenir que rarement en Europe on est régalé de concerts aussi discordants. Les Chinois n'écrivent pas la musique : ils n'ont aucune idée du contrepoint ni des accords. Fussent-ils deux cents à jouer ensemble, ils n'en poursuivent pas moins leur étourdissant unisson, à grand renfort de cymbales, de gongs, de trompettes et d'instruments à cordes. Cette barbarie est d'autant plus surprenante, que la musique a toujours été considérée comme une affaire d'état par le gouvernement, et comme un moyen de moralisation par les philosophes. Confucius, qui, dit-on, resta trois mois sans goûter ce qu'il mangeait, après un morceau de musique bien exécuté, place l'étude des sons au même rang que celle de l'étiquette, immédiatement après celle de la philosophie et de l'histoire.

Théâtre dans la Vieille rue de Chine, à Quan-Tong.

Plusieurs empereurs se sont fait une gloire d'inventer tel ou tel instrument, et d'écrire des hymnes en vers. Enfin, les cérémonies religieuses s'accomplissent d'ordinaire au bruit des tam-tam et des tambours recouverts en peau de serpent.

En pareil cas, les musiciens sont toujours des lettrés, et en général des sieou-tsai attachés à un temple avec le titre de yo-sang.

Il faut ajouter que presque tous les drames chinois sont de véritables opéras-comiques, mêlés de prose que l'on récite, et de poésie qui se chante. Telle est, entre autres, *la Vengeance de Teou-Ngo* qu'on représenta devant les convives de Lun-Chung.

On avait élevé en assez grande hâte, à six ou sept pieds de terre, devant les fenêtres de la salle à manger, un théâtre provisoire en lattes de bambou, fermé de trois côtés par de simples rideaux en cotonnade rouge ; il ne laissait de retraite aux acteurs qu'une espèce de foyer commun, au fond de la scène, dont il était séparé par un grand rideau. Deux portes y donnaient accès : l'une à droite, destinée aux entrées ; l'autre à gauche, réservée pour les sorties. Une espèce de trappe sert à introduire

les personnages surnaturels; on l'appelle Porte des Démons (*Koueï-Men*). Cet arrangement exclut toute idée d'illusion scénique et de décorations mouvantes; les acteurs sont obligés d'y suppléer par des explications verbales, ou par tels signes de convention qui en tiennent lieu. De même faut-il accepter que de très-jeunes gens remplissent les rôles de femmes; car la police ne permettrait pas à la plus vile créature de monter sur les planches.

Cette exclusion m'avait permis de me mêler à nos baladins, sans trop compromettre ma dignité, tandis qu'ils préparaient leur représentation. Ils forment une de ces troupes errantes, qui vont de province en province, suivant volontiers le cours des grands fleuves afin d'économiser sur les frais de route; les villes, comme les particuliers riches, les prennent à louage, tantôt pour une seule soirée, tantôt pour une saison; et ce métier nomade, s'il n'enrichit pas ceux qui en vivent, défraie presque toujours le gros de leur dépense. C'est du reste une des

Acteurs derrière la scène.

trois professions regardées comme dégradantes. Par rapport au directeur de la troupe, les acteurs sont de véritables esclaves, traités comme tels ; aussi punit-on de cent coups de bambou tout homme qui abuserait de son autorité sur un enfant pour l'enrôler dans une troupe de comédiens.

Ceux de Nan-King sont généralement les plus estimés, et les nôtres, en particulier, ont eu plusieurs fois l'honneur de jouer devant l'impératrice dans sa délicieuse résidence de Khoun-Hing-Koung. En pareil cas, ils disposent d'un théâtre beaucoup plus vaste ; la scène y est double et triple, c'est-à-dire à deux ou trois étages, où les comédiens répartis, suivant les besoins de l'action, jouent une seule et même pièce avec un ensemble que leur dispersion rend assez frappant.

Le poëte dramatique travaille ici à peu près dans les mêmes conditions que ces librettistes italiens, attachés aux troupes foraines, et composant tout ce qui leur est utile en vue du plus modique salaire. Il n'a aucune gloire à espérer. Si un drame favorisé du sort, et particulièrement bien accueilli du public, est compris dans une des vastes collections qui se publient de temps à autre, — le *Youen-jin-pe-tchong*, c'est-à-dire « les cent pièces composées sous Youen, » est le plus connu de ces répertoires, — on ne prend guère souci d'y attacher le nom de l'auteur. On sait pourtant que le docteur Ki-Kian-Tsiang a composé, d'après les annales de Ssé-Mat-Sien, la tragédie: *Tchai-chî-kon-eul-ta-pan-tcheou*, traduite par le jésuite Prémare, et d'où Voltaire a tiré *l'Orphelin de la Chine ;* on sait que Li-Hing-Tao puisa, dans un recueil de causes célèbres, l'*Histoire du Cercle de Craie*; mais ni l'auteur du *Vieillard qui obtient un Filse* ni celui de la *Chemise confrontée* ou des *Chagrins de Han*, ne nous est connu, et le drame chinois n'a pas encore illustré un seul poëte.

Il ne faudrait pas néanmoins le prendre en mépris trop grand S'il procède encore par des moyens naïfs à l'extrême; si, comme tous les arts et toutes les sciences du Céleste-Empire, il porte la peine d'un développement précoce, depuis plus de mille ans immobilisé, on ne peut lui refuser ni l'originalité des conceptions, ni même l'éloquence des passions, ou l'observation des caractères. Dans *l'Orphelin*, par exemple, la scène où Tching-Ing, prenant texte des peintures qui retracent les aventures de la famille Tchao, raconte au dernier rejeton de cette race infortunée la lugubre histoire des persécutions qu'elle a subies, cette scène, dis-je, est une des plus curieuses et des plus touchantes qu'on ait jamais mises au théâtre, et j'admirai dans *la Vengeance de Teou-Ngo* une situation qu'avoueraient nos plus dédaigneuxpoëtes.

Teou-Ngo est une jeune femme qui, faussement accusée d'avoir empoisonné son beau-père, est traduite devant le juge, condamnée, puis exécutée, bien qu'elle proteste hautement de son innocence. Le soin de réviser la sentence est confié à un magistrat d'un grade élevé, qui se trouve être le père de la victime. Il ignore, cela va sans dire, la catastrophe sanglante qui l'a privé de son enfant, et un changement de nom, résultat d'une circonstance qui lui est inconnue, contribue encore à le tromper. Mais, dès qu'il a essayé de parcourir les pièces du procès, un lourd sommeil ferme ses paupières, et, à l'instant même, un fantôme paraît. C'est celui de Teou-Ngo ; elle entre, regarde et pleure. Le vieillard, qui la voit en songe, sanglotte aussi dans son sommeil. Puis, réveillé en sursaut, il se retrouve seul avec l'officier de justice, profondément endormi. La lampe, autour de laquelle voltige et bondit l'ombre légère, jette d'inégales lueurs, et, chaque fois qu'il se lève pour en réparer la mèche, le spectre, retournant les pièces qu'il vient de lire, replace sous ses yeux le texte même de l'inique sentence. Enfin Teou-Ngo se montre; et son père, à peine revenu de l'effroi tumultueux que lui cause cette apparition, procède à son interrogatoire comme si elle vivait encore. Le juge suprême (*taï-seng*) veut être éclairé avant d'accorder la réparation posthume que réclame sa fille ; seulement après qu'elle s'est expliquée, il promet que justice sera rendue, et Teou-Ngo rentre satisfaite dans les mystérieuses régions d'où elle est venue. Le court dialogue qui suit complète le merveilleux de cette scène pathétique.

TEOU-TIEN-TCHANG (*quand l'ombre est partie*).—Ah! le jour revient!... (*A l'officier de justice endormi près de lui*). Tchang-Sien, cette nuit, pendant que j'examinais quelques sentences judiciaires, une ombre m'est apparue pour me révéler une accusation fausse. Je vous ai appelé plusieurs fois : vous n'avez pas répondu; — véritablement vous dormez d'un profond sommeil.

L'OFFICIER. — Je n'ai point fermé les yeux de la nuit, et je puis attester qu'aucune ombre n'est venue dénoncer une accusation fausse; je n'ai pas entendu la voix de Son Excellence.

TEOU-TIEN-TCHANG, *d'un ton courroucé*. — Ce matin, je vais m'asseoir sur mon tribunal; allez faire l'appel dans la salle d'audience.

Pao-taï-tchi-k'an-hoeï-lan-ki, littéralement « l'Histoire du Cercle de Craie, que Pao le tai-tchi (gouverneur) employa par un adroit stratagème pour arriver à la découverte de la vérité, » n'est guère autre chose que le jugement de Salomon attribué à un magistrat chinois, le sage Pao-Tching. Appelé à décider entre deux femmes qui revendiquent le même enfant, il place cet enfant au milieu d'un cercle tracé à la chaux, et déclare qu'il reconnaîtra pour la vraie mère celle qui parviendra la première à l'attirer de son côté. Cette épreuve, renouvelée par deux fois, donne tort à la véritable mère, qui n'ose risquer de faire mal à son fils par un effort trop brusque, tandis que sa rivale, sans crainte à cet égard, ne ménage rien pour le faire venir à elle. Le sage Pao-Tching sait désormais à quoi s'en tenir, et ne manque pas d'adjuger l'enfant à qui de droit.

Ces sortes d'énigmes, proposées à la sagacité d'un juge, et dont il trouve le mot à l'aide de quelque ruse ingénieuse, sont une des données le plus fréquemment adoptées par les écrivains chinois.

Une de leurs nouvelles les plus estimées, — *Hing-Lo-Tou*, la Peinture mystérieuse, — repose sur une donnée presque identique. Il s'agit d'un legs fait par un vieillard au fils de sa femme secondaire. Pour ne pas attirer sur cet enfant la haine du fils légitime, le vieillard borne sa libéralité à un tableau. Mais cette peinture énigmatique, interprétée par un magistrat doué de sagesse et de pénétration, devient un véritable testament en vertu duquel la succession se partage également entre les deux enfants.

Pour en revenir à nos acteurs, voici comment les choses se sont passées. La veille de la représentation, Lun-Chung avait envoyé quérir dans la jonque qui leur sert d'habitation les costumes dont ils devaient se revêtir. Ces habits, presque tous de forme ancienne, et dont quelques-uns coûtent fort cher, exigent mille soins. Nos comédiens, — trente à quarante gaillards

de tout âge et de toute mine, — arrivèrent le matin, et mirent en ordre le théâtre déjà construit. A midi, commença la grande pièce divisée en quatre actes, qui s'appellent « des coupures. » Elle dura près de trois heures; des sauteurs occupèrent ensuite la scène, et, par leur agilité, leur force et leur adresse, me rappelèrent ce que j'avais vu de mieux chez Astley et Ducrow, de glorieuse mémoire. On termina, comme dans nos théâtres d'Europe, par la petite pièce ou saynète. Celle-ci n'est le plus souvent qu'une sorte de dialogue comique dont le mérite principal appartient aux gestes et aux grimaces des comédiens qui l'interprètent.

Peut-être ne sera-t-on pas fâché de trouver ici l'analyse

exacte d'un vaudeville chinois, et me pardonnera-t-on de reproduire, presque scène à scène, celui qui fut joué chez Lun-Chung ; il est intitulé le Pou-Kang, c'est-à-dire le *Raccommodeur de Porcelaine cassée.*

Sur le théâtre, qu'on nous dit représenter une rue, arrive d'abord un pauvre homme péniblement courbé sous le poids des instruments de sa profession. Un escabeau et deux caisses, attachés aux deux extrémités d'un bambou, constituent son atelier ambulant. Sa figure est peinte des couleurs les plus bizarres, à peu près comme celle de nos clowns.

« Tous les jours, chante-t-il, je traverse les rues de la ville cherchant à vivre du travail de mes mains ; victime infortunée d'un sort inconstant, je n'ai pas d'autre industrie que de réparer les vieux vases endommagés! »

Il s'interrompt ici pour disposer autour de lui son petit établissement ; puis, cette besogne finie, il s'asseoit, son éventail en main :

« Pauvre vieillard ! » reprend-il, parlant cette fois ; « je suis sujet à mille inconvénients! Depuis plusieurs jours la pluie m'empêchait de sortir ; mais ce matin, voyant le ciel dépouillé de nuages, et séduit par la douceur de l'air, j'ai repris par les rues ma vie errante et laborieuse. »

Il chante :

Au point du jour, j'ai quitté ma maison ;
Mais sans profit jusqu'à cette heure.
Çà et là de tous côtés,
De la porte orientale à l'occidentale,
De la porte du sud à celle du nord,
Et sur le pourtour des murailles,
Je suis allé sans que personne appelât
Le raccommodeur de porcelaines.

« Malheureux que je suis ! il est vrai que c'est ma première visite à la ville de Nan-King ; cela demande quelques efforts de plus. A rester ainsi sur ma chaise, je perds mon temps et mille occasions. Il faut recommencer à courir. » (*Il remet sur son dos tout son attirail, et s'en va criant*): « Assiettes à raccommoder! Bols à raccommoder! Vases et pots à réparer proprement! »

On entend alors dans la coulisse la voix aiguë d'une femme. C'est madame Wang qui sort de chez elle, attirée par les cris du pou-kang; elle le rappelle, et débat longuement avec lui le prix d'un travail qu'elle veut lui demander. Ils tombent enfin d'accord, et l'ouvrier, jusque là très-maussade, se confond alors en civilités exagérées. Madame Wang lui confie un vase en fort mauvais état, et se retire dans son cabinet de toilette avec une arrière-pensée de séduction qu'elle ne déguise point.

« Madame Wang, » dit-elle, « va prendre soin de sa parure. A gauche, elle peignera ses cheveux qui formeront une houppe semblable à celle qu'on voit sur la tête du dragon; à droite, elle l'ornera de fleurs disposées avec goût; elle teindra ses lèvres d'un vermillon rouge comme le sang, et, tous ces soins pris, elle reviendra s'asseoir sur le seuil de la porte pour voir travailler le pou-kang. »

Celui-ci, resté seul, se livre avec ardeur à sa besogne, et chante des couplets relatifs aux procédés qu'il emploie. Tout à coup, madame Wang reparaît, superbement vêtue, et l'ouvrier l'aperçoit en levant les yeux.

« Quel est » dit-il, « ce prodige? Tout à l'heure, on eût cru voir une vieille femme, et la voici métamorphosée en charmante jeune fille! Ses lèvres ressemblent à des prunes, et sa bouche n'est qu'un sourire; ses yeux sont aussi brillants que

ceux du phénix, et les *lys dorés* (petits pieds) qui la supportent n'ont guère que deux pouces de long. »

Dame Chinoise à sa toilette.

Pendant qu'il se livre à son admiration, le vase précieux qu'il raccommodait tombe à terre, et madame Wang, fort peu satisfaite, exige qu'il le remplace à l'heure même. Le pou-kang, agenouillé devant elle, lui demande grâce pour une maladresse bien excusable, et qu'il attribue adroitement à l'effet de ses charmes. « Pardonnez-moi, » lui dit-il, « et je vous épouse à l'instant même. »

La proposition semble un peu brusque à madame Wang : « Impudent vieillard, » lui dit-elle, « comment pouvez-vous croire que je devienne jamais votre femme?

LE POU-KANG. — Il est vrai; je dois le reconnaître, je suis un peu plus vieux que madame Wang; cependant, je la voudrais pour épouse.

MADAME WANG. — Eh bien! ne parlons plus de l'accident; mais quittez sur-le-champ ces lieux.

LE POU-KANG. — Puisque vous me pardonnez, je vais endosser de nouveau ma boutique, et m'en aller ailleurs en quête d'une fiancée. D'ailleurs, je prends le ciel à témoin qu'on ne me reverra jamais près de la maison Wang! Vous vous croyez une grande dame! Vous n'êtes qu'une petite fille en haillons, et vous serez charmée de donner votre main à des gens qui ne me valent pas!...

Ici, les misérables vêtements du vieux pou-kang disparaissent tout à coup, et laissent voir un beau jeune homme richement habillé. Cette brusque métamorphose change tout à coup les résolutions de madame Wang.

« Dorénavant, » dit-elle, « vous n'exercerez plus votre errante profession. Mon époux ne doit pas être un raccommodeur de porcelaines. Venez, chez madame Wang, passer dans les délices le reste de votre existence. »

Sans autre explication, les deux personnages quittent la scène après s'être cordialement embrassés.

X.

Les Historiens

L'histoire des Chinois nous est connue comme à eux-mêmes, et ce n'est point trop dire. En effet, bien que l'on s'accorde à déclarer authentiques les traditions recueillies par Sse-Ma-Kouang dans les 294 volumes du Tong-Kien-Kang-Mou, nous ne pouvons ajouter une foi implicite à tout ce que renferment ces grandes annales.

Ici je ne parle pas de la chronologie fabuleuse, des cycles de 18,000 années, des Rois de la Terre, des Rois du Ciel, et de toutes ces époques mystérieuses sur lesquelles aucun peuple n'a conservé de lumières certaines, mais seulement de ce qui peut être admis par un esprit raisonnable, c'est-à-dire de l'histoire plus ou moins prouvée du Céleste-Empire, à partir de l'empereur Fo-Hi, et de l'année 2,953 avant l'ère chrétienne. Pour ne donner qu'un seul des nombreux motifs qui excusent notre scepticisme, comment croire à un laps de 750 années rempli par neuf règnes; chaque règne ayant ainsi une durée moyenne de 83 ans? Cependant, et malgré les erreurs palpables dont elle fourmille, il faut bien accepter comme tableau des mœurs anciennes cette tradition suspecte à d'autres titres. Elle nous montre le peuple chinois, qui venait, selon l'hypothèse la plus acceptable, des plaines de la Tartarie Mongole, établi sur le territoire qui forme aujourd'hui la province de Shen-Si, et vivant uniquement de chasse, étranger à tous les arts, à toutes les douceurs de la vie civilisée. Les progrès qu'il fit dans la science et la richesse sont exclusivement dus, si nous acceptons le compte rendu qui nous est donné, au génie des chefs, constamment préoccupés du bien-être de leurs sujets. L'un se fait architecte, l'autre musicien, un troisième invente le premier moyen de perpétuer les souvenirs historiques, à l'aide de cordelettes nouées, de véritables *quipos*, qui tinrent lieu d'écriture aux Chinois comme aux Péruviens. Bref, chaque règne amène sa découverte, et renchérit sur le règne précédent; jamais le progrès ne s'arrête, ne se ralentit ou ne dévie. Il est vrai, — ceci aide à concevoir une série de faits si contraire à l'ordre naturel des choses, — que la monarchie était élective, et presque toujours déférée au premier ministre de l'empereur défunt.

Fo-Hi lui-même succède ainsi à Soui-Jin-Tchi. Non-seulement il colonise le Ho-Nan et le Shan-Tung, mais il défriche les forêts et met le fer en usage; il enseigne à ses peuples l'éducation des animaux domestiques; bref, il métamorphose les peuplades chasseresses et guerrières en une nation d'agriculteurs et de bergers. Pour complément à tous ses bienfaits, il met le mariage en honneur.

Chin-Nong, qui reçut le sceptre après lui, construisit la première charrue, et fit ouvrir les premiers marchés d'échange. Il fut en outre un habile médecin.

L'invention des poids et mesures, les premiers principes d'arithmétique, les premiers chars, les premières barques, les

premiers ponts, les premières habitations de briques, les lois somptuaires, qui réglaient le costume de chaque caste, et le premier pas vers la formation du calendrier, les premiers métiers à tisser la soie, sont attribués à Hoang-Ti, qui avait détrôné Chin-Nong devenu vieux et idiot. Le même prince pourvut les soldats d'arcs, de sabres et de casques, et l'usage des étendards remonte à lui. Aussi, ne faut-il pas s'étonner qu'il ait porté le pouvoir impérial plus loin qu'aucun de ses prédécesseurs. Acceptant le choix qu'il fit d'un de ses enfants pour lui succéder, les Chinois se trouvèrent mal de ce premier essai d'hérédité, et revinrent bientôt au principe électif. Ce fut à lui qu'ils dûrent peu à près les deux grands empereurs, Yao et Chun, dont le règne figure dans leurs annales comme une ère de félicité sans pareille. Yu, longtemps premier ministre de Chun, et plus tard associé au trône par ce dernier, fonda la première dynastie héréditaire, celle de Hia, ainsi nommée d'un territoire soumis par Yu. A ce moment l'Empire, désormais constitué, prit la forme simple qu'il a conservée jusqu'à nos jours, au milieu des crises et des révolutions qui sont inhérentes au gouvernement absolu d'un seul.

Il serait impossible de s'arrêter, sans trop de détail, sur l'un ou l'autre de ces bouleversements; avec quelques variations insignifiantes, ils offrent toujours le même spectacle d'un souverain amolli, énervé par les délices du pouvoir, et renversé par le premier vassal audacieux qui se met à la tête d'une poignée de mécontents. L'usurpateur, à son tour, oubliant les leçons de sa propre victoire, se plonge dans l'enivrement des joies sensuelles, et succombe à la première attaque d'un ambitieux rival. Çà et là se dessine la figure d'un Titus ou d'un Caligula, d'un Chao-Kang ou d'un Li-Koué. Ce dernier nous offre l'idéal du tyran tel que le conçoivent les Chinois. Il s'unit à un être aussi pervers que lui, et ce couple effrayant se livre à tous les excès de la débauche, à tout le délire du meurtre. Dans leur palais lambrissé d'ivoire et semé de pierreries, ils creusent un lac de vin autour duquel des pyramides de chairs succulentes sont dressées. On ne peut goûter à ces dernières sans s'être amplement abreuvé de la liqueur qui rend insensé. D'incroyables orgies auxquelles président l'empereur et l'impératrice occupent le magnifique édifice; sur ses pavés de marbre, le sang et le vin ruissèlent ensemble; derrière ses portes de jaspe, le peuple entend avec stupeur des cris de mort et des chants de volupté. Qu'un homme vertueux s'indigne, qu'un sage ministre ose protester, on l'attache au pilier de bronze. Revêtu à l'extérieur de poix résine, à l'intérieur rempli de charbons ardents, ce pilier funeste dévore ceux qui l'embrassent; et leurs cris, leurs efforts désespérés, leurs convulsions furieuses, sont le divertissement favori des deux monstres qui règnent sur la Chine consternée. Tels furent Li-Koué et Mey-Hi, tels Cheou-Sin et la belle Tan-Ki. La seconde dynastie, celle des Chang, finit à Cheou-Sin, l'an 1122 avant J.-C.

Celle des Tcheou commence alors, et dure 873 ans [1]. Ou-Ouang, qui l'avait fondée, fut obligé de sanctionner les prétentions de quelques puissants feudataires qui se refusaient à reconnaître son domaine absolu, et l'obligèrent à se contenter d'une sorte de suprématie féodale, sans autre profit qu'un hommage insignifiant et des tributs dérisoires. Ce fut l'origine d'un fractionnement qui, pendant des siècles, introduisit au sein de l'Empire un germe fécond de dissensions acharnées. Elles commencèrent environ 750 ans avant l'ère chrétienne, et remplirent près de cinq siècles.

Pendant cette période, l'Empire, divisé en vingt et une principautés rivales, resta le théâtre de guerres et de brigandages perpétuels. Par un phénomène assez extraordinaire, un tel état de choses n'arrêta pas le mouvement intellectuel et philosophique qui avait commencé à se manifester. Toutes les grandes doctrines, tous les livres classiques, datent de cette époque turbulente, où il semble que les préoccupations guerrières eussent dû absorber à leur profit tout ce que le pays comptait d'hommes éminents. Lao-Tse, Confucius, Meng-Tsze, vécurent du temps des Tcheou; et, au contraire, sous la dynastie suivante, dont les deux premiers souverains rétablirent l'auto-

1. L'histoire des trois dynasties Hia, Chang, et Tcheou, sauf les dernières années de celle-ci, a été écrite par Confucius, et après lui par une multitude d'autres historiens; on étudierait avec fruit la transition de l'état féodal à l'état despotique dans le *Kouo-Yu* de Yu-Fan, et le *Yieih-Pih*, deux ouvrages très estimés des Chinois.

rité centrale dans toute son énergie, les sciences et les lettres subirent la plus terrible persécution.

Chi-Hoang-Ti, le second des Tsin, dont tous les actes annoncent d'ailleurs un despotisme intelligent, fit d'incroyables efforts pour replonger la Chine dans une espèce de barbarie. Il inhuma vivants, au nombre de quatre cent soixante, les plus célèbres lettrés de l'Empire, et il essaya de livrer aux flammes tout ce qui existait d'ouvrages historiques ou philosophiques. Son rêve était, dit-on, d'acquérir, en effaçant complétement la mémoire du passé, le renom qui s'attache à tout fondateur d'empire. Un autre de ses caprices fut d'échapper au sort commun des hommes, et de se rendre immortel. Trompé par un prêtre imposteur, il fit partir une expédition maritime pour une île où l'on devait trouver l'herbe qui conserve à jamais la vie. Une tempête engloutit ses messagers, et lui-même périt peu après, sans avoir voulu prévoir qu'il pût être enlevé à ses sujets; en conséquence, il n'avait pas nommé son successeur. La loi héréditaire fit passer le sceptre entre les mains d'un prince imbécile, qui laissa se reformer les anciennes délimitations provinciales, effacées avec tant de soin par son père.

Ce travail destructeur allait ramener la Chine aux horreurs de l'état féodal, lorsqu'un heureux aventurier renversa la dynastie des Tsin, et fit monter sur le trône la famille des Han, l'une de celles qui ont laissé les plus glorieux souvenirs. Cette révolution, qui eut lieu environ 200 ans avant l'ère chrétienne, marque la fin de ce qu'on peut appeler l'histoire ancienne de l'Empire chinois [1].

Il ne faudrait pas s'attendre cependant à voir changer dès lors le caractère des faits et leur enchaînement logique; seulement, à un despote ennemi des lettres, succédera un despote qui les protége. Kao-Hoang-Ti, et surtout Han-Ou-Ti, répa-

1. Les sources historiques deviennent de plus en plus abondantes, à mesure qu'on avance vers les temps civilisés. Les historiens des Tsin et des Han ne se comptent plus; (Hou-I, Pan-Piou, Fou-Yien, etc.) D'habiles compilateurs ont été obligés de résumer leurs annales trop multipliees et trop etendues. Les Chinois ont leur Hérodote (Sse-Ma-Tsien), leur Plutarque (Tung-Chung-Shou, et même une biographie de leurs femmes célèbres, par Leou-Hiang.

Anciens Costumes. — Rappel des Lettrés.

rèrent les effets de la terrible proscription que je viens de raconter. Les études historiques furent encouragées de nouveau; les lettrés rappelés à la cour, et la paix à peu près rendue à l'Empire.

Cependant les frontières du nord-ouest, nonobstant la grande muraille achevée par Chi-Hoang-Ti, étaient sans cesse

exposées aux excursions des Hiong-Nou, — c'est ainsi que s'appelaient alors les Tartares; — ces hardis cavaliers, endurcis à toute espèce de fatigues, habiles à manier l'arc et les flèches, passant au galop sur les montagnes les plus ardues, traversant à la nage les plus impétueux torrents, défiaient par leur tactique d'instinct les évolutions plus savantes et mieux disciplinées des troupes chinoises. Toute conquête permanente semblait à la vérité leur être interdite; mais ils désolaient des provinces entières, et, poursuivis par des forces supérieures, ils disparaissaient en se dispersant, au sein de contrées inaccessibles. —

Han-Ou-Ti chercha par des moyens pacifiques à garantir l'Empire de ces importuns ennemis. Il traita directement avec leur chef, et lui accorda la main d'une princesse du sang impérial. Les Hiong-Nou, malgré cet honneur insigne, ne discontinuèrent pas leurs déprédations, plus ou moins mal réprimées, jusqu'à l'année 90 de l'ère chrétienne, où des dissensions éclatèrent entre eux. Leurs tribus s'entr'égorgèrent, et celles qui s'étaient assuré la protection des empereurs chinois, payée par une reconnaissance de vasselage, triomphèrent sans peine de leurs rivales. Celles-ci se réfugièrent vers la Sibérie, et de là passèrent en Europe, où, sous les ordres d'Attila, au ve siècle, elles dévastèrent ce que les invasions précédentes leur avaient laissé du vieux monde romain.

A cette époque, la dynastie des Han n'existait déjà plus. Après quatre cent vingt-six ans de domination (c'est-à-dire en l'an 220 de l'ère chrétienne), elle avait été renversée par suite d'une insurrection qu'un charlatan de village avait provoquée.

Cet individu, nommé Tchang-Kio, profitant de l'inquiétude où une maladie contagieuse avait jeté le pays, persuada au peuple qu'avec une certaine eau magique il pouvait combattre cette fatale influence. Il acquit par là une grande popularité; dès qu'il vit plus de cinq cent mille fanatiques attachés à sa fortune, il entreprit de conquérir le pouvoir suprême. D'après le signe de ralliement qu'avaient adopté les rebelles, on appela cette insurrection la révolte des Bonnets Jaunes. Tchang-Kio et ses partisans furent taillés en pièces; mais le général qui les avait vaincus acquit bientôt un pouvoir supérieur à celui du monarque; et son fils, Tsao-Pi, moins fidèle sujet que lui, profita de l'attachement des grands pour s'emparer du sceptre.

Il y eut alors une sorte de démembrement : trois royaumes indépendants l'un de l'autre existèrent à la fois durant quarante-trois années, au bout desquelles un général victorieux, nommé Ssye-Ma-Yen, fonda une dynastie qui porta le nom de Tcin[1]. En face d'elle, un chef de hordes tartares établit une autre race régnante qui porta le nom de Tchao. Les Tcin étaient remarquables par leur faiblesse; les Tchao le furent par leur luxe. L'un d'eux entretenait un régiment de cavalerie exclusivement composé de jeunes filles belles et fortes; elles lui servaient alternativement de gardes du corps et de musiciennes.

La famille des Tcin, après cent cinquante-cinq ans de règne, fut renversée par un chef guerrier qu'elle avait appelé à son aide. Cet usurpateur ne parvint pas cependant à concentrer l'autorité souveraine dans sa famille; et, durant deux cents ans, la royauté appartint à une série de familles que les historiens chinois appellent les Cinq Dynasties. Ce furent les Sung, qui durèrent cinquante-neuf ans; les Tsi, vingt-trois; les Liang, cinquante-cinq; les Tchin, trente-deux; les Soui, vingt-neuf. Jusqu'à la cinquième de ces dynasties l'Empire resta divisé en royaume du sud et royaume du nord. Enfin Yang-Kien, le pre-

1. Les Trois Royaumes, les Han et les Tcin ont fourni le sujet des chroniques les plus estimées : le *San-Kouo-Chi*, dont nous avons parlé, puis les ouvrages de Sich-Tso-Chi, de Kouo-Po (continué par Szema-Siang-Jou), etc. Il y a une histoire générale en 49 vol., par Lew-Chi Ki.

mier des Soui, ministre du royaume septentrional, mit son maître à mort, s'empara de la couronne, vint détrôner le dernier des Tchin, et rendit ainsi l'unité à l'Empire. Ce n'était pourtant qu'un ignorant barbare, ennemi des lettres et grand destructeur des colléges que les Han avaient établis à grands frais dans toutes les grandes villes. Mais Yang-Ti, son fils, imbu de principes tout différents, employa les trésors que son père avait amassés à doter le pays de monuments superbes et d'institutions utiles. C'est à lui que la Chine doit son admirable système de navigation intérieure et les magnifiques jardins de Yuen-

Mien qui, destinés aux plaisirs de l'empereur, forment encore aujourd'hui le plus délicieux séjour.

Nonobstant tous ces bienfaits, les insurrections se succédèrent avec rapidité sous ce règne, et la dernière, provoquée par un simple officier de l'armée impériale (Li-Youen), remplaça la dynastie des Soui par celle des Tang; — celle-ci occupa le trône pendant deux cent soixante et quinze ans, — de 622 à 897, — et marqua son passage par les plus grands bienfaits. Les lois furent adoucies, le calendrier amélioré, les superstitions combattues, la morale en honneur sous la plupart des princes de cette illustre race, à laquelle appartint cependant une sorte de monstre femelle dont les exploits en tout genre laissent bien loin ceux de Jeanne de Naples et de Catherine de Russie. Dominant l'esprit de l'empereur Kao-Tsong, mais soumise elle-même aux inspirations d'un eunuque et d'un magicien tao-sze, Ou-Heou commit des cruautés fabuleuses, d'abord pour conquérir, ensuite pour garder l'empire. Cette femme énergique ne put malgré tout parvenir à faire passer dans sa famille l'autorité impériale, qui demeura néanmoins dans ses mains aussi longtemps qu'elle vécut; mais, à sa mort, le principe de l'hérédité reprit ses droits, et le fils de Kao-Tsong monta sur le trône.

Cependant, suivant la loi fatale de ces dynasties héréditaires, les Tang, énervés par les plaisirs, perdaient peu à peu leur puissance qu'ils laissaient tomber aux mains des eunuques, leurs plus assidus courtisans[1]. Le peuple, désaffectionné, murmurait, et l'heure devait sonner où le pouvoir, affaibli par degrés, irait en d'autres mains. Les choses se passèrent comme à l'ordinaire : Tchu-Ouen, d'abord défenseur zélé de la dynastie, profita de son influence pour la renverser. Le massacre général des eunuques, au nombre de plusieurs milliers, marqua cette révolution dont ils avaient été le prétexte. Le dernier des Tang fut d'abord déposé, puis mis à mort, et la famille de l'usurpateur disparut bientôt après, expulsée par un nouveau prétendant. Cinq autres dynasties secondaires (Heou-Ou-Tai) remplirent un intervalle de cinquante-trois années (907 à 960), qui sépare la ruine des Tang et l'avénement de la famille Song.

1. L'histoire des Tang et des Heou-Ou-Tai a été écrite par Liou-Heu et Li-Kang.

Celle-ci dura trois cent dix-neuf ans, et fournit une succession jusque là sans exemple de souverains éclairés et justes. La découverte de l'imprimerie, favorisée par eux, donna un puissant essor au progrès des lumières. Tchu-Hi, je l'ai dit ailleurs, sous prétexte de commenter les écrits de Confucius, introduisit une véritable réforme philosophique ; et bien qu'il fût à cette occasion persécuté, bien que ses doctrines, regardées comme hérétiques, aient provoqué des édits qui prohibent expressément toute recherche de la vérité ailleurs que dans les livres anciens, on ne peut se refuser à croire que le mouvement dont il était l'auteur a ~~eu d'~~importants résultats ; surtout si l'on considère que ses écrits forment aujourd'hui la véritable base de l'enseignement philosophique et moral.

La grande invasion de la Chine par les Tartares eut pour avant-coureurs les succès des Kin, espèces de tribus barbares qui attaquaient la frontière nord, et s'étaient peu à peu établis dans toutes les provinces au-delà du Yang-Tse-Kiang. Ils établirent leur capitale à Kai-Fong-Fou Les Song étaient dépossédés d'une partie de l'Empire, lorsque, des vastes plaines qui s'étendent à l'ouest entre les chaînes des monts Bogdo et des monts Altaï, les *ordas* tartares ralliées sous les ordres de Te-Mout-Chin (Genghis-Khan), semblèrent appelées à conquérir l'Asie entière. Leur marche impétueuse les conduisit, après quelques années de victoires, sur les frontières du royaume fondé par les Kin, et bientôt la guerre fut déclarée entre eux. Les empereurs chinois crurent pouvoir profiter de la circonstance pour reconquérir leurs provinces envahies, et s'allièrent aux Mongols errants contre les Kin plus civilisés. Le résultat fut la ruine complète de ces derniers, consommée par Ogotai ou Oktai, successeur immédiat de Genghis-Khan, avec l'aide des empereurs Song. Dès que cette victoire fut obtenue, il arriva, — chose facile à prévoir, — que les vainqueurs se divisèrent sur le partage des dépouilles ; or, comme les Mongols étaient de beaucoup les plus forts, la guerre dirigée par Khoubilai ou Kublai-Khan amena bientôt la prise de Nan-King, la plus grande ville de l'Empire, et depuis longtemps la capitale des provinces du midi. Le dernier des Song, chassé successivement de tous les points du territoire, et réduit à ne plus régner que sur une flotte, se donna la mort pour ne pas tomber vivant aux mains des Mongols, En 1279, date de cet événement, la Chine passa sous le joug étranger.

Les premiers souverains tartares, — Kublài-Khan, Timour et Hai-Chan, — gouvernèrent d'après des principes et des idées contraires à ceux de la race conquise; mais peu à peu, forte de sa civilisation, celle-ci reprit l'ascendant, en ce sens du moins qu'elle imposa bientôt à ses maîtres l'esprit de justice, les mœurs polies et raffinées, l'intelligence et l'amour des lettres qui la caractérisaient. Les monarques mongols, subissant la loi commune, s'efféminaient sur leur nouveau trône, et Chun-Ti, le dernier d'entre eux, fut surpris par la révolte dans un palais rempli de baladins et de danseuses. Il avait suffi d'un aventurier hasardeux (Tchu-Youen-Achang), sorti de la caste des bonzes et enrôlé dans l'armée comme simple soldat, pour détruire l'œuvre de Genghis-Khan. Après quatre-vingt-neuf ans de domination absolue, les Youen (empereurs tartares) cédèrent la place à la dynastie des Ming, la dernière famille chinoise qui ait régné sur l'Empire du Milieu.

Leur histoire ressemble à toutes celles de leurs prédécesseurs; mêmes débordements de mœurs, même faiblesse pour les eunuques, même crédulité dans les promesses des perfides tao-sze, qui eur promettaient de prolonger leur vie par des secrets merveilleux, même abâtardissement graduel des souverains, mêmes désordres, mêmes déchirements intérieurs amenés par la même incapacité. Cependant une nouvelle puissance se formait parmi les ordas ou tribus tartares; une longue succession de victoires avait donné à l'une d'elles, celle des Mandchoux ou Mandshurs, une prédominance souveraine sur toutes les autres. La Chine désorganisée resta sans défense exposée à leurs déprédations; ils y pénétrèrent sans difficulté à la faveur d'une révolte, et trouvèrent Pe-King occupé par un usurpateur qui venait de renverser Hoai-Tsong, le dernier des Ming. Le trépas de ce prince eut quelque chose d'héroïque: après avoir tranché la tête à sa fille unique, entouré de l'impératrice et de six femmes qui s'étaient volontairement donné la mort à ses côtés, il écrivit une prière au vainqueur pour qu'il épargnât son peuple, et s'étrangla résolument ensuite avec sa ceinture impériale.

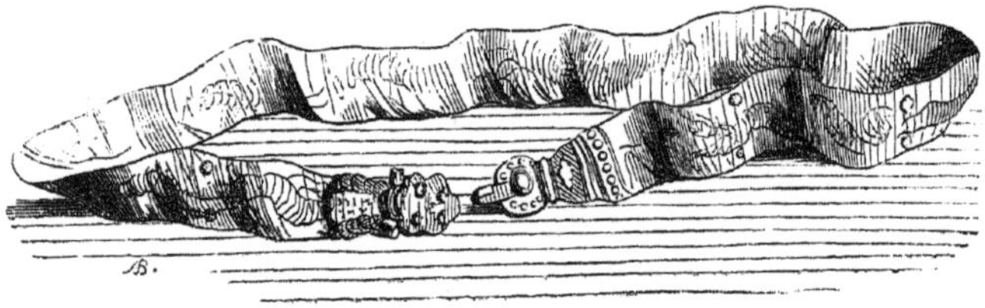

Dès que la nouvelle de sa mort fut parvenue à l'armée chinoise qu'on avait envoyée au devant des tartares, le général qui la commandait fit alliance avec les chefs ennemis ; Pe-King tomba, comme on l'a vu, en leur pouvoir, et, en 1652, la nouvelle invasion fut consommée.

Les Mandchoux, avertis par l'expérience du passé, gouvernaient avec sagesse et prudence ; ils s'efforçaient de ne choquer sur aucun point essentiel les idées ou les préjugés de la race conquise, à laquelle d'ailleurs ils réservèrent une part considérable de l'administration. Les institutions mixtes qui régissent encore aujourd'hui la Chine, furent l'œuvre de Chun-Tchi et des quatre tuteurs auxquels fut confiée la minorité de son successeur

Kang-Hi, l'un des plus grands souverains qui aient gouverné le

Domaine Céleste. Son règne terminé en 1722, ainsi que ceux de Yong-Tching (1736); de Kien-Lung (1795); et de Kea-

King (1820), n'ont été marqués par aucun évènement important. Car on ne peut appeler ainsi ni la guerre de trente années soutenue contre la Russie, pour une délimitation de frontière; ni quelques révoltes heureusement réprimées; ni même l'occupation du Thibet enlevé, sous ombre de protection, à la souveraineté du Grand-Lama. Cette dernière conquête et la cession toute récente que la Grande-Bretagne a obtenue du Garhawal ou Serinagur a mis en contact les frontières des deux empires; mais il n'en est résulté, grâce à l'ombrageuse politique du gouvernement chinois, aucune sorte de rapports politiques ou commerciaux.

Tao-Kouang, qui règne aujourd'hui, doit le trône à la reconnaissance de son père, dont il défendit le palais, attaqué pendant l'absence de l'empereur par une poignée de conjurés audacieux. Son règne n'a été troublé jusqu'ici que par l'insurrection d'Ele, district mahométan recemment annexé à l'Empire chinois. Elle éclata vers la fin d'août 1826, dans la sixième année du règne de Tao-Kouang : le chef de cette révolte était un ancien prince du Turkestan, nommé Changkihurh ou Jehanghir. Après quelques victoires remportées sur les troupes chinoises, il fut livré par trahison à leur général et conduit à Pe-King, où l'attendait un prompt supplice. A n'en juger que par la reconnaissance de l'empereur pour ceux qui l'avaient apaisée, on pourrait croire que cette révolte devait inspirer des craintes sérieuses. Chang-Ling,—le général victorieux,—fut nommé Kung héréditaire; on lui accorda le droit de porter une pierre précieuse à la pointe de son bonnet, et l'insigne du dragon sur un écusson arrondi au lieu d'un écusson carré.

« Je lui rends, » ajoutait l'empereur dans son décret « le titre de Grand homme d'État en la présence impériale; je lui confère le droit de se servir d'une bride écarlate, de porter une plume de paon à double œil; je détache de ma propre ceinture deux bourses que je lui donne, et de mon propre pouce un an-

neau d'archer en pierre blanche: je lui donne aussi une aigrette de perles pour son bonnet, une pierre blanche, symbole de bonheur, pour qu'il l'attache à sa ceinture, et une paire de bourses bordées de jaune et ornées de corail, ainsi que quatre autres plus petites afin qu'il les y suspende en souvenir de ses exploits. »

Un manifeste postérieur à l'exécution de Jehanghir, renferme le programme des cérémonies religieuses ordonnées pour rendre grâces aux dieux de la rébellion apaisée : ce sont des sacrifices aux cieux circulaires et à la terre carrée, aux saints ancêtres, aux ponts et aux collines sur lesquels ont passé les troupes impériales, à l'impératrice douairière, aux cinq grandes montagnes et aux quatre grandes rivières de la Chine, aux tombeaux des empereurs et de Confucius, etc.

L'empereur ordonne en outre des réparations aux temples et aux tombes royales; il accorde des titres d'honneur aux parents défunts des officiers civils et militaires, un jour de congé aux étudiants du collège national, un mois de paie extraordinaire à l'armée et à la police, de l'argent aux hôpitaux, et mille autres bienfaits semblables.

Ainsi s'est terminée la dernière crise qui a menacé l'existence de la dynastie Ta-Tsing; et sans les craintes évidentes qu'inspirent les sociétés secrètes, sans cet ascendant mystérieux qui conduit à leur perte, après un temps plus ou moins long, presque toutes les tyrannies héréditaires, on pourrait la croire à jamais assise sur le trône qu'elle occupe aujourd'hui.

XI.

La Neuvième Profondeur fait connaître ses volontés. — Lun-Chung rentre en grâce. — Le Supplice des Conspirateurs. — Une Mission délicate.

Les édits impériaux que nous attendions ici sont enfin arrivés. L'arrêt des Neuf Ministres, indulgent pour Lun-Chung, confirme au contraire les sentences portées contre Tso-Hi. On ne reproche au premier qu'un délit dont il s'est souvent rendu coupable dans l'exercice de ses hautes fonctions, et qui est qualifié « clémence contraire aux lois. » Du reste, on rend justice à ses intentions loyales, et on fait valoir en sa faveur de grands et réels services ; ses campagnes contre les insurgés de la petite Boukharie et du Turkestan, les qualités qu'il a déployées comme gouverneur de plusieurs provinces, et les récompenses qu'il a reçues en diverses occasions. Aussi ne lui inflige-t-on que la perte de quelques distinctions honorifiques. Il devra restituer les plumes de paon, les brides écarlates, les bourses jaunes, et les robes fourrées de peau de renard, gages de la munificence impériale. En revanche, on lui permet de se présenter devant la Neuvième Profondeur (l'empereur, ainsi nommé parce qu'il habite la neuvième enceinte du palais), non pour se justifier, ce qui serait regardé comme une atteinte à la majesté souveraine, mais pour y reconnaître sa faute et l'indulgence avec laquelle il est traité.

Quant à Tso-Hi, son nom figurait sur l'un des cinq cent quatre-vingts arrêts de mort signés cette année par le Fils du Ciel; et, comme l'exécution de pareilles sentences est ordonnée à jour fixe, nous avons assisté déjà au supplice de l'infortuné conspirateur. Ses complices et lui, au nombre de dix-sept, ont subi la peine capitale devant les grands magistrats de Nan-King, auxquels Lun-Chung n'avait pas manqué de se joindre pour écarter de lui toute espèce de solidarité avec les condamnés. J'ai dû l'accompagner à cette terrible cérémonie.

La place fixée pour l'exécution était une sorte de grande rue déserte à laquelle sont adossées, d'un côté, une rangée de maisons, de l'autre une série de jardins fermés de murs. Aux deux extrémités, on avait élevé des palissades provisoires, et dans l'intérieur, le grossier appareil du supplice. Il consistait en deux croix de bois neuf, au pied desquelles étaient plusieurs boîtes rondes, destinées, me dit-on, à recevoir les têtes coupées qu'on expédie dans le district natal de chacun des condamnés.

Vers dix heures, le ngan-cha-sze (le grand juge), suivi de quelques magistrats et de quelques mandarins militaires, arriva sous bonne escorte dans l'enceinte. Une centaine de soldats à pied, armés de piques, s'emparèrent aussitôt des issues, et tinrent le peuple à distance. Les magistrats, après de nombreuses civilités, s'installèrent sous une espèce de hangar formé de nattes et de bambous. Des siéges et des tables leur avaient été préparés.

Peu de minutes après, on apporta les condamnés, les uns dans des cages, les autres simplement garrottés sur des paniers d'osier. Une sorte de recherche barbare avait présidé à leur toilette, qui ne se ressentait en aucune façon de leur long séjour dans les cachots.

La plupart, brisés par la torture, n'opposaient aucune résistance aux agents de police chargés de tout disposer. Ceux-ci les couchaient, les relevaient, les agenouillaient, comme s'il se fût agi de gens déjà morts. Quinze de ces malheureux portaient sur le dos une planchette où leur sentence était écrite, et ceux qui étaient désignés comme *chan-fan* (criminels à décapiter) furent disposés par groupes de trois ou quatre, accroupis et la tête en avant.

Sur un signe du ngan-cha-sze, trois coups de canon annoncèrent que l'heure fatale était venue. Le chef des gardes leva son épée, et six exécuteurs subalternes se jetèrent le sabre à la main sur leurs victimes. Quelle que fût l'horreur du spectacle, je ne pus m'empêcher d'admirer la vigueur et l'adresse avec lesquelles ces hommes remplissaient leur tâche. Leurs coutelas, longs de trois pieds et larges d'environ deux pouces, étaient parfaitement affilés, et presque jamais ils n'étaient obligés de revenir sur le premier coup. Cependant les deux bourreaux officiels, vêtus de satin rouge brodé de vert, et portant de chaque côté de la tête une longue plume droite, assistaient sans remuer la tête à cette effroyable boucherie.

Quand elle fut terminée, il restait encore à exécuter les deux chefs de la secte du Thé Pur, tous deux condamnés au *ling-chy*, c'est-à-dire à être coupés en mille morceaux. Les potences dont j'ai parlé plus haut leur étaient destinées, et ils avaient déjà la tête passée dans la traverse supérieure, échancrée à cet effet. Si l'on eût suivi strictement à leur égard les prescriptions sévères de la loi, leur mort aurait pu être lente et accompagnée de cruelles souffrances, puisqu'on eût dû littéralement les hacher à coups de sabre. Mais comme cela s'est quelquefois pratiqué chez nous pour les condamnés au supplice de la roue, on éluda ce que cette disposition avait de trop affreux. Les bourreaux officiels s'approchèrent des potences comme pour voir si tout était en ordre, et poignardèrent à la dérobée les deux condamnés; après quoi, leurs agents subalternes vinrent pour la forme donner deux ou trois coups de sabre aux corps déjà inanimés.

Les ordres de l'empereur étant remplis, les magistrats n'avaient plus qu'à se retirer, et ils partirent en effet, non sans s'être adressé tous les compliments d'usage. Quant à moi, je restai sur la place de l'exécution, poussé par un vague sentiment de curiosité. La populace envahit presque aussitôt l'enceinte jusque-là réservée, et c'était chose assez révoltante à contempler que l'exaltation triomphante des exécuteurs empressés de satisfaire aux questions qu'on leur adressait de toutes parts. Je ne m'attendais guère pourtant aux horreurs qui suivirent.

Un des préjugés de la médecine populaire en Chine est de croire que les différentes parties du corps humain ont une vertu spéciale, et entre autres choses, que le fiel de l'homme courageux inspire du courage à ceux qui s'en nourrissent. J'avais entendu parler de cette notion bizarre, qui semble tenir aux traditions d'un peuple jadis anthropophage; mais je ne m'attendais guère à la voir se traduire à mes yeux en résultats pratiques. Ce fut pourtant ce qui arriva. Un groupe nombreux entourait la potence de Tso-Hi; je m'approchai pour savoir la cause de cet empressement particulier, et je vis les valets de bourreau fort activement occupés à dépecer les restes de ce malheureux. L'un d'eux tenait déjà la vésicule du fiel, dans laquelle il insérait autant de grains de riz qu'elle en pouvait contenir. Plusieurs des assistants s'inscrivaient d'avance, sans dégoût comme sans pudeur, pour obtenir, moyennant un honnête salaire, quelque peu de ce rebutant remède à l'usage des poltrons. Devant cette scène à la fois ridicule et atroce, mon cœur, doublement soulevé, ne me permit pas de différer mon départ, et je rentrai

Ponts près de Nan-King.

chez moi, fort peu disposé à m'extasier sur les prétendues merveilles de la civilisation chinoise.

Maintenant qu'aucune influence contraire ne balance la mienne dans l'esprit de Lun-Chung, sa confiance, chaque jour accrue, se révèle à moi par la nature des missions qu'il me donne. Je ne suis pas seulement son secrétaire et son médecin, l'intermédiaire obligé de ses relations avec les plus grands personnages, le dépositaire de ses plus secrètes pensées, il me traite comme un des siens; et, prêt à partir pour Pe-King, il veut que j'aille à King-Te-Ching chercher sa fille, qui ne doit pas apprendre par la rumeur publique la triste fin de l'homme auquel elle était destinée. Mademoiselle As-Say ne voyagera pourtant pas sous ma seule escorte, le décorum chinois n'autorise point de telles libertés; une de ses tantes l'accompagnera, et nous serons tous d'ailleurs sous la surveillance des nombreux serviteurs que Lun-Chung me donne. Cette précaution, nécessaire à tant d'égards, l'est encore pour échapper aux bandits qui infestent les districts montagneux du Gan-Hwuy, sur lesquels nous devons passer. Les choses ainsi réglées, le vieux général m'a remis, comme emblême de l'amitié qu'il me porte, un de ses sceptres ou bâtons de jade (*jou-y*), que les grands échangent aux jours

de fêtes, et au bout desquels est gravée la fleur sacrée du lotus. Ce ne me sera point seulement un souvenir précieux, mais une marque de considération et un gage d'autorité. Aussi je l'accepte avec reconnaissance.

Nous partons sous peu, chacun de notre côté. C'est la première fois que je parcourrai sous ma propre responsabilité cet étrange pays, et le moindre incident peut compliquer la situation nouvelle qui m'est faite; mais les épreuves que j'ai déjà subies calment à cet égard mes appréhensions. Le nom de mon protecteur a repris tout son lustre, et me servira partout de sauf-conduit.

LE
FAN-KOUEI
A
PE-KING

LE FAN-KOUEI

A PE-KING

I.

Souvenirs de Voyage. — Les Rives du Yang-Tse-Kiang.
— Agriculture et Productions. — Le Pe-Tsaï. — Excès de population.
— Les Iles flottantes.

Deux ans se sont écoulés depuis que je n'ai ajouté une ligne à ce journal de voyages; et, dans cet espace de temps, que d'événements ont trouvé place dont j'ose à peine tenter un rapide sommaire! Je ne puis cependant me résoudre à laisser incomplet le récit que j'avais entrepris, et auquel la marche des événements donne peut-être quelque importance.

J'étais parti de Nan-King, la capitale du Midi, dans les conditions les plus favorables à l'observateur, et je me rappellerai toujours avec délice mon excursion dans les plaines du Gan-Hwuy, le long des rives du Yang-Tse-Kiang, chargées d'orangers, de thuyas et de plantin. C'était le moment où s'accomplissent les grands travaux de l'agriculture. Dans les vastes plaines inondées à dessein, la herse, attelée d'un buffle gris (*choui-nieou*), brisait la terre destinée à recevoir le riz; et le laboureur, à demi plongé dans la boue, suivait en chantant cet attelage grossier. Les collines, chargées de camélias blancs, semblaient couvertes de neige, et de près offraient l'aspect d'un immense jardin. Les femmes, suppléant à l'absence des bêtes de somme, tantôt maniaient la houe, tantôt s'attelaient aux charrues. J'admirais les mille ressources employées pour répartir également l'arrosage entre toutes les parties du territoire; ces réservoirs pratiqués au sommet des collines, ces pompes à

bras ou à chaînes, et ces grandes roues à eau placées sur le Kan-Kiang, dont le lit profond et le courant rapide ont probablement inspiré l'idée de cet ingénieux mécanisme. Il est surtout destiné aux plantations de cannes à sucre fort abondantes en ce pays, et sa composition dénote une aptitude industrielle, une intelligence de la statique qui distinguent éminemment les Chinois de toute autre race orientale.

Leur aptitude particulière a un contrepoids naturel : c'est la nécessité d'employer autant que possible la force humaine dans un pays où la population toujours croissante surcharge le sol de bras inoccupés. Ce grand fait domine les progrès de la civilisation chinoise; il a transformé une race autrefois nomade, — un peuple chasseur et pasteur, — en une nation exclusivement vouée à la culture des terres. Même au temps de Confucius, les

Paysans Chinois gardant leurs troupeaux.

troupeaux formaient encore une portion notable de la richesse nationale. Il est probable qu'alors l'usage de la viande était plus répandu qu'il ne l'est aujourd'hui, et sans doute on fertilisait la terre par des moyens moins artificiels; mais le défrichement s'est opéré sur une échelle immense, et les bestiaux, de toutes parts refoulés, ne trouvent plus d'asile que dans les districts montagneux où le travail de l'homme s'épuiserait inutilement à vaincre les résistances de la nature.

Tel est l'état actuel du pays : on y regarde comme un crime de faire manger par les animaux autre chose que les rebuts de l'homme; aucun bon terrain n'est consacré aux pâturages; le peu de bestiaux qu'on a conservés se nourrissent comme ils peuvent dans les terres que l'on ne croit pas susceptibles d'une culture productive. Aussi n'offrent-ils que la plus chétive apparence : un poney d'Écosse, pris à l'état sauvage, figurerait avec honneur dans les écuries des plus riches mandarins.

Le jardinage et la pêche sont appelés à combler les lacunes qu'amène cet état de choses dans le régime national. Le lait, le beurre et le fromage, manquent absolument; les riches seuls mangent quelquefois du bœuf ou du mouton. Le riz blanc, le riz rouge, le grand millet (*holcus*), le blé même, dans les provinces septentrionales, et les fèves cultivées dans les mêmes champs que le millet, forment les cinq récoltes dont on offre le produit aux dieux à l'époque des grands sacrifices. Parmi les innombrables légumes que le cultivateur fait venir dans le jardin attenant à sa chaumière, le pe-tsai est le plus généralement adopté. Cette variété du chou-vert est insipide comme notre laitue; mais on en relève le goût par des sauces fortement épicées.

Après ces cultures nécessaires aux premiers besoins de la vie, viennent celles que réclament l'état avancé de l'industrie. Ainsi les plantations de mûriers et de cotonniers qui, en quelque sorte, tiennent lieu de bêtes à laine; ainsi les vastes champs de sésame, de ricin et de camélias, qui fournissent l'huile et suppléent la graisse animale; ainsi l'arbre à suif, l'arbre à vernis, le camphrier et toutes les plantes pharmaceutiques.

Tout atteste néanmoins que, nonobstant le travail assidu

auquel les Chinois soumettent une terre naturellement fertile, et malgré l'économie singulière qu'ils apportent à ménager l'emploi des productions alimentaires, ils sont sans cesse menacés de la famine. Vainement réduisent-ils l'espace occupé par les routes publiques; vainement relèguent-ils les sépultures dans les flancs des collines et des montagnes stériles; vainement proscrivent-ils tout parc de plaisance (à l'exception des résidences impériales): les causes politiques qui tendent à accroître la population l'emportent sur ces vains et minutieux calculs. L'esprit de famille y est poussé plus loin que partout ailleurs. Dans ses Institutions Sacrées, l'empereur Kang-Hi rappelle, comme une époque d'idéale félicité, le temps où sept cents individus de même origine partageaient le même repas quotidien. Les lois du pays accordent à la paternité des priviléges sans nombre; et ces lois imprudentes, au lieu de combattre l'immense agglomération des habitants, concourent avec les autres préjugés nationaux à proscrire l'émigration comme un crime. Tout Chinois qui s'éloigne de son pays est regardé comme un traître, et puni, s'il y revient, des mêmes peines qui frappent le complice d'une rébellion. En outre, ses compatriotes regardent avec horreur l'homme qui a délaissé les tombes de ses ancêtres.

L'esclavage pourrait diminuer, au moins en partie, l'effrayante progression dont le pays est menacé; mais la législation, qui combat partout cette tendance salutaire, punit sévèrement les maîtres s'ils négligent de marier leurs esclaves femelles.

Les seuls obstacles positifs que rencontre le développement exagéré dont je parle ne sont, et ne peuvent être, que les épidémies, la disette et les infanticides. Mais le pays est salubre, les distributions de riz dans les greniers publics combattent l'effet des années de sécheresse; le crime enfin dont nous venons de parler, quelque fréquent qu'il soit, ne l'est jamais assez, fort heureusement, pour avoir le caractère et les conséquences d'une institution positive.

Il faut se défaire de ces tristes réflexions, et ne s'arrêter qu'à

Radeau et Ile flottante.

la surface extérieure des objets lorsqu'on traverse un pays comme celui-ci; alors seulement il est permis de prendre plaisir à l'industrieuse activité de son commerce intérieur, à la variété des travaux qu'il enfante, au bon ordre apparent dont la plus humble résidence éveille l'idée. Par exemple, à l'aspect d une de ces îles flottantes, immenses radeaux chargés d'habitations et de jardins, qui s'élèvent paisiblement à la surface des grands lacs, l'imagination n'associe au premier abord qu'une pensée d'abondance pittoresque et de travail ingénieux; mais, veut-elle se rendre compte du motif pour lequel ont été créées ces terres factices, devine-t-elle dans leur création l'effort inouï de quelque famille déshéritée, à qui manquait, pour ainsi dire, sa place au soleil, un sombre tableau succède à l'image sereine; la raison alarmée se demande à quelles extrémités la Chine peut être réduite si un autre siècle de paix la surcharge de ses dons perfides, et si la Providence lui refuse une de ces exterminations prodigieuses qui, de temps à autre, arrêtent heureusement l'essor des races trop fécondes.

II.

Un Village industriel. — Le Tse-Ki. — Les Coquilles d'œuf. — Les Kou-Tong. — L'Azur merveilleux. — Le Dieu de la Porcelaine.

King-Te-Ching n'est qu'un village, c'est-à-dire une réunion d'habitations non enceinte de murs; mais peu à peu l'industrie a grossi le nombre de ses habitants, qui s'élève aujourd'hui à plus d'un million. Lorsque j'arrivai, la nuit, sur les hauteurs qui la dominent, je crus assister à un vaste incendie: sous un dôme épais de fumée, des milliers de fournaises ardentes étincelaient à la fois. La rivière sur laquelle King-Te-Ching est bâti, et qui forme un bassin d'une lieue de large, reflétait ces feux épars. J'aurais pu me croire pour un moment, — sauf le bruit sifflant des *steam-engines* et le doux balancement de ma chaise à porteurs, — sur le point d'entrer à Manchester ou à Birmingham. Mais ce n'est pas le fer qu'on travaille à King-Te-Ching: une matière plus fragile et plus élégante y sert de but à l'activité humaine. Ses manufactures, au nombre de cinq cents, fournissent la Chine entière de ces vases de terre cuite dont la perfection a si longtemps désolé nos imitateurs européens.

La porcelaine (en chinois *tse-ki*) a tiré son nom de sa ressemblance avec un coquillage univalve (*porcella*), ainsi nommé lui-même parce que sa forme arrondie offrait quelque rapport

avec l'embonpoint d'un jeune pourceau. Sa composition, longtemps problématique, est aujourd'hui connue dans tous ses procédés, grâce à la studieuse persévérance des missionnaires jésuites, et notamment du père d'Entrecolles, qui résida longtemps à King-Te-Ching. L'argile (*kao-lin*) et le silex (*pe-tun-tse*) sont les principaux éléments à l'aide desquels cette substance se forme. On extrait le premier des rochers granitiques qui bordent le lac Poyang, en choisissant les endroits où la surface de la terre est rougeâtre et micacée. Le pe-tun-tse, sorte de granit quartzeux, broyé dans un mortier à pilons, devient une sorte de pâte, et se vend en pains aux manufacturiers; ils l'emploient avec les cendres de fougère chargées d'alcali pour obtenir le poli vitré de la porcelaine. Le meilleur provient des environs de Hoeï-Tcheou dans le Kiang-Nan. Le *hoa-chi* (« pierre glissante » espèce de smectite ou pierre savonneuse), et l'albâtre ou gypse (*chi-kao*), entrent aussi dans cette fabrication.

La beauté de la porcelaine dépend de la proportion dans laquelle ces substances sont employées. Pour la première qualité, le kao-lin et le pe-tun-tse s'amalgament à dose égale; pour la seconde, quatre parties de kao-lin répondent à six parties de pe-tun-tse; enfin, pour la troisième et la plus commune, il est dans les proportions d'un à trois. Le hoa-chi s'emploie par préférence au kao-lin; il donne un grain plus fin et mieux disposé à recevoir la couleur, mais il coûte en revanche trois fois plus cher. Le chi-kao, qui sert à composer le vernis, se mêle à un ingrédient formé de chaux vive et de fougère brûlées ensemble.

Peu de gens, parmi ceux qui portent négligemment à leurs lèvres une de ces frêles tasses appelées « coquilles d'œufs » à cause de leur transparente ténuité, peu de gens, disons-nous, savent par combien de mains elle a passé. Une vingtaine d'ouvriers l'avaient successivement préparée à la cuisson; plus de quarante autres l'ont perfectionnée ensuite pour la mettre en état d'être vendue. Nulle part la division du travail n'est poussée plus loin que dans le Céleste-Empire; et le bas prix des salaires, résultat ordinaire d'un excès de population, y permet de multiplier à l'infini les rouages vivants que la science mécanique a supprimés chez nous comme trop coûteux.

Ce système a ses inconvénients comme tout autre ; en réduisant l'homme à l'état de pure machine, il arrête en lui l'essor des facultés intellectuelles. Par là s'explique l'infériorité des peintures déposées sur les vases chinois, non par un seul artiste, mais par une dizaine de manœuvres (*hoa-pei*), payés comme tels : l'un ne sachant dessiner qu'une fleur, l'autre une pagode, le troisième une figure de femme ou de mandarin, etc. Il ne faut donc pas s'étonner que, loin de progresser, un art placé dans de telles conditions reste stationnaire, et tende même à s'amoindrir. C'est ce qui arrive en Chine, où les porcelaines antiques ont une valeur très-supérieure à celles qui se fabriquent aujourd'hui. Une telle préférence ne pouvait manquer d'engendrer certaines fraudes commerciales, fort usitées partout où le cachet des ans ajoute à la valeur de certains objets. Chaque année on enfouit une bonne quantité de porcelaines neuves, qui sortent de terre au bout de quelque temps avec tous les signes et tout le prix de la vétusté. Ces *kou-tong*, comme on les appelle, se font avec une terre jaunâtre qui leur donne une couleur vert de mer. Après la première cuisson, on les jette dans un bouillon très-gras dont elles s'imprègnent, et leur séjour de quelques mois au sein d'un étang bourbeux complète la contrefaçon. Elles ont encore ceci de commun avec les véritables antiques, qu'elles ne résonnent point sous la main qui les frappe.

L'histoire de presque tous les arts a ses traditions merveilleuses, et dans les annales de King-Te-Ching, qui forment quatre gros volumes, on en trouve beaucoup de cette sorte. Ainsi l'on raconte qu'un marchand de porcelaine, naufragé sur une côte déserte, où il errait tandis que ses compagnons s'occupaient à radouber les débris de leur navire, trouva, parmi les cailloux du rivage, une énorme quantité de pierres d'azur, qu'il jugea propres à la peinture du tse-ki, et dont il rapporta une grosse charge. « Jamais, ajoute l'histoire, on ne s'était servi de bleu plus pur et plus beau ; mais ensuite, le même marchand et bien d'autres recherchèrent en vain la côte où les avait jetés le hasard des tempêtes. » On ne l'a jamais retrouvée.

On dit aussi qu'autrefois un empereur chinois voulut faire

exécuter des porcelaines sur un modèle extraordinaire dont il avait conçu l'idée. Vainement lui écrivit-on qu'il demandait l'impossible; ce mot n'est jamais pris à la lettre par l'orgueil du Fils du Ciel. Il arriva donc de Pe-King des ordres plus pressants et plus rigoureux; les mandarins effrayés redoublèrent de soins, et, par des sévérités inouïes, ils cherchèrent à aiguillonner le zèle des ouvriers. Les choses allèrent si loin qu'un de ces derniers, au désespoir, se précipita dans le fourneau allumé devant lui, et y fut consumé à l'instant même. Ce coup de tête eut pour résultat la solution du problême impérial, car la porcelaine qui cuisait dans ce fourneau en sortit parfaitement réussie. L'empereur satisfait n'insista point pour qu'on renouvelât l'épreuve, et l'on décerna au défunt les honneurs célestes : il est encore aujourd'hui le Dieu de la porcelaine.

III.

Opinions d'un Médecin. — Les Couleurs et les Maux. — Le Gin-Seng. — La Liqueur d'Immortalité. — Notions anatomiques. — Le Pouls-Prophète. — Les Chinois homœopathes. — De la Condition des Femmes.

Lorsque j'arrivai à King Te-Ching, la fille du ti-tou-che était gravement malade, et la joie qu'elle témoigna de me revoir attestait son peu de confiance dans le savoir des médecins indigènes. Je conviendrai, — nonobstant les égards qu'on se doit entre confrères, — qu'elle avait raison de se méfier d'eux. A part quelques découvertes, dues à une observation sagace des phénomènes morbides, la médecine chinoise, compliquée d'astrologie et de croyances superstitieuses, mérite à peine le nom de science. Je trouvai le médecin de mademoiselle As-Say très-préoccupé de savoir si elle était malade du foie, et devait être traitée par des médecines vertes dépendantes de l'élément bois, ou bien attaquée du cœur, ce qui le mettrait dans la nécessité d'opérer par des médecines rouges dépendantes de l'élément feu. Contre les maux de l'estomac, il emploie les médecines jaunes; les blanches contre ceux des poumons, les noires contre ceux des reins. Sa drogue favorite est le gin-seng (*jin-chen* ou *nindsin*), dont le nom signifie « la merveille du monde, » et qui est regardée comme une sorte de panacée universelle. Les botanistes européens lui ont donné le nom de *panax quinquefolius*, et telle est sa réputation, qu'on le paie jusqu'à dix fois son poids en argent. Cette plante, dont les empereurs ont voulu monopoliser le commerce, se trouve principalement dans les montagnes de Shan-Tung et du Leao-Tong; mais elle n'a de valeur que si on l'a cueillie à certains jours propices de la seconde, de la quatrième et de la huitième lunes. On lui substitue au besoin le *chyn-len* (*ophioriza-mungos*), dont l'influence fébrifuge est renommée dans tout l'Orient.

Le plus grand nombre des remèdes chinois est emprunté au règne végétal; néanmoins le mercure, généralement extrait du cinabre ou vermillon, par des procédés chimiques fort imparfaits, est la base d'un grand nombre de préparations, et entre autres de la « liqueur d'immortalité, » fréquemment administrée malgré les accidents que son emploi détermine tous les jours.

Je connaissais maintenant assez les habitudes du pays pour ne pas craindre d'engager une discussion avec le docteur auquel je me trouvais momentanément associé. Il me fut donc permis de juger par moi-même l'inanité de son orgueilleuse science. Il pousse le vague des notions anatomiques tout aussi loin que le faux médecin de Molière, et place comme lui le cœur à droite et le foie à gauche. A ce propos, je ne puis omettre une de leurs notions physiologiques les plus curieuses. Persuadés que le nez est la première partie de l'homme qui se forme dans le sein maternel, ils donnent au plus reculé des aïeux le nom « d'ancêtre-nez; » et, par une raison analogue, le dernier des descendants est désigné comme « le petit-fils-oreille. »

Chimiste insuffisant, tout à fait étranger à la botanique, n'ayant qu'une idée confuse de l'anatomie et de la physiologie humaines, il est aisé de deviner comment mon collègue chinois

traite ses malheureux clients. Tâter leur pouls est sa grande affaire. Il a vingt-quatre manières différentes de constater ce diagnostic universel; et, sans autre moyen d'enquête, il se fait fort de découvrir, non-seulement la place et la nature des maladies, mais les futurs contingents d'une santé que rien ne dérange encore. L'état du pouls lui annonce si une femme doit être stérile ou féconde; il juge de même si ses enfants seront des garçons ou des filles. Bref, il n'est rien, soit du passé, soit du présent, soit de l'avenir, que ne lui révèle la circulation plus ou moins accélérée du sang dans telle ou telle partie du corps.

Il ne faut pas que ces idées absurdes, dont on retrouverait aisément l'équivalent chez les empiriques du moyen-âge européen, nous fassent oublier que l'art de guérir doit aux médecins chinois quelques-unes de ses pratiques expérimentales les plus précieuses. L'inoculation nous est venue, — avec la petite vérole, il est vrai, — de l'Empire du Milieu, où elle se pratiquait d'une manière grossière en plaçant dans les narines du patient un morceau de coton en rame, imbibé de virus. Le moxa est aussi un remède chinois rapporté par les navigateurs hollandais, et l'on serait tenté de croire que l'homœopathie elle-même est sortie toute armée du cerveau d'un fils de Han; du moins est-elle d'accord avec certains procédés de la thérapeutique chinoise. Le médecin de mademoiselle As-Say s'opposait à une saignée que je jugeais indispensable, « parce que, » disait-il, « la fièvre doit être regardée comme un pot qui bout; c'est le feu qu'il faut diminuer, et non point la liqueur contenue dans le vase. Plus celle-ci sera réduite, plus forte sera l'action de la flamme extérieure. » Hahneman et ses disciples ne désavoueraient pas cette doctrine.

Nonobstant ce qu'elle avait de spécieux, je m'obstinai à guérir la jeune malade d'après des méthodes plus éprouvées; et, pour la seconde fois, la Providence bénit mes efforts. J'acquis ainsi de nouveaux droits à la confiance et à l'amitié de cette jeune et charmante fille, qui sembla dès lors m'adopter pour frère.

Seulement après sa convalescence, je lui fis part des changements survenus dans sa destinée. Ils l'affectèrent beaucoup moins que je ne le prévoyais. En épousant Tso-Hi, mademoiselle As-Say n'aurait fait qu'obéir à la volonté paternelle, contre laquelle, en ce pays, aucune influence ne prévaut.

Une fille surtout ne s'en affranchit guère. N'est-elle pas, dès sa naissance, vouée au mépris, regardée comme un être d'une condition radicalement inférieure? On a vu de ces créatures dédaignées acquérir des talents d'un ordre élevé, sans pour cela se croire dégagées de leur infirmité native. L'une d'elles, Pan-Hoeï-Pan, comptée parmi les écrivains célèbres, s'est appliquée dans ses écrits à humilier son sexe en lui rappelant sans cesse le rang inférieur qu'il occupe dans la création, et les modestes fonctions qui doivent être son apanage exclusif.

« Quand un fils est né, » dit-elle d'après un poëte, « il dort sur un lit; il est vêtu de robes, et joue avec des perles. Chacun obéit à ses cris de prince; mais, quand une fille est née, elle dort sur la terre, couverte d'un simple drap; elle joue avec une tuile : elle est incapable ou de bien ou de mal; elle ne doit songer qu'à préparer le vin et la nourriture, et ne point chagriner ses parents. »

Suivant une coutume ancienne, — et c'est encore Pan-Hoeï-Pan qui la rappelle, — au lieu de se réjouir quand naissait une enfant du sexe inférieur, on la laissait pendant trois jours entiers par terre, sur quelque pauvre tas de chiffons, et la famille ne témoignait en aucune façon qu'elle prît la moindre part à cet événement insignifiant. Ce temps expiré, on accomplissait à peine quelques cérémonies futiles qui contrastaient avec les réjouissances solennelles auxquelles donne lieu la naissance d'un enfant mâle. Pan-Hoeï-Pan reconnaît la sagesse de cet usage, qui prépare la femme au juste sentiment de son infériorité. Partout on trouve la même différence. Le mari à qui sa femme légitime a donné des fils dérogerait en prenant une seconde femme; s'il n'en a que des filles, rien ne lui semble plus légitime. Une femme mariée ne peut point commettre de crime; la responsabilité tout entière pèse sur le mari. Enfin, un proverbe chinois rappelle aux femmes qu'elles sont trois fois dépendantes : « de leur père avant d'être mariées, de leur mari ensuite, et si elles deviennent veuves, de leur fils.

Il ne faut pas s'étonner que tant de sujétion produise à la longue un certain avilissement de l'intelligence. Les femmes, strictement renfermées dès l'âge de douze ans, ne sortent de leur prison domestique que pour aller brûler des parfums dans les pagodes, ou pour prendre l'air sur des barques couvertes. Chez elles aucunes distractions, si ce n'est le soin de leur toilette, et, de temps à autre, le plaisir d'écouter les chants de ces improvisatrices errantes, qui vont de maison en maison, précédées et annoncées par un tambour. Les plus curieuses et les moins retenues disposent deux miroirs en manière de chambre obscure, et surveillent ainsi l'entrée ou la sortie des visiteurs qui pénètrent dans la maison. D'autres fois, quand leur maître et seigneur fait jouer la comédie devant ses hôtes, elles se

glissent derrière les cloisons de la salle à manger, ordinairement treillissées de bambous, et assistem, invisibles, au spectacle. Néanmoins, le caractère équivoque des farces chinoises, et les

Un Concert.

plaisanteries obscènes dont elles sont remplies, empêchent souvent les maris de tolérer cette infraction aux lois sévères du harem.

Mademoiselle As-Say m'expliquait d'une façon assez plausible son aversion pour le mariage. « Je ne suis astreinte, me disait-elle, qu'à une seule obéissance; et pourvu que mon père soit satisfait de moi, ma vie s'écoule à l'abri du reproche. Une fois mariée, le joug deviendrait plus pesant. Non-seulement un époux aurait plein pouvoir sur moi; mais sa mère exigerait la plus entière soumission. Je serais tenue envers elle aux offices les plus serviles, et je ne donnerais pas un ordre qu'elle ne pût révoquer. Selon nos rites sacrés, rien ne m'appartiendrait en propre tant qu'elle vivrait; je ne pourrais ni donner quoi que ce fût, ni prêter le moindre ustensile de ménage. Si je recevais un présent, il faudrait l'offrir à ma belle-mère, et, sur son refus, la remercier comme s'il me venait d'elle. Indocile ou seulement désagréable, je subirais les châtiments corporels qu'il lui plairait de m'infliger elle-même, ou auxquels mon mari me soumettrait pour lui complaire. Ma belle sœur, — si j'en avais une, — aurait à mon obéissance des droits incontestables; car, selon l'expression d'un de nos auteurs anciens, « la nouvelle mariée ne doit être dans la maison qu'une pure ombre et un simple écho. » Son maître et seigneur peut impunément la frapper, et si elle levait la main sur lui, les magistrats la condamneraient immédiatement à recevoir cent coups de bambou. En outre, le divorce est prononcé sur les plus légers prétextes lorsqu'un mari e réclame. La stérilité, le mauvais caractère, la désobéissance aux parents du mari, le bavardage, les infirmités permanentes, sans compter l'adultère et le vol, tels sont les griefs dont un seul suffit pour motiver une séparation. Si elle n'a ni amis ni parents, qui la veuillent recevoir, l'épouse divorcée est reléguée dans une cellule obscure, loin des regards de son ex-mari, et celui-ci n'est tenu qu'à l'habiller et à la nourrir comme la plus vile de ses esclaves. »

Pour ajouter à l'effet de ses lamentations, la jeune convalescente plaça sous mes yeux une sorte d'élégie composée sur la misérable situation des femmes. « Est-il, disaient ces vers, un destin plus affreux, un sort plus dur? La vie toute entière de la femme est entre les mains du mari auquel on l'a livrée. A peine unie à lui, elle doit le suivre comme le serviteur suit son maître. Elle n'a plus de famille; en se séparant des siens, elle éprouve un regret amer; ses yeux sont changés en sources de larmes. Elle entend à peine, tant son désespoir est grand, le dernier adieu de sa mère éplorée. Personne ne compâtit à sa douleur; ses frères et ses sœurs eux-mêmes ne répondent à ses soupirs que par des cris de joie; et, tandis qu'elle frappe sa poitrine dans la chaise magnifique où ils l'ont enfermée, les instruments de musique résonnent gaiement de tous côtés. Son front est orné de joyaux et de fleurs; ses oreilles surchargées de

perles; l'or et les broderies étincèlent sur ses vêtements; c'est le dernier effort de la tendresse paternelle. Le porche de la maison conjugale est orné de pavillons de joie et de guirlandes de fleurs; mais, à l'intérieur, que trouve-t-elle souvent? la misère et les privations. Pour ma part, j'y trouvai pire : l'orgueil et la pauvreté. Une belle-mère acariâtre, un beau-père infirme, semblaient chercher tous les moyens de me convaincre qu'on m'avait prise uniquement pour les servir. Leur fille,

Cortége d'une Mariée.

cependant, oisive comme un hôte invité, passait la journée entière en préparatifs de toilette. Les plus durs travaux du ménage faisaient abondamment couler la sueur de mon front. J'étais obligée de me lever avant le jour, et la nuit avait étendu ses voiles les plus épais, que l'heure de mon repos n'était pas encore sonnée.

« Je devins mère; nouveau poids ajouté à mon joug de fer. Si j'arrosais de mes larmes la figure de mon enfant, je devais les essuyer aussitôt que paraissait mon mari, toujours prêt à s'irriter de ma tristesse. Pauvre enfant, qui doublait mes peines! Il était glacé de froid, et je n'avais rien pour le couvrir; il me demandait du pain; il se suspendait à mon sein flétri, et le trouvait desséché par l'inquiétude. Que de fois n'ai-je pas pris une corde pour me donner la mort, et mettre un terme à tant de peines! O mon fils! ma tendresse pour vous la fit tomber de mes mains, et l'idée de vous laisser orphelin me parut plus effrayante encore que l'affreuse perspective des douleurs qui m'attendaient. Il m'en coûta bien peu de couper mes longs cheveux et de les vendre pour vous venir en aide; je me serais vendue moi-même si cela eût été possible. »

Pour se faire, du reste, une idée juste du naturel et des qualités acquises que les Chinois recherchent dans leurs femmes, pour apprécier le rôle qu'ils leur réservent, il suffit de lire les notices biographiques de quelques-unes d'entre elles proposées par les philosophes à l'admiration publique. Ces notices se ressemblent fort. La jeune héroïne est toujours remarquable par son goût pour l'étude et par son aversion pour la toilette. Il est dit de l'une d'elles, comme preuve de son application: « que l'on pouvait, sans la troubler, voiler en partie les clartés de la lampe qui éclairait sa lecture. » On vante son attitude respectueuse devant ses parents, le soin qu'elle met à les servir, ses habitudes silencieuses, sa modestie qui lui fait refuser une tablette honorifique dont ses amis voulaient décorer, en mémoire de ses vertus, l'une des portes du village qu'elle habite. Fiancée d'un lettré qui meurt avant la consommation du mariage, elle lui garde une inviolable fidélité. Malgré la volonté contraire de ses parents, volonté qu'elle parvient à changer par l'obstination de sa douleur, elle accomplit solennellement les rites funéraires dans la salle des ancêtres de l'amant qu'elle a perdu. Elle s'impose les jeûnes les plus rigoureux; et bientôt, minée par le chagrin, elle tombe gravement malade. Un médecin est appelé auprès d'elle; mais elle se fait scrupule de lui confier son bras virginal, toujours caché, selon l'usage, par de longues manches. Cette honorable délicatesse la condamne à une mort certaine, et voici ses dernières paroles adressées à son frère aîné.

« Quand je serai morte, mes chagrins seront finis. Je crains que mon père et les parents de mon fiancé n'éprouvent une vive peine à se séparer de moi; autrement je fermerais les yeux sans regret. » Puis elle ajouta : « Vous savez que durant ma vie je n'ai jamais porté ni le moindre joyau, ni des habits de couleurs voyantes; je souhaite que mon corps ne soit pas surchargé de ces ornements inutiles. »

Ainsi mourut la vertueuse mademoiselle Choo, dans la trente-quatrième année de son âge.

Au suicide près, que le philosophe Luh-Choou, — l'auteur de ces récits et conseils, — paraît peu disposé à réprouver, et qu'il exalte au contraire comme une marque héroïque d'abnégation, il est aisé de juger que l'idéal des vertus féminines est en Chine, comme chez les peuples les plus civilisés, un mélange adorable de douceur résignée, d'obéissance silencieuse et d'affection constante.

IV.

Le Décorum féminin. — La Brouette à voiles. — Pe-King. — Les Quatre Enceintes
Les Plaisirs bourgeois. — Accueil hospitalier.

A partir du moment où mademoiselle As-Say fut complétement guérie, l'intimité de nos rapports dut cesser. Les barrières du décorum, l'accomplissement des rites, s'élevèrent entre nous, et durant tout notre voyage de King-Te-Ching à Pe-King, je ne pris qu'un seul repas en commun avec elle; encore fallut-il pour

Salle des Ancêtres.

cela des précautions extraordinaires. Le salon où nous nous réunîmes était partagé du haut en bas en deux parties égales par un grand treillis de bambous. Du côté de l'orient, on avait dressé une table sur laquelle étaient deux bougies allumées, et qui m'était destinée; une autre fut disposée du côté de l'occident, qui resta dans l'obscurité. A travers les lattes, mademoiselle As-Say pouvait distinguer mes traits; mais mon regard ne perçait point les ténèbres qui rassuraient sa pudeur. Ce fut, du reste, le seul incident remarquable de ce long voyage, durant lequel, enfermé dans ma litière, je ne vis guère que des chars de toutes sortes, et parmi eux ces barques roulantes dont

un appareil de voiles accélère la marche sur les routes parfaitement unies et sablées. Notre *piao* (patente scellée d'un mandarin) nous assurait partout un accueil respectueux, et je faisais d'ailleurs grand usage de mon éventail partout où je pouvais me croire l'objet d'une indiscrète et dangereuse curiosité.

On comprendra que je vis arriver avec joie le terme de cet ennuyeux voyage. A mesure que nous approchions de Pe-King, le pays, plus accidenté, reposait nos yeux, et fatiguait nos porteurs par son inégalité montueuse; et enfin, du haut des montagnes qui l'environnent au loin, nous vîmes, comme perdue au milieu d'une épaisse forêt, la grande cité où nous étions attendus. Les bouquets de bois attenant à différents cimetières, les arbres plantés en avenues près des couvents et près des villas, produisent cet effet remarquable. Toutefois ceci n'est vrai que de la perspective méridionale. Lorsque le voyageur approche de la ville par le nord, la hauteur des murailles arrête

son regard impatient; elles sont d'espace en espace flanquées de tours aux formes extraordinaires et gigantesques. Une fois les portes franchies, toute autre impressi disparaît devant la surprise qu'occasionne la disparition presque subite des édifices qu'on avait aperçus de loin. Toute maison chinoise habitée par des gens riches, et le plus grand nombre des édifices publics, sont au centre d'une ou plusieurs cours entourées de murs. Les rues sont assez larges et assez droites ; mais les maisons à façades mal alignées et délabrées. Des puits au milieu de la voie publique, des égoûts infects ouverts de tous côtés, une insupportable puanteur d'urine qui sort des trous pratiqués au coin de chaque venelle, témoignent que la recherche et l'extrême délicatesse des Chinois opulents ne se sont pas encore empreintes dans les mœurs publiques. Au total, cependant, les rues marchandes offrent un coup d'œil pittoresque; car, sans parler des boutiques ambulantes, où se débitent les fruits, la volaille, etc.,

les devantures de chaque magasin, disposées avec des ornements variés, embellies par de vives peintures, relevées de cinabre et d'azur, concourent à former un ensemble presque éblouissant. D'ailleurs, sur les places publiques se dressent de tous côtés ces monuments en forme de portes (*phai-leou*), qui ne sont pas, suivant une opinion généralement adoptée, des arcs de triomphe, mais bien des édifices commémoratifs élevés en l'honneur de tel ou tel particulier illustre, ou par ses amis, ou par ses descendants. Les phai-leou sont en bois ou en pierre, à trois ou cinq issues, selon la disposition des lieux.

Aucune grande rivière ne traverse Pe-King ; un seul canal (*yu-ho*), fort mal à propos honoré du nom de fleuve, roule dans un lit facilement desséché quelques eaux destinées à alimenter les étangs et les canaux du palais. De là pour les habitants une disette d'eau fort incommode; car un grand nombre des puits intérieurs ne donnent que de l'eau salée, et, pour s'en procurer d'autre, il faut envoyer au delà des barrières.

Les plans chinois de cette grande capitale la divisent en

quatre portions : la forteresse ou le Palais Impérial (*tseu-king-*

Mandarin visitant l'Arc-de-Triomphe élevé à son père.

tching); la Ville Rouge ou ville impériale (*hoang-tching*), dont les murs sont réellement teints en rouge, et dont les toits sont formés de tuiles jaunes ; la Ville Intérieure (*neï-tching*), entourée de murailles, et qui passe encore pour une place de guerre, quoiqu'elle soit convertie en un véritable bazar ; enfin la *waï-tching*, qui est en définitive le faubourg méridional de Pe-King, mais qu'on a ceint d'un mur à cause de deux autels qu'elle renferme, et du grand nombre de voyageurs qui s'y arrêtent ; on peut la considérer d'ailleurs comme l'entrepôt de toutes les marchandises qui se débitent dans la capitale. Elle n'est pas soumise à la rigueur des réglements militaires, et sert aux rendez-

vous de plaisir des bourgeois inoccupés. La porte *Thsian-Men*, les rues *Sian-Yeou-Keou* et *Ta-Cha-Lar* sont le réceptacle ordinaire de cette débauche inférieure.

Nous traversâmes les deux premières de ces enceintes pour arriver au dépôt militaire habité par Lun-Chung, qui en administre tous les ateliers. Il est situé derrière la porte orientale de la Ville Rouge, et fort près du collége russe, dans la rue *Peï-tcheï-kiai*. Près de là sont les trois monastères thibétains et la célèbre montagne *King-Chou* dont les cinq sommets symétriques commandent le palais impérial. On la dit faite de charbon fossile, et destinée à fournir du combustible à la ville entière durant un siége de longue durée.

Lun-Chung nous reçut, sa fille et moi, comme si deux enfants chéris lui étaient revenus ensemble; et, quand je lui demandai où j'habiterais, ne croyant pas qu'il m'admît sous son toit en même temps que mademoiselle As-Say :

« J'ai prévu, me répondit-il, la difficulté dont vous me parlez, et j'ai sollicité pour ma fille des fonctions à la cour impériale. Le Fils du Ciel ne m'a pas refusé la faveur que je lui demandais; ma fille se rendra dès demain auprès des maîtresses du *Ti-Kao-Houan-Tian*, qui doivent la former à l'étiquette. Vous qui êtes mon fils, vous resterez près de moi. »

V.

L'Empereur et le Peuple. — Classes anciennes. — Classes contemporaines. — Étrangers. — Esclaves. — Personnes viles. — Priviléges. — Les Neuf Rangs. — Le Fait et le Droit.

Les premiers mois de mon séjour à Pe-King furent consacrés à m'instruire des choses touchant à la politique, et je ne fus pas longtemps à me convaincre que les récits des missionnaires sur ce point donnent une idée fort erronée de la civilisation chinoise comparée à celle de l'Europe. Cette différence a deux causes : la première tient au temps où les jésuites écrivirent, temps déjà bien reculé, si on le juge d'après les progrès accomplis depuis lors; la seconde tient à ce que, dans un esprit louable mais étroit de moralisation politique, ils aspirèrent toujours à présenter la Chine comme un gouvernement modèle, basé sur la soumission absolue des peuples au prince. Il était de leur intérêt, — de leur intérêt du moins tel qu'ils l'entendaient alors, — d'établir systématiquement que le principe d'autorité absolue n'engendrait que des abus légers au prix de l'ordre et de la stabilité qu'il assurait au Céleste-Empire. Ainsi s'explique leur partialité.

A l'envisager d'une manière philosophique, le gouvernement chinois n'est qu'un despotisme infertile, maintenu par un espionnage actif et par une responsabilité sans limites, une sorte de patriarchat tyrannique dont la terreur assure l'autorité.

L'Empereur vice-gérant et fils du ciel (*Tien-Tsze*) a toutes les prérogatives de la dignité. Ses surnoms l'indiquent : l'Auguste Dominateur (*Ouang-Ti*), l'Auguste Élévation (*Ouang-Shang*), le Seigneur de dix mille années (*Houan-Soui-Yaï*), etc. Tout pouvoir, toute autorité émane de lui. Le peuple crédule, dont les lettrés entretiennent l'erreur, suppose toute la terre soumise à son empire, et ne voit dans les rois des autres nations que des délégués de sa puissance. Les décrets du ciel la limitent seuls; mais comme il en est l'interprète, cette restriction même est illusoire; et dans le fait, la crainte de l'opinion, les usages qu'elle défend, les précédents qu'elle a consacrés sont les seules bornes devant lesquelles s'arrête le bon vouloir du prince, pour lequel d'ailleurs aucune loi n'existe, qui peut détruire à son gré tous les priviléges, dont les arrêts sont en dernier ressort, et à qui seul appartient le droit de grâce. Nul pouvoir administratif qui n'émane de lui. Toutes les forces et tous les revenus de l'Empire sont à sa disposition comme les produits de sa chose, puisque l'Empire, en principe, lui appartient tout entier.

La transmission de ces droits si étendus lui appartient encore. Aucune loi de succession ne le gêne : il peut choisir ses héritiers, soit parmi ses propres enfants, soit parmi le reste de ses sujets; seulement l'intérêt dynastique a fait entacher de bâtardise les fils de l'empereur tartare, nés dans son harem d'une femme chinoise.

Sous le niveau de ce despotisme écrasant, les castes qui jadis existaient peut-être pour la Chine comme pour l'Inde, se sont graduellement effacées. On en retrouve les traces dans l'ancienne division du peuple en quatre classes distinctes : les lettrés, les laboureurs, les ouvriers et les négociants. On les retrouve encore dans une disposition de la loi relative à l'enregistrement des naissances, et qui prescrit aux enfants mâles de rester, de génération en génération, attachés à l'industrie paternelle ; mais ceci est plutôt de la théorie que de la pratique. En réalité les classifications contemporaines seraient plutôt entre les indigènes et les étrangers, au nombre desquels on range certaines tribus montagnardes qui ont su jusqu'ici conserver, au sein des provinces soumises, une indépendance presque absolue. Les populations nomades qui résident sur les fleuves sont aussi regardées comme étrangères.

On distingue encore la race conquérante et la race conquise, non que la première soit en possession de priviléges très-spéciaux, mais à cause des règles établies pour prévenir la fusion d'une race dans l'autre, règles qui prohibent sévèrement tout mariage mixte. L'esclavage établit une troisième distinction plus tranchée que les deux premières. A quelques exceptions près, tout Chinois peut acheter des esclaves et reste propriétaire de leurs enfants. Certains coupables, nés libres, expient leur faute par la perte de leur franchise personnelle qui entraîne celle de presque tous les droits humains.

Enfin il est une quatrième différence, plutôt établie par l'usage que consacrée par la loi, c'est celle qui existe entre les personnes honorables et les personnes viles. Aux premières sont ouvertes les carrières publiques que les secondes ne sauraient parcourir, puisque les examens, épreuve inévitable de toute ambition légitime, leur sont strictement interdits. Les personnes viles sont : les étrangers, les esclaves, les criminels, les bourreaux, les agents inférieurs de la police, les acteurs, les mendiants, les vagabonds de toute espèce. Pour se relever de leur incapacité politique, il faut que ces familles déshonorées exercent publiquement, pendant trois générations consécutives, une profession estimable et utile.

Par compensation il existe des classes privilégiées ; mais celles-ci sont en trop très-petit nombre pour affecter d'une manière sensible l'existence du corps social. Les lois énumèrent huit causes de priviléges : la parenté impériale, — les longs services, — les actions illustres, la sagesse extraordinaire, — les grands talents, — le zèle assidu, — la noblesse, — la naissance.

Sir Georges Staunton observe fort justement au sujet de ces priviléges, qu'à part la première et la septième classe, cette division légale n'entraîne à peu près aucune conséquence pratique. Je ne m'occuperai donc que de celles-ci. Les parents de l'empereur, descendus des mêmes ancêtres, ceux des impératrices mère et grand'mère à quatre degrés de parenté collatérale, ceux de l'impératrice régnante à trois degrés, et enfin ceux de l'épouse qu'a choisie l'héritier désigné de la couronne, mais à deux degrés seulement, jouissent de certaines prérogatives attachées au sang qui coule dans leurs veines. Toutefois, ces prérogatives se bornent en général à de modiques pensions ou à certains droits honorifiques : celui de porter une ceinture jaune ou rouge, de mettre une plume de paon à leur bonnet, de posséder une chaise verte, etc. Il y a des réglements qui limitent leur train de maison, le nombre de leurs eunuques, et un tribunal tout exprès appelé le bureau des *Tsong-Chi*, qui les gouverne d'après des lois et des usages qu'aucun autre tribunal chinois n'applique.

Les nobles, proprement dits, sont ceux qui possèdent le premier des neuf rangs officiels, tous ceux du second qui sont en même temps employés à quelque service public, tous ceux du troisième, dont l'office implique un commandement civil ou militaire. Parmi eux se trouvent comprises les personnes qualifiées d'un des cinq titres de noblesse héréditaire : les *Kung*, les *Hoou*, les *Phi*, les *Tsze*, les *Nan ;* on pourrait presque dire les ducs, les comtes, les barons, les baronnets et les chevaliers. On regarde à peine comme nobles les deux dernières de ces cinq classes, les Tsze et les Nan ; mais les Kung, les Hoou et les Phi ont une prééminence marquée sur tous les officiers du gouvernement qui, tout en faisant partie du premier des neuf rangs, peuvent être dépourvus de ces titres nobiliaires.

Les neuf rangs dont j'ai souvent parlé comprennent, à peu d'exceptions près, tous les employés du gouvernement ; on les distingue les uns des autres par la nature du bouton attaché à leur bonnet. Ce bouton est de rubis pour la première classe, de corail pour la seconde, de pierre bleu-clair pour la troisième, de pierre bleu-foncé pour la quatrième, de cristal pour la cinquième, de pierre blanche ou de pierre de jade pour la sixième, et pour les trois dernières, d'or travaillé. Les officiers inférieurs qui n'appartiennent encore à aucun des neuf rangs, portent le costume du neuvième.

Quelles que soient d'ailleurs ces divisions hiérarchiques, elles disparaissent toutes devant le pouvoir suprême dont j'ai déjà parlé. Il ne peut y avoir de véritable différence de rangs que là où il existe des hommes libres; or la liberté, dans le vrai sens du mot, est tout à fait inconnue ici. Un Chinois n'a pas même le droit de voyager à son gré, ou de changer sa résidence suivant les nécessités de sa position. Les lois qui le protégent contre l'oppression, ne sont que des garanties nominales; et la faculté d'en appeler à un magistrat supérieur, lorsqu'il se croit lésé par une sentence inique, n'appartient réellement qu'à l'homme riche ou influent. Les tyrannies subalternes sont solidaires les unes des autres, et pour ne pas consacrer le principe d'une surveillance incommode, un magistrat répugne ordinairement à contrôler sévèrement les actes de ses officiers subordonnés. Le grand principe est d'ailleurs que le peuple doit être contenu par la crainte.

Un tel système aura toujours ses conséquences inévitables. En Chine il a détruit toute supériorité intellectuelle, toute aspiration vers la vérité, tout désir de progrès élevés, bref il n'a échoué que sur ce point; l'industrie laborieuse et patiente dont le caractère national porte l'empreinte a résisté à l'influence contraire, aux extorsions décourageantes de tous ces despotismes échelonnés. Les Chinois lui doivent une sorte d'indépendance purement extérieure, qui contraste avec la réalité de leur servitude; ils lui doivent aussi d'avoir conservé la propriété du territoire qui se serait certainement concentrée dans quelques familles aristocratiques sans les efforts prodigieux du petit peuple. Le fait a fini par prévaloir contre le droit, et bien que l'empereur soit théoriquement le maître absolu du sol, la propriété immobilière s'est constituée presque aussi solidement que si elle était protégée par les lois du pays.

VI.

L'Administration.

L'administration générale de la Chine comprend deux conseils, six bureaux ou ministères, un bureau colonial, une institution de censure, une académie et quelques cours inférieures. On trouve le détail de leurs attributions respectives dans le *Ta-Tsing-Houï-Tien*, ou « Collection des statuts de la grande dynastie de *Tsing* » dont la dernière édition a été publiée en 1822. Je vais essayer d'en donner une idée sommaire.

Les deux conseils, le *Noui-Ko* et le *Keun-Ki-Chou*, servent d'intermédiaires entre les souverains et les six bureaux supérieurs. Le premier n'a guère pour objet que l'expédition des affaires de second ordre; c'est en quelque sorte le secrétariat impérial. Il se compose de six ministres principaux (*Ta-Hiosze*), de dix ministres inférieurs (*Ten-Hiosze*) et d'un grand nombre d'employés subalternes. Leur devoir est, suivant le livre officiel, « de consulter comme gouvernement de l'empire, de mettre en ordre et de manifester les pensées et les desseins de l'intelligence impériale, de régler la forme des statuts administratifs. » En réalité, il ne fait guère qu'expédier les édits et les réponses à divers mémoires qu'on lui envoie du Keun-Ki-Chou. Ces mémoires émanés, soit des censeurs, soit des autres autorités provinciales, sont mis sous les yeux de l'empereur avec une réplique favorable et une réplique contraire, en telle sorte qu'une fois son choix arrêté, un seul coup de pinceau suffit pour désigner la décision souveraine. L'édit se promulgue, et l'on y attache, suivant sa nature, un des vingt-cinq cachets impériaux dont la garde est confiée aux membres du conseil intime.

Le Keun-Ki-Chou se compose de membres choisis parmi les ministres du Noui-Ko; les présidents et les vice-présidents des tribunaux supérieurs, ainsi que le premier magistrat de chaque tribunal de la métropole, font aussi partie du conseil général. On les appelle les *Keun-Ki-Ta-Chin*, grands ministres dirigeant l'armée. Les séances du conseil ont lieu le matin de bonne heure; les membres siégent en présence de l'empereur sur des coussins de soie placés autour du trône. Trente-deux employés, appelés *Chang-King*, élaborent ses travaux.

Les six bureaux supérieurs (*Louh-Pou*) se partagent les attributions administratives. Le premier (*Le-Pou*) peut être considéré comme le département de l'intérieur. La présentation des officiers civils, la distribution des offices littéraires, le maintien de la hiérarchie, la surveillance des employés, les congés, les destitutions, l'avancement, l'augmentation des salaires, les amendes, la distribution des titres héréditaires, l'anoblissement des ancêtres, etc., ressortissent à ses différents bureaux.

Le *Hou-Pou* représente assez bien le ministère des finances; c'est de lui que dépendent, avec la levée des impôts, la distribution des salaires, l'administration des greniers publics, le cadastre de l'Empire, le recensement des populations, etc. Dans les temps de détresse, c'est encore ce ministère qui règle les secours gratuits et distributions de grains et de riz par lesquelles on vient en aide à la misère du peuple. Un des officiers du Hou-Pou préside à la fête annuelle de l'agriculture, honorée, comme tout le monde sait, par la présence de l'empereur, et

durant laquelle le monarque laboure lui-même un champ de blé. Quatorze bureaux inférieurs, chacun s'occupant spécialement

Fête des Agriculteurs.

d'une province, sont attachés à ce ministère. Il a aussi, parmi ses attributions, de présenter à l'empereur la liste annuelle des jeunes filles mandchoues qui peuvent aspirer à faire partie de son harem. L'administration du garde-meuble dépend du Louh-Pou ; elle est confiée à trois officiers qu'on appelle *San-Kou-Ta-Chin*, — les grands ministres des trois trésors, — à savoir : le trésor des métaux, le trésor des soies et le trésor des matières colorantes.

Le célèbre bureau des rites (*Li-Pou*) veille à l'observation des cinq classes de cérémonies : les cérémonies propitiatoires ou religieuses, les fêtes heureuses, telles que celles qui suivent l'avénement d'un nouveau souverain, les cérémonies militaires, les cérémonies hospitalières et les cérémonies malheureuses en toute occasion de deuil public.

L'exécution des lois somptuaires, les réglements relatifs à la forme des habits ou des coiffures, à la manière dont ils doivent être ornés, au nombre des serviteurs que chacun doit employer, aux insignes de chaque rang et de chaque grade, à la préséance des différents ordres d'officiers, au nombre de saluts, au degré d'attention qu'ils se doivent les uns aux autres, aux formules écrites de leur correspondance, sont confiés au Li-Pou. Il surveille de plus l'établissement des écoles et des académies publiques, l'ordonnance des examens littéraires, le nombre, le choix et les priviléges des gradués de diverses classes. Une de ses divisions (*Sze-Tse-Sze*) a la surintendance des sacrifices ; des offrandes aux monarques défunts, aux sages, aux grands hommes ; des moyens à prendre en cas d'éclipse « pour sauver et délivrer le soleil et la lune qu'un monstrueux crapaud menace d'engloutir. » C'est un autre bureau du même ministère, le bureau de l'hospitalité (*Chou-Kih-Sze*) qui prescrit les formes à observer dans les rapports de l'Empire avec les princes tributaires et les monarques étrangers ; c'est lui qui reçoit du gouverneur de Quan-Tong et qui place sous les yeux de l'empereur toutes les demandes ayant pour objet l'admission de quelques barbares dans l'enceinte du Domaine céleste. Les ambassadeurs de toute espèce ont directement affaire au bureau des rites, le seul qui entretienne des interprètes, et le seul qui s'occupe de diplomatie extérieure.

Le *Yo-Pou*, bureau de musique, n'est qu'une annexe du Li-Pou; ses membres, presque tous du plus haut rang, ont pour mission d'étudier les principes de l'harmonie, d'inventer des instruments et de composer des morceaux de musique. Les danses civiles et militaires sont aussi de leur ressort.

Le *Ping-Pou*, ou bureau de la guerre, s'occupe de tout ce qui est relatif à la distribution des commandements militaires, à l'exercice des troupes, aux revues. Il a une division spéciale (*Chey-Ma-Sze*) pour les soins à donner à la cavalerie, aux chameaux, aux transports de toute espèce; les postes et

leurs relais ainsi que le soin des voitures et des écuries impériales appartiennent à cette division. Il en existe une autre

(*Cheih-Fang-Sze*) pour l'avancement, les pensions aux blessés, les passes qui permettent de franchir la frontière; une troisième pour les examens militaires, et une autre pour les munitions.

Le *Hing-Pou*, — bureau des châtiments, — établit les lois pénales, juge en appel les causes criminelles, note tous les changements survenus dans les lois, et perçoit dans son trésor particulier le montant des amendes infligées comme punitions.

Le *Kung-Pou*, — bureau des travaux publics, — a sous sa juridiction toutes les manufactures du pays; il s'occupe des fortifications, de l'érection des temples, des canaux et de leur entretien, des poids et mesures, de la fabrication des monnaies. Il fixe l'emploi des édifices confisqués par le gouvernement; il a le dépôt de tous les équipages de camp, machines à escalade, etc.;

il dirige la fabrication de la poudre à canon; il fait réparer les grandes routes et surveiller par des postes militaires les points où les inondations sont à craindre. Les mausolées impériaux et les monuments élevés en l'honneur des personnages illustres sont construits et entretenus sur les fonds réservés au Kung-Pou.

Le gouvernement des colonies appartient au *Li-Fan-Youen*. Les mots *Wae-Fan*, — littéralement : étrangers du dehors, — désignent les pays qui ne font partie ni de la Chine propre, ni du Moukden ou Mandchourie, mais qui paient tribut au Fils du Ciel et reconnaissent sa bienfaisante domination ; les autres ne sont pas même des étrangers, ce sont des barbares (*e Jin*). Le Li-Fan-Youen règle par conséquent, autant qu'il la peut régler, l'existence nomade des tribus mongoles, les mariages de leurs princes, la division de ces hordes errantes en corps réguliers (*Chul-Kan*), la perception des impôts mal assis qu'ils consentent à payer. C'est ce ministère qui agit, autant qu'il le peut, quoique d'une manière indirecte, sur l'administration du Thibet, de la Mongolie et des petits états mahométans formés peu à peu dans la Tartarie indépendante.

Le bureau des censeurs (*Tou-Cha-Youen*, ou « qui examine tout, ») est en dehors de tous les rouages administratifs et les surveille tous. Il se compose régulièrement de deux *tou-yu-shi*, — censeurs généraux, — et de quatre *fou-tou-yu-shi*, ou censeurs délégués. En outre, tous les gouverneurs de provinces font partie du Tou-Cha-Youen, ainsi que les lieutenants-gouverneurs et les surveillants de la navigation intérieure. Les dix-huit provinces, les cinq divisions de la ville de Pe-King, chacun des six bureaux supérieurs est soumis à la surveillance d'un censeur spécial; dans les occasions importantes, l'empereur lui-même prend l'avis et subit les remontrances de cette espèce de tribunal.

Il existe ensuite ce que l'on pourrait appeler une cour de remontrances; c'est le tribunal des *Tung-Chin-Sze*, composé seulement de six membres. Ils reçoivent les mémoires adressés de la province et les appels du peuple contre les jugements rendus par les autorités locales; leur devoir est de les transmettre au Noui-Ko. Ce sont les officiers du tung-chin-sze qui veillent à la porte du palais, près du célèbre tam-tam d'appel. Tout homme, en y frappant, obtient, suivant un ancien usage, une audience

Tributaires.

immédiate de l'empereur; mais aussi malheur à quiconque

dérangerait le Fils du Ciel sans un motif légitime ou suffisant! un prompt supplice punirait son audace.

La cour criminelle (*Tale-Sze*) est consultée par le gouvernement dans tous les cas où un crime capital mérite par son importance d'être porté devant ce qu'on appelle les Trois Cours. Ces trois cours sont : le Tou-Cha-Youen, le Hing-Pou et le Tale-Sze. On exige d'elles une décision unanime; sans quoi leur sentence est revue par l'empereur lui-même, qui décide de tout en dernier ressort.

L'académie impériale (*Han-Lin-Youen*) a pour mission officielle de rédiger les documents d'une certaine importance. Elle est divisée en plusieurs classes, dont les chefs doivent, par un travail assidu, favoriser les progrès de toutes les connaissances, afin de procurer à l'empereur des sujets capables et dignes de le servir. Les deux présidents (*chang-youen-hiosze*) habitent avec l'empereur, et surveillent les études des gradués académiques. Deux fois par an, ils dressent des listes de candidats parmi lesquels le monarque peut choisir des orateurs pour les fêtes classiques. La mission de ces orateurs est de préparer des essais littéraires, tantôt en langue tartare, tantôt en langue chinoise, et de les lire devant S. M.; ils préparent en outre pour l'impression tous les ouvrages publiés aux frais du gouvernement. On éprouve de temps à autre l'habileté des académiciens par des examens solennels, dont le résultat les élève ou les abaisse d'un ou de plusieurs degrés.

L'école des historiographes (*kouo-chi-kouan*) et le corps des annalistes (*kekeu-chou-kouan*) sont deux annexes de l'académie des *han-lin*. Les premiers rédigent à loisir l'histoire de telle époque remarquable; les seconds, au nombre de vingt-deux, sont appelés à tour de rôle, quatre par quatre, à escorter l'empereur dans tous ses voyages, pour tenir note de ses actions et de ses paroles.

Enfin l'instruction de la famille impériale est confiée à un collége particulier qui porte le nom de *shen-sze-fou*.

Telle est à peu près l'organisation du gouvernement central.

L'administration de chaque province est aussi régulièrement constituée que celle de tout l'Empire. Un *tsong-to* (littéralement directeur-général), et un *fou-youen* (littéralement contrôleur), qu'on appelle aussi quelquefois *sun-fou* (contrôleur de circuit), sont à la tête du gouvernement civil, qui se partage en cinq départements, administratif, littéraire, des gabelles, du commissariat et du commerce.

Le département administratif se subdivise lui-même en deux branches : territoriale et financière. Les deux magistrats supérieurs, qui dirigent ces deux subdivisions, sont appelés les deux *sze* ou commissaires, savoir : le *pou-ching-sze* (trésorier), et le *ngan-cha-sze* (grand juge). Le chef du département littéraire, choisi par l'empereur parmi les membres du collége des han-lin, se nomme le *ti-tou-hioching*. Les *taou*, nommés aussi *taou-tae* (inspecteurs ou surveillants de districts), qui disposent en certains cas de l'autorité militaire, sont chargés en outre des gabelles et du commissariat; leurs attributions sont indépendantes des deux sze; ils relèvent directement du tsong-to et du fou-youen. Reste le département du commerce, dont les principaux administrateurs sont les *kieng-to* (surintendants), nommés parmi les officiers de la maison impériale, et chargés de percevoir les revenus dans toutes les places importantes du commerce, dans les grands districts manufacturiers, sur les côtes, etc. Ils sont directement contrôlés par les *tsong-to*. Le gouvernement militaire, qui comprend aussi les forces navales, est entre les mains des *ti-tou-che* (commandants en chef), et dans certaines villes importantes, où sont à demeure des garnisons tartares, entre celles du *tsiang-keun* (général). Le pouvoir de ces officiers, strictement limité, surtout pendant la paix, ne s'étend jamais au-delà des villes où ils résident. En revanche, il est affranchi de tout contrôle, sauf celui de l'empereur. Le principal objet de l'autorité qui leur est confiée est de tenir en bride les magistrats civils supérieurs qui pourraient être tentés d'employer leur influence dans des vues de révolte ou de trahison.

Au-desso s de ces magistrats s'échelonne une énorme quantité d'officiers subalternes, dont les attributions et les titres se distinguent par d'imperceptibles nuances. Il faut lire, pour les connaître à fond, le *Ta-tsing-houï-tien*, qui en donne l'énumération la plus fastidieuse et la plus exacte. On y voit auxquels est confiée l'administration des taxes, soit en argent, soit en grains; la direction de la police, le soin des stations de poste, la rentrée des revenus en sel ou en thé, la gestion des terres impériales, la réparation des canaux, la garde des frontières contre les barbares de l'extérieur, ou des provinces contre les étrangers (les sujets insoumis); on y verra aussi les règles touchant la promulgation des édits impériaux et touchant celles des appels judiciaires, règles où se révèle le grand principe de l'administration chinoise, celui de la subordination hiérarchique et de la surveillance réciproque.

J'ai dit ailleurs que les magistrats supérieurs des provinces ne conservent jamais plus de trois années le même poste ; mille autres précautions sont prises contre l'influence locale qui pourrait les rendre dangereux. Aucun d'eux, âgé de moins de soixante ans, ne peut remplir ces fonctions dans un rayon de cent *milles* anglais autour de l'endroit où il est né ; aucun ne peut se marier dans le district qu'il gouverne, et qu'il doit quitter, s'il vient à perdre un de ses ancêtres. Deux magistrats, auxquels les liens du sang donnent un intérêt commun, n'ont pas le droit de siéger dans le même tribunal. Bref, ils ont les mains liées à tous égards, libres seulement de pressurer et de tourmenter le peuple jusqu'au moment où l'empereur, source unique du pouvoir qu'ils détiennent, juge à propos de mettre un terme à leurs exactions et à leur tyrannie. Isolés les uns des autres, sans aucune idée de patriotisme ou d'esprit public, adonnés aux plus grossières voluptés, ces dix mille despotes subalternes ont pour tâche de paralyser, autant qu'il est en eux, l'action des peuples, de maintenir les intelligences dans une immobilité stagnante, et d'éteindre partout jusqu'au désir du progrès.

VII.

Une Salle de Cérémonie. — Prévisions politiques. — Réprimande impériale. — Le Canon et la Diplomatie. — Prise de Tchu-San et de Hong-Kong. — Suspension des Hostilités.

Le *Tay-ho-tian* est le palais ou plutôt la salle destinée aux assemblées importantes et aux jours d'apparat. On y monte par un perron bordé de balustres en marbre blanc, et sur les paliers duquel dix-huit trépieds, deux écailles de tortues et deux ibis, tous en bronze, servent à brûler des parfums. J'y fus conduit deux mois après mon arrivée à Pe-King, alors que je venais d'obtenir, par le crédit de mon protecteur, le grade de clerc interprète auprès du Nouï-Ko. Cet emploi, qui suppose un haut degré de savoir, emporte, *ex officio*, le titre littéraire le plus

Mandarin avec ses femmes, dans sa villa.

élevé. Je me trouvai donc *tsin-sze* sans avoir passé de nouveaux examens; et, pour mon entrée en fonctions, j'eus à traduire un document qui me révéla les difficultés survenues, depuis mon départ de Quan-Tong, entre les représentants du gouvernement britannique et les autorités de la province. Les phrases emphatiques du rapport adressé par le commissaire Lin à l'auguste Frère de la lune ne m'abusèrent pas un seul instant, et je prévis la gravité du conflit qui allait s'élever entre les deux peuples, tous deux subissant l'inévitable loi de la nécessité. Comment penser, en effet, que l'Angleterre supporterait la confiscation de vingt mille caisses d'opium, représentant une valeur de deux millions sterling, et surtout le précédent fâcheux ainsi établi contre son commerce des Indes? Comment croire, d'ailleurs, que le gouvernement chinois accordât à des négociations pacifiques, si habilement qu'elles fussent menées, une indemnité aussi considérable? Je prévis donc la guerre: et Lun-Chung, averti par moi, présenta, non sans terreur, un mémoire qui devait, le cas échéant, donner un grand relief à sa pénétration politique.

On n'y eut tout d'abord aucun égard, et personne n'osait affecter de croire que les misérables barbares, admis par la clémence de l'empereur à trafiquer dans une ville du Domaine Céleste, pussent, de gaieté de cœur, compromettre ce précieux privilége. L'année suivante, pourtant, plusieurs paquets de journaux anglais me furent apportés par ordre de l'empereur, et je pus désormais annoncer avec plus de confiance qu'on entendrait sous peu gronder le canon du Peuple à cheveux rouges. Lun-Chung présenta un nouveau mémoire dans ce sens; il faillit cette fois être complètement disgracié.

« Je ne conçois pas, » disait l'empereur dans sa réponse, « l'obstination de l'intendant du dépôt militaire. Il n'est sans doute poussé que par un sentiment de zèle pour le bien de l'Empire; mais comment suppose-t-il que le Dragon soit accessible à de lâches frayeurs? et que peut faire craindre au souverain du monde la fureur aveugle de quelques marchands barbares? Qu'il se rappelle, lui dont les souvenirs remontent loin, l'accueil fait aux ambassadeurs des Ying-keih-le par nos glorieux prédécesseurs, et notamment par le roi mon père. Ces hommes avaient fait un long voyage et traversé bien des mers pour lui apporter des présents; mais, malgré cette soumission, n'ayant pas voulu, en barbares orgueilleux et grossiers, exécuter le *ko-toou* aux pieds du trône impérial, et aussi, parce que leur roi prétendait traiter en frère le Fils du Ciel, le seigneur de dix mille endroits et de dix mille années, ils furent ignominieusement renvoyés sans avoir contemplé sa face divine.

« Depuis lors, les barbares ont présenté beaucoup de plaintes et donné beaucoup d'ennui aux mandarins subalternes. On a fait droit à leurs réclamations quand elles étaient justes; mais on les a strictement contraints à observer les lois qu'ils voulaient enfreindre. Pourquoi donc aujourd'hui n'en serait-il pas de même? Vils contrebandiers, ils introduisaient d'énormes quantités d'opium dans les provinces du sud, et celles-ci donnaient en échange de ce poison, soit des marchandises qu'il est défendu d'exporter, soit de l'argent monnayé dont la sortie appauvrit l'Empire. Lin a fait saisir et détruire la plus grande partie des cargaisons apportées dans le voisinage de Quan-Tong; il a bien fait et mérité par là d'être promu à un grade supérieur. Si, comme le prétend Lun-Chung, les barbares avaient l'audace d'envoyer des jonques de guerre pour fermer l'entrée des ports et lancer sur les villes de la côte leurs flèches de feu, croit-il, par hasard, qu'il faudra beaucoup d'efforts pour repousser cette folle agression? L'Empire manque-t-il de canons et de tigres invincibles? Mais qu'on se rassure, il ne sera pas même nécessaire qu'un simple fou-tsiang se dérange; quelques officiers de police, armés d'un fouet, suffiront pour faire rentrer nos ennemis dans le devoir. »

Cette jactance ridicule, au moment où je savais qu'une flotte nombreuse mouillait déjà dans les eaux de Singapore, m'inspirait une sorte de pitié douloureuse, qui s'accrut encore lorsque. dans les premiers jours de juillet 1840, l'expédition anglaise, forte de trois vaisseaux de soixante et quatorze, de deux frégates, de douze corvettes ou bricks, et de quatre bateaux à vapeur, eut commencé les hostilités en bloquant les embouchures du Tigre. Le 6 juillet, l'île de Tchu-San fut occupée par une partie des troupes de débarquement. Le 9 juillet, une lettre portée au gouverneur de Ning-Po, pour qu'il la fît parvenir à l'empereur, et dédaigneusement refusée par ce mandarin mal avisé, fit étendre le blocus de la côte depuis Ning-Po jusqu'à l'embouchure du Yang-Tse-Kiang. Enfin, le 11 août, une escadre détachée de la flotte anglaise était venue prendre position devant Tien-Sin, à l'embouchure du Pei-Ho, et trop près de Pe-King pour ne pas obliger le Keun-Ki à prendre une immédiate

résolution. Alors je vis à l'œuvre cette diplomatie chinoise qui n'a point sa pareille en Europe. On avait calculé qu'il serait précieux de gagner du temps, puisque, dès les premiers jours d'octobre, la mousson du nord-est allait commencer à souffler sur toutes les côtes de Chine. On comptait sur elle pour mettre en désarroi, sans coup férir, la flotte des barbares. Je n'ai jamais su en détail par quelles ruses le commissaire Keshen, chargé des négociations, sut persuader à nos plénipotentiaires que le règlement des difficultés les plus importantes ne pouvait avoir lieu que dans le port de Quan-Tong. Quoi qu'il en soit, dès le 15 septembre, les cinq bâtiments anglais, qui avaient jeté l'ancre à Tien-Sin, et dont la présence alarmait singulièrement les politiques de Pe-King, reprirent la mer à la grande joie de ces derniers. Deux jours après, une proclamation impériale annonça l'humiliation des fan-koueï, revenus de leur égarement, et désormais dociles aux volontés impériales. Mieux placé que personne pour juger l'effet de ce document, je regrettais amèrement que le capitaine Elliot, chargé de soutenir les prétentions du gouvernement britannique, n'eût pas mieux compris sa mission, et posé sur-le-champ un ultimatum décisif à Tien-Sin; il eût obtenu des six conseils, véritablement terrifiés, les concessions les plus larges. Son départ leur rendit quelque courage; ils virent devant eux le temps nécessaire pour préparer une résistance efficace, et Keshen, qui se rendit à Quan-Tong vers le 15 novembre, était chargé de mettre la province sur le pied de guerre, tout en leurrant les barbares d'une espérance de paix. Le rusé diplomate remplit à merveille ce double rôle, et, jusqu'au 7 janvier 1841, sut prolonger d'inutiles débats; peut-être auraient-ils duré plus longtemps encore si la présomption des Chinois ne leur avait fait croire, après quelques préparatifs fort insuffisants, qu'ils étaient désormais à l'abri de toute attaque. L'événement leur prouva le contraire. A peine la flotte anglaise avait-elle pénétré dans la rivière de Quan-Tong, que deux forts, Chuen-Pi et Taï-Cock-Tou, facilement démantelés, tombèrent en son pouvoir. L'île Houang-Tong et les batteries d'Annahoy furent bombardées; Quan-Tong l'aurait été sans doute; mais Keshen sollicita et obtint un armistice dont il comptait bien profiter pour élever des fortifications et armer de nouvelles batteries. Cet armistice aboutit pourtant, le 20 janvier, à une sorte d'arrangement de nature passablement équivoque, en vertu duquel l'île Hong-Kong était cédée aux Anglais, qui en prirent immédiatement possession. Par suite de cette mesure, Tchu-San fut naturellement évacuée.

Un mois à peine s'était écoulé, lorsque la reprise des hostilités devint imminente. Malgré toute l'habileté de Keshen, il ne pouvait, d'un côté, concéder à l'Angleterre une portion du territoire chinois; de l'autre, convaincre le Fils du Ciel que les barbares étaient vaincus et détruits. Aussi revenait-il déjà sur ses engagements, alléguant que Hong-Kong n'avait été offerte aux vaisseaux anglais que comme un asile provisoire où ils étaient autorisés à déposer leurs malades. Cette mauvaise foi demandait un prompt châtiment : la flotte reprit sa marche vers Quan-Tong, et sir Hugh Gough, qui venait prendre le commandement des forces de terre, la trouva maîtresse des forts de Bocca-Tigris. Le 15 mars, toutes les positions extérieures de Quan-Tong étaient au pouvoir des Anglais; cent pièces de canon, plusieurs jonques de guerres, un grand nombre de barques marchandes, avaient été prises ou coulées bas. Bref, il semblait que rien ne pût arrêter les progrès victorieux des armes britanniques, lorsqu'une nouvelle suspension d'hostilités fut conclue entre le capitaine Elliot et le commissaire impérial Yang.

Le motif secret de tous ces ménagements était, je n'en doute pas, la crainte de ruiner le commerce anglo-chinois, que la guerre avait momentanément suspendu, et dans lequel quatre millions sterling étaient engagés. Cette complication d'intérêts amena une situation presque unique dans l'histoire des peuples, et l'on vit deux nations aux prises s'arrêter d'un commun accord pour laisser à leurs marchands le temps d'acheter et de vendre, prêtes à tirer de nouveau l'épée, aussitôt que le négoce annuel aurait eu son cours.

VIII.

Préparatifs de guerre. — Le Généralissime prend congé. — Une Fête dans les Jardins de l'Ouest.

« Allez et hâtez-vous, attaquez et exterminez! » Telle est la conclusion d'un édit que l'empereur rendit peu de temps après l'ouverture de la trève; édit par lequel le généralissime Yis-Shang, surnommé le Grand Pacificateur des rebelles, était chargé d'anéantir les fan-koueï. Le Nouï-Ko venait d'être changé en partie; deux hommes d'état qui avaient marqué quelque penchant à la paix, le ministre Keshen et le ministre Ele-Poo, avaient fait place à deux officiers tartares, déterminés partisans de la guerre. Bref, tout s'apprêtait pour de nouvelles hostilités qui ne devaient pas tarder à éclater. Chaque jour, l'empereur se rendait dans le palais de Tseu-Kouang-Ke, sur la rive du lac Thai-I-Tchi, pour voir s'exercer à cheval et tirer de l'arc les licenciés militaires. Dans cet édifice, entouré de tableaux guerriers et de deux cents effigies représentant les plus célèbres généraux qu'ait eus la Chine, on dresse les banquets qui ont lieu après la rentrée d'une armée victorieuse. L'empereur ne pouvait s'y rendre que pour caresser des projets belliqueux. En effet, le départ du généralissime fut bientôt résolu, et Lun-Chung, désigné pour l'accompagner, me fit admettre, comme de sa suite, à l'audience où il prit congé. Elle eut lieu dans la salle du Trône, où l'empereur se rend au jour de l'an, au solstice d'hiver et au jour anniversaire de sa naissance, pour y recevoir les félicitations de ses sujets. Devant cette salle, sur une terrasse, sont disposés neuf piédestaux en bronze, où les officiers civils et militaires accomplissent la cérémonie des génuflexions. Chacun de ces degrés porte gravée l'indication du rang pour lequel il est fait; ceux de l'est sont destinés aux officiers civils, ceux de l'ouest aux militaires.

C'était la première fois qu'il m'était donné de contempler la Gloire de la Raison (*Tao-Kouang*); tel est le titre impérial adopté par le fils de Kea-King. Il est né le dixième jour de la huitième lune, en 1781; et, quoique son avènement au trône ait été la conséquence d'un acte de bravoure militaire, il passe pour un monarque essentiellement pacifique. Sa taille est haute et mince, son teint très-brun, sa physionomie majestueuse et douce. Autour de lui, les Ceintures jaunes et les Ceintures rouges, les grands dignitaires de l'Empire, les officiers de la maison impériale, formaient un cortége éblouissant. Lui-même, dérogeant à la simplicité habituelle de ses mœurs, était couvert de brocard et de pierreries. Quatre ou cinq rangs de perles étincelaient sur sa poitrine; de larges écussons en broderies parsemaient son surtout violet, et trois plumes de paon ornaient son bonnet de velours. Il occupait un trône sculpté, que décoraient deux énormes têtes de dragon. Devant lui, était une espèce de chapelle ou de table à colonnes, surmontée d'un dôme garni de soie jaune et de franges d'or. Là se trouvait une tablette renfermant les instructions de l'empereur à son général; instructions impérieuses et arrogantes pour mes compa-

L'Empereur.

triotes, comparés à des rats dévastateurs, dont il fallait au plus tôt détruire l'espèce.

Cette proclamation fut lue à voix haute par un orateur de l'Académie; et, immédiatement après, au bruit des gongs, des trompettes et des tambours, Yis-Shang, agenouillé sur un coussin de soie, reçut, avec « le précieux vermillon » (ainsi s'appellent les édits impériaux), les brides d'écarlate, les plumes de paon et les autres présents dont le gratifiait la reconnaissance anticipée de son maître.

Le soir, devait avoir lieu, dans le Jardin de l'Ouest (*Si-Youan*), une de ces foires simulées par lesquelles le Fils du Ciel rachète quelquefois l'ennui de la solitude à laquelle sa grandeur le condamne. Quand il sort, il ne voit rien; les maisons, les boutiques, tout est fermé. On tend partout des toiles pour empêcher qu'il ne soit aperçu. Plusieurs heures à l'avance, ses gardes ont balayé la route qu'il doit suivre; dans la campagne, de longues haies de cavaliers le dérobent aux regards. Il a donc fallu trouver un moyen de lui donner quelquefois le prestige de la liberté.

Voici comment on s'y est pris pour qu'il puisse, tout à son aise, et sans courir les mêmes dangers que Haroûn-Al-Raschid dans les rues de Bagdad, participer quelquefois aux plaisirs de ses sujets.

Une espèce de ville s'élève dans un coin au milieu de ces immenses jardins. Au jour marqué, ses rues désertes se peuplent comme par enchantement; des centaines d'eunuques, chacun investi d'une fonction diverse, et portant le costume professionnel du métier auquel il est censé appartenir, viennent y établir pour quelques heures tout le commerce, tous les marchés, tous les arts, tous les métiers, tout le fracas, et jusqu'à la friponnerie des véritables cités. Des vaisseaux en miniature arrivent dans une espèce de port; les boutiques s'ouvrent, les marchandises sont étalées, la circulation s'établit. Ici se dresse un restaurant en plein air; ailleurs, une rue se remplit de porcelaines. L'un vend des meubles; celui-là des habits ou des ornements pour les femmes; un troisième des livres pour les savants. Des colporteurs vous présentent des rafraîchissements de tout genre; des

merciers vous tirent par la manche, et vous harcèlent pour placer leur marchandise. C'est la licence des Saturnales, tempérée par la modération polie des mœurs chinoises. Cependant on se querelle, on se bat, mais uniquement pour amuser l'empereur, qui se promène de tous côtés sans que personne ose le reconnaître. Les officiers de police mettent le holà, et arrêtent les prétendus perturbateurs du repos public, qu'un faux magistrat condamne à une bastonnade quelquefois réelle.

La vérité du tableau veut que les filous ne manquent pas à la fête. Bon nombre d'eunuques, adroits et alertes, s'acquittent à

L'Impératrice.

merveille de cette noble mission. S'ils se laissent prendre en flagrant délit, on les hue, on les bat, on les condamne; si quelque bonne dupe est dévalisée sans rien y voir, on rit à ses dépens, on applaudit le voleur. Cependant, la foire finie, chacun recouvre ce qui lui appartient.

Au début de la fête, l'impératrice et ses femmes parcourent les rues dans des chaises sur roulettes qui servent aux dames de

qualité. Elles descendent dans les magasins et font mille emplettes. L'empereur achète beaucoup de son côté; car tous les objets dont les eunuques font le trafic leur sont remis en dépôt par les marchands de Pe-King, fort heureux de trouver une si bonne occasion de vente. Il va sans dire que, si l'accès de la foire est permis à quelques grands seigneurs, ils n'y paraissent toutefois qu'après le départ de l'impératrice et de ses femmes, les *kouey-fey*, les *fey*, les *pins*, les *kouey-gïn*, les *tchun-sai*, etc., c'est-à-dire les dames d'honneur, les dames d'atours, les dames de compagnie, les femmes de chambre.

A la lueur des feux coloriés, sur une barque élégamment ornée, je parcourus avec Lun-Chung toutes les rives du Thai-I-Chi. Des groupes d'ormes touffus, de sassafras et d'antiques *hoaï* [1], nous dérobaient quelquefois les clartés et le bruit de la prétendue ville. Quelquefois aussi, derrière leur sombre verdure, brillait le chaperon pointu d'une pagode aux sonnettes d'or, perchée sur un rocher factice. Nous passions d'un pavillon à l'autre, et j'admirais cette frêle architecture peinte, dorée, vernissée, aux murailles de briques grises parfaitement polies, aux toits de mille couleurs; ces collines, dont l'art avait fait autant de pics aigus, et sur le flanc desquelles il avait semé, le long des sentiers étroits, des palais nains entourés de citronniers, de figuiers et d'ormeaux en miniature; ces lacs, où il enfermait dans de vastes filets de cuivre des milliers de poissons à l'écaille étincelante; ces volières, où battaient de l'aile mille oiseaux effarouchés; ces canaux tapissés de nénuphars et des fleurs odorantes du châtaignier d'eau (*tribulus*); ces grottes, où brûlent sur des trépieds d'éternels parfums; ces monastères épars sur les bords du lac; ces obélisques blancs perdus dans des groupes de cèdres et de *bombax ceïba;* ces îles de marbre couvertes de magnolias, d'ixoras et de chrysanthèmes; toutes ces merveilles enfin auxquelles leurs noms poétiques ajoutent une sorte d'idéal : le Lac d'or, le Petit vent d'Automne, la Source des Nuages, etc.

En sortant de ces lieux enchantés, nous reçûmes ordre de nous trouver le lendemain à la revue des troupes que le généra-

1. *Hoaï*, autrement *hoaï-chan*, espèce d'acacia. — En général les Chinois ont la manie des fleurs et des jardins. Une des curiosités de leur horticulture est l'artifice par lequel ils obtiennent des forêts d'arbres nains. Pour les rendre tels, ils plantent des tiges de jeunes arbres dans un pot de porcelaine, long de douze ou quatorze pouces et profond de cinq tout au plus. L'arbre ainsi planté n'a jamais plus d'un pied de haut; les

Poste militaire à l'entrée d'une rue.

lissime devait passer dans la plaine de *Yan-Chen-Va,* au sud-est de la capitale.

IX.

La Revue.

Il fallait partir avant le jour, et, vers trois heures après minuit, une espèce de cabriolet (*tche*) vint nous prendre, Lun-Chung et moi, pour nous transporter à la revue. Au bruit de nos roues, les *khon-ouze-di* (gardiens), assis dans leurs guérites éclairées de petites lampes, frappaient leurs bâtons l'un contre l'autre. Quelques-uns faisaient même entendre un faible qui-vive (*choui*); mais notre dignité ne nous permettait pas d'y répondre. Dans une large rue qui conduit à la porte *Ane-Dine*, ou de la Paix, nous commençâmes à rencontrer quelques soldats qui s'acheminaient isolément du même côté que nous. Les uns portaient des arcs et des flèches à la main; d'autres avaient sur l'épaule de très-petits fusils; mais la plupart, appelés probablement pour faire nombre, étaient complétement désarmés.

Un poste militaire, établi au bout de la rue, vérifiait, à l'aide de lanternes, la qualité d'un chacun, et ses droits ou laissez-passer. Une fois sortie de la ville, notre voiture prit une allure plus rapide, et nous arrivâmes bientôt au centre du terrain sur lequel les troupes commençaient à se rassembler. De l'est à l'ouest s'étendait une longue file de lanternes énormes sur lesquelles étaient collées des inscriptions en caractères rouges, pour indiquer la place assignée à chaque division. Des tentes en toile bleue attendaient les principaux officiers. Tout auprès, sur de petites tables basses, recouvertes en feutre rouge, ou sur des charrettes dételées, on voyait des faisceaux de flèches, des coutelas de combat profondément rouillés, diverses coiffures

bourgeons des jets et la moitié des feuilles nouvelles sont élagués avec soin. On contourne ce qui reste sous des liens de fil de fer. Bref, on empêche leur croissance par tous les moyens possibles. Rabougris et déformés de cette manière, ils deviennent à la longue un objet curieux, en ce que, dans leurs petites proportions, ils portent les signes d'une extrême vieillesse. Un poète leur comparerait volontiers l'Empire Chinois.

militaires, et jusqu'à des paquets d'uniformes en nankin bleu

bordé de blanc, ou rouge bordé de jaune, ayant le mot *courage* gravé sur la poitrine et sur le dos. Au sommet d'un tertre étaient braquées quatre ou cinq pièces de canon en fer, les uns d'origine hollandaise ou portugaise, les autres coulées sous la direction des missionnaires Schaal, Verbiest et autres, il y a plus de cent ans. Elles étaient montées sur des affûts en bois à quatre roues, et fixées par des cordes. Quelques autres, plus dégradées encore, étaient dissimulées sous des abris en nattes.

Cependant le jour se levait, et, par l'ordre des chefs, les lanternes placées devant les rangs furent toutes descendues et éteintes. Les deux tsi ou corps mantchoux de la bannière bleue et de la bannière jaune à bordure, que l'on allait passer en revue, s'étaient rangés sur deux rangs parallèles et demi circulaires, à vingt mètres de distance l'un de l'autre. Les conques qui servent de trompettes (*hay-lo*), et de grosses timbales portées par quatre hommes sur des bâtons en croix, firent entendre leurs bruits discordants. Au signal, on chargea les canons dont une salve allait marquer le commencement des manœuvres.

La poudre chinoise (*da-yao*), qui se fabrique encore à peu près comme à l'époque où elle fut inventée par *Ouei-Shing* (1275), contient une énorme quantité de soufre, ainsi que l'atteste son odeur infecte. On se sert, pour garnir la lumière des canons, d'une poudre plus fine où le nitre domine, et, au moment de tirer, on y met le feu avec une mèche de papier tordu. Quand il se communique à la charge, le da-yao commence à pétiller, le canon avance et recule pendant près d'une minute, et, alors seulement, le coup se décide à partir. Il arrive souvent que les boulets en fonte ou en pierre, n'étant pas appropriés au calibre de la pièce à laquelle ils servent, sont à peine chassés à quelques pieds de la batterie. Les Chinois ne connaissent ni bombes ni grenades; à peine se servent-ils quelquefois des fusées ordinaires pour incendier les tentes de l'ennemi.

Leur mousquet consiste en un épais cylindre de fer, long de sept à huit décimètres, noirci faute de soins, et fixé à un morceau de bois de fusil sans baguette ni batterie. Cette dernière partie de l'arme est remplacée par une verge de fer courbée, dont l'extrémité se bifurque pour laisser la place d'une mèche en papier imbibé de salpètre, avec laquelle on allume la poudre sur le bassinet qui est tout à fait ouvert. On conçoit que des soldats si mal pourvus préfèrent se servir de leurs arcs à corde de soie, dont les flèches sont bien faites, bien empennées et garnies d'un fer barbelé qui fait d'assez dangereuses blessures, ou bien encore de leurs sabres droits et pesants, ou de leurs hallebardes pointues et tranchantes.

Je reviens à nos héros, dont une bonne moitié n'était pas même pourvue de ces méchantes armes. Après que le généralissime, en palanquin, suivi de Lun-Chung et de quelques autres officiers supérieurs en cabriolet, et accompagné par huit ou dix gardes à cheval, eut passé entre les rangs des deux tsi, une nouvelle salve d'artillerie donna le signal des exercices. Ils s'exécutèrent en mesure et au bruit de la musique. A chaque roulement de tambour succède une évolution différente, toujours suivie d'un grand cri. Les soldats se tournent à droite et à gauche, lèvent leur sabre pour se défendre ou pour attaquer, se couvrent de leur bouclier ou se démasquent subitement, se courbent ou se relèvent, font un pas en avant ou un pas en arrière, — toujours en criant, — selon le nombre de coups qui a été frappé. Quelques-uns se servent à la fois de deux épées; ceux qui sont munis de mousquets tirent en l'air pour ne pas blesser leurs camarades, et aussi pour éviter que la charge ne tombe à terre; car les Chinois ne savent pas bourrer leurs fusils et ignorent l'usage des baguettes. Quant à la cavalerie, qui s'était tenue immobile auprès de la tente du généralissime, et à côté des drapeaux fichés en terre, elle s'ébranla tout à coup à un signal donné par le hay-lo, pour passer au galop sur tout le front de bandière; mais cette manœuvre s'exécuta dans le désordre le plus complet, ceux qui avaient de bons chevaux courant en avant, et les plus mal montés suivant à peine. Cette débandade termina la revue; la plupart des soldats remirent leurs armes dans les charriots où ils les avaient prises, et rentrèrent dispersés dans la ville.

L'armée de l'empereur se compose des Huit Bannières tartares (*Pa-Ke*), chacune de dix mille hommes. On les distingue selon la couleur et la bordure du drapeau, bleu, blanc, jaune ou rouge, et garni de jaune, de rouge, de bleu ou de blanc, suivant la couleur de ce qu'en termes de blason nous appellerions le champ. Il y a de plus une nombreuse milice chinoise (évaluée par quelques écrivains à quatre ou cinq cent mille hommes), qu'on désigne sous le nom de Troupe du Drapeau Vert. La paie de ces deux espèces de soldats est très-différente. Elle suffit pour faire vivre les premiers, et n'est, pour les seconds, qu'un complément de bien-être. Ceux-ci, en effet, s'adonnent à quelque autre profession régulière; ils sont ou artisans ou agriculteurs, et ne revêtent l'uniforme que pour les besoins de la police, les cérémonies d'apparat, les revues, etc. De temps à autre, un mandarin s'assure, avec plus ou moins de négligence, qu'ils n'ont pas omis de s'exercer au maniement des armes, et s'il les trouve en défaut, il leur fait administrer une bastonnade. C'est pour eux le seul mobile du courage et de la discipline. Aussi n'est-il pas sur la surface du globe de plus misérables troupes, ni de plus mal armées, ni de plus insensibles à l'honneur, ni de plus lâches, ni de plus ridicules. Bonnes tout au plus quand il s'agit d'écraser par le nombre une tribu de la Mongolie ou du Nepaul, elles sont hors d'état de résister, même dans la proportion de vingt contre un, à nos troupes européennes. Je n'avais donc pas besoin d'assister à la revue que j'ai décrite pour ne conserver

Exercices Militaires.

aucun doute sur l'issue du conflit élevé entre mon pays et la Chine ; j'avouerai pourtant que je me plus à voir justifié mon mépris pour les soldats du Céleste Empereur.

X.

Capitulation de Quan-Tong. — Seconde expédition. — Prise d'Amoy. — Reprise de Tchu-San. — Déroute de Ting-Hae. — Prise de Ning-Po.

Nous partîmes pour Nan-King deux jours après la revue dont j'ai parlé. Chemin faisant, nous apprîmes que, le 21 et le 22 mai 1841, les hostilités avaient été reprises, et des brûlots, lancés contre la flotte anglaise. Ces brûlots avaient été détruits, quarante à cinquante jonques de guerre coulées à fond. Bref, trois jours après l'ouverture de cette nouvelle campagne, nos compatriotes étaient presque maîtres de Quan-Tong, et le *kouang-chou-fou* (magistrat civil) de cette ville offrait, par capitulation, six millions de dollars aux Étrangers-Démons, s'ils voulaient consentir à évacuer la rivière. Nous sûmes bientôt que ces propositions avaient été acceptées, et que la navigation du Tigre était redevenue libre; les Anglais toutefois demeurant maîtres de Hong-Kong.

Ces nouvelles nous arrêtèrent à Nan-King, et ne contribuèrent pas médiocrement à faire accepter par Lun-Chung un plan que je lui avais soumis plusieurs fois. Il consistait à nous mettre secrètement en rapport avec les chefs de l'expédition britannique, afin de pouvoir, le moment venu, servir aux ouvertures de paix, et faciliter les négociations. Un des serviteurs les plus dévoués de Lun-Chung partit pour Quan-Tong avec ordre de tout faire pour tomber par hasard entre les mains des fan-kouei. Il emportait, cousue dans les plis de ses vêtements, une lettre qui devait lui servir de sauvegarde et l'accréditer auprès des officiers de S. M. Britannique. Je ne l'adressais pas à l'un plutôt qu'à l'autre; mais je priais celui dans les mains duquel cette missive tomberait d'ouvrir avec moi une correspondance régulière.

Je ne revis mon envoyé que dans le milieu du mois d'octobre, c'est-à-dire environ quatre mois après. Il me rapportait la lettre suivante :

Ning-Po, à bord du brick *la Colombine*.

« Vous ne pouviez vous attendre, mon cher camarade, à ce que le sort ferait tomber dans les mains d'un ami votre dépêche mystérieuse. Et de fait, il a fallu presqu'un hasard providentiel pour que l'officier du 37e d'infanterie cipaye, qui s'était emparé de votre ambassadeur, ait parlé de cette capture, un jour où nous dînions ensemble chez le docteur Arnold, surintendant de l'hôpital de Hong-Kong. Le cher camarade ne savait trop quelle importance il devait attacher au signataire inconnu d'une épître de ce genre; et, bien loin de vouloir y répondre, il n'avait pas même songé qu'il fût utile de la transmettre à ses supérieurs. Tandis qu'il en parlait avec un certain mépris, votre nom, prononcé par hasard, réveilla mon attention; et, jugez de ma surprise, à moi qui, depuis mon arrivée, cherchais en vain le moyen d'avoir de vos nouvelles, lorsqu'elles m'arrivèrent ainsi à l'improviste, et d'une si miraculeuse façon... »

Après quelques détails d'un intérêt purement privé, la lettre reprenait en ces termes :

« Maintenant vous devez être altéré de nouvelles politiques, et je vais vous donner sommairement toutes celles qui ne peuvent encore vous être parvenues. Sachez d'abord quel spectacle curieux vous avez manqué il y a deux mois. Vers la fin de juillet, le capitaine Elliot et le commodore sir Gordon Bremer, jetés par un typhon sur une des îles qui sont dans les eaux intérieures du Tigre, ont failli tomber entre les mains du Céleste Empereur. Les paysans indigènes s'étaient déjà emparés d'eux; on les avait dépouillés; ils étaient enfermés dans une maison, et si le propriétaire eût pu se douter qu'il avait en son pouvoir les deux Grands Yeux des barbares, — c'est ainsi, vous le savez, qu'on appelle nos officiers supérieurs, — l'espoir de mériter les magnifiques récompenses promises par les proclamations impériales à quiconque ferait un prisonnier de ce genre, l'aurait rendu intraitable sur le chapitre de la rançon. Par bonheur, les deux naufragés n'avaient eu garde de décliner leurs noms et qualités. Grâce à cette précaution, et moyennant une promesse de quatre mille dollars, ils ont obtenu d'être reconduits à Macao.

« Depuis lors, du reste, le capitaine Elliot, négociateur trop méticuleux et trop patient, a été complétement sacrifié. Le commodore Bremer a partagé sa disgrâce, et tous les deux sont remplacés aujourd'hui : le premier, par sir Henri Pottinger; le second, par sir William Parker. C'est sous les ordres de ces nouveaux chefs qu'une seconde expédition, forte de treize bâtiments, et portant à bord quatre mille hommes de troupes, s'est embarquée le 21 août. Le 25, à sept heures du soir, nous étions dans le port d'Amoy. Le lendemain, couvertes par le feu du *Sésostris*, du *Blenheim* et du *Wellesley*, nos troupes débarquèrent; et, prenant en flanc les batteries chinoises, occupèrent sans perte sensible les hauteurs escarpées qui dominent la ville. Nous y passâmes la nuit, grâce à la prudence peut-être exagérée de nos chefs, qui ne voulaient pas essayer de pénétrer dans Amoy pendant une nuit assez obscure. Le lendemain 27, après une légère reconnaissance, nous avançâmes jusqu'à l'une des principales portes. Elle était fermée, mais sans défenseurs;

il fallut tout simplement escalader les murailles et aller l'ouvrir; tâche facile, dont trois ou quatre officiers, plus lestes que les autres, eurent le douteux honneur.

« Notre régiment fut caserné dans un vaste bâtiment où résidait avant nous l'amiral de la province; lequel, pendant ce temps-là, était allé sur mer pour nous exterminer. Le pauvre homme a dû revenir ensuite, heureux de ne pas nous avoir rencontrés; et je ne doute pas qu'il ne soit fort surpris en trouvant sa maison dévastée, son joli jardin saccagé, son trésor en déroute, et sa provision de salpêtre complétement épuisée. Ce salpêtre, qui devait servir à nous foudroyer, nous a procuré le plaisir de boire à la glace durant tout notre séjour dans les murs d'Amoy.

« Nous ne savions qu'admirer le plus, ou de l'insouciance avec laquelle les habitants nous avaient laissés pénétrer dans la cité, ou de la prestesse avec laquelle ils se dépouillaient les uns les autres. Nulle part je n'ai vu de voleurs plus effrontés ni plus adroits que ceux-ci. Quand une rue leur paraît mériter qu'on la pille, ils mettent le feu aux deux bouts, nettoient avec une dextérité remarquable les maisons du milieu, et s'échappent par les ruelles latérales; le tout avant qu'il soit possible d'y mettre ordre.

« Le 5 septembre, nous repartîmes, laissant quelques troupes sur l'île de Pou-Lang-So. Le 1er octobre, après une traversée qui n'eut rien de remarquable, nous attaquâmes Tchu-San. Là, nous eûmes moins à nous louer de nos ennemis; ils montaient hardiment sur le haut des collines, et, brandissant leurs armes, nous invitaient à descendre. L'un d'eux, porteur d'une bannière rouge, resta sous le feu de *la Colombine* et du *Phlégéton*, dont les boulets labouraient la terre à ses pieds, avec une hardiesse tout à fait chevaleresque; et lorsqu'enfin il tomba, son drapeau fut ramassé par un autre brave qui, peu de minutes après, eut le même sort. Cependant nos troupes étaient débarquées, et enlevèrent une à une les positions que les ennemis avaient voulu défendre. Ce ne fut point sans éprouver quelque résistance; mais nos obus, d'un effet tout nouveau pour eux, finissaient toujours par avoir raison de ces velléités courageuses.

« Après cette seconde occupation de Tchu-San, ceux de nos officiers qui, l'année dernière, y avaient tenu garnison, ne vérifièrent pas sans quelque surprise les travaux exécutés par les Chinois depuis l'évacuation de l'île. Il était évident que, pendant sept mois, la plus grande partie des habitants avaient été mis en réquisition par les mandarins militaires, et que, sans songer à réparer les dégâts du premier siége, on avait tout fait pour se mettre à l'abri d'un second.

« Un jour suffit à nos bâtiments de transport pour nous conduire en face de Ting-Hae, où nous descendîmes sans éprouver de résistance. Entre autres positions susceptibles d'être défendues, les Chinois occupaient la tête d'un pont qu'ils nous laissèrent traverser sans coup férir; je me trompe, ils envoyèrent quelques balles à la grosse caisse du 49e régiment, qu'ils prenaient sans doute pour quelque formidable instrument de guerre! Un peu plus loin, cependant, il y eut un engagement presque sérieux, suivi pour les vaillants « Tigres Impériaux » d'une

déroute complète. Cernés entre une rivière et deux de nos régiments, un grand nombre de fuyards se laissèrent fusiller longtemps sans vouloir jeter leurs armes, bien qu'on leur promît, à ce prix, la vie sauve; ceux qui se rendirent étaient environ trois cents. Un instant après, l'explosion d'un magasin à poudre faillit nous tuer beaucoup de monde. Ici, comme à Tchu-San, plusieurs mandarins ont été faits prisonniers. Un plus grand nombre, redoutant le courroux de l'empereur, se sont punis de leur défaite par un suicide. Yu-Kien, gouverneur de Ting-Hae, qui, dans ses pompeuses proclamations, jurait de nous massacrer en masse et de dormir dans nos peaux, avait pris la fuite lorsque nous entrâmes dans la ville. On nous a dit depuis qu'il s'était donné la mort.

« Maîtres de Ting-Hae, nous y installâmes une petite garnison, et, trois jours après, nos bateaux à vapeur remontaient le fleuve pour transporter nos troupes devant Ning-Po. On avait sans doute compté que nous n'arriverions jamais jusque-là; car les murailles étaient dégarnies de soldats, et aucuns préparatifs n'annonçaient l'intention de se défendre. La seule barrière laissée devant nous fut celle que nous opposait une espèce de pont formé par de grosses barques enchaînées les unes aux autres; nos *steamers* n'imaginèrent pas de faire halte, et, donnant de leur beaupré dans le milieu de ce rempart flottant, le franchirent sans difficulté. De même que les portes d'Amoy, celles de Ning-Po étaient fermées. Il fallut employer les mêmes procédés et escalader les murailles pour les ouvrir. Nous entrâmes ensuite en bon ordre; notre musique (celle du 18e régiment) jouant tout à son aise le *God save the Queen* et le *Rule Britannia*. La pluie seule, qui tombait à torrents, troublait quelque peu notre bien-être. Nous casernâmes dans les bureaux du ngan-cha-sze, dont les archives nous fournirent les seuls matelas en ce moment disponibles. Je passai la nuit sur un monceau de papier de Chine, que je déclare être un coucher excellent.

« Nous voilà maintenant depuis trois semaines installés fort peu commodément dans cette vaste cité, où nous nous attendons sans cesse à une attaque. Ce n'est pas le pire de notre position, et si nos casernements étaient commodes, nous en prendrions facilement notre parti. Mais notre corps d'officiers est entassé pêle-mêle dans quatre petites chambres; les pluies continuelles ont percé les minces parois de la maison, et, malgré une température déjà très-refroidie, nous mangeons habituelle-

ment sous les verandahs de quelque restaurant en plein air.

Greniers publics. Distribution de riz.

« Cet état de choses menace de se perpétuer ; car, à moins de combinaisons tout à fait nouvelles, nous passerons ici la mauvaise saison. Tout au plus enverra-t-on quelques troupes jusqu'à Yew-Yow (située à cinquante milles de Ning-Po, sur le Tahea), pour y dissiper les forces militaires que les Chinois y rassemblent, et s'emparer des entrepôts de blé qu'ils y ont formés. Notre système de conquête est uniforme : à peine entrés dans une ville, notre premier soin est de détruire l'arsenal ; le second est d'ouvrir au peuple les greniers publics, et de nous faire ainsi des amis aux dépens de l'empereur.

« En résultat, notre campagne d'environ six semaines, durant laquelle nous nous sommes emparés successivement de quatre villes importantes, ne nous aura pas coûté plus de vingt hommes. On évalue à trois mille hommes environ le nombre des ennemis tués.

« Voilà, mon cher ami, ce que je puis vous dire de notre passé, de notre présent et de notre avenir. J'ai transmis vos offres de service à sir Hugh Gough, notre major-général, commandant les forces de terre ; il les accepte avec reconnaissance. Bien que cette guerre soit sans périls, il ne faut pas qu'elle se prolonge ; car les frais qu'elle entraîne et l'affaiblissement de nos ressources militaires dans l'Inde deviendraient alors de véritables fléaux. Aussi, dès qu'un traité raisonnable nous sera offert, — traité dont les principales clauses devront être nécessairement l'accès libre de quelque grande place de commerce, l'admission de nos agents diplomatiques, et peut-être une indemnité pour les frais de la guerre, — ce traité sera facile à conclure, et tous ceux qui auront contribué à le rendre possible devront se regarder comme ayant bien mérité de leur pays. Puissiez-vous, mon cher Dermot, compter parmi ces agents de la Providence ! »

Au bas des pages qu'on vient de lire était était le nom de Patrick O'Donovan. Le lecteur n'a peut-être pas oublié quelle amitié m'attachait à ce camarade de collége, le même à qui j'adressais mes premières lettres datées de Quan-Tong ; il devinera dès lors quelles furent ma surprise et ma joie. Je me hâtai de transmettre à Lun-Chung le récit fidèle des événements, en l'éclairant de mon mieux sur les chances probables de l'avenir. Il les comprit plus facilement que je ne l'aurais attendu de ses préjugés et de son grand âge. Dans un mémoire qu'il expédia sur le champ à l'empereur, il sollicitait la permission de revenir à Pe-King pour y faire prévaloir ses opinions favorables à la paix. L'empereur l'y autorisa; et nous repartîmes pour la capitale dans le courant du mois de février 1842.

XI.

Espérances détruites. — Ning-Po et Tchu-San sont évacués. — L'Excellente Cérémonie. — Usages nuptiaux.

Les esprits étaient agités, les dispositions menaçantes, lorsque Lun-Chung fut admis pour la première fois à s'expliquer devant le keun-ki. De nouvelles troupes, choisies parmi l'élite de l'armée, étaient parties pour les provinces du sud. On s'était persuadé qu'elles pourraient enlever Ning-Po et Tchu-San aux ennemis de l'Empire. L'arrivée de quelques officiers russes, et quelques manœuvres à la baïonnette, exécutées sous leurs ordres par les troupes chinoises, avaient suffi pour faire penser que la discipline militaire des barbares ne prévaudrait plus contre les soldats nombreux et maintenant aguerris qu'on allait leur opposer. Vain espoir, que l'événement allait bientôt détruire. Le 10 mars, deux attaques, dirigées simultanément contre Ning-Po et contre Ting-Hae, n'eurent d'autre résultat qu'une honteuse défaite; elles coûtèrent cinq à six cents hommes aux Tigres invincibles de l'armée impériale et aux hommes du Shan-Tung, enrôlés pour cette occasion spéciale. Ces derniers sont renommés par leur vaillance, et marchent au combat avec une sorte d'écharpe rouge nouée autour de la tête. Le costume des Tigres est en étoffe tachetée, imitant la dépouille de l'animal qui leur donne son nom; les griffes pendent sur la poitrine, la queue sur les épaules du soldat, et son casque figure, tant bien que mal, la tête de son farouche modèle.

Vaincu sur le champ de bataille, l'empereur fulmina de nouveau des proclamations terrifiantes. Quelques-unes étaient remarquables par leur naïveté. Il appelait au secours de l'Empire, non-seulement les soldats retardataires, mais les rebelles et les condamnés de toute espèce qui voudraient racheter leurs crimes en prenant part au massacre des barbares. Les récompenses promises étaient les mêmes pour les mandarins civils ou militaires, pour les marchands ou les paysans, pour les traîtres et les vagabonds. Cinquante mille dollars à quiconque prendrait vif un des chefs rebelles (un des généraux anglais); la moitié de cette somme à quiconque les tuerait; en outre, des plumes de paon et des grades à profusion. Ces magnifiques promesses n'aboutirent qu'à faire assassiner quelques soldats traînards de l'armée anglaise.

Le 7 mai, sans hostilités nouvelles, Ning-Po et Ting-Hae furent délivrées de l'occupation étrangère. On crut un instant que les Anglais se retiraient, tandis qu'au contraire, mieux au courant de leurs projets, je devinai qu'une nouvelle campagne allait s'ouvrir.

Lun-Chung profita de ce répit que lui laissait la crise politique pour songer à marier sa fille. Vainement je cherchai à dissuader mon protecteur des projets d'hymen qu'il avait conçus; dans ses idées chinoises, autant aurait valu lui conseiller un suicide. « L'excellente cérémonie, » — c'est ainsi qu'on appelle ici le mariage, — est considérée comme un devoir, et le célibat, qui entraîne la mort sans postérité, comme la plus reprochable des trois grandes irrévérences dont on peut se rendre coupable envers ses parents et ses ancêtres. Cette pensée se retrouve à tout instant dans les usages du pays. On vous salue en vous souhaitant les trois Bénédictions, savoir : le bonheur, une longue vie et des enfants mâles. Il est contraire à la morale de prendre une seconde femme avant l'âge de quarante ans, et aussi longtemps que des héritiers peuvent naître du mariage légitime; mais, passé ce temps, et lorsque cet espoir est perdu, la polygamie est excusée, sinon permise, par les plus sévères casuistes.

Pour en revenir à mademoiselle As-Say, quand je fus certain

que son père, malgré sa tendresse pour elle, ne lui laisserait point adopter le célibat, pour lequel elle professait un penchant si décidé, j'avisai aux moyens de leur épargner à tous deux une pénible séparation. Par mon conseil, Lun-Chung adopta pour se procurer un gendre une méthode qui serait chez nous ridicule, mais qu'autorisent les mœurs chinoises. Elle consiste à publier le nom du personnage qui veut marier sa fille, avec la condition expresse de la garder auprès de lui.

Peu de jours après cette proposition officielle, un grand nombre de candidats s'étaient déjà présentés, et mademoiselle As-Say, mise en demeure de faire connaître sa préférence, déclara qu'elle était prête à épouser le plus instruit des jeunes lettrés qui prétendaient à sa main Ceci donna lieu à des confé-

rences littéraires où je jouai gravement mon rôle, et dans lesquelles, sous prétexte de juger les talents de chaque prétendu, je m'étudiais à connaître ses dispositions morales, bien plus essentielles pour le bonheur futur de ma jeune protégée.

Lun-Chung assistait à presque toutes les épreuves, et nous finîmes par nous décider tous les deux en faveur d'un jeune tsin-sze, nommé Yaout-Sou, en qui les derniers examens d'automne avaient fait reconnaître un grand talent pour la poésie.

Ce choix arrêté, — mademoiselle As-Say s'en rapportant aveuglément à nous, — il ne fut plus question que de choisir, avec l'aide d'un sorcier, la journée heureuse durant laquelle les cérémonies du mariage s'accompliraient sous les meilleurs auspices. En attendant, les présents s'échangeaient; le futur dépêchait à sa future d'énormes pâtés sous la forme de dragons et d'oiseaux, des sucreries, du vin et même des monnaies d'argent. Mademoiselle As-Say envoyait en revanche à son fiancé des vêtements de luxe.

Les usages nuptiaux des Chinois ressemblent assez aux nôtres, si ce n'est que les présents de noce se font en argent, et que les convives des deux sexes mangent à part le repas servi à cette occasion; les hommes dînant sous une tente dressée dans la cour, les femmes dans l'intérieur de la maison. Le trousseau, d'ordinaire transporté en grande pompe, se trouvait d'avance étalé chez Lun-Chung, dont les nombreux invités l'admirèrent en toute bonne foi, car il était magnifique. A raison des circonstances particulières, nous n'eûmes pas non plus la cérémonie des adieux, à laquelle j'ai fait allusion plus haut; mais l'étiquette ne permettait pas de supprimer l'espèce de procession triomphale qui a lieu lorsque la mariée se rend chez son époux. Les Chinois accomplissent ce rite au milieu du jour; les Mandchoux au contraire choisissent le matin ou la nuit. Ce fut donc aux lueurs des torches que des porteurs, en robes à ceinture rouge, coiffés de bonnets à plumes rouges, et portant sur la poitrine des figures symboliques qui représentent le bonheur, vinrent chercher la jeune épouse dans un magnifique palanquin. Un orchestre complet ouvrait la marche; d'autres hommes suivaient, portant sur leurs épaules, suspendues à des bâtons, des lanternes sphériques, aux parois de corne coloriée. Mademoiselle As-Say, enveloppée de la tête aux pieds dans un grand voile rouge, sortit ainsi de chez son père, et parcourut les rues voisines, où force fusées signalaient son passage. Lorsqu'elle rentra dans la cour de la maison, qui, pendant toute cette journée, représenta celle de l'époux, le feu d'artifice recommença de plus belle : les *tung-lo* (gongs), les *siaou-po* (cimbales), les *hiang-tih* (clarinettes), les *ye-yin* (violons), les *pe-pa* (guitares), les *hien-kin* (tympanons), les *sang* et les *chung* (cornemuses et harpes), discordèrent avec une nouvelle énergie.

Le futur époux vint au-devant du palanquin, et offrit la main à sa fiancée pour l'aider à en descendre. A ce moment, dans les familles chinoises, la mariée, soulevée par des femmes, est tenue quelques secondes au-dessus d'un brasier allumé. Chez les Mandchoux, l'usage veut au contraire que les futurs enjambent par-dessus un arc, une flèche et une selle ; ensuite l'époux est autorisé à lever pour la première fois le voile de sa compagne, et il la conduit dans les appartements où, assis à côté l'un de l'autre, ils vont vider les coupes d'alliance attachées ensemble par un cordon rouge. Ceci est un emblème d'union indissoluble; de même que les oies vivantes, portées devant le palanquin de la nouvelle mariée, indiquent, je ne sais pourquoi, la concorde et la fidélité qui doivent régner dans le nouveau ménage.

A la fin du repas de noce, mademoiselle As-Say, immobile à sa place, subit patiemment un petit supplice que ses parents lui infligeaient en épilant avec des pinces d'argent le haut de son front et ses tempes. Ensuite, et lorsque déjà la plus grande partie des convives s'était retirée, nous procédâmes à la cérémonie du *Kia-Kouan*. Elle consiste à placer sur la tête de l'époux trois coiffures différentes, avec lesquelles il salue ses parents, tandis que ceux-ci prononcent à haute voix une espèce de bénédiction. La première de ces coiffures est un bonnet de drap, la seconde un bonnet de cuir, la troisième, enfin, un bonnet de mandarin civil.

Les rites conjugaux varient naturellement, et suivant les provinces, et suivant le rang des époux. Ainsi, dans les classes pauvres, ce n'est point avec la main, mais avec le crochet d'un fléau de balance, que le fiancé soulève le voile de sa future. Ainsi, dans certains pays, le signal du départ est donné aux gens de la noce par un faisceau de baguettes brisées que l'on jette au milieu de l'appartement, et qui sont l'emblème de la nombreuse postérité qu'on souhaite aux époux. Sur la côte et le long des fleuves, la fiancée, au lieu de se rendre volontairement chez son futur, est placée avec tous les hommes de sa famille sur une jonque richement pavoisée. Son époux, accom-

pagné de tous ses parents, va l'y chercher, et l'enlève de force après un combat simulé dont les incidents grotesques égaient naturellement une cérémonie en elle-même assez triste.

XII.

Dernières Hostilités. — La Paix de Nan-King. — Les Adieux.

La capitulation de Quan-Tong n'avait point suffi pour vaincre l'obstination des conseillers de l'empereur ; et les Anglais auraient vainement forcé d'autres cités, si importantes qu'elles fussent d'ailleurs, à se racheter ainsi. En pareil cas, les Conseils Suprêmes auraient fait supporter ces pertes pécuniaires aux villes intéressées, et tout au plus allégé de quelque chose l'impôt qu'elles doivent à la couronne. Mais l'occupation des ports, le pillage des greniers publics, et surtout la dévastation des places prises d'assaut, devaient triompher de cet entêtement orgueilleux.

L'épreuve, en effet, devint plus rude lorsque les vaisseaux anglais, reprenant l'offensive, et continuant à remonter les rives du Yang-Tse-Kiang (mai 1842), eurent pris Chapoo, canonné le joli village de Woo-Sung, la petite ille de Pou-Chang, occupé Shang-Hae, qui ne voulut point payer rançon ; et enfin, malgré une résistance plus acharnée qu'ailleurs, pénétré dans les murailles de Chin-Kiang-Fou. Ce dernier désastre frappa de terreur les hommes d'état les mieux déterminés à la guerre. Lun-Chung, qui, grâce à moi, s'était montré plus prévoyant que ses collègues, eut tous les honneurs et tous les profits de mes prédictions. L'empereur lui rendit le bouton bleu dont il avait été privé lors de sa disgrâce, et lui enjoignit d'aller se réunir aux plénipotentiaires chargés de traiter avec les chefs de l'armée anglaise. Leurs noms sont devenus historiques. C'étaient Ke-Ying, grand-commissaire et général commandant la garnison de Quan-Tong, d'ailleurs cousin de l'empereur et portant la ceinture jaune ; Eleppo, ex-ministre d'état, commandant la garnison de Chapoo et allié de l'empereur, portant la ceinture rouge ; enfin Gnu-Kien (on ne l'a jamais désigné que sous le nom de Gnu), gouverneur-général du Kiang-Sou et du Kiang-Si.

Nous les rejoignîmes vers les premiers jours d'août. Les Anglais occupaient alors Chin-Kiang-Fou et l'Ile d'Or (*Kin-Shan*), jadis résidence impériale, et maintenant habitée par des prêtres. On annonçait leur intention d'attaquer Nan-King, dont quarante milles les séparaient à peine. Sur leur route, ils allaient trouver le Grand Canal impérial, qu'ils pouvaient aisément bloquer, paralysant ainsi toute la circulation commerciale du pays. Ils n'y manquèrent pas en effet, et le 4 août, une de leurs frégates, *la Calliope*, et un bateau à vapeur, *la Proserpine*, se placèrent, sentinelles impitoyables, l'une au point de jonction du fleuve et du grand canal, l'autre dans le grand canal lui-même, et barrèrent le passage aux jonques nombreuses qui s'y présentaient. Le 7, les marins de la flotte purent signaler la célèbre pagode de porcelaine, et même les murailles de Nan-King. Le 8, cette grande ville, la seconde capitale de l'Empire, était sous les canons de mes compatriotes.

Des deux côtés, la situation se compliquait. La prise de Chin-Kiang-Fou avait été accompagnée de circonstances atroces. Plusieurs habitants notables de cette importante cité, presque tous d'origine tartare, impuissants pour se défendre, témoignèrent l'horreur que les brigands étrangers leur inspiraient en se donnant la mort pour leur échapper. Les puits, les fontaines, se remplirent de femmes et d'enfants noyés. Un mandarin se fit héroïquement brûler dans sa chaise par ses dociles serviteurs. D'un autre côté, la chaleur extrême, le manque d'eau, les fatigues de tout genre, développaient parmi les troupes anglaises des maladies épidémiques. Le choléra sévissait; les enlèvements de soldats isolés se multipliaient chaque jour davantage. Lorsqu'ils n'étaient pas pris vivants, — ce que les mandarins préféraient et payaient plus cher, — on les retrouvait enfermés dans quelque sac, et vêtus encore de leur uniforme. Il ne leur manquait que la tête.

La paix était donc désirée des deux parts; et, lorsque les commissaires de l'empereur demandèrent une suspension d'hostilités, elle fut accordée sans difficulté, le jour même où devaient débarquer les troupes destinées à l'assaut de Nan-King.

Je me rappellerai longtemps, comme un des plus beaux de ma vie, le jour où le bateau à vapeur *la Méduse* vint nous prendre sur le rivage, les trois commissaires, Lun-Chung et moi, pour nous conduire à bord du vaisseau amiral. Nous y fûmes reçus par les deux chefs des forces britanniques et par une foule

d'officiers en grand uniforme. Parmi eux se trouvait le major Anstruther qui, l'année dernière, était prisonnier des Chinois, et dont l'un des commissaires, le vieil Eleppo, avait, au prix d'une disgrâce, sauvé les jours menacés. Leur reconnaissance donna quelque chose de particulièrement affectueux à cette entrevue officielle. Sir Henri Pottinger eut grand soin de ne pas exagérer les politesses diplomatiques, et son attitude un peu fière, comparée aux *tchin-tchin* empressés de ses prédécesseurs, inspira une salutaire vénération aux envoyés de l'empereur.

Patrick O'Donovan, que j'avais fait prévenir de mon arrivée, ne manqua pas de se trouver avec l'escorte des généraux anglais quand ceux-ci vinrent rendre la visite qu'ils avaient reçue. Je ne m'appesantirai pas inutilement sur la joie que j'éprouvai à retrouver cet ami de ma jeunesse.

Les conférences, à partir de ce moment, se suivirent avec activité. Un seul obstacle s'opposait à la paix : les diplomates chinois s'efforçant, par ordre de l'empereur, de refuser l'entrée libre de Fou-Chou-Fou. Ma position particulière m'interdit de raconter comment ils furent amenés à céder sur ce point, ainsi que sur toutes les autres exigences du plénipotentiaire anglais. Quoi qu'il en soit, le 30 août, la paix fut conclue à bord de la frégate *the Queen*, et le pavillon jaune de l'empereur, arboré au grand mât, annonça la cessation complète des hostilités.

On connaît les termes du traité qui assurait à l'Angleterre, avec une indemnité de 21,000,000 de dollars, payables en quatre années, la possession de Hong-Kong, et l'accès libre des cinq grands ports orientaux : Quan-Tong, Amoy, Fou-Chou-Fou, Ning-Po et Shang-Hae ; enfin, la libération des prisonniers de guerre, et une amnistie complète pour tous les Chinois compromis par leurs rapports avec l'armée anglaise.

Le soir même du jour où il fut signé, je pris congé de Lun-Chung. Pressé de revoir mon pays, j'avais obtenu passage sur *l'Auckland*, qui rapportait en Angleterre ce précieux document. Mon ami Patrick était chirurgien de ce navire.

Avant de quitter pour toujours mon vieux protecteur, j'eus avec lui un dernier entretien au bord du fleuve, doucement éclairé par la lune. La ville était plongée dans un silence et une obscurité complète. Sur les navires anglais, au contraire, les lanternes couraient, brillant tour à tour derrière chaque sabord ; les matelots chantaient en chœur. L'Europe victorieuse semblait insulter à la Chine humiliée.

A cette vue, Lun-Chung sembla s'attrister.

— Vous qui connaissez vos compatriotes, me demanda-t-il, pensez-vous que la paix signée aujourd'hui soit une paix sincère et durable?

— Elle est sincère, lui répondis-je; quant à sa durée, vous-même pouvez la prévoir. Si le Frère du Soleil se montre fidèle aux conditions qu'il a été forcé de souscrire, l'Angleterre ne cherchera certainement pas une occasion de querelle. Mais elle ne souffrira plus la moindre infraction à ses privilèges commerciaux, et Dieu sait si l'on ne cherchera point à détruire peu à peu, par des attaques détournées et quotidiennes, les avantages qu'on lui accorde aujourd'hui. Ne pensez-vous pas que, désormais, telle sera la tâche favorite de vos mandarins?

Lun-Chung ne voulut point répondre à cette question délicate, et se contenta de soupirer en hochant la tête.

— Puis, ajoutai-je, la faiblesse du gouvernement impérial, qui désormais ne sera plus un secret ni pour ses sujets, ni pour les étrangers, ne doit-elle pas, à votre avis, encourager la révolte? Pensez-vous que le Peuple aux Cheveux noirs, contenu jusqu'ici par le prestige imposant d'une grande puissance militaire, ne prenne pas en mépris cette armée innombrable qu'une poignée de barbares a partout vaincue?

Le vieillard soupira de nouveau sans rien répondre.

— Cependant, repris-je, aucun peuple européen n'aura de longtemps la volonté de conquérir le Céleste-Empire. L'ambition politique n'inspire pas des vues si vastes, et ne dicte pas des entreprises si ardues. L'intérêt commercial se contente de marchés ouverts, de tarifs réguliers, et de sécurité pour ses agents. Une seule pensée, un seul mobile, pourrait donc vous exposer à une invasion des fan-koueï.

— Le ciel nous en préserve! interrompit Lun-Chung. Quelle serait donc cette fatale pensée?

— Celle de vous convertir à nos idées religieuses; celle de propager le christianisme parmi vous.

Ici, le mandarin athée sourit dédaigneusement. Il paraissait ne pas bien saisir ce que je voulais dire, et ne point redouter pour son pays une guerre fondée sur la différence des cultes. Patrick, qui nous écoutait sans nous comprendre, s'offusqua de ce sourire. Enivré de la victoire britannique :

— Après tout, s'écria-t-il, la Chine est ouverte, et nous verrons!

— Que dit votre ami? me demanda Lun-Chung.

J'essayai de rendre la pensée de Patrick, sans lui conserver son caractère un peu menaçant.

Cette fois Lun-Chung sourit derechef; et, avec une ironie profonde :

— La Fleur du Milieu, me dit-il, ne s'épanouit point sous les premières pluies d'orage.

Ce furent ses paroles d'adieu. Je partis le lendemain, comblé par le bon vieillard de présents et de bénédictions.

TABLE ANALYTIQUE.

H.F
O.N
A.B

2938124R00268

Printed in Great Britain
by Amazon.co.uk, Ltd.,
Marston Gate.